HORROR & THRILLER
BAND 120

# BRYAN SMITH

## DIE FREAKSHOW

Aus dem Amerikanischen von René Ulmer

FESTA

Die amerikanische Originalausgabe *The Freakshow*
erschien 2007 im Verlag Leisure Book.


1. Auflage Oktober 2017

Lektorat: Marion Mergen, www.korrekt-getippt.de
Titelbild: Danielle Tunstall


ISBN 978-3-86552-588-8
eBook 978-3-86552-589-5

Seltsame Signale in der Nacht.

Totenstille.

Dann …

… ein knisterndes Rauschen.

Gefolgt von einem Quietschen, einem kreischenden Lärm, der lauter und lauter wird, bevor er mit einem Mal vergeht zu dem tiefen Summen eines Lautsprechers, der sich an das beste Signal klammert, das er finden kann.

Eine sechsfingrige Hand tastet nach einem Drehknopf.

Sie dreht kaum merklich an diesem Knopf.

Erneut Stille.

Dann ertönt eine Baritonstimme: »*Hier spricht Radio Äther, nach fast einem Jahr Sendepause erstmals wieder live auf der Fleischseite. Ich weiß, das Warten muss vielen von euch wie eine Ewigkeit vorgekommen sein, jeder gefrorene Augenblick wie ein ganzes Zeitalter. Aber freut euch, Brüder und Schwestern, Sonderlinge und Langweiler, Einfaltspinsel und Bestien, weil es wieder so weit ist und die Assimilation bald beginnt.*«

Wieder knisternde Stille.

Ein Atmen ist zu hören, dann erklingt die geschmeidige, tief dröhnende Stimme: »*In diesem Moment ist alles ruhig. Es ist die Ruhe vor dem Sturm. Tröstet euch mit dem Wissen, dass die Falle aufgestellt ist und bald zuschnappt. Jeden Augenblick …*«

Ein kehliges Lachen hallt und lässt die uralte Moderatorenkabine vibrieren.

»*Das ist der Augenblick. Hört zu … ja … Hört ihr ihre Schreie? Mmh, welch wunderschöne Symphonie.*« Mehr kehliges Gelächter. »*Ich wünschte, ihr könntet das*

*Entsetzen auf ihren dämlichen Gesichtern sehen, während sie von ihren Sitzplätzen springen und wie gehetzte Tiere auf die Ausgänge zurennen …«*

Wieder verfällt der Sprecher in ein Schweigen.

Durch die Lautsprecher sind leise angsterfüllte Schreie zu hören.

*»So leichtgläubig. Wie Schafe. Sie verdienen es, auf diese Weise zu sterben. Findet ihr nicht auch?«* Ein zufriedenes Seufzen, gefolgt von einem erregten Stöhnen. *»Ja, ja, ja. Die Freakshow ist in der Stadt und jetzt sind die Freaks zum Spiiielen rausgekommen.«*

Das Ding mit der sechsfingrigen Hand nickt und grinst.

Dann schaltet es das alte Radio ab und geht hinaus, um auch etwas Spaß zu haben …

# 1

Mike Garrett hielt den Atem an und wartete darauf, dass die hallenden Schritte des großen Mannes leiser wurden.

KLICK … KLACK

KLICK … klack …

Das Geräusch weckte eine Kindheitserinnerung, in der er auf dem Gehweg steht, während ein einzelnes Pferd als Schlusslicht der Dandridge High Homecoming Parade die Main Street entlangläuft. Dieser Gedanke zog eine Flutwelle schmerzhafter Erinnerungen an seine Jugend in seiner dem Untergang geweihten Heimatstadt nach sich.

Vor einem Jahr waren alle Bewohner von Dandridge gestorben, als Terroristen eine radioaktive Bombe gezündet hatten. Ein unerklärlicher Angriff auf ein stinknormales verschlafenes Kaff, sprichwörtlich mitten im Nirgendwo. Seitdem kursierten Gerüchte, dass die Geschichte von dieser nuklearen Explosion nichts weiter war als eine Erfindung der Regierung. Eine praktische Vertuschung für etwas anderes, für das sie keinerlei Erklärung hatten – und damit nutzten sie die Paranoia, die nach den Anschlägen vom 11. September nach wie vor herrschte. Mike war vor einigen Monaten in das benachbarte Pleasant Hills umgezogen und seitdem beherrschten schreckliche Visionen von wandelnden Leichen und grinsenden Strahlungsmutanten wie aus einem SciFi-Zombiefilm der 50er-Jahre seine Träume.

Sein Therapeut schrieb diese immer wiederkehrenden Albträume einem Schuldgefühl zu, überlebt zu haben. Das ergab durchaus Sinn, aber sich auf rationaler Ebene dessen bewusst zu sein, änderte wenig an den nächtlichen Foltersitzungen, zu denen sein unruhiger Schlaf geworden war. Die vielen Medikamente, die ihm sein Psychiater verschrieben hatte, halfen auch kein verdammtes bisschen. Bereits seit Monaten fühlte er sich, als wäre er am Ende seiner Kräfte, verzweifelt und ohne jede Hoffnung, jemals wieder Frieden zu finden.

Aber nun schien er den wahren Grund für seine Albträume zu kennen.

Auch wenn der endlose Strom entsetzlicher Bilder seinen Ursprung wahrscheinlich in der schrecklichen Angst hatte, die er nach der bizarren Zerstörung seiner Heimatstadt verspürte, war er davon überzeugt, er träume noch immer von ihnen, weil es sich um irgendeine Art von Vorahnung handelte. Der primitive Teil seines Gehirns, ein Teil, auf den er nur während dieser nebligen Tiefen seines Schlafes zugreifen konnte, hatte gespürt, dass Pleasant Hills eine ähnliche Katastrophe bevorstand. Soweit er das beurteilen konnte, bestand durchaus die Möglichkeit, dass gerade in diesem Moment dasselbe geschah, was auch in Dandridge *wirklich* vorgefallen war.

Er schauderte und schaffte es gerade so, ein Wimmern zu unterdrücken, als die Bilder wie Maschinengewehrfeuer durch seinen Verstand zuckten. Ruckartig, wie die sprunghaften Schnitte in einem Rock-Video, das ausgefallen wirken wollte: der pompöse Auftritt des Zirkusdirektors mitten unter der Zirkuskuppel, anschwellende Musik, die vor sich hin plärrt, während die Tribünen vom Applaus der Massen beben … der darauffolgende Auftritt vieler schrecklich missgestalteter »Freaks« (wie sie sich selbst nennen) … diese seltsamen, anzüglich grinsenden

Clownsdinger … eine kurze, wenn auch umwerfende akrobatische Darbietung, die mit der Enthauptung eines (vergleichsweise) »normalen« Mannes endet … die entsetzte Stille der schockierten Menge … die Freaks, die die Sitzreihen stürmen und über die Zuschauer herfallen, sie auf schnelle und schreckliche Weise verstümmeln und töten … wie Chuck Follett – sein bester Freund seit der Grundschule – ausgeweidet wird, wie seine Eingeweide wie Seile auf die Metallsitze platschen, während Chuck gequält ungläubig zusieht … dann das Gefühl, von der kreischenden flüchtenden Masse mitgerissen zu werden …

Und seitdem versteckte er sich, wo er nur konnte, duckte sich hektisch hier und dort. Ganz wie ein Soldat, der hinter feindlichen Linien festsaß, kauerte er sich zusammen und zuckte jedes Mal, wenn er einen weiteren Schrei hörte …

… Klick … klack …

… Klick … klack …

Die Schritte des großen Manns klangen jetzt weit entfernt. Schließlich gestattete sich Mike, die angehaltene Luft auszuatmen. Er wischte sich Schweiß von der Stirn, rieb sich die Hand an seinem Hosenbein trocken und kroch aus seinem Versteck. Mit zitternden Fingern packte er den Rand der über ihm liegenden Plattform, wartete, bis er einen festen Griff hatte, und stand langsam auf. Er schob den Kopf über den Rand der Plattform, sah nach links, dann nach rechts und seufzte.

Der Jahrmarkt war verlassen.

Der große Mann war fort.

Unbeabsichtigt gab Mike ein Geräusch von sich, das irgendwo zwischen ersticktem Schluchzen und wahnsinnigem Lachen lag. Er hob ein Absperrband an, kam aus einer Bude für ein Kasperletheater und bewegte sich vorsichtig auf die Mitte des verlassenen Jahrmarkts zu. Auf beiden Seiten standen Imbiss- und Schaustellerbuden dicht an dicht. Ihre grell bemalten Fassaden schienen ihn wie real gewordene Phantome aus seinen Albträumen anzugrinsen.

Plötzlich spürte Mike, wie ihm Tränen in die Augen stiegen. Er hatte Entsetzliches mit angesehen. Selbstverständlich war es furchtbar. Aber es war auch gewissermaßen komisch, wenngleich auf absolut geisteskranke Art und Weise. Vielleicht weil er gerade wach war. Die Welt um ihn herum war trotz ihrer gespenstischen Eigenheiten noch immer echt. Greifbar. Der Boden unter seinen Füßen war real. Fest. Auf keinen Fall würde er sich bei seinem nächsten Schritt in Treibsand verwandeln. Seine schweren Atemzüge, Beweis für Leben und Körperfunktionen, zeichneten sich als nebliger Dunst in der kühlen Herbstluft ab.

Doch obwohl er wach war, konnte er dem Land der Albträume nicht entrinnen. Es fühlte sich an, als würde ihn das Universum selbst verspotten. Vielleicht hatte er in einem früheren Leben etwas unaussprechlich Schreckliches getan und das war nun Gottes Strafe dafür. Wieder lachte er und dieses Mal brachen sich die Tränen Bahn, zeichneten feuchte Spuren auf seine Wangen.

Er ballte die Fäuste, grub die Fingernägel, die er sich schon viel zu lange nicht mehr geschnitten hatte, in das weiche Fleisch seiner Handballen, bis die Haut unter dem Druck nachgab. Blut sammelte sich in den Vertiefungen. Noch ein Beweis dafür, dass er lebte. Der selbst verursachte Schmerz erinnerte ihn daran, wie unbedeutend das Leben im Moment war. Er musste sich zusammenreißen. Musste damit aufhören, wie ein Wahnsinniger zu gackern. Denn wenn er damit weitermachte, würde er den großen Mann in jedem Fall auf sich aufmerksam machen.

Und das wollte er nicht.

Keinesfalls.

Er musste weg. *Sofort.*

Offensichtlich. Nicht so offensichtlich war, wie er das am besten anstellen sollte. Das Gelände des *Gebrüder Flaherty Wanderzirkus und Freakshow* war so angelegt, als ob irgendein düsterer Zweck hinter der willkürlich verstreuten Anordnung der Gassen und Zelte mit ihren verschiedenen grotesken Attraktionen steckte … um zu verwirren und einem die Orientierung zu rauben. Verdammt, nein, nichts da »als ob«. In Anbetracht dessen, was er gesehen und erlebt hatte, war die teuflische Absicht dahinter überdeutlich.

Überall um ihn herum lauerte der Pesthauch des Bösen. Nicht nur in den Spaßbuden und den Zelten, auch in der Luft, die er atmete. Die Luft war kalt. Viel zu kalt für Spätseptember in Tennessee. Das Gelände des Zirkus hatte seine eigene Atmosphäre. Wie ein fremdartiger Eindringling, der die Wärme Tennessees so vollständig verdrängt hatte, dass Mike fast glauben konnte, er hätte gleich nach dem Kauf seiner Eintrittskarte und mit der Durchquerung des Eingangs ein gänzlich anderes (entsetzliches) Reich betreten. Wenn er so darüber nachdachte, schien das gar nicht so abwegig.

… Klick … klack …

Mike schluckte seinen aufkeimenden Schrei herunter.

*Er kommt zurück!*

*Klick-klack.*

Das Geräusch kam von rechts. Mike warf einen Blick in diese Richtung und glaubte, einen langgestreckten Schatten am anderen Ende des Jahrmarkts zu erkennen. Gleich würde der grausige Direktor dieser höllischen Parodie eines Zirkus um eine Ecke kommen und ihn entdecken. Mike wusste, wenn ihn der große Mann sah, war er so gut wie tot. Oder Schlimmeres. Hier war schlimmer definitiv eine Möglichkeit. Er hatte den Beweis von Nahem gesehen. Oder etwa nicht?

Ihm blieben zwei Möglichkeiten. Er konnte sich entweder wieder hinter der Kasperle-Bude verstecken oder nach links in die noch schwärzere Dunkelheit flüchten. Wenn er sich wieder hinter der klapprigen Bude verkroch, könnte er nur darauf warten, dass der große Mann langsam vorbeistakste, während ihm die zurückgelassenen Handpuppen mit ihren geistesgestörten Visagen Gesellschaft leisteten. Bei dem Gedanken an die seltsam kantigen und fleischigen Gesichter der Puppen mit ihren im Mondlicht wild glimmenden Augen, mit ihrem Hauch von Bewusstsein und Leben, zitterte er. Eigentlich sollten seine Gedanken völlig absurd sein, aber für Mike war die Grenze zwischen Absurdität und Normalität zu einem verwischten Schemen der Bedeutungslosigkeit geworden.

KLICK-KLACK.

So nah.

Kalter Schweiß lief in Strömen über Mikes Gesicht, während er vor dem größer werdenden Schatten zurückwich und die vermeintliche Sicherheit der Puppenbude hinter sich ließ. Er sah, wie der übertrieben große Zylinder des Mannes über dem oberen Rand des Zeltes am anderen Ende des Jahrmarkts auftauchte, und zwang seine Füße, sich schneller zu bewegen. Er stolperte, aber irgendwie gelang es ihm, auf den Beinen zu bleiben. Ihm war klar, dass es schlauer wäre, sich umzudrehen und so schnell er konnte zu rennen, aber ein paranoides Flüstern redete ihm ein, sobald er dem großen Mann den Rücken zukehrte, würde ihn dieser augenblicklich erwischen.

Mit der Ferse blieb er in einem kleinen Loch im Boden hängen und stürzte. Er ruderte wild mit den Armen, dieses Mal konnte er sein Gleichgewicht nicht wiederfinden. Er stürzte und schrie. Dem Schrei folgte neue, Nerven zerfetzende Angst.

Vom anderen Ende des Jahrmarkts ertönte ein Geräusch.

Ein irres, hallendes Lachen.

Ein weiterer unbeabsichtigter Schrei wand sich aus Mikes vor Angst zugeschnürter Kehle. Ihm folgten hilflos gemurmelte Worte: »O Gott, o Gottogott«, während er auf dem Boden hockend rückwärtskroch.

Eine Stimme sprach in der Dunkelheit. Nicht mehr als ein gehauchtes Flüstern, das die Nacht erfüllte: *»Süßes, süßes, verlockendes Fleisch. Wie sehr ich es doch liebe,* Menschenfleisch *zu essen!«*

Das irre Lachen des großen Mannes ertönte ein weiteres Mal, lauter, strömte in alle dunklen Winkel des Jahrmarkts. Der Klang hallte wie das gnadenlose Läuten einer Höllenglocke in Mikes Ohren wider. Seine eigene Stimme glich mehr einem Winseln. Er klang wie ein geprügelter, ängstlicher Hund.

Wie etwas Besiegtes.

Etwas in ihm wehrte sich gegen diesen Gedanken, eine letzte Kraft- und Mutreserve, von der er nicht einmal vermutet hätte, dass sie in ihm steckte. Er blieb ruhig sitzen, atmete gleichmäßig durch und rappelte sich auf. Einen Moment lang starrte er die mittlerweile deutlich sichtbare Gestalt des großen Mannes am anderen Ende des Jahrmarkts an.

Auf diese Entfernung erinnerte der schlaksige Körper des Zirkusdirektors an eine hastige Bleistiftskizze. Er war über sechs Meter groß und anfangs hatte Mike gedacht, er würde auf Stelzen gehen. Aber das war unmöglich. Seine Beine waren zu beweglich, es fehlte die Steifheit in den Bewegungen, die Mike mit Stelzen in Verbindung brachte. Von Anfang an war ihm klar gewesen, dass der

Zirkusdirektor kein normaler Mann sein konnte, nicht einmal menschlich war. Was auch immer er für eine Kreatur sein mochte, konnte sich Mike nicht einmal im Entferntesten vorstellen. Der Zirkusdirektor sowie all die anderen bizarren Wesen und auch die schrecklichen Dinge, die Mike mit angesehen hatte, lagen jenseits seines zugegebenermaßen dürftigen Wissens über das Übernatürliche.

KLICK-KLACK.

KLICK-KLACK.

Der große Mann (oder *das Ding*, beharrte sein splitternder Verstand) kam schnell über den Jahrmarkt, überwand die zwischen ihnen liegende Entfernung mit beängstigender Geschwindigkeit. Jetzt rannte er, anstatt nur zu gehen; ein seltsamer, schlaksig schlackernder Trab.

KLICKLACKLICKLACKLICKLACK. Was Mike sah, hätte genauso gut eine Wahnvorstellung sein können, wie etwas, das während eines Acid-Trips an einem vorbeizuckte. Er machte auf dem Absatz kehrt und rannte.

Seine Beine trugen ihn so schnell sie konnten, getrieben von einer Willensstärke und Kraft, die alles überstiegen, was er jemals erlebt hatte. Obwohl Mike über eine relativ gute Fitness verfügte, war er kein Athlet, genauso wenig lief er regelmäßig. Aber nun bewegte er sich fast genauso schnell wie ein geübter Mittelstreckenläufer, schnitt mit der gnadenlosen Geschwindigkeit einer Lokomotive, die auf glimmenden Schienen dahindonnert, durch die kalte Nachtluft.

Der große Mann *(Dingdingding!)* lachte wieder.

Und erneut drang diese gehauchte, angedeutete Stimme, die sich wie das Flüstern auf einem Friedhof anhörte, an sein Ohr: *»Du läufst wie der Wind, Menschenfleisch, aber ich blase wie ein Wirbelsturm.«*

Mike schrie in Panik, erschrocken durch die unheimlichen Worte des großen Mannes. Er wusste nicht, was sie bedeuteten, aber es musste etwas richtig beschissen Schlechtes sein. Dann hörte er etwas, das er zuerst für das vielfach verstärkte Geräusch eines Staubsaugers hielt. Im nächsten Augenblick wurde ihm bewusst, dass jemand oder etwas riesige Mengen Luft einsog. Für einen Sekundenbruchteil herrschte Stille und Mike zuckte in Erwartung des gigantischen Ausatmens zusammen. Ein donnernder Wind, der Atem des Zirkusdirektors, rollte über den Jahrmarkt, ließ die Buden zittern und riss lockere Holzstücke ab, die in den Himmel hinaufflogen, einen Moment lang in der Dunkelheit verschwanden, dann herabfielen und durch den Luftstrom herumgewirbelt wurden.

Ein einzelnes gesplittertes Brett segelte über Mikes Kopf hinweg, drehte sich dabei wie ein verloren gegangenes Rotorblatt, schlug vor ihm auf dem Boden auf und schlitterte weiter über den Jahrmarkt. In seinem Nacken spürte er Hitze, die Wärme des auf ihn zurasenden Atems des Zirkusdirektors. Dieser Wind zerrte ihn nach vorn, riss ihn von den Füßen und trieb ihn den Jahrmarkt entlang, als wäre er nicht mehr als ein weggeworfenes Bonbonpapier.

Mit seinen ausgestreckten Armen und Beinen fühlte er sich einen irrwitzigen Moment lang wie Superman. Dann aber schmetterte ihn der Luftstrom gegen eine Bude, von der er abprallte, und er schlug hart auf dem Boden auf. In ihm explodierte Schmerz, brannte sich durch jeden Nerv in seinem Körper.

Ächzend rollte er sich auf den Rücken. Jeder Knochen tat ihm weh, eventuell hatte er sich sogar einige davon gebrochen. Doch das nackte Entsetzen überstieg den Schmerz. Er drückte sich hoch, bis er saß, und blickte nach oben, erwartete, den Zirkusdirektor über sich aufragen zu sehen. Aber dieser war nun weiter entfernt und Mike staunte eine hilflose Sekunde lang darüber, was für eine Kraft ein Wesen haben musste, um einen 90-Kilo-Mann mit einem einzelnen Atemstoß durch die Luft zu wirbeln. Wie konnte er nur hoffen, so einer Kreatur zu entkommen?

Die Antwort lag auf der Hand: Es *gab* keine Hoffnung.

Auch wenn sie nun weiter voneinander entfernt waren und der große Mann nicht mehr rannte – er ging wieder, genauso unheimlich abgehackt wiegend wie zuvor. Jetzt pfiff er ein fröhliches Liedchen, mit dem er garantiert verunsichern wollte. Der Zirkusdirektor zog die Jagd in die Länge, spielte mit seiner Beute, genoss ihre Furcht. Diese Erkenntnis brachte ein Gefühl mit sich, das Mike fast ebenso stark erfüllte wie seine Angst.

Hass.

Bisher war er nicht dazu gekommen, Hass zu empfinden. Auch jetzt war nicht wirklich die Zeit dafür. Dennoch war das Gefühl plötzlich da. Er wollte den großen Mann töten. Er wollte diese Kreatur leiden lassen, bevor sie möglichst qualvoll starb. Es war egal, dass Mike keinen Schimmer hatte, wie er das anstellen sollte. Er wollte es fast so sehr, wie er entkommen wollte.

Der große Mann kam näher, während es in Mike brodelte.

KLICK-KLACK.

KLICK-KLACK.

Ein weiterer Schwall dieses surrealen Gelächters hallte über den Jahrmarkt. Das Geräusch riss Mike in die Realität zurück. Er blinzelte heftig, schüttelte den Kopf und versuchte, sich auf das wirklich Wesentliche zu konzentrieren. Ja, er wollte den großen Mann töten, aber unter den gegebenen Umständen war das nicht möglich. Der

Zirkusdirektor war noch immer ein gutes Stück entfernt, das gab Mike eine gute Gelegenheit zur Flucht. Möglicherweise seine letzte. Deshalb presste er jetzt die Hände auf den kalten Boden, drückte sich hoch.

Überrascht schrie er auf, als eine kalte – und sehr kräftige – Hand seinen Arm packte und ihn zurück zu Boden riss. Panisch drehte er sich um, ihm traten förmlich die Augen aus dem Schädel, als er die große Hand sah, die unter einer Zeltplane hervorragte. Die Plane hob sich ein wenig und dicke muskulöse Finger zogen ihn auf die schmale Öffnung zu. Mike wollte sich mit den Füßen gegen den Boden stemmen und dem Angreifer trotzen, aber seine Kraft reichte nicht. Er fiel auf den Bauch und schon rutschte sein Kopf unter der Plane hindurch. Zuerst sah er nichts als Dunkelheit, dann sehr undeutliche Schemen. Er öffnete den Mund, wollte schreien, aber eine andere Hand – kleiner und weicher als die an seinem Arm – legte sich auf seinen Mund und erstickte das Geräusch. Einen Herzschlag später war er im Inneren des Zelts.

Jemand setzte sich rittlings auf ihn, als wäre er ein mechanischer Bulle in einer dieser Kneipen für Bauerntrampel. Er war davon überzeugt, dass es sich dabei um dieselbe Person handelte, deren Hand auf seinem Mund lag. Eine Frau. Die andere Person, ein Mann – derjenige, der ihn in das Zelt gezerrt hatte –, drehte ihm den Arm auf den Rücken und berührte seine Kehle mit etwas Kaltem, Hartem. Mike schluckte, als ihm klar wurde, worum es sich handelte: die unglaublich scharfe Klinge eines sehr großen Messers.

Dann flüsterte der Mann in sein Ohr: »Wenn du leben willst, hör auf dich zu wehren und sei still. Du willst doch leben, oder etwa nicht?«

Mike schluckte schwer, dachte einen Moment intensiv über die Frage nach.

Dann nickte er, wobei sein Mund gegen die weiche Handfläche der Frau drückte.

Der Mann flüsterte erneut: »Dann keinen Mucks mehr, kein Atemzug, bis ich es dir sage. Bleib jetzt ganz ruhig … hier kommt er …«

Mike lauschte.

Und er hörte.

KLICK-KLACK.

KLICK-KLACK.

KLICK-KLACK.

# 2

Craigs andauerndes Rumfummeln an dem Drehknopf des Radios ging Heather Campbell auf die ohnehin schon angespannten Nerven. Er drehte an dem kleinen silbrigen Knopf herum, versuchte vergeblich, das uralte Radio dazu zu bringen, eine deutliche Frequenz zu empfangen. Und jedes Mal, wenn er ein Signal fand, das nicht zu sehr rauschte, kam er zu dem Schluss, dass er nicht mochte, was er hörte, und das ganze Spiel ging von vorne los.

Gerade hatte er es wieder getan, nachdem er auf 96X keine Minute lang irgendeinem alten Song von den Smiths zugehört hatte.

Heather seufzte. »Weißt du, Craig, der hat mir eigentlich ganz gut gefallen.«

»Dann hättest du was sagen sollen.« Sein Blick haftete auf dem Knopf des Radios, während er ihn weiterdrehte und dem kleinen orangefarbenen Balken dabei zusah, wie er sich hin und her bewegte. »Hältst du mich für einen beschissenen Gedankenleser?«

»Du hättest fragen können.«

Craig schnaubte. »Klar, und du hättest dir ein Auto kaufen können, das nicht während der Steinzeit gebaut wurde, hast du aber nicht. Scheiße, hör dir diesen Hurensohn an, der wie Barry White klingt. Was zur Hölle ist Radio Äther überhaupt?« Als ein lautes Rauschen die tiefe Stimme des Moderators übertönte, zuckte er zusammen und fluchte. »Und du hättest dir wenigstens ein neues beschissenes Radio kaufen können.«

Heather biss sich auf die Lippen, um ihre Antwort für sich zu behalten. Im Moment war ein weiterer Streit mit ihrem Freund das Letzte, was sie brauchte. Sie hatte nicht einmal gewollt, dass er mitkam. Es gab da eine potenziell ernsthafte Angelegenheit, um die sie sich kümmern musste, allerdings gab Craigs ahnungsloses Verhalten, das so typisch für ihn war, nicht den leisesten Hinweis darauf, dass er die Sache genauso ernst nahm. Es war zum Aus-der-Haut-Fahren. Craig war jung, klar, aber nicht so jung, um keine Vorstellung davon zu haben, dass in dieser verkackten Welt jeden Tag schlimme Dinge geschahen. Als sie ihm erzählt hatte, dass sie sich Sorgen machte, weil sie niemanden in Pleasant Hills erreichen konnte (nicht einmal die Notrufnummern), war seine Antwort typisch apathisch gewesen – ein leichtes Schulterzucken, während er weiter wie gebannt auf sein Videospiel gegafft hatte.

Erst als sie ihm gesagt hatte, sie werde nach Pleasant Hills fahren, um nach ihrer kranken Mutter zu sehen, hatte er ihr etwas gewährt, was ungeteilter Aufmerksamkeit zumindest nahekam. »Nicht ohne mich«, hatte er gesagt.

Natürlich hatte Heather versucht, ihn dazu zu bringen, zu Hause zu bleiben und sich zu entspannen. Aber Craig zu sagen, was er tun sollte, war in etwa so, als würde ein Bergsteiger den Versuch unternehmen, mit einem Steinschlag zu diskutieren. Sein Bedürfnis, immer in ihrer Nähe sein zu müssen, trieb sie in den Wahnsinn. Er war so anhänglich, dass man meinen könnte, er würde sie tatsächlich lieben. Aber Heather kannte die Wahrheit. Craig mochte es einfach nur nicht, allein zu sein. Niemals.

*Was für ein Scheiß …*

Ihr war klar, dass sie sich einfach von ihm trennen und sich nach einer gesünderen Beziehung umsehen sollte. Sie konnte sich nicht einmal vorstellen, den Rest ihres Lebens mit Craig zu verbringen. Allein der Gedanke war schrecklich. Allerdings gab es ein paar Gründe, weswegen sie die Trennung vor sich herschob. Zum einen war er bei Weitem der attraktivste Kerl, mit dem sie jemals ausgegangen war. GQ-Titelbildmaterial. Und der Sex war atemberaubend, mit Abstand der beste, den sie jemals gehabt hatte.

Aber der stärkere Grund war Furcht. Manchmal machte er ihr Angst. Jedes Mal, wenn sie sich dazu durchrang, ihm zu sagen, dass sie geschiedene Leute waren, dachte sie an damals, als er ihr gesagt hatte, er würde sie in *viele kleine Stücke* hacken, sollte er sie jemals dabei erwischen, wie sie ihm fremdging. Was diese Behauptung noch verstärkte, war seine Begeisterung für diese Fernsehsendung über echte Verbrechen auf A&E. Er schaute sie regelmäßig, amüsierte sich über das fehlerhafte Vorgehen der Mörder und sagte gelegentlich verstörende Dinge wie: »So würde *ich* das nicht machen.« Eine Person mit einem derartigen Wesen regte man nicht auf, solange es noch irgendeine andere Möglichkeit gab. Eine Trennung war zwar nicht dasselbe wie Fremdgehen, aber sie befürchtete, dass er es als ähnlich schlimm empfinden könnte.

Craig quietschte entzückt, als das Radio so klar und deutlich ein Signal auffing, wie es mit einem analogen Gerät nur möglich war. Das Lied, das gerade lief, war irgendein typischer Vertreter des Classic Hard Rock mit hämmerndem Rhythmus. Er drehte die Lautstärke bis zum Anschlag auf und schüttelte den Kopf wie irgendein Vokuhila-Flüchtling aus den Achtzigern.

Heather knirschte mit den Zähnen und packte das Lenkrad noch fester. Sie wusste nicht, ob sie über Craigs lächerliche – wenn auch ernst gemeinte – Interpretation der Typen aus Wayne's World kichern sollte oder aber frustriert schreien.

Wütend zwang sie sich, stattdessen an ihre Mutter und deren Misere zu denken und sich all die schrecklichen Dinge vorzustellen, die schiefgehen konnten. Seit Heather vor sieben Jahren ausgezogen war, hatte ihre Mutter stets allein gelebt. Aber letztes Jahr war es mit ihrer Gesundheit bergab gegangen und Heather hatte es sich zur Gewohnheit gemacht, alle paar Tage nach Pleasant Hills rauszufahren, um nach ihr zu sehen. Craig brachte das auf die Palme, aber zumindest in dem Punkt gab sie seinem anmaßenden Verhalten nicht nach. Sie würde alles Notwendige tun, um sicherzustellen, dass es ihrer Mutter gut ging.

Die alte Frau war mittlerweile so gebrechlich, neigte zum Hinfallen und brach sich die spröden Knochen (was innerhalb der letzten sechs Monate bereits zweimal vorgekommen war). Heather hoffte, sie könnte ihre Mutter irgendwann dazu überreden, zu ihr nach Brighton zu ziehen. Aber bislang hatte Heather auch das vor sich hergeschoben, weil sie genau wusste, dass Craig der Kragen platzen würde. Sich die kleine Wohnung mit dieser, um es auf seine charmante Art auszudrücken, »alten Schachtel« zu teilen, war für ihn undenkbar.

*Sieh's ein,* sagte sie zu sich selbst, *bald wirst du so was wie ein bisschen Rückgrat finden müssen und diesen Spinner auf die Straße setzen, damit du dich deiner Mutter gegenüber anständig verhalten kannst.*

Während sie lang gezogen ausatmete, entspannte sich ihr Griff um das Lenkrad.

*Eines Tages,* versprach sie sich selbst mit einem leichten Nicken, *Scheiße, vielleicht sogar schon morgen. Aber erst mal vermeidest du es, mit diesem völlig Geistesgestörten auf dem Beifahrersitz einen Krieg vom Zaun zu brechen. Tu, was du tun musst, und bring es hinter dich.*

Craig warf ihr regelmäßig vor, die Fehler ihrer Mutter zu ignorieren, aber auch hier irrte er sich gewaltig. Die Gefühle für ihre Mutter waren komplizierter, als ihrem bekloppten Freund klar war. Alice Campbell hatte Heather mit 43 bekommen, was man sogar heute noch als zu alt betrachtete, um ein Kind in die Welt zu setzen. Vor 26 Jahren hatten es die meisten Kleinstadtbürger Tennessees als geradezu uralt empfunden. Im Laufe der Zeit hatte es durchaus Gelegenheiten gegeben, das genauso zu sehen. Es war seltsam gewesen, eine Mutter zu haben, die sich dem Rentenalter näherte, während ihre Tochter gerade erst den Abschluss an der High School machte.

Der rockige Beat verstummte urplötzlich im Radio. Craigs Hand klebte noch immer am Lautstärkeregler, jetzt starrte er sie beunruhigt an. Sie runzelte die Stirn. »Was?«

Er verdrehte die Augen. »Du hast ausgesehen, als wärst du völlig weggetreten. Was ist verflucht noch mal mit dir los?«

Heather sah ihn einen Moment lang ausdruckslos an. Oh, es gab so vieles, was sie jetzt hätte sagen können, eine richtige Wagenladung aufgestauter und vernichtender Worte, die sie ihm liebend gern um die Ohren hauen wollte. Aber irgendwie fand sie die Kraft, sie noch ein weiteres Mal herunterzuschlucken.

Sie seufzte und sah wieder auf die Straße. »Nichts«, sagte sie leise und räusperte sich. »Ich mach mir nur Sorgen um Mom, sonst nichts.«

Craig schnaubte verächtlich und schüttelte den Kopf. »Heilige Scheiße. Ich finde es zum Kotzen, wie sie dich ausnutzt. Sie ist keine beschissene Invalidin.« Er lachte verächtlich. »Wenn du mich fragst, solltest du sie dafür hassen, dass sie dir einen bescheuerten Namen wie Heather gegeben hat.«

Wieder biss sie sich auf die Lippe. »Mein Name ist völlig in Ordnung.«

Craig schnaubte und grinste spöttisch. »Klar. Ich schwöre dir, wenn ich deinen beschissenen Namen höre, kann ich nur an diesen Drecks-Christian-Slater-Film denken. Ich hasse diesen beschissenen Film.«

Darauf erwiderte sie nichts. Craigs Begründungen ergaben nur selten einen Sinn, und wenn er so unlogisch und gehässig war, hatte es keinen Zweck, mit ihm zu streiten. Man konnte nicht gewinnen.

Darum sagte sie nur: »Ich mag den Film.«

Craig lachte ein weiteres Mal. »Wundert mich nicht. Du hast keinerlei Geschmack.«

Und das von einem Kerl, der *Showgirls* für den besten Film aller Zeiten hielt.

Er schüttelte kichernd den Kopf wie jemand, der sich über etwas amüsierte, das ein Kind sagte. »Beschissener *Heathers*. Beschissener *Rosenkranz und Güldenstern*. Ich kann den Dreck, auf den du abfährst, einfach nicht ausstehen. Alles nur so Kunstrotz oder mit Ecken und Kanten.« Das sagte er mit hörbarem Spott in der Stimme. »Und dieser langweilige bekackte Scheißdreck, den du liest, wie David Foster Wallace, als wärst du eine beschissene Intellektuelle. Du bist so verflucht überheblich. Blitzmeldung, Heather, niemand kauft dir das Schlaues-Mädchen-Gehabe ab. Du hast genau wie ich das College geschmissen.«

Das permanente Fluchen war noch etwas an Craig, das ihr auf die Nerven ging. Sie war nicht prüde. Wenn ihr danach war, konnte sie ebenfalls einen Wortschwall vom Gehalt einer Nuklearwaffe ablassen. Aber Craigs Vorliebe für Schimpfworte ließ sich mit nichts vergleichen, das sie jemals zuvor erlebt hatte. Sein alltäglicher Umgangston ließ jeden Hip-Hop-Song vergleichsweise harmlos klingen. Der Gedanke daran ließ Heather plötzlich müde werden, als ihr klar wurde, dass die Persönlichkeit ihres Freundes widerwärtig war. Und seine Abscheu für ihre Interessen machte ihn auch nicht liebenswerter.

*Liebe.*

Was für ein Witz – romantische Liebe hatte keinen Platz in ihrer über alle Maßen zerrütteten Beziehung und es war schon lange her, dass auch nur einer von ihnen versucht hatte, so zu tun. Es ging nur um den *niedlichen Arsch, Baby.*

Erbärmlich.

Sie seufzte und sah weiter auf die Straße.

Craig boxte ihr gegen die Schulter. »Warum beschissen noch mal seufzt du?«

*Geh nicht darauf ein. Reize ihn nicht. Denk an Mom.*

»Nichts.«

Er schlug ihr erneut mit der Faust auf die Schulter. »Gequirlte Kacke von wegen nichts. Hör auf, so eine beschissene Fotze zu sein, und sag mir, was dich verfickt noch mal stört, Schlampe.«

Sie funkelte ihn an. »Nenn mich nicht so.«

Ein Schmunzeln spielte um seine hübschen Mundwinkel. »Ich nenn dich, wie ich will … Schlampe.«

Der Chevelle kam mit quietschenden Reifen und ausbrechendem Heck am Straßenrand zum Stehen, als Heather das Bremspedal bis zum Bodenblech durchdrückte. Craig brüllte, wurde nach vorn geschleudert und schlug mit dem Kopf gegen die Windschutzscheibe, bevor er wieder in seinen Sitz zurückfiel. Wie er sie mit weit aufgerissenen Augen ängstlich ansah, vermittelte Heather augenblicklich ein Gefühl von Genugtuung. Craigs Emotionen waren gar nicht so kompliziert.

Er verengte die Augen zu schmalen Schlitzen und Wut verzerrte sein Gesicht, wodurch er fast hässlich wirkte. »Du Fotze. *Du verfickte Fotze!*« Sein Brüllen verstummte und auf seinem Gesicht erschien ein Grinsen – darin lagen ein Hauch Boshaftigkeit und ein Versprechen von Schmerzen. »Das wird dir noch leidtun.«

Er griff nach ihrer Handtasche, aber Heather reagierte eine Nanosekunde schneller. Ihre Hand tauchte in die offene Prada-Tasche und kam mit der 38er heraus, die sie von einem früheren Freund bekommen hatte. Sie drückte Craig die Laufmündung an die Nasenwurzel und war erschrocken, wie gelassen sie sich fühlte. Selbstverständlich spürte sie die Nervosität unter ihrer ruhigen Fassade, aber sie fühlte sich erstaunlich gefasst und ihre Stimme hatte einen autoritären Ton.

»Steig aus. Jetzt!«

Craig starrte sie mit großen Augen an und sein Mund klappte ungläubig auf. Aber er fing sich schnell wieder, das vertraute Grinsen kehrte zurück, als er die Fäuste ballte. »Ich geh nirgendwohin. Versuch nur, mich dazu zu zwingen.«

Heather lächelte. »Okay.«

Jetzt runzelte Craig die Stirn. »Was hast du gesagt?«

Sie spannte den Hammer der 38er und lächelte breiter. Darin lag der Hauch von vorübergehendem Wahnsinn. Mittlerweile raste ihr Herz, schlug wie eine manische Trommel in ihrer Brust und das zusätzliche Adrenalin in ihrer Blutbahn gab ihr mehr Mut, als sie für gewöhnlich aufbrachte.

»Raus aus meinem Auto«, sagte sie so gelassen wie zuvor, »oder ich leg dich um.«

Zum ersten Mal war in Craigs Blick so etwas wie Zweifel zu erkennen. Aber wie bei jedem Menschen, dem man sein schlechtes Verhalten zu lange durchgehen ließ, weigerte sich auch in ihm ein Teil geradewegs, die Überzeugung zu akzeptieren, die Heathers Tonlage und Mimik deutlich machten.

Er grinste. »Mach dich nicht lächerlich, Schlampe. Schmeiß mich hier raus, dann verrate ich vielleicht doch noch diese Sache, die du mal angestellt hast.« Sein Grinsen wurde bösartig. »Du erinnerst dich doch daran, oder etwa nicht? Als du das Ding jemandem das letzte Mal ins Gesicht gehalten hast? Ich *weiß* beschissen noch mal, dass du nicht willst, dass irgendwer davon erfährt. Ganz besonders nicht deine süße kleine alte Mutter. Also, steck das Scheißding weg!«

Heather wurde kalt. Sie hatten sich damals darauf geeinigt, diese Sache nie wieder zu erwähnen. Seit dem »Vorfall« (wie sie es nannte, wenn sie gezwungen war, daran zu denken) hatte sie den Großteil der Zeit damit verbracht, verzweifelt so zu tun, als wäre es nie geschehen. Und auch jetzt verdrängte sie die Erinnerungen, zwang sie wieder an den dunklen Ort zurück, wo sie hingehörten. Aber die Wut, die in ihr brodelte, blieb. Er war zu weit gegangen. Scheiß auf die Konsequenzen. Sie wollte den Wichser keinen Moment länger in ihrem Auto haben. Ihre Hand zuckte über seinen Schoß hinweg, zerrte am Türgriff und stieß die Beifahrertür so heftig auf, dass der Griff abriss. Sie registrierte, dass Craig sich wie immer geweigert hatte, den Sicherheitsgurt anzulegen, nahm all ihre Kraft zusammen und stieß ihn hinaus auf den Straßenrand. Fluchend fiel er in den Schotter und rollte vom Auto weg. Heather beugte sich zur Beifahrertür und schloss sie mit einem nachdrücklichen Rums.

Craig kam gerade auf die Beine, als sich Heather wieder ordentlich in ihrem Sitz aufrichtete. *»Ich werde dich abschlachten, Heather! Hörst du mich, verfickt noch mal?!«*

Heather hörte seine Schritte auf dem Schotter, als er zum Auto taumelte. Sie legte den Gang ein und trat das Gaspedal durch. Der alte Wagen schoss vom Straßenrand davon und ließ Craig zurück. Als sie endlich einen Blick in den Rückspiegel warf, konnte sie ihn in der Dunkelheit nicht erkennen. Einen kurzen Augenblick gestattete sie sich, davon zu träumen, ihn nie wiederzusehen. Aber dann traf sie die Erkenntnis mit der Gewalt eines Dampfhammers. *Er wohnt mit dir zusammen, du Trottel,* rief ihr eine besorgte Stimme in Erinnerung. *Er wird zu deiner Wohnung zurückgehen. Er hat einen Schlüssel. Weißt du noch? Und er wird alles, was du hast, stehlen oder zerstören. Das wird garantiert noch ein ernstes Nachspiel haben.*

Aber Heather brachte die innere Stimme zum Verstummen.

Tatsächlich schaffte sie es, ihren Verstand von sämtlichen Gedanken zu befreien. Angespannt lauschte sie dem Surren der Räder auf dem Asphalt des Highways, abgesehen von ihren Atemzügen das einzige Geräusch.

Nach einer Weile seufzte sie und lächelte wieder.

Auf der rechten Seite tauchte ein grünes Straßenschild auf. Darauf stand: PLEASANT HILLS, 11 Kilometer.

Craig sah zu, wie die Heckleuchten des Chevelle kleiner wurden, bis sie kaum noch auszumachende Lichtpunkte waren. Dann verschwanden sie und er wurde sich darüber bewusst, völlig allein auf dem Highway gestrandet zu sein. Während er in Richtung Pleasant Hills lief, tröstete er sich mit Rachefantasien. Als er sich vorstellte, wie ihn die Fotze mit aufgerissenen Augen angaffte, sobald er ihr die Spielzeugpistole wegnehmen und ins Gesicht schieben würde, lächelte er. Und vielleicht würde er die Knarre ja noch in ein paar andere Stellen ihres Körpers schieben.

Die Fantasie ging noch weiter.

Er stellte sich vor, wie sie zitterte und um ihr Leben bettelte. Sah sich selbst lachen, den Abzug durchziehen und dann eine wunderschöne rote Explosion aus ihrem Hinterkopf emporsteigen, genau wie in seinen Lieblingsfilmen.

»Ja, Kleines. Papi wird dir beschissen noch mal ein für alle Mal zeigen, wo dein Platz ist.«

# 3

Der kleinwüchsige Clown stolzierte an der offenen Schlafzimmertür vorbei, hüpfte wie ein kleines Mädchen mit Rattenschwänzen auf dem Spielplatz durch den mit Teppich ausgelegten Flur. Dazu sang er ein fröhliches Liedchen. War das Deutsch? Alice kannte die Sprache nur minimal, aber im Refrain wiederholten sich Worte wie »Fräulein«. Sie hörte das *Flopp-Flopp* der übergroßen Clownsschuhe, während er (zumindest nahm sie an, dass es ein Er war) am Ende des Flurs plötzlich stehen blieb, auf dem Absatz kehrtmachte und noch einmal an ihrer Tür vorbeikam.

Der Clown winkte, als er vorüberging.

Alice Campbell nahm an, dass sie den Verstand verlor. Welche Erklärung gäbe es sonst für das, was sie sah? Es musste ein ernst zu nehmendes Anzeichen dafür sein, dass sie langsam senil wurde. Wahrscheinlich litt sie bereits seit Monaten daran, möglicherweise seit Jahren, und nun zeigten sich die Symptome als Halluzination.

Der kleine Clown hatte mehr von einem Darsteller einer Horrorshow als von einem fröhlichen Zirkuskünstler. Sein Bauch war ungewöhnlich rund. Nicht fett, sondern *rund,* als hätte ihm jemand einen großen Wasserball die Kehle bis in den Magen hinuntergeschoben. Und jedes Mal, wenn sie einen Blick auf die weiß-schwarze Clownsschminke erhaschte, die seine Gesichtszüge verbarg, war sie mehr und mehr davon überzeugt, dass es gar keine

Schminke war. Es fehlte dieser typische Glanz. Die Farben wirkten blasser, natürlicher, irgendwie mit der Haut verschmolzen, als wäre die Maske das tatsächliche Gesicht des Clowns. Das war absurd, dennoch war Alice davon überzeugt. Seine abscheulich aufgeblähten roten Lippen sahen aus wie fette Würstchen, und als diese sich zu einem wahnsinnigen Grinsen dehnten, zeigten sich dahinter Zähne, die viel zu lang und spitz für die eines Menschen waren.

Also musste das hier eine Halluzination sein. Oder ein Albtraum.

Nun … es gab da noch eine andere kleine Möglichkeit. Klein, weil sie irre und dermaßen unmöglich war, dass Alice wusste, sie sollte sie nicht einmal ernsthaft in Betracht ziehen. Ihr gesunder Menschenverstand drängte sie dazu, diesen bizarren Gedanken zu ignorieren. Aber schon den ganzen Tag hatte sie das Gefühl, als würde etwas nach ihr rufen. Als es anfing, war sie noch der Meinung gewesen, dieses Gefühl der seltsamen Art zuschreiben zu können, in der sich ihr Verstand gelegentlich auf irgendwelche zufälligen Gedanken oder Ideen fixierte, bis sie eine Bedeutung an sich gerissen hatten, die ihnen überhaupt nicht zustand. Aber das hier war anders. Mittlerweile war sie davon überzeugt, dass dieser Ruf von außerhalb stammte, nicht aus ihrem eigenen Verstand. Da war dieses beinahe körperliche Gefühl, *gezogen* zu werden.

Diese seltsame Empfindung war während eines Telefonats am Nachmittag noch stärker geworden. Sie hatte sich mit Ruth Irving unterhalten, die einzige Person, die Alice in Pleasant Hills kannte und die sie fast schon als Freundin bezeichnen würde. Ruth hatte ihr von dem Zirkus erzählt, der am Vortag angekommen war und seine Zelte im Bentley Park aufgeschlagen hatte. In dem Moment, als Ruth den Namen des Zirkus erwähnte …

*»Der Gebrüder Flaherty Wanderzirkus und Freakshow. Klingt das nicht schrecklich? Das klingt so … 19. Jahrhundert. Ich hab gedacht, so was wie Freakshows gibt es gar nicht mehr. Ich nehme an, ich bin ein Opfer meiner morbiden Neugierde geworden. Frank und ich gehen morgen Abend zur Eröffnungsvorstellung.«*

… hatte sie dieses Gefühl, gerufen zu werden, sofort mit dem Zirkus in Verbindung gebracht.

Ihre praktische, rationale Seite kämpfte den Rest des Tages gegen dieses Gefühl an, aber es verschwand nicht völlig. Sie musste die ganze Zeit daran denken. So sehr, dass sie in Erwägung zog, ihre Tochter anzurufen und sie zu bitten, mit ihr zum Zirkus zu gehen. Was eine altersschwache Frau wie Alice Campbell an einem lauten, wuseligen Ort wie einem Zirkus wollte, konnte sie selbst nicht sagen. Aber der Drang war real und heftig. Das Einzige, was sie davon abhielt, war der Gedanke an die Umstände, die es Heather machen würde, und an den schrecklichen Mann, mit dem sie zurzeit zusammenlebte.

Also nahm sie ein paar Schlaftabletten und ging ins Bett, obwohl es draußen noch hell war. Als sie aus ihrem tiefen Schlaf aufwachte, war das Gefühl verschwunden. Für einen Augenblick war sie sehr erleichtert gewesen – und dann begann das seltsame deutsche Singen des Clowns durch den Flur zu hallen. Es hatte sie dermaßen erschreckt und ihr solche Angst gemacht, dass sie sich wunderte, keinen tödlichen Herzinfarkt erlitten zu haben.

Das war vor 15 Minuten gewesen.

Anfangs hatte sie gedacht, sie würde noch schlafen und in einem sehr seltsamen Traum feststecken. Aber nachdem der Clown ein- oder zweimal an ihrer Tür vorbeigekommen war, verdrängte sie diesen Gedanken und fing allmählich an zu akzeptieren, dass sie möglicherweise den Verstand verlor.

Die Theorie war nicht völlig unhaltbar. Sie wusste, dass sie nicht mehr ganz auf der Höhe war wie früher einmal. Ein paar der Anzeichen existierten ganz eindeutig. Ihr Verfall war weiter fortgeschritten als in ihrem Alter üblich. In früheren Jahren hatte sie nicht unbedingt auf ihre Gesundheit geachtet. Der ganze Alkohol und die Verhältnisse mit all diesen falschen Männern. Sie hatte ihren Körper auf vielfältigste Weise geschunden und nun schritt der Verfall seit Jahren stetig voran. Es war nur natürlich, dass auch ihr Verstand irgendwann die Segel streichen würde. Ein schrecklicher Gedanke, aber immer noch besser als zu glauben, ein singender Monsterclown tanze durch ihren Flur.

Dennoch, Alice hatte ihr hartes Leben nicht so lange durchgestanden, ohne sich eine gehörige Portion Pragmatismus zuzulegen, der ihr während der härtesten Abschnitte hilfreich zur Seite stand. Dieser Pragmatismus war in jüngeren Jahren sehr nützlich gewesen, als sie zwei Arbeitsstellen und eine kleine Tochter hatte, denen sie gerecht werden musste. Niemand war in dieser harten Zeit bei ihnen gewesen, um zu helfen. Sie hatte sich ihre arthritischen Finger blutig gearbeitet und all die Freiheit und Bequemlichkeit geopfert, die sie ohne ein Kind hätte genießen können. Das alles hatte sie für das Kind getan, den einzigen Lichtblick in ihrem Leben, und sie hatte es mit Freuden und ohne zu zögern getan, selbst wenn der Kater zu groß oder sie eigentlich zu müde gewesen war, um überhaupt zur Arbeit zu gehen.

Jetzt rollte sich die Pragmatikerin auf die Seite, zog die Nachttischschublade auf, holte die Pistole heraus – eine glänzende kurzläufige 38er, die sie regelmäßig ölte und reinigte – und rollte sich wieder auf den Rücken.

Sie zielte auf die offene Tür und wartete auf das Clownsding. Halluzination oder nicht, sie würde ihm eins auf den

Pelz brennen. Alice war eine ziemlich gute Schützin. Auf die eine oder andere Art würde sie ihr Problem schon lösen. Entweder würden die Kugeln harmlos durch den Spuk hindurchsausen und in die dahinterliegende Wand einschlagen oder der Eindringling in ihrem Zuhause würde sein Gehirn an der Wand verteilt wiederfinden. Sie nahm an, Ersteres war das wahrscheinlichere Szenario, aber sie hatte kein Problem damit, den Clown zu töten, sollte er sich als echt herausstellen. Sollte er tatsächlich real sein, war er ein Fremder, ein Eindringling und offensichtlich gefährlich und geistesgestört.

Sie war bereit, das zu tun, was nötig war, so wie sie es immer gewesen war.

Die Zeit zog dahin. Lange genug, dass die Angst zurückkam. Ihre Hände begannen zu zittern und sie schmeckte den salzigen Schweiß, der ihr in kleinen Perlen über die Lippen in die Mundwinkel lief. Irgendwann bemerkte sie, dass es still im Flur war. Ihr fiel auf, dass das *Flopp-Flopp* der großen Clownsschuhe in dem Moment aufgehört hatte, als sie die Pistole aus dem Nachttisch geholt hatte. Vielleicht war der Clown geflüchtet, als er sah, was sie tat. Der Gedanke, dass er sich versteckte, war beruhigend. Es konnte nur bedeuten, dass er Angst hatte. Vielleicht war der Clown tatsächlich irgendein unmenschliches Ding aus einem Albtraum, aber offensichtlich fürchtete er sich vor dem, was ihre Waffe ihm antun könnte.

Die Vorstellung verlieh Alice neuen Mut, zauberte ein sprödes Lächeln auf ihre bebenden Lippen. Wahrscheinlich war er noch da draußen, gerade so außer Sichtweite. Und hoffentlich pisste er sich gerade in seine dämliche rote Hose. Das Bild, das diesen Gedanken begleitete, ließ sie beinahe lachen.

Aber ihre plötzliche gute Laune verpuffte im nächsten Augenblick.

Alice sah ein einzelnes Clownsauge, das sie am Türpfosten vorbei anstarrte. Bis eben hatte sie die Besonderheit der Augen dieses Dings nicht bemerkt. Vielleicht weil sie nur ein seltsames Detail inmitten eines Panoramas verblüffender Absonderlichkeiten war. Aber da Alice sich in diesem Moment auf dieses eine Detail der Anatomie des eigenartigen Wesens konzentrieren konnte, verschlug ihr das Ausmaß an *Verkehrtheit* dessen, was sie sah, den Atem. Es gab weder Iris noch eine Pupille, sondern nur eine große schwarze Kugel mit einer übertrieben hochgezogenen Augenbraue darüber, sodass sie wie ein auf den Kopf gestelltes *V* aussah. Das Auge selbst glänzte im Licht der Flurlampen. Ein Funkeln, das beinahe greifbare Bosheit in ihr Schlafzimmer warf.

Alice schluckte schwer und ermahnte sich zu atmen. Sie korrigierte ihr Ziel und richtete die Pistole auf das Auge des Clowns. »Ich gebe dir genau eine Chance, Kumpel. Du kannst entweder aus meinem Zuhause verduften, oder ich streiche die Wand hinter dir im selben Rot wie deine bescheuerte Kackhose. Ich zähle bis drei. An deiner Stelle wäre ich dann schon längst weg.«

Alice räusperte sich und begann zu zählen. »Eins …«

Der Clown brachte seinen Kopf in Sicht – er grinste sie am Türpfosten vorbei an und watschelte zur Seite.

Er machte einen Schritt durch den Türrahmen.

Alices Hand zitterte wieder, darum zielte sie auf den üppigen Bauch des Dings – da konnte sie gar nicht vorbeischießen. »Zwei. Leidest du an Todessehnsucht, Junge?«

Der Clown grinste breiter, zeigte noch mehr von seinen viel zu spitzen Zähnen.

Zähne wie Messer.

Er schlurfte auf sie zu.

Alice presste knirschend die Kiefer aufeinander. »Ach, scheiß drauf.«

Sie zog den Abzug der 38er durch. Dann noch mal. Und noch mal. Trotz ihrer Überzeugung, sie könnte nicht danebenschießen, zischte die erste Kugel links am näher kommenden Clown vorbei. Er warf den Kopf zurück und sein kugelförmiger Leib bebte vor geräuschlosem Lachen. Die zweite und dritte Kugel trafen den großen Bauch genau in der Mitte. Es folgte ein Knall, der Alice an einen platzenden Ballon erinnerte. Unter anderen Umständen wäre der vorgetäuschte Schrecken im Clownsgesicht mit seinen weit aufgerissenen Augen komisch gewesen. Beispielsweise in einer Horrorkomödie oder irgendeiner Fernsehsendung. Dann, als es den Körper des Clowns zerfetzte und ein Teil zur Decke geschleudert wurde, schrie Alice. Der schlaffe Körper hing nun am Deckenventilator und drehte sich, Blut regnete auf die Matratze. Blut spritzte auch in ihr Gesicht und auf ihr Nachthemd. Der salzige Geschmack überzeugte Alice ein für alle Mal davon, dass das weder ein Traum noch eine Halluzination war.

Der Kopf des Clowns – der einzige Teil seines Körpers, der noch intakt war – baumelte an einem der Ventilatorblätter. Das Wesen grinste zu ihr hinunter, sein Mund bewegte sich, die messerartigen Zähne nagten auf dem Holz des Blatts herum.

Alice tastete nach dem Telefon auf ihrem Nachttisch. Sie gab die Notrufnummer ein und bemerkte, dass sie kein Freizeichen hörte. Das ergab keinen Sinn. Alle ihre Rechnungen waren bezahlt. Darum kümmerte sich Heather jeden Monat. Sie legte mehrmals auf und hob wieder ab. Die Leitung war definitiv tot. Fluchend warf sie den Hörer weg und sah hinauf zum Deckenventilator.

Der Mund des Clowns war voller Holzsplitter, die er jetzt ausspuckte. Einer davon streifte Alice seitlich am Kopf. Der Clown sah zu ihr hinunter und präsentierte sein boshaftes Grinsen. Plötzlich ließ er das zerstörte Blatt los und landete auf dem Fußende der Matratze. Alice zuckte zusammen, drückte den Rücken gegen das Kopfende des Bettes.

Mit Ausnahme seines Schädels sah der schlaffe Körper des Clowns tatsächlich wie ein geplatzter Ballon aus. Ein Ballon, der allem Anschein nach aus einer unmöglichen Verbindung aus dehnbarem Kunststoff und lebendem Gewebe bestand.

*Das ist nicht echt,* sagte ihr eine verzweifelte innere Stimme. *Das weißt du. In der realen Welt kann es ein Ding wie diese Kreatur einfach nicht geben. Du hattest von Anfang an recht. Du verlierst den Verstand.*

Der Clownskopf bewegte sich auf sie zu, indem er sich mit seinen Furcht einflößenden Zähnen über die Bettdecke zog. Alice wimmerte. Sie erinnerte sich an die Pistole in ihrer Hand, packte sie fest mit beiden Händen und richtete sie auf die rote Knollennase des Dings.

Sie drückte ab.

Ein Schuss krachte.

Die Kugel durchschlug das Gesicht des Clowns genau in der Mitte. Seine Nase explodierte, ließ Alice an eine ekelhaft geschwollene, mit Blut gefüllte Zecke denken. Der Kopf des Clowns rutschte, von den flatternden Überresten seines Körpers begleitet, rückwärts vom Bett und fiel auf den Boden.

Alice keuchte. Mit einem Mal schien die Pistole in ihren Händen mehrere Hundert Kilo zu wiegen. Dennoch klammerte sie ihre Finger um den Griff, weigerte sich, ihren einzigen Schutz aufzugeben. Sie hörte ein Schnaufen und wusste, der Clownskopf versuchte, sich am herunterhängenden Teil der Bettdecke hochzuziehen.

»Stirb, verfluchte Scheiße noch mal.«

In diesem Moment war sich Alice sicher: Man konnte

es nicht töten. Man konnte dieses abscheuliche Ding auf alle Fälle verletzen, aber man konnte es nicht vernichten.

Hektisch schwang sie die müden Beine über eine Seite des Betts, griff nach ihrem Gehstock und stand schwankend auf. Ihre Hand legte sich fest um den Griff des Gehstocks, sie hielt sich so verzweifelt daran fest, als würde sie sich mit den Fingerspitzen an einer hohen Klippe festklammern. Alice wusste, sollte sie hinfallen, war sie so gut wie tot. Mit dem Rollator wäre sie schneller und beweglicher, aber mit dem konnte sie die Pistole nicht halten. Also humpelte sie los, nutzte die verbliebene Kraft ihres Oberkörpers und wuchtete sich vorwärts. Erstaunlicherweise bewegte sich Alice schneller, als sie es für möglich gehalten hätte, wahrscheinlich half das durch die Angst freigesetzte Adrenalin.

Während sie zur Tür humpelte, hielt sie ausreichend Abstand zum Fußende des Betts, sah jedoch kurz zurück. Der Kopf des Clowns hatte fast die Kante der Matratze erreicht. Er schien ihren Blick zu spüren, denn jetzt drehte er sich zu ihr um und starrte sie mit diesen großen schwarzen Kugeln an.

Seine Zähne lösten sich von der Bettdecke und der Kopf fiel zurück auf den Boden.

Er begann auf sie zuzukriechen.

Alice schrie und stürzte durch die offene Tür. Ihr Herz schlug wie wahnsinnig. Vielleicht zu wahnsinnig. Ihr war schwindlig, während sie sich durch den Flur bewegte. Am Rande ihres Sichtfelds wurde es allmählich weiß.

Am Ende des Flurs tauchte ein Schatten auf.

Da war noch jemand. Wahrscheinlich ein weiteres Monster aus dieser Freakshow.

Alice öffnete den Mund, wollte schreien, rutschte in diesem Augenblick von ihrem Gehstock und stürzte auf den Teppichboden. Sie schaffte es, sich auf den Rücken zu rollen, riss die Pistole hoch und zielte auf den zweiten Eindringling.

Sie drückte ab.

Und erkannte das Entsetzen auf dem hübschen Gesicht ihrer Tochter, als der Hammer der 38er herabsauste.

# 4

KLICK-KLACK.

Klick-Klack.

… klick-klack …

Mike lauschte den stetig leiser werdenden Schritten des Zirkusdirektors. Erst als sein eigener Herzschlag das Geräusch übertönte, entspannte er sich ein wenig. Es verging ein weiterer nervenaufreibender Moment, bis auch der Druck der Klinge gegen seine Kehle nachließ. Das Messer berührte nach wie vor seine Haut, drohte aber nicht mehr, ihn jeden Augenblick aufzuschlitzen. Dafür verschwand die weiche Hand dieser Frau von seinem Mund. Er atmete erschrocken ein, als er spürte, dass sich ihm etwas in der Dunkelheit näherte – dann spürte er ihre Lippen auf seinen.

Sie sagte etwas, wobei ihre Lippen sinnlich über seine strichen. Die Worte waren sehr leise, fast unhörbar: »Es gilt noch immer, was Daniel gesagt hat. Kein Wort, bis wir dir sagen, dass du reden darfst.« Sie zögerte, seufzte in seinen geöffneten Mund und sprach weiter: »Ich bin mir ziemlich sicher, dass du keiner von ihnen bist, aber wir müssen sichergehen. Wir müssen dich testen.«

Testen?

Lediglich ein einzelnes Wort, zwei rätselhafte Silben, dennoch ließ es ihn besorgt schaudern. Was zum Teufel sollte das bedeuten? Er spannte den Rücken an und wollte sich aus dem Griff des Mannes winden. Aber der

Mann – Daniel – drückte ihm den Arm kräftig gegen den Rücken und erhöhte den Druck der Klinge an seiner Kehle. Mike blieb der Atem im Halse stecken und er hielt still.

Die Frau entfernte sich von Mike, rutschte rückwärts in die Dunkelheit und schien nach etwas zu suchen. Er hörte ein Schaben in der Finsternis und sah dann einen Funken Licht. Eine kleine Flamme, die an der Spitze eines Streichholzes tanzte. Er beobachtete, wie sich das Streichholz senkte und etwas anderes entzündete. Einen Augenblick später wurde der Raum von einem helleren – aber nach wie vor weichen – Licht beleuchtet. Es war eine antike Laterne.

Die Frau sah ihn lächelnd an.

Sie war hübsch, klein und schlank, mit einem unregelmäßigen Pagenschnitt, dessen Haare ihr ins Gesicht hingen. Irgendwie erinnerte sie ihn an eine Fee. Sie war jung, vielleicht Anfang 20, und Mike war sich ziemlich sicher, dass sie nicht zu den Zirkusleuten gehörte. Abgesehen von ihrer Schönheit sah sie zu normal aus. Sie trug Blue Jeans und ein tailliertes schwarzes T-Shirt mit einem glitzernden AC/DC-Schriftzug auf der Front.

Sie rutschte wieder näher an ihn heran und stellte die Laterne neben ihm auf den Boden. »Tut mir leid. Das tut es wirklich. Du wirkst in Ordnung. Ich hab so ein Gefühl bei dir. Aber wir können kein Risiko eingehen.«

Daniel schnaubte. »Ganz genau.«

Sie nahm Daniel das Messer ab. Dieser hingegen packte Mike am Hals, hielt ihn fest, während das Mädchen ihm das Hemd hochzog und die Messerspitze gegen den Bauchnabel drückte. Mike atmete erschrocken ein, versuchte, seine Haut dazu zu bringen, sich der Klinge zu entziehen.

Aber das Messer kam näher.

Mike stammelte: »Wa…was hast … du … vor?«

Der Blick des Mädchens war entschlossen, sie starrte ununterbrochen die Klinge an und sagte: »Den Test.«

»Was für einen Test?«

Die Spitze der Klinge durchdrang seine Haut. Er spürte einen scharfen, stechenden Schmerz, während Blut aus der kleinen Verletzung trat. Die Klinge drang tiefer ein und es floss mehr Blut. Mike musste sich zusammenreißen. Er zitterte, er hatte Angst, möglicherweise mehr als noch vor wenigen Minuten, als er vor dem großen Mann weggelaufen war. Aber er musste sich gegen diese Furcht stemmen, absolut stillhalten. Die Klinge drang noch einen Zentimeter tiefer. Mike biss die Zähne zusammen, sein Gesicht war vor Konzentration verzerrt.

Dann sah ihm das Mädchen wieder in die Augen.

Sie seufzte. »Er ist keiner von ihnen.«

Daniel fluchte murmelnd. »Woher willst du das wissen? Nur die Clowns platzen dadurch. Er könnte eines der anderen Dinger sein. Die scheinen das ganze Innenleben zu haben, Organe und alles, genau wie wir.«

Mike wusste nicht wirklich, was Daniel mit »anderen Dingern« meinte, hatte aber so eine Ahnung. Allerdings wurde seine diesbezügliche Neugierde vom zweiten Kommentar des Manns über das »Innenleben« verdrängt. Das konnten sie nur wissen, wenn sie eines der »anderen Dinger« ausgeweidet hatten.

Das Mädchen schüttelte seufzend den Kopf. »Nein. Er ist keiner von ihnen.«

»Woher zur Hölle willst du das wissen?«

Sie zeigte ihm das Messer übertrieben deutlich, indem sie die Klinge näher an die Laterne hielt. Mike wurde vom Anblick seines eigenen Blutes übel. »Sieh dir sein Blut an. Deutlich rot.« Sie ließ den Blick über Mike schweifen, bevor sie zu Daniel sagte: »Du hast heute Abend genug von ihnen getötet, um zu wissen, dass ihr Blut nicht wie unseres aussieht.«

Plötzlich ergab der Test für Mike sehr viel mehr Sinn. Er drückte sein Hemd auf die kleine Wunde, versuchte, die Blutung zu stoppen. Er schauderte, dachte daran, wie knapp er dem Gemetzel im Zirkuszelt entkommen war. Er hatte keinen der Freaks getötet, aber gesehen, wie sie verletzt worden waren. Und das Mädchen hatte recht. Sie bluteten nicht wie Menschen. Genauso wenig bluteten sie alle identisch. Bei manchen war das Blut eine dunkle, zähflüssige Substanz, während es bei anderen neonfarben aussah und irgendwie an Giftmüll erinnerte.

»Ich bin keiner von diesen Freaks. Das wisst ihr jetzt. Also, lasst mich verflucht noch mal gehen, okay?«

Daniel ließ Mikes Arm los. »Ich hoffe, du weißt, was du tust, Jinx. Ich hoffe wirklich, dass du uns damit nicht alle verflucht noch mal ans Messer lieferst.«

Mike rieb sich den schmerzenden Arm und runzelte die Stirn. Er krümmte die Finger und zuckte bei dem Schmerz zusammen, als das Blut wieder ungehindert zirkulieren konnte. Dieser Typ hätte ihm fast den Arm abgedreht. Er überlegte, einen schnippischen Kommentar dazu abzugeben, verwarf es aber schnell als außerordentlich schlechte Idee.

Stattdessen sagte er: »Falls einer von euch heute Nacht stirbt, dann bestimmt nicht meinetwegen. Das kann ich euch versprechen.«

Daniel schnaubte. »Genau. Okay, vielleicht bist du keiner von diesen Dreckskerlen, aber deine Blödheit könnte uns dennoch gewaltig in die Scheiße reiten, Arschloch.«

Mike wollte gerade etwas erwidern, als ein Geräusch von draußen ihn davon abhielt. Es klang wie uralte rostige

Getriebeäder, die schabend ineinandergriffen, während sie sich langsam in Bewegung setzten. Erschrocken zuckte er zusammen und sah zu Jinx, die einen Zeigefinger an ihre Lippen hob, um ihn davon abzuhalten, etwas zu sagen. Dann blies sie die Laterne aus. Das schabende Geräusch war wieder zu hören, diesmal jedoch veränderte es sich, wich einem lauten hallenden Gestotter – BAMM-BAMMBAMMBAMM – und klang plötzlich nach etwas Kräftigem und Gefährlichem, das sich gegen die Innenseite eines Metallfasses oder so warf.

Das Geräusch wurde lauter, ohrenbetäubend. Die Welt bestand nur noch aus diesem bewusstseinszertrümmernden Lärm. Mike zuckte, als ihn etwas an der Hand berührte, entspannte sich dann ein wenig, als sich eine kleinere, weichere Hand in seine schob und sie fest griff.

*Jinx*, dachte er.

Hoffte er.

Sie zog, drängte ihn dazu, ihr tiefer ins Zelt zu folgen. Er traute ihr nicht zu, dass sie ihn an einen sicheren Ort bringen würde, aber die Alternative – zu bleiben, wo er war, so nah an der Quelle des schrecklich schabenden und krachenden Lärms – war weitaus schlimmer. Er ließ sich von ihr auf die Füße ziehen und folgte ihr tiefer in die Dunkelheit.

Jetzt hörte Mike hinter sich noch etwas anderes, das fast völlig von dem metallischen Krachen verschluckt wurde. Daniel. Er schrie ihnen etwas zu. Natürlich. Er hatte mitbekommen, dass sie sich von ihm entfernten. Wahrscheinlich entsetzte den armen Bastard der Gedanke, allein zurückgelassen zu werden. Mike würde sich an seiner Stelle genauso fühlen. Warum klammerte sich Jinx an ihn und nicht an Daniel? Er hatte angenommen, dass sie ein Paar waren, aber mittlerweile zweifelte er daran. Jinx würde ihren Freund wohl nicht für einen Fremden,

den sie in einer dermaßen beschissenen Situation getroffen hatte, zurücklassen.

Er würde später hoffentlich noch Gelegenheit haben, sich darüber den Kopf zu zerbrechen. Vielleicht.

Eine kräftige Hand legte sich auf seine Schulter und er schrie auf. Die Hand packte fester zu und drehte ihn um. In der Dunkelheit konnte er nichts erkennen, aber es konnte sich nur um Daniel handeln, der Mike verprügeln wollte, weil dieser mit dem Mädchen abgezogen war, das bis vor Kurzem noch Daniels Begleitung gewesen war. Mike spürte, wie ihm Jinx' weiche Hand entglitt. Er ballte seine Hände zu Fäusten, hob sie vor sein Gesicht, um zumindest ein paar der erwarteten Schläge abzuwehren.

Plötzlich war das Schaben und Poltern vorbei. Mike hörte seine eigenen Atemzüge wieder, ein Klingeln in seinen Ohren und das schnelle Schlagen seines angstgetriebenen Herzens.

In der Dunkelheit hörte er Daniels Stimme, nah genug, um die Hitze seines Atems zu spüren. »Was verflucht noch mal ist jetzt los!?«

Und dann meldete sich Jinx zu Wort, wenn auch nur mit einem leisen »Still!«.

Alle drei verharrten in fast absoluter Bewegungslosigkeit. Mike schluckte einen harten, bitteren Kloß herunter. Einen Moment lang flackerte so etwas wie verzweifelte Hoffnung in ihm auf – *vielleicht ist es weg* –, bevor ein neues Geräusch die Stille zerriss und die absurde Hoffnung unter sich begrub.

Dieses Geräusch war ganz anders als das Dröhnen zuvor, leiser und unterschwelliger. Als Mike begriff, was er da hörte, packte ihn das mittlerweile fast vertraute Entsetzen. Es war ein Geräusch, das Mike kannte ... als würde Stoff zerreißen.

Er schluckte und schaute ganz langsam nach oben.

Jinx tat es ihm gleich und flüsterte: »Ach du Scheiße.«

Die Dunkelheit löste sich auf. Jemand oder etwas hatte die Oberseite des Zeltes abgerissen. Blasses Mondlicht strömte gemeinsam mit einer Brise heißer rauchiger Luft herein. Mike blinzelte heftig und schaute durch die Öffnung. Der Anblick dieses Dings, das seinen Blick erwiderte, ließ seine Knie weich werden. Die Gewissheit, dass Jinx wieder bei ihm war, seine Hand packte, war alles, was ihn auf den Beinen hielt.

»Was für eine Scheiße ist das?«, fragte Daniel, der ebenfalls hinaufstarrte.

Mike schüttelte ungläubig den Kopf, er hatte keine Ahnung. Das Ding war riesig, irgendeine mechanische Monstrosität, die vage an eine Spinne erinnerte. Es hatte einen Metallkörper, der wie eine bizarre Mischung aus einem Panzer-Geschützturm und einem Apollo-Mondmodul aussah. In der Nähe seiner Spitze befand sich eine einzelne pulsierend glühende Kugel, eine Albtraumausgeburt zyklopischen Wahnsinns. Aus mehreren dunklen Abgasöffnungen strömte heißer Dampf, aus der Unterseite des Dings ragten sechs mit Gelenken versehene Metallbeine. Ja, es war eine Maschine, aber nicht nur das. Mike konnte nicht sagen, woher er das wusste, aber er tat es. Irgendwie war es lebendig und genauso bösartig und tödlich wie der Zirkusdirektor auf seinen Stelzen.

Das Ding beugte plötzlich seine Beine, senkte seinen Körper näher an die Öffnung im Zeltdach. Dabei entstand wieder dieses schrecklich schabende Geräusch. Der Kopf des Monsters neigte sich über die drei wehrlosen Menschen, lange Stahlkabel mit Greifzangen daran schlängelten sich auf sie zu.

Jinx rannte in die entgegengesetzte Richtung, zerrte Mike hinter sich her. Er stolperte über seine eigenen schweren Füße, stürzte zu Boden und hörte sie fluchen. Jeden Augenblick rechnete er damit, dass sie ohne ihn weiterlaufen würde. Stattdessen ging sie neben ihm in die Knie, packte seine Hand und zog ihn auf die Füße. Mike schaffte es aufzustehen, stolperte hinter ihr her, und trotzdem musste er sich noch einmal umdrehen – was er sah, ließ sein Herz für einen Takt aussetzen.

Daniel stand einfach nur da, die Angst lähmte ihn. Von seinem angeberischen Gehabe war nichts mehr übrig. Er starrte zu dem Spinnenmonster hinauf und rührte sich keinen einzigen Millimeter, während eines der Kabeltentakel auf ihn zuraste. Die klirrenden Zangen glänzten im Mondlicht. Eine der riesigen Klingen schnitt durch Daniels Hals, sein Kopf kippte von seinen Schultern. Helles Blut spritzte, bevor sein Körper zusammenbrach.

Jinx schrie würgend auf. Mike nahm an, dass sie es auch gesehen hatte. Nur schwer konnte er den Blick lösen. Doch sie zog heftiger an seiner Hand und endlich rannten die beiden so schnell sie konnten, schlängelten sich durch Reihen von Klappstühlen und an einer Bühne vorbei. Dort lag etwas Seltsames, ein vielfarbiger Haufen durcheinandergeworfener Kleidungsstücke. Clownskostüme. Blutige Clownskostüme. Mike wäre beinahe gestolpert, als er bemerkte, dass der Kleiderhaufen offenbar … atmete.

Als sie die Bühne passiert hatten, entdeckte Mike eine kleine Öffnung am hinteren Ende des Zelts. Jinx hetzte bereits darauf zu. Sie schien genau zu wissen, wohin sie musste. Er dachte an den Test, an das Messer in seinem Bauch, was Jinx zu Daniel gesagt hatte. Und er dachte an den Haufen atmender Clownskleidung und hatte mit einem Mal eine Erkenntnis.

Sie (oder vielleicht Daniel) hatte das Ding auf der Bühne getötet. Oder es zumindest bewegungsunfähig gemacht.

*Schieb ihnen ein Messer rein und sie platzen,* dachte er. *Wie ein beschissener Ballon.*

Seltsam. Aber auch nicht seltsamer als die Spinnenmaschine. Oder der Zirkusdirektor.

Das war die größte aller Untertreibungen.

Sie erreichten die hintere Öffnung, hetzten hindurch … und blieben abrupt stehen.

Jinx presste genau ein Wort durch die zusammengekniffenen Lippen: »Scheiße.«

Ein großer Mann, der wie ein Pirat aus dem 17. Jahrhundert aussah, grinste sie an und stellte dabei sein blutiges Zahnfleisch mit fauligen Zähnen zur Schau. Er war groß, über eins achtzig und wog mindestens 140 Kilo. Er trug ein schäbiges Hemd, das möglicherweise irgendwann einmal weiß gewesen war, und darüber eine dunkle Lederweste. Sein rechtes Auge wurde von einer schwarzen Augenklappe verdeckt. In einer Hand hielt er ein langes, glänzendes Schwert mit geschwungener Klinge und verziertem Griff. Das Einzige, was zur Vervollständigung des Klischees noch fehlte, war der keifende Papagei auf der Schulter.

Captain Blackbeard war nicht allein.

Um ihn herum hatte sich eine bunt zusammengewürfelte Gruppe von Freaks und sabbernd grinsenden Clowns mit ausladenden Bäuchen und rabenschwarzen Augen versammelt.

Der Pirat kicherte. »Jinx, freut mich, dich wiederzusehen, Schätzchen.« Mit seinem intakten Auge fixierte der Pirat Mike. »Und du hast Frischfleisch mitgebracht. Wie aufmerksam von dir.«

Sein Lachen hallte durch die Nacht, während die dämonischen Clowns sich näherten. Mike wurde schwindelig. Er sackte in Jinx' Arme und sie ließ ihn sachte zu Boden gleiten. Seine Sicht verschwamm und doch erkannte er über sich ein verzerrtes Clownsgesicht, das ihn anstarrte. Das war dann endgültig genug.

Er schloss die Augen und für eine Weile war die Welt vergessen.

# 5

Craig Carpenter hatte noch nie großes Vertrauen in die Freundlichkeit Fremder gehabt, aber der letzte widerspenstige Funke verlosch, als Wagen Nummer fünf, ein kotzgrüner prähistorischer Datsun aus den Siebzigern, an ihm vorbeirüttelte. Der Fahrer, eine dürre Pickelfresse, machte sich nicht einmal die Mühe, in Craigs Richtung zu sehen. Als hätte ihn der kleine Streber nicht bemerkt. Dieser Wichser! Craig stand in der typischen Anhalterpose mit ausgestrecktem Daumen am Straßenrand. Er wusste nicht, was er sonst tun sollte, als mitten auf dem gottverfluchten Highway zu stehen, um diese herzlosen Arschlöcher auf sich aufmerksam zu machen.

Nachdem ihn Heather aus ihrem Scheißmobil geschmissen hatte, war er knapp zwei Kilometer am Straßenrand entlanggelaufen. Damit blieben noch etwas weniger als zehn Kilometer bis zu den Randbezirken von Pleasant Hills.

Er war in guter Verfassung und hätte die Strecke ohne Schwierigkeiten schaffen können. Das Problem war die Zeit. Inzwischen hatte seine Schlampe das Zuhause ihrer Mutter wahrscheinlich erreicht. Wenn der blöden alten Schachtel etwas passiert war, würde Heather sie in die nächste Notaufnahme bringen. Craig musste Heather erreichen, bevor sie sich unter medizinischer Belegschaft und Sicherheitspersonal befand. Sein einziger Vorteil war der Totalausfall sämtlicher Telefonverbindungen in Pleasant Hills. Kein Notruf bedeutete, dass Heather die Alte in ihren Chevelle verfrachten und selbst ins nächstgelegene Krankenhaus fahren musste. Und Alice Campbell war dermaßen klapprig und langsam, dass es hoffentlich eine Ewigkeit dauern würde.

Vielleicht lange genug, dass Craig eine Mitfahrgelegenheit fand und das Haus der Campbells rechtzeitig erreichen konnte, um sie beide abzuschlachten. Er grinste.

Zwei tote Fotzen für den Preis von einer.

Aber das Grinsen verblasste.

Heute Abend war auf dieser Straße nicht viel los und niemand schien daran interessiert zu sein, einen Anhalter mitzunehmen. Craig dachte an die ultimative Möglichkeit, Aufmerksamkeit zu erregen, auch wenn sie ihm nicht gefiel. Aber er wusste, ihm blieb keine andere Wahl. Sollte das nächste Auto nicht anhalten, würden sich Heather und Alice Campbell bald auf dem Weg zur Notaufnahme befinden. Damit würden sie das Unausweichliche selbstverständlich nur hinauszögern. Craig wollte sie töten, komme, was da wolle. Aber er bevorzugte sofortige Genugtuung. Er wollte die Schlampe *heute Nacht* töten und ihre Mutter gleich mit.

Also seufzte Craig resignierend und zog sich das weiße T-Shirt aus. Er drehte Pleasant Hills den Rücken zu und trat zurück an den Straßenrand, präsentierte seinen durchtrainierten Körper, setzte ein falsches Lächeln auf und betete, dass hinter dem Steuer des nächsten Wagens ein einsamer Schwuler oder eine verzweifelte fette Kuh saß. Die niedersten Instinkte anderer anzusprechen, konnte ohne Weiteres nach hinten losgehen, aber Craig war darauf vorbereitet, sich diesem potenziellen Problem zu stellen. Verflucht, er war bereits dazu entschlossen, heute Abend mehrere Leute zu töten. Ein weiteres Opfer würde keinen Unterschied machen.

Die nach Pleasant Hills führende Straße war ein gewundener schwarzer Streifen, der gelegentlich vom Licht der Straßenlampen beleuchtet wurde. Craig starrte angestrengt in die Dunkelheit, hoffte, ein Paar auftauchende Scheinwerfer zu entdecken. Während er wartete, dachte er darüber nach, was er sagen würde, sollte tatsächlich jemand anhalten. Irgendwie müsste er das Fehlen eines liegen gebliebenen Fahrzeugs in der direkten Umgebung erklären. Die Leute neigten eher dazu, für einen gestrandeten Autofahrer als für einen Landstreicher anzuhalten. Er entschied, dass nur eine hochgradig angepasste Version der Wahrheit funktionieren würde. Heather war eine Fotze mit dauerhaftem prämenstruellem Syndrom und hatte ihn in einem unbegründeten Wutanfall rausgeschmissen, weil er sich geweigert hatte, schlecht über ihre Mutter zu sprechen.

Er kicherte.

Ja, das könnte funktionieren.

Mit seinem Charme konnte er andere für gewöhnlich innerhalb von Minuten um den Finger wickeln. Eine Fähigkeit, die er ausgiebig nutzen wollte, sobald sich die Gelegenheit ergab. Meistens merkten die Leute schnell, dass er ein Arschloch sondergleichen war, aber dieses Mal war das nicht wichtig. Er musste sich nur so lange freundlich geben, bis er im Wagen von irgendeinem armen Trottel saß.

Dann konnte der Spaß beginnen.

Die Zeit schlich stetig vor sich hin. Wenn Craig ehrlich mit sich war, überraschte es ihn nicht, dass es so weit gekommen war. Er und die Schlampe hatten nie wirklich etwas füreinander empfunden, das über das Sexuelle hinausging. Für ihn war das absolut typisch. Craig hatte keine echten Freunde. Nicht die Art, die man in bescheuerten Fernsehsendungen sah, wo sich Kumpels bei ein paar Pullen beschissenem Light-Bier gegenseitig die überweichen Herzen ausschütteten. Was für eine stinkende gequirlte Pferdescheiße. Das richtige Leben lief anders. Jedenfalls bei Craig, der überzeugt davon war, dass jedem irgendwelche abgedrehten Ideen durch den Kopf spukten, für die man entweder in den Knast oder in die Klapse kam, wenn man es jemals an die große Glocke hängen würde.

Die Politiker und die flaggenschwingenden Bauerntrampel in ihren beschissenen Pick-up-Trucks bezeichneten die guten alten Vereinigten Staaten als das »Land der Freien«, aber Craig Carpenter wusste genau, das war nichts als völlig verdrehter Schwachsinn. »Land der Unterdrückten« war da beschissen noch mal zutreffender, und genau diese Unterdrückung war schuld an dem ganzen Mist, der die letzten Jahrzehnte so abgegangen war.

Man musste kein Genie sein, um selbst darauf zu kommen. Man musste nur A&E einschalten, egal zu welcher gottverfluchten Tages- oder Nachtzeit, und sich diese Sendungen über echte Verbrechen ansehen. Amerika war ein großer siedender Kessel der Unterdrückung, und eine Art, wie dieser Kessel regelmäßig Dampf abließ, war die endlose Faszination für sexuell motivierte Serienmorde.

Er hatte schon mehrmals daran gedacht, selbst diesen Pfad einzuschlagen, doch der Gedanke daran, zusammen mit diesen schlappschwänzigen Deppen in diesen Sendungen aufzutauchen, hatte ihn stets davon abgehalten. Die waren alle so verdammt erbärmlich. Von ihren Mamis oder Papis misshandelt, von ihren Mitschülern geärgert, die ihnen das Essensgeld aus ihren verweichlichten Ärschen geprügelt haben. Heul, Scheiße noch eins, heul. Und hässlich waren die allesamt, hässlich, heilige Scheiße noch mal. Als wäre während ihrer tragischen Kindheit jede Nacht ein bösartiger Gnom über sie hergefallen, um sie mit einem gottverdammten Stock der Hässlichkeit von Sonnenuntergang bis Sonnenaufgang zu vertrimmen. Alle hatten sie fettiges ungekämmtes Haar und trugen Brillen mit furchtbaren Rahmen und Gläsern so dick wie Flaschenböden.

Alles nichts als beschissene Verlierer.

Craig Carpenter war kein Verlierer.

Seine Gründe, sich letztendlich der dunklen Seite zuzuwenden, waren nicht so bemitleidenswert wie die der Schwachköpfe im Fernsehen. Verflucht, seine Gründe waren praktisch *gerecht*. Heather auf ihren angestammten Platz zu verweisen, wäre ein vernichtender Schlag gegen die Boshaftigkeit des Feminismus. Wenn er so an seine Beziehung mit dieser pistolenschwingenden Psychoschlampe zurückdachte, wurde ihm klar, dass er von Anfang an Fehler gemacht hatte. Einer solchen Tussi mit ihren Ideen von Unabhängigkeit und Selbstachtung hätte er gleich von Anfang an klarmachen müssen, wie der Hase läuft. Er hätte sie grün und blau schlagen sollen, dann wäre sie garantiert die unterwürfige kleinlaute Hure seiner Träume geworden.

Eine aufblitzende Erinnerung verhöhnte ihn nun. Das Bild des glänzenden Pistolenlaufs, wie er aus ihrer Handtasche auftauchte, wie sie ihm das Teil ohne mit der Wimper zu zucken ins Gesicht gehalten hatte. Genauso wie sie es vor einem Jahr bei dieser gemeinsamen verrückten Sache getan hatte. Nur dieses Mal konnte er nicht das belohnende Gefühl der Schadenfreude erleben, während er ihr beim Hantieren mit der Waffe zugesehen hatte. Nur tiefes Entsetzen. Ja, verdammt, er hatte sich sogar ein kleines bisschen in die Hose gemacht. Das Feuer in ihren Augen, zwei glänzende Reflexionen der in ihr tobenden

Wut, hatte ihn einen Moment lang glauben lassen, sie würde ihn töten.

Sein Gesicht färbte sich rot vor Wut und Scham. Sein rechter Arm sackte an seine Seite und er ballte die Hand zur Faust. Sein Kiefer zitterte und hinter seinen Augen spürte er Schmerz. Er stand kurz davor, laut zu schreien. Noch musste er sich zusammenreißen, aber bald konnte er die in ihm brodelnde Wut entfesseln, sehr bald.

Er atmete tief ein und entließ die Luft langsam wieder aus seinem verspannten Brustkorb, zwang sich zur Ruhe.

Ein Auto kam.

Craig ging in Gedanken seine Lügengeschichte noch einmal durch, während die Scheinwerfer größer wurden und sich die Form des näher kommenden Wagens aus der Dunkelheit schälte. Es war ein großes altes Schlachtschiff von einem Auto. Lang, schlank und dunkel. Es hatte etwas von einem Raubtier, sein Motor dröhnte gleichmäßig und kräftig. Das Licht einer Straßenlampe wurde von der getönten Windschutzscheibe reflektiert. Es war ein Lincoln Towncar. Ein Modell, das wahrscheinlich noch zu Nixons Zeiten vom Fließband gerollt war.

Es ähnelte einem großen schwarzen Hai.

Der Gedanke ließ ihn schlucken und plötzlich hoffen, dass dieser Wagen genauso schnell wie die anderen an ihm vorüberziehen würde. Aber der Lincoln wurde langsamer, als er sich näherte. Craig spürte, wie seine Eier auf Murmelgröße schrumpften, und ein plötzlicher Anfall von Panik ließ ihn vom Straßenrand zurück zur Leitplanke und der dahinterliegenden Baumlinie springen. Der Wagen hielt an. Von irgendwo im Inneren des Autos ertönte ein Knarren. Craig brauchte einen Moment, bis ihm klar wurde, dass es sich dabei um das uralte Getriebe handelte, das in die Parkposition gezwungen wurde.

An der Rückseite seiner Beine spürte er das unnachgiebige Metall der Leitplanke. Er dachte darüber nach, über die Absperrung zu springen und in den dichten dunklen Wald zu flüchten, aber irgendetwas ließ ihn wie angewurzelt stehen bleiben. In seinem Kopf war plötzlich eine fremde Präsenz. Er wimmerte, als er bemerkte, wie diese Macht in seine Psyche eindrang. Er zuckte zurück, verzog das Gesicht, während er vergeblich versuchte, sie zurückzudrängen. Er hörte nichts, er spürte vielmehr etwas, das einem bösartigen Kichern glich. Machte der Eindringling sich über ihn lustig?

Craig krümmte sich instinktiv, obwohl er keine Schmerzen verspürte. Seine Stimme war nur noch ein Winseln. »B…bitte.«

Aus dem Auto drang ein weiteres Geräusch. Die Beifahrertür öffnete sich und Craig konnte Bewegungen im Inneren erhaschen. Dann sah er etwas so Vertrautes, etwas, das er wahrscheinlich eine Million Mal in Filmen gesehen hatte, dass er einen Augenblick lang überzeugt war, lediglich zu träumen.

In der geöffneten Tür erschien das lange grazile Bein einer Frau. Die sinnliche Wade mündete in einem wohlproportionierten Knöchel. Der Fuß steckte in einem hochhackigen Schuh.

Craig hatte seine Sprache wiedergefunden. »Alles klar. Das ist ein Traum. Ich bin James Bond und Sie sind Pussy Galore.«

Die Frau stieg aus dem Wagen und ging auf Craig zu. Der Rest ihres Körpers war ebenso betörend, wie das Bein versprochen hatte. Ihre Figur war geformt wie ein Stundenglas, so perfekt, dass sie wie aus einem Gemälde von Vargas wirkte, eine übertrieben männliche Vorstellung des weiblichen Ideals. Der kurze schwarze Rock und die enge Seidenbluse verstärkten diesen Eindruck.

Doch da war etwas, was das Bild ruinierte. Ihr Kopf.

Der zweite.

»Lady«, setzte er an, während ihm schwindelig wurde, »Sie haben zwei Köpfe.«

Einer der Köpfe, der hübsche, lachte.

Und dieser perfekte Körper näherte sich ihm weiter.

Craig versuchte, sich von dem verrückten unmöglichen Anblick loszureißen und wegzulaufen, aber er konnte sich nicht rühren. Die beiden Köpfe – einer atemberaubend schön, der andere vertrocknet und grausig – grinsten ihn äußerst beunruhigend an.

Der hässliche Kopf leckte sich über die aufgerissenen Lippen und zischte wie eine Schlange.

Dann wusste es Craig ... der war in seinem Hirn.

Erneut spürte er das geräuschlose Kichern.

Zwar konnte er sich nicht bewegen, aber er konnte noch sprechen. Da er ganz eindeutig im Arsch war, bestand also kein Grund, jetzt noch diplomatisch zu sein. »Ich schwöre bei Gott, hätte ich jetzt ein Messer, würde ich mir die Augen ausstechen, damit ich dich nicht mehr sehen muss, du elende Missgeburt.«

Die funkelnden Augen des hübschen Kopfes sahen ihn entzückt an. »Was für eine hervorragende Idee, Craig.«

Craig schauderte. Trotz der grauenhaften Andeutung in ihren Worten (und abgesehen davon, dass dieses ... Ungeheuer seinen Namen kannte) sandte diese Stimme außergewöhnliche Lust durch seinen Körper. Diese Stimme war die Essenz von Sex, das lebende Konzentrat jeder Verführerin, die es jemals auf der Kinoleinwand gegeben hatte.

Die Frau griff in ihre Handtasche und holte etwas kleines Silbernes heraus, das im Schein der Straßenlampe glänzte. Mit geübter Bewegung ließ sie die Klinge aus dem Griff schnappen.

Craig wimmerte, als sie ihm das Messer in die Hand drückte.

Seine Blase entleerte sich und er spürte feuchte Wärme an seinen Beinen hinunterlaufen.

Der hässliche Kopf kicherte bösartig.

Der hübsche Kopf lächelte und bat: »Zeig es mir!«

# 6

Colonel Luke Braddock öffnete eine weitere pisswarme Dose Budweiser, verzog das Gesicht, als der Schaum durch die kleine Öffnung quoll und über seine Finger lief. Er stellte die Dose auf der Kontrollkonsole ab und wischte sich die Finger im Haar des Mädchens trocken, das zu seinen Füßen kniete. Seine Berührung ließ sie stöhnen und sie versuchte die letzten Tropfen von seiner Haut zu lecken, aber Braddock schob sie weg und beugte sich über die Konsole, die aus insgesamt vier Teilen bestand.

Das Hauptkontrollpult glich vage einer überdimensionalen, ergonomisch geformten Tastatur mit einer Vielzahl verschiedenfarbiger Knöpfe, blinkenden Lichtern und Hebeln. Es war ein seltsames Stück Technologie, dem die definierten Winkel von Menschenhand entworfener Geräte fehlten. Die anderen drei Kontrolltafeln waren ebenfalls voller Knöpfe, aber die Lichter blinkten nicht und die Instrumente schienen funktionsunfähig. Die abgerundeten Kanten und die pockennarbigen Oberflächen verliehen der Maschine ein organisches Aussehen, wie etwas, das sich entwickelt hatte, anstatt von intelligenten Wesen entworfen und gebaut worden zu sein. Dieser Eindruck wurde noch dadurch verstärkt, dass die Maschine gelegentlich auf Braddocks Berührungen reagierte, wenn sich die nachgiebige Oberfläche unter seinen Fingern bewegte und das Gerät etwas von sich gab, das wie ein gedämpftes Ächzen klang. Genau wie jetzt.

Früher hatte ihn diese lebende Technologie erschreckt und angeekelt, aber nach über 20 Jahren im Dienste der Freakshow hatte er das lange hinter sich gelassen.

Zwischen den Viertelkonsolen erhob sich eine dicke schwarze Säule, die aus einer teerartigen Substanz zu bestehen schien und gelegentlich zuckte. Schwarzer Schleim tropfte durch ein die Säule umgebendes Metallgitter. Mehrere Schwarz-Weiß-Bildschirme waren kreuz und quer in die Säule integriert. Sie hatten unterschiedliche Größen und auch die Bildqualität unterschied sich stark. Die Bilder auf manchen waren so undeutlich, als würden sie aus irgendeiner Geisterdimension übertragen. Ein anderer Bildschirm zeigte deutliche Szenen, von denen Braddock überzeugt war, dass sie tatsächlich aus einer anderen Welt kamen. Vielleicht »Das Nichts«, woher die Freaks stammten. Die Bilder waren verstörend, selbst für jemanden mit einer so abgehärteten Seele wie Braddocks. Deshalb ignorierte er den Bildschirm, so gut es eben ging.

Der Bildschirm, der Braddock am nächsten war – am Fuß der Säule und in seine Richtung gewandt –, war der größte. Jetzt griff er nach einem Hebel, einer Art Joystick, der sich wie geschmolzenes Plastik anfühlte (allerdings schmiegte er sich etwas zu hartnäckig an seine Haut, wenn er vergaß, sich den schwarzen Lederhandschuh über die rechte Hand zu ziehen, den er gerade trug), und legte ihn ein paarmal nach links um, wechselte zwischen Ansichten leerer Zelte und des verlassenen Jahrmarkts. Dort erregte etwas seine Aufmerksamkeit, weshalb seine Hand am Hebel verharrte und er darauf wartete, irgendeinen armen Penner zu finden, der sich noch im Schatten herumdrückte und hoffte, er könnte entkommen. Dann erschien die schnelle Bewegung erneut und der Zirkusdirektor kam von links unten ins Bild, sein Gesicht füllte für einen Moment den Bildschirm aus und entfernte sich dann so weit, bis der riesige Mann mehr oder minder ganz im Bild zu sehen war.

Er blieb stehen und drehte sich langsam um. Dabei schien er Braddock direkt in die Augen zu sehen. Grinsend zeigte er zwei Reihen rasiermesserscharfer Zähne, die im Mondlicht glänzten. Dann wandte er sich ab und verschwand.

Braddock schauderte. 20 Jahre bei der Freakshow und er fand diesen Hurensohn noch immer zum Fürchten. Angeblich hatte Braddock die Aufgabe, das Gelände der Freakshow auf eine Assimilation hin zu überwachen und es dem Zirkusdirektor und seinen gleichermaßen unheimlichen Spießgesellen zu melden, sollte er irgendwelche menschlichen Überlebenden ausmachen. Während seiner ersten Nacht mit dieser neuen Aufgabe hatte er ein junges Mädchen entdeckt, dem beinahe das Unmögliche gelungen war.

Sie hatte es geschafft, den Außenbereich der Freakshow zu erreichen, und war den hohen Zaun hochgeklettert. Als er sie gesehen hatte, bewegte sich Braddocks Hand zu einem Lautsprecherknopf, aber er zögerte. Das Mädchen erreichte das obere Ende des Zauns und schwang die Beine auf die andere Seite.

Dann war etwas Graues vorbeigezuckt, etwas, das wie ein Flugsaurier aussah, war herabgestürzt und hatte das Mädchen vom Zaun gerissen. Wie aus dem Nichts war das grinsende Gesicht des Zirkusdirektors erschienen. Er hatte kein Wort gesagt. Das musste er nicht. Die Gedanken der Kreatur manifestierten sich in Braddocks Verstand. Es war eine Warnung. Und Braddock hatte gewusst, es würde keine zweite geben. Sollte er noch einmal in seiner neuen Pflicht versagen, würde er einem äußerst unangenehmen Tod entgegenblicken.

Darum beging Braddock eine Art geistigen Selbstmord, zwang sich dazu, weder Sorge noch Mitgefühl für seine Mitmenschen zu empfinden. Anfangs war es nicht leicht. Er erlebte gelegentliches Aufflackern von Bedauern. Aber während die Monate – und dann Jahre – vergingen, verkümmerten auch diese letzten Überbleibsel seines Gewissens und verendeten schließlich. Mittlerweile konnte er sich kaum noch daran erinnern, wie es gewesen war ohne dieses letzte Gefühl, einen Scheiß auf andere Leute zu geben.

Braddock spürte, wie ihn etwas anstieß, und sah zu dem Mädchen zu seinen Füßen hinunter, deren rosafarbene Zunge über seinen Stiefel leckte. Sie spürte seinen Blick und hob den Kopf. Sie lächelte, während ihr schlanker nackter Körper sich wie eine Schlange an seinem Bein emporschlängelte. Er schob den Sessel ein Stück von der Kontrolltafel zurück, machte ihr Platz. Während das Mädchen seine Jeans mit den Zähnen öffnete, schaute er zum Hauptbildschirm. Als seine Hose offen war, kicherte sie hirnlos und machte sich an die Arbeit.

Das Mädchen machte etwas mit ihrer Zunge, das ihn schaudern ließ, weshalb er nun den Blick vom Monitor löste und nach unten sah. Sie lächelte ihn mit seiner Erektion zwischen den Lippen an und wiederholte das mit ihrer Zunge. Er keuchte leise und lehnte sich entspannt zurück. Ein paar Minuten später – und viel länger dauerte es auch nicht – schob er sie befriedigt beiseite und konzentrierte sich wieder auf den Bildschirm.

Braddock griff nach dem Hebel und wechselte durch alle verfügbaren Ansichten des Geländes der Freakshow. Nicht das leiseste Anzeichen irgendeiner Aktivität. Man hatte alle Menschen zusammengetrieben, die dem Auftaktfest des Abends entkommen waren. Und alle Freaks hatten sich verzogen, nachdem dieser erste Teil ihrer

Aufgabe erledigt war. Trotzdem würde er noch etwas länger aufpassen müssen. Ein paar Außendienstler der Freakshow hatten sich noch nicht aus der Stadt zurückgemeldet, wo sie die paar Bewohner einsammelten, die es irgendwie geschafft hatten, sich dem Ruf zu widersetzen.

Er öffnete noch ein Bier und lehnte sich zurück, behielt dabei den Bildschirm im Auge und wechselte gelegentlich aus reiner Langeweile die Ansicht. Er hoffte, die anderen Freaks würden bald zurückkommen. Je früher die Aufgabe erledigt war, umso früher konnte er sich an dem aufreizenden Körper seiner Sklavin erfreuen und anschließend endlich den dringend benötigten Schlaf nachholen.

Das Mädchen starrte auf sein Bier und flüsterte: »Ich habe ziemlichen Durst.«

Braddock schnaubte. »Du kannst später etwas Wasser haben.«

»Etwas Bier wäre nett.«

Er runzelte die Stirn. Sie lächelte und sah aus wie ein unschuldiges neckisches Schulmädchen. Allerdings konnte man sie wohl kaum noch unschuldig nennen, schließlich hatte er sie auf jede vorstellbare Art benutzt und erniedrigt. Braddock war sich ziemlich sicher, dass ihr IQ nicht einmal dreistellig war. Ein Grund, weshalb er sie nur selten als menschliches Wesen betrachtete. Wie war ihr Name noch mal? Wahrscheinlich hieß sie Sharon. Oder Cheryl. Oder irgend so ein verfluchter Scheißname. Sie war nur ein Ding, Besitz, ein Spielzeug für ihn, wenn er sich von der harten Realität seiner Existenz ablenken musste. Und sie war nicht die Erste. In den Jahren hatte er mehrere Dutzend gehabt. Sobald eine von ihnen etwas zu alt wurde oder abmagerte, kamen ein paar der Freaks, brachten sie wer weiß wohin, und kurz darauf erschien

Ersatz. Sie sahen immer gleich aus. Groß, schlank, mit langem blondem Haar und großen Titten. Die Freaks wussten, was ihm gefiel.

»Hör mal, Sharon ...«

Das Mädchen verdrehte die Augen. »Sheila.«

»Was auch immer, Sharon.« Er seufzte genervt. »Sieh mal, ich habe dir das schon erklärt. Das Bier ist für mich. Es ist eine der wenigen Annehmlichkeiten bei dieser Arbeit. Also, tut mir leid, du kannst beschissen noch mal nichts davon abhaben.«

Das Mädchen schob die Unterlippe vor und klimperte mit den Wimpern. »Aber ... aber ...« Sie schniefte und hatte plötzlich Tränen in den Augen. »Mein Leben ist beschissen. Bitte, hab etwas Mitleid mit mir. Ich weiß, tief drinnen bist du kein übler Kerl. Ein wenig Bier wär einfach nur ... nett. Bitte!«

Braddock sah sie finster an. »Ich dachte, ich hätte dir das klargemacht, Cheryl. Ich bekomme das ganze Bier und die schönen Dinge. Du bekommst einen Dreck. Zwing mich nicht, dich durch diese gottverfluchte Kapsel zu treten, nur damit dieser Gedanke wieder Einzug in deinen scheißdummen Schädel hält.«

Das Mädchen ließ den Kopf hängen und starrte schweigend zu Boden. Braddock beobachtete, wie eine einzelne Träne ihre Wange hinablief und in ihrem Mundwinkel verschwand. Er betrachtete diese prallen, vollen Lippen und dachte einen Moment daran, wie angenehm sie sich um seinen Schwanz anfühlten.

»Ach, verdammt«, seufzte er und hielt ihr die Dose hin. »Hier, nimm es.«

Sie sah ihn mit frischen Tränen in den Augen an und lächelte. »Danke.«

Er öffnete eine neue Dose und betrachtete eine Weile schweigend den Hauptmonitor. Das Mädchen saß mit untergeschlagenen Beinen auf dem Boden, blickte ins Leere und nippte gelegentlich an dem Bier. Sie genoss jeden Tropfen und zog es in die Länge, da sie genau wusste, es würde lange dauern, bis sich ihr Herr wieder so spendabel zeigte. Sie schwiegen mehrere Minuten. Die einzigen Geräusche in der Kapsel waren Radio Äther (auf dem gerade irgendein nervtötendes Technolied lief) sowie das gelegentliche mechanische Klicken und Surren der Kontrollstation.

Dann fragte das Mädchen: »Darf ich dich was fragen?«

Braddock blickte weiter auf den Monitor. »Du bist heute Nacht ganz schön geschwätzig.«

»Also, darf ich?«

Braddock runzelte die Stirn. Normalerweise drehte sich alles, was sie sagte, um Sex. Dirty Talk, um ihn geil zu machen. Er musste zugeben, sie war verdammt gut darin. Und warum auch nicht? Ein Leben als Colonel Braddocks lebendiges Sexpüppchen war zwar nicht der Wunschtraum eines jeden Mädchens, aber es war verdammt noch mal besser als alles andere, was die Freaks mit ihr angestellt hätten. Und das wusste sie. Er hatte sie genau wie alle anderen gebrochen, indem er sie von Anfang an auf die niederträchtigsten Arten geschändet und ihr klargemacht hatte, dass sich ihre gesamte Existenz von nun an nur noch darum drehte, seine niedersten Bedürfnisse zu befriedigen. Dieses Mädchen war neu – sie war erst seit ein paar Wochen bei ihm –, aber bis heute Nacht hatte sie nicht den Eindruck gemacht, sich irgendwie von ihren Vorgängerinnen zu unterscheiden. Er konnte sich nicht erinnern, wann eines seiner Spielzeuge das letzte Mal versucht hatte, eine nicht sexuelle Unterhaltung mit ihm zu führen.

Er wusste, er sollte sie ignorieren, ihr klarmachen, wo ihr Platz war. Und er wusste, er sollte sich auf seine

Aufgabe konzentrieren, aber er konnte nicht anders. In 20 Jahren konnte das Leben als Kapselkommandant gottverdammt langweilig werden. Er wagte es, den Blick wieder vom Monitor zu nehmen, und betrachtete neugierig ihr Gesicht, versuchte festzustellen, ob er sie falsch eingeschätzt hatte. Vielleicht war sie gar nicht so blöd?

Vielleicht war der sabbernde Schwachkopf nur gespielt.

»Okay. Stell mir eine Frage, Sheila.«

Sheila lächelte nicht, als er sie zum ersten Mal mit ihrem richtigen Namen ansprach. Sie nippte am Bier und kaute dann einen Moment lang auf ihrer Unterlippe herum. Er konnte erkennen, dass sie darüber nachdachte, ob sie gerade etwas Intelligentes tat oder ob es ein Fehler war.

Ganz eindeutig nicht so blöd, wie er gedacht hatte.

Das Mädchen seufzte und fragte schließlich: »Stimmt es, dass du das Kontrollzentrum nicht verlassen kannst? Dass du stirbst, wenn du aus der Kapsel steigst?«

Braddock gaffte sie mehrere Sekunden lang verblüfft an, unfähig zu antworten. Er blinzelte, hob die Dose an seinen Mund und trank das Bier in gierigen Zügen. Dann atmete er langwierig aus und sah das Mädchen ungläubig an. »Wo hast du das denn her?«

Sie hob die Schultern. Einer ihrer Mundwinkel zuckte. »Aus den Käfigen. Kurz bevor man mich hierhergebracht hat. Ich hörte es, als sich der Typ, der wie ein Pirat aussieht, mit ein paar anderen Freaks unterhalten hat. Die dachten, ich wär bewusstlos, und zuerst war ich es auch. Ich hab von Pferden geträumt. Es war ein schöner Traum, in dem ich auf einem Hengst einen sturmgepeitschten Strand entlanggeritten bin, und während ich so ritt, kamen ihre Stimmen wie durch den Wind geflüstert zu mir. Als ich aufwachte, hab ich gemerkt, dass die Stimmen immer noch da waren. Ich hätte fast geschrien. Aber ich habe rechtzeitig die Augen aufgemacht und sie vor meinem Käfig gesehen. Der Piratentyp hat sich umgedreht und mich angesehen, da hab ich schnell die Augen wieder zugemacht und so getan, als würde ich schlafen.«

Braddock runzelte wieder die Stirn. »Warum hast du das gemacht?«

Ihre Miene war absolut aufrichtig und Braddock wurde klar, dass er gerade zum ersten Mal die echte Sheila sah. Die verborgene Intelligenz war so deutlich zu erkennen wie die Mittagssonne an einem wolkenlosen Himmel.

Ihr Mundwinkel verzog sich zu einem widerstrebenden Lächeln. »Weil Wissen Macht ist. Man kann eine Menge erfahren, wenn man anderen etwas vormacht.« Ihr Lächeln wurde eine Winzigkeit breiter. »Beispielsweise weiß ich ein paar Dinge über dich. Dinge, von denen du gar nicht annimmst, dass ich sie weiß.«

Braddock stöhnte. »Ja, klar.«

»Du sprichst im Schlaf.« Seine entsetzte Miene ließ sie leise kichern. »Es stimmt. Du erzählst allerhand interessante Dinge. Von deiner Mutter, von der Armee, und du bittest Leute, deren Namen ich nicht kenne, um Verzeihung.« Sie lehnte sich ein wenig vor, sah Braddock derart eindringlich an, dass er nervös auf seinem Sessel herumrutschte. »Wer ist Lisa, Colonel? Was hast du ihr angetan? Muss was ziemlich Übles gewesen sein, weil …«

Braddock sprang auf. In seinem Verstand war kein Platz für klare Gedanken, die ganze Welt bestand nur noch aus brodelnder Wut. Mit dem Handrücken schlug er dem Mädchen ins Gesicht, was sie erschrocken aufschreien ließ, während sie zur Seite kippte. Er packte eine Handvoll ihres blonden Haars und zerrte sie grob auf die Füße. Grimmig wickelte er sich die Strähnen um seine Faust und spannte ihre Kopfhaut fast bis zum Zerreißen. Sie weinte, bettelte um Gnade, die Unverschämtheit von gerade eben löste sich wie Fleisch in Säure auf.

»Ich sollte dir Schlampe das Genick brechen.« Braddocks Stimme war rau, als er mit knirschenden Zähnen sprach. »Du hältst dich für so verflucht schlau. Dachtest, du hättest einen Schwachpunkt gefunden, den du nutzen kannst, weil du gehört hast, wie ich im Schlaf von meiner toten Frau spreche. Aber du hast etwas vergessen. Solche Pläne sind nur schwer umsetzbar, wenn man tot ist.«

Seine freie Hand umschloss ihren Hals, drückte zu.

Sie schaffte es, ein einzelnes Wort zu keuchen: »Warte ...«

Braddock würde nie erfahren, warum er in diesem Moment zögerte. Er hatte bis auf das eine Mal damals nie gezögert, Bedrohungen zu eliminieren. Und dieses Mädchen war eine Bedrohung, daran gab es keinen Zweifel. Aber aus einem Impuls heraus hielt er inne. Er stand da, sah in ihre entsetzt aufgerissenen Augen und wusste, er sollte es zu Ende bringen.

Stattdessen lockerte er den Griff an ihrer Kehle und drohte: »Sei vorsichtig, was du als Nächstes sagst, Fotze. Könnte sein, dass es deine letzten Worte sind.«

Sie atmete ein paarmal tief durch, bevor sie etwas sagen konnte. »Sie haben über dich gesprochen, als sie gedacht haben, ich schlafe. Sie haben gesagt, die Kapsel würde explodieren, wenn du jemals versuchst, sie zu verlassen.«

Er starrte sie lange an, überlegte mit passiver Miene, wie er antworten sollte ... dann lachte er und ließ ihre Kehle los. »Ach, wirklich?«

Das Mädchen rutschte von ihm weg, brachte ein paar Meter zwischen sich und den Rohling, der ihr Leben in seinen Händen hielt. »Ja.«

Braddock lachte erneut, aber das war nur Show, der Humor erreichte nie seine kalten dunklen Augen. »Leute sagen so einiges. Manchmal die gottgegebene Wahrheit, aber meistens lügen sie, besonders hier und ganz besonders, wenn es einem Zweck dient. Nun habe ich eine Frage an dich, Sheila. Hast du jemals daran gedacht, dass sie wussten, dass du wach bist, dass man dir vielleicht falsche Informationen gegeben hat?«

»Ja.«

Das überraschte ihn. Er zog eine Augenbraue hoch und sagte: »Oh!«

Sie nickte. »Klar. Ich bin nicht blöd.«

Er grinste, aber seine Augen blieben so kalt wie eh und je. »Oh, das weiß ich, Süße. Aber du bist gut darin, die Blöde zu spielen. Du hast mich reingelegt. Wenn du jemals hier rauskommst, solltest du darüber nachdenken, nach Hollywood zu gehen und Schauspielerin zu werden. Also, du Genie, was sagt dir dein Bauchgefühl? Haben sie die Wahrheit gesagt? Wird die Kapsel in die Luft fliegen, sollte ich jemals durch diese Tür hinausgehen?«

Sheila überlegte; sie betrachtete Braddock eine Weile, blickte länger in seine gnadenlosen Augen, als es irgendein Mensch seit sehr langer Zeit gewagt hatte. Sie seufzte. »Ja, ich denke, sie haben die Wahrheit gesagt.«

Braddock lächelte. »Interessant. Das ist eine ziemliche Sauerei, findest du nicht? Sich die Loyalität eines Dieners zu sichern, indem man ihn in eine mit einer Sprengfalle versehene Überwachungs-, Schrägstrich, Mordmaschine steckt.« Grinsend schüttelte er den Kopf. »Das ist ja geradezu diabolisch.«

Das Mädchen reagierte nicht auf seinen Sarkasmus. »Also stimmt es?«

»In gewisser Weise.«

Das Mädchen runzelte die Stirn. Sie setzte an, noch etwas zu sagen, aber seine Faust traf sie blitzschnell am Kinn und schickte sie ins Land der Träume.

# 7

In dem Sekundenbruchteil, den der Hammer der 38er ihrer Mutter benötigte, blieb Heather Campbell genug Zeit, um zu erkennen, dass ihr Leben vorbei war. Das Gefühl in diesem Moment war nicht das blanke Entsetzen, mit dem man rechnen würde, sondern nur der einfache Wunsch, dass es hoffentlich nicht sonderlich wehtat.

Das Entsetzen kam in dem Moment, als der Hammer nur eine leere Kammer traf. Sie sah, wie sich der arthritische Finger ihrer Mutter instinktiv ein zweites Mal krümmte, die Trommel zur nächsten Kammer weiterdrehte. Bevor der Hammer erneut zuschlagen konnte, trat sie Alice Campbell gegen die Hand. Die 38er schlitterte vom Teppich auf den Hartholzteil des Bodens und blieb vor der offenen Schlafzimmertür am Ende des Flurs liegen.

Heather brach beim Anblick ihrer Mutter, die gerade entsetzt realisierte, dass sie im Begriff war, ihr einziges Kind zu erschießen, fast das Herz. »Mom, alles okay. Es geht mir gut. Was ist …«

Alice Campbells angsterfüllter Aufschrei hallte mitleiderregend durch den Flur. Ihre Mutter dermaßen verzweifelt zu sehen, so außer sich vor Angst, weckte auch in Heather Furcht. Sie sah an der zusammengesunkenen Gestalt ihrer Mutter vorbei, suchte im Flur nach Anzeichen für jemanden oder etwas. Sie kam zu dem Schluss, dass ihre Mutter wohl vor etwas geflüchtet war. Aber der Flur war leer. Das galt wahrscheinlich auch für das Schlafzimmer. Heather entspannte sich ein wenig, erkannte, wovor auch immer ihre Mutter weggelaufen war, es existierte wahrscheinlich nur in ihrem Verstand.

Seufzend ging sie neben ihrer Mutter in die Knie, nahm eine der faltigen, knotigen Hände – die, mit der sie gerade eben noch die Pistole auf sie gerichtet hatte – und tätschelte sie tröstend. »Mom, bitte, es ist okay. Wirklich. Ich bin jetzt hier und werde mich um dich kümmern, versprochen.«

Der Schrecken wich aus dem Gesicht von Alice Campbell, stattdessen wurde sie leichenblass und sah Heather mit aufgerissenen Augen flehend an. Sie packte die Hand ihrer Tochter und zog sie zu sich. »Hör mir zu. Ich weiß, es sieht so aus, als würde ich den Verstand verlieren, aber ich versichere dir, das stimmt *nicht*.« In ihrer Stimme lagen Ernsthaftigkeit und Überzeugung, eine Entschlossenheit, die in Heather wieder dasselbe Gefühl von Angst weckte, das sie eben noch empfunden hatte. »Da ist etwas im Schlafzimmer. Etwas Übles. Ich habe darauf geschossen. Ich habe es verletzt. Aber ich glaube nicht, dass es tot ist. Es kann uns noch verletzen und wir müssen verflucht noch mal *sofort* hier weg!«

Heather runzelte die Stirn. »Aber Mom ...«

»Wage es nicht, mir jetzt zu widersprechen.« Alices Griff um Heathers Hand wurde fester, dann zog sie sich in eine sitzende Position hoch. Sie sah sich hektisch um, suchte so verzweifelt, dass sich Heather noch größere Sorgen machte. »Wo ist mein Gehstock?« Der Schrecken packte sie wieder, verzerrte ihre Stimme. Jedes Wort klang spröde, sie war ganz offensichtlich am Rande eines schluchzenden Zusammenbruchs. »Wie soll ich ohne meinen Gehstock hier rauskommen?«

Heather sah hinter ihrer Mutter etwas Metallisches auf dem Boden und sagte: »Mom, ich seh ihn. Entspann dich. Ich hol ihn dir.«

Sie löste ihre Hand aus dem eisernen Griff ihrer Mutter, stand auf und ging an ihr vorbei. Während sie nach dem Gehstock griff, der gegen die weiße Fußbodenleiste an der Flurwand gerollt war, hörte sie Geräusche aus dem Schlafzimmer. Sie verharrte erschrocken, ihre Fingerspitzen berührten gerade so den Plastikgriff des Gehstocks.

Langsam wandte sie den Kopf zum Ende des Flurs, strich sich die langen blonden Strähnen aus dem Gesicht. Das Geräusch erklang noch einmal und dieses Mal erkannte sie deutlich, worum es sich handelte – ein Röcheln, das Geräusch, welches man machte, wenn man nach Atem rang. Es hörte sich an, als würde da drin möglicherweise jemand im Sterben liegen.

»Mom? Wer ist im Schlafzimmer?« Sie schluckte schwer und das Atmen kostete sie Mühe, als hätte eine riesige kalte Hand ihr Herz gepackt. »Hast du da drin wirklich auf jemanden geschossen?«

Heather stand wieder auf und machte einen zögerlichen Schritt in Richtung Schlafzimmer. »Hallo? Ist da irgendjemand?«

»Nein, nein, *nein* …«, hörte sie Alice Campbell leise und ängstlich rufen. »Geh da nicht rein … bitte …«

Ein neues Gefühl, Panik, gesellte sich zu Heathers Angst. Während sie sich dem Schlafzimmer näherte, hörte sie deutlicher die angestrengten Atemzüge.

Das Geräusch klang verzweifelt. Eine kollabierte Lunge? Heather sah zu ihrer Mutter zurück, die mittlerweile auf Händen und Knien war und ihre Tochter mit einer Mischung aus Schmerz und Angst ansah. »Nein … Heather … bitte … nicht …«

In Heathers Hals bildete sich ein riesiger Kloß, ein

unfreiwilliger Schluchzer glitt über ihre Lippen. Sie wusste nicht, ob sie damit zurechtkommen würde, sollte sich ihre Befürchtung bewahrheiten. Sie hatte schon einige Schwierigkeiten in ihrem Leben bewältigt.

*Die Pistole in ihren Händen … das angstzitternde braune Gesicht des Manns … seine aufgerissenen Augen und sein Flehen … Craig, der dem Mann etwas zubrüllte, woraufhin dieser zusammenzuckte und kreischte …*

(STOPP!)

Aber das hier lag jenseits von allem, was sie jemals erlebt hatte. Am liebsten hätte sie diesen Albtraum jemandem überlassen, der besser damit umgehen konnte. Einem Polizisten, einem Rettungssanitäter, verflucht, irgendwem.

Heather holte tief Luft, schloss die Augen. Sie korrigierte ihren Griff um den Gehstock, hielt ihn unbewusst wie einen Baseballschläger. Oder wie eine Waffe, die Keule eines Höhlenmenschen. Sie wünschte sich, ihre eigene Pistole nicht im Auto gelassen zu haben, aber jetzt hatte sie keine Zeit mehr. Unmöglich zu sagen, was in dem Schlafzimmer auf sie wartete, aber was es auch war, jemand musste sich bald darum kümmern. Sie nahm sich einen weiteren Augenblick, um zur Ruhe zu kommen, dann würde sie tun, was nötig war. Heather nahm diese Bürde auf sich und würde sich ihr stellen … ihr blieb keine andere Wahl.

In dem Moment, als sie tief ausatmete, schrie ihre Mutter.

Heathers Herz machte einen Satz und sie riss die Augen auf.

Zuerst dachte sie, ihre Mutter würde wegen irgendwelcher Schatten und Phantome schreien, wegen irgendeiner Wahnvorstellung eines eindeutig verfallenden Verstandes. Doch dann brachte sie ein Zischen dazu, auf den Boden zu sehen.

Und Heather schrie selbst.

Sie gaffte die grinsende Unmöglichkeit vor ihren Füßen an, konnte ein paar Augenblicke lang nicht akzeptieren, was sie mit eigenen Augen sah, obwohl es sich ihr näherte, seinen verformten Kiefer in ihre Richtung öffnete und dabei mehrere Dutzend gezackte Zähne zeigte. Zähne, die wie rostige Dolche aussahen.

Es war nur ein Kopf – mit einem zerfetzten blutigen Halsstumpf darunter. Er zog sich vorwärts, indem er mehrere, allem Anschein nach einziehbare (und bewegliche) Zähne ausstreckte, sie in den Boden grub und sich Zentimeter für Zentimeter auf Heather zubewegte.

Ihr wurde schwindelig, sie befürchtete, das Bewusstsein oder ihren Verstand zu verlieren. Einen Sekundenbruchteil lang schien letztere Option tatsächlich verlockend. Wer wollte schon weiter in einer Welt leben, in der es einem passieren konnte, vom abgetrennten Kopf eines rosahaarigen Clown-Monsters bedroht zu werden?

Nur einen knappen Meter von Heather entfernt schlugen die spitzen Clownszähne hörbar in den Boden und die Welt wurde blitzartig wieder klar. Sie blinzelte das Ding an, während es seine widerlichen Zähne erneut einzog. Das Ding schien ihren konzentrierten Blick zu spüren, denn es verdrehte jetzt die Augen, schaute sie an. Seine Mundwinkel zogen sich hinauf und verspotteten ihre ungläubige Angst.

Das Grinsen half Heather, sich diesem Grauen zu stellen. Sie presste ihre Kiefer aufeinander, nahm die Haltung eines Golfers beim Abschlag an und schwang den Gehstock in einem weiten Bogen. Der Griff des Gehstocks traf das Clownsgesicht und ließ den Kopf wie eine teuflische Interpretation einer Bowlingkugel durch den Flur kullern. Am Ende des Flurs schlug er gegen die Fußbodenleiste, prallte ab und rollte zurück in Heathers Richtung.

Sofort nahm das Ding seine unerbittliche Verfolgung wieder auf. Heather versuchte, den Zweck dahinter zu begreifen. *Das ist nichts weiter als ein beschissener Kopf! Klar, die Zähne sehen schlimm aus, aber wir haben Beine mit Füßen dran und sind schneller. Warum zur Hölle gibt er nicht einfach auf?*

Heather blickte auf den Gehstock in ihrer Hand und einen flüchtigen Augenblick lang verspürte sie Frustration. Man konnte ihre Mutter kaum als beweglich bezeichnen. Wenn sich hier noch mehr von den Dingern herumtrieben – besonders welche, die noch vollständig waren –, wäre eine Flucht schwierig, wenn nicht gar unmöglich.

»Mom, wir müssen hier weg.«

Sie lief zu ihrer Mutter, die noch immer halb aufgerichtet auf dem Boden saß, griff ihr unter eine Achsel und zog sie grob auf die Füße. Alice schrie vor Schmerzen und Heather hasste es, ihrer Mutter wehzutun, aber jetzt war nicht die Zeit, zimperlich zu sein. Sie drückte ihr den Gehstock in die Hand und bog die knotigen Finger ihrer Mutter um den Griff.

Mit tränengefüllten Augen sah Alice sie an. »Ich habe darauf geschossen, Heather.« Sie schluchzte gequält. »Ich habe auf das gottverfluchte Ding geschossen und es ist wie ein verdammter Heliumballon geplatzt. Wie ist das möglich?«

Heather wusste es nicht und sagte es auch. »Wir können später darüber reden, falls wir es hier rausschaffen.« Ungeduldig schob sie ihre Mutter Richtung Wohnzimmer. »Komm schon, Mom, du musst mir helfen, damit wir hier rauskommen.«

Alice ging einen energischen Schritt auf das Wohnzimmer zu, dann einen weiteren, ihre Knie zitterten, dann gab sie schluchzend auf. Ohne Heather wäre sie wieder hingefallen. »O Heather … Ich weiß nicht, ob ich das schaffen kann …« Unsicher sah sie zur Wohnungstür, die durch das Wohnzimmer auf der gegenüberliegenden Seite des Foyers zu erkennen war. »Das ist so weit …«

»Denk nicht darüber nach, wie weit es ist, Mom. Geh einfach weiter!«

Sie kamen nur langsam voran. Heather versuchte, ihrer Mutter Mut zu machen und sie von allem abzulenken, das nichts mit dem Erreichen der Eingangstür zu tun hatte. Dennoch warf sie gelegentlich nervöse Blicke zurück. Das Clownskopfding verfolgte sie noch immer, kam nur zögerlich näher, aber schnell genug, sodass sich Heather alles andere als sicher fühlte.

Ein paar schwerfällige Schritte später hatten sie bereits die Hälfte der Strecke hinter sich gebracht – und der Kopf war ungefähr genauso weit hinter ihnen. Heather spürte einen Anflug von Hoffnung. Wenn sie diese Geschwindigkeit nur für eine weitere Minute beibehalten könnten, würden sie die Tür erreichen. Heather war sich ziemlich sicher, dass sie dann in Sicherheit sein würden. Der Clownskopf war verflucht angsteinflößend und wahrscheinlich in der Lage, sie mit seinen Zähnen zu töten, aber das lächerliche Ding hatte weder Arme noch Beine. Mit einer geschlossenen Tür zwischen ihnen und dieser Kreatur wäre zumindest diese Bedrohung bewältigt.

Als sie gerade das Foyer erreichten, rutschte der Gehstock aus den verschwitzten Fingern ihrer Mutter. Alice schrie, während sie fiel und mit ihrem Gewicht auch ihre Tochter zu Boden zog. Heather stolperte und versuchte vergeblich, sich abzufangen. Mit dem Kopf schlug sie hart gegen die Kante einer Kommode, spürte das Blut, während einen schmerzhaften Moment lang alles weiß wurde. Stöhnend blieb sie auf dem Rücken liegen. Ihr war wieder schwindelig. Wie durch einen betäubenden Nebel hörte sie, wie sich die Zähne der Kreatur in den Boden gruben. Das Geräusch klang näher, als es ihrer Meinung nach sein sollte. Träge schaute sie nach links.

Der Clownskopf war nahe genug, um zuzuschlagen.

Seine Zähne blitzten, während er sie angrinste. Dann tastete er sich weiter an sie heran.

Innerhalb eines Herzschlags war Heather wieder klar im Kopf. Der Schrecken raste durch ihren Körper, sie holte Luft, bereitete sich auf einen Schrei vor, für den nie Zeit bleiben würde. Es war eindeutig zu spät dafür. Offenbar hatte sie das Bewusstsein für eine Minute oder länger verloren. Wie sonst ließe sich erklären, dass die Kreatur jetzt so nahe war? In diesem Augenblick hasste sich Heather. Nicht nur sie würde jetzt sterben, auch ihre Mutter. Sie hatte sie im Stich gelassen.

Dann, gerade als die Clownszähne durch die weiche Haut ihres Bauches dringen wollten, zuckte etwas an Heathers Sichtfeld vorbei, traf das Ding am Kinn und beförderte es unter den Kaffeetisch. Heather sah ihm hinterher, bewegte mühsam den Kopf und sah ihre Mutter, die gerade wieder zusammensackte, während ihr der Gehstock erneut aus den Fingern glitt. Sie hatte ihre letzte Kraft geopfert, um das Leben ihrer Tochter zu retten.

Heather sprang stöhnend auf, griff sich ins Haar und spürte klebriges Blut. Die Verletzung machte ihr Sorgen, schien aber nicht so schlimm zu sein. Hoffte sie. Taumelnd kam sie wieder auf die Füße und sah sich im Wohnzimmer nach etwas um – irgendwas –, das sie als Waffe gegen das Clownsding benutzen konnte. Angewidert beobachtete sie, wie die Kreatur unter dem Kaffeetisch hervorkroch, um die Verfolgung seiner Beute fortzusetzen.

Heather schüttelte den Kopf. »Heilige Scheiße, das Ding hält sich wohl für den verfluchten Terminator.«

Dann erregte etwas Glänzendes ihre Aufmerksamkeit und ließ sie zur gegenüberliegenden Seite des Wohnzimmers sehen. Beinahe lächelte sie und murmelte nur ein einzelnes Wort: »*Ja.*«

Während sie das Wohnzimmer durchquerte, machte sie einen weiten Bogen um den Clownskopf. Jetzt lächelte Heather tatsächlich, als sie den Schürhaken aus seinem Ständer neben dem Kamin zog. Das Ding konzentrierte sich jetzt auf Alice Campbell. Vielleicht dachte es, Heather hätte die ältere, schwächere Frau zurückgelassen.

Aber nun, als würde er die Bedrohung hinter sich spüren, hielt er inne. Mithilfe seiner beweglichen Zähne drehte sich der Kopf zu Heather um. Die weit geöffneten schwarzen Augen zeigten eine emotionale Reaktion, von der Heather hoffte, dass es sich um Angst handelte. Dann trieb sie die Spitze des Schürhakens durch sein linkes Auge, lehnte sich ächzend auf das Werkzeug, um es ins Gehirn zu drücken, sofern diese Kreatur überhaupt eines besaß. Die Gesichtsmuskeln des Kopfes zuckten, die Zähne klackten noch ein paarmal aufgeregt, dann tat er nichts mehr, als wäre er endlich tatsächlich tot.

Allerdings war sich Heather nicht sicher. Sie hatte heute Abend genug gesehen, um nichts und niemandem mehr Vertrauen zu schenken.

»Ich bin gleich wieder da, Mom.«

Sie trug den aufgespießten Kopf nach draußen und klemmte ihn unter das linke Vorderrad ihres Chevelle. Während sie sich auf den Fahrersitz warf, griff sie nach dem Schlüssel, den sie im Zündschloss hatte stecken lassen. Sie rechnete fast damit, ihn nicht mehr dort vorzufinden. Wie in einem Horrorfilm. Sie würde aufblicken und ein weiteres Clownsmonster wäre plötzlich da – vollständig und in der Lage, sie in Stücke zu reißen.

Aber der Schlüssel war genau dort, wo sie ihn gelassen

hatte. Sie drehte ihn und der Motor erwachte zum Leben. Hastig legte sie den Rückwärtsgang ein, trat sachte auf das Gaspedal und rollte langsam rückwärts. Ein Knirschen drang durch den Lärm des Motors und Heather stellte befriedigt fest, dass der Clownskopf wie geplant zermalmt wurde. Nur um sicherzugehen, legte sie den Vorwärtsgang ein und rollte noch einmal darüber. Dann parkte sie den Wagen, schaltete den Motor ab und stieg aus, um sich das Ergebnis anzusehen.

Der Clownskopf war nur noch ein Haufen Matsch und definitiv keine Bedrohung mehr. Sie seufzte erleichtert und gestattete sich jetzt, da sie nicht länger damit beschäftigt war, ihr Leben und das ihrer Mutter zu verteidigen, endlich Angst zu empfinden. Sie dachte an ihre Mutter, die sie gerettet hatte, und lächelte, während sie Stolz und Liebe für die alte Frau empfand. Aber das Lächeln verblasste, als Heather die verwaiste Straße entlangblickte.

Sie runzelte die Stirn.

Es war Nacht und sie befand sich in einer Kleinstadt, also war nicht mit besonders viel Aktivität auf den Straßen zu rechnen, aber zumindest … etwas. Doch es gab nicht das geringste Anzeichen dafür, dass in der Nachbarschaft überhaupt menschliche Wesen existierten. Zum ersten Mal nahm sich Heather die Zeit, über das irrwitzige Mysterium des Clownsmonsters nachzudenken. So etwas sollte es nicht geben, aber abstreiten konnte sie es auch nicht. Sie wusste, sie war nicht verrückt. Sie vertraute dem, was sie sah. Und wo es eines dieser Dinger gab, waren sehr wahrscheinlich noch mehr. Sie ließ den Blick über die dunklen Häuserreihen auf beiden Seiten der Straße schweifen und fragte sich, ob ähnliche Kreaturen auch jedes einzelne dieser Häuser überfallen hatten. Warum auch nicht? Warum sollte sich ein solches Ding, wenn es tatsächlich allein unterwegs war, ausgerechnet ihre hilflose Mutter aussuchen? Das ergab keinen Sinn. Und sie erinnerte sich, warum sie überhaupt hergekommen war. Weil sie niemanden in der Stadt erreicht hatte, der nach ihrer Mutter hätte sehen können. Bei jeder angerufenen Nummer hatte es entweder ewig geklingelt oder der Anrufbeantworter war angesprungen. Nachbarn, Freunde, die Behörden … als wäre die gesamte Bevölkerung schlagartig verschwunden.

Oder man hatte sie getötet.

Das Verlangen, diesen Ort sofort zu verlassen, riss Heather aus ihren Gedanken. Sie hetzte zurück zum Haus, rannte durch die offene Eingangstür, öffnete den Mund, um ihrer Mutter zuzurufen, dass sie aufstehen sollte.

Aber die Worte kamen ihr nie über die Lippen.

Alice Campbell war fort.

Einen Moment lang bekam Heather keine Luft. Die Welt schien um sie herum zusammenzubrechen, sie wie eine fest um ihr Gesicht gewickelte Decke zu ersticken. Dann hörte sie schwere Schritte, die aus der Küche kamen. Sie ballte die Hände zu Fäusten, zitterte vor nutzloser, hilfloser Wut. Wieder hatte sie die Pistole im Auto gelassen. Wie konnte sie nur so gottverdammt dämlich sein?

Dann trat etwas Großes durch den Türbogen und kam ins Wohnzimmer.

Ein riesiges buckliges Ding, das aussah wie Quasimodo auf Anabolika. In seiner großen haarigen rechten Hand hielt es wie ein Hühnerbein etwas, das Heather zuerst für den Gehstock ihrer Mutter hielt. Aber eine genauere Betrachtung machte klar, dass das blasse dürre Ding ein abgerissener Arm war. Die Kreatur grinste anzüglich, hob den Arm zu dem hässlichen Mund und biss davon ab. Heather schrie. Das Ding grinste immer noch, während es das Stück ihrer Mutter schluckte. Und dann verfolgte es sie.

# 8

Das Ding, das zu ihm hinunterstarrte, hatte einen runden Kopf, der vage an einen Kürbis erinnerte. Aber die grauen Gesichtszüge waren um ein Vielfaches angsteinflößender als jede Kürbislaterne zu Halloween, die Mike Garrett jemals gesehen hatte. Der haarlose Schädel war mit einem Netzwerk hellrosafarbener Venen bedeckt, die deutlich hervortraten. Dort, wo sich in einem menschlichen Gesicht die Nase befunden hätte, saßen zwei Luftlöcher, die Augen leuchteten in einem hellen Grün und sein Mund war voller nadelspitzer Zähne.

*Ich träume,* dachte Mike.

Es gab keine andere Möglichkeit. Ihm war schwindelig, als stünde er unter Drogen. Alle Eindrücke schienen ihn von sehr weit entfernt zu erreichen. Ein leises Geräusch, von dem er zuerst angenommen hatte, es käme aus einem anderen Raum, stellte sich als seine eigenen Atemzüge heraus. Irgendwo auf seinem Kopf spürte er einen schwachen Schmerz, aber der Nebel in seinem Verstand verhinderte, dass er ihn allzu deutlich spürte.

Er schloss die Augen und selbst diese Empfindungen verblassten.

Dann unterbrach ein umherschwirrender Gedanke den Abstieg in die tiefe Bewusstlosigkeit und ließ ihn seine Augen wieder aufreißen. *Warum sollte ich in einem Traum einschlafen?*

Der Nebel lichtete sich ein wenig – aber das Gefühl,

dass alles von weit her kam, blieb. Vielleicht war das Ding mit dem Kürbiskopf dafür verantwortlich? Während er sich fragte, welche seltsamen Drogen möglicherweise durch seinen Körper rauschten, kam Panik in ihm auf.

Mike wollte aufstehen, aber irgendetwas hielt ihn zurück.

Zuerst hatte er angenommen, er wäre gelähmt. Aber nein, er konnte seine Gliedmaßen spüren und sie sogar ein wenig bewegen. Er musste sich beruhigen, die Augen schließen und sich auf das konzentrieren, was er spüren konnte. Nachdem er eine Weile in sich hineingehorcht hatte, versuchte er nun mit aller Kraft, seine Hände zu heben, aber es gelang ihm nicht. Denselben Widerstand spürte er, als er es mit seinen Beinen versuchte. Er war mit irgendwelchen Haltegurten – *Leder?* – an den Tisch gefesselt.

Während sein Verstand arbeitete, lichtete sich der Drogennebel langsam, und bald darauf stellte er fest, dass ein dicker Riemen über seine Stirn gespannt war. Er konnte nicht nur seinen Kopf nicht anheben, er konnte ihn nicht einmal drehen.

Er öffnete die Augen und zuckte zusammen, als sich das Kürbiskopfding näher zu ihm herabbeugte. Der knollige Kopf war etwas zur Seite geneigt und die Augen pulsierten in noch hellerem Grün. Das Gesicht des Dings wirkte fremdartig, doch Mike war überzeugt, hinter der neugierigen Fassade einen Funken sadistischer Freude zu erkennen. Irgendetwas an der grausigen Mimik erinnerte Mike an einen Wissenschaftler, der gerade die Auswirkungen irgendeiner giftigen Chemikalie an einer hilflosen Laborratte testete.

Etwas Glänzendes über der Kreatur zog Mikes Aufmerksamkeit auf sich. Es handelte sich um ein riesiges ovales Objekt, das schimmernd an der scheinbar 30 Meter hohen Decke hing. Mike kniff die Augen zusammen, blinzelte und konnte etwas deutlicher sehen. Zwei Dinge wurden ihm augenblicklich klar: Seine anfängliche Vermutung war falsch gewesen, die Decke *war* hoch, aber lediglich um die sieben Meter. Und er war besser dran gewesen, als er seine Umgebung noch undeutlich wahrgenommen hatte.

Jetzt wusste er es endlich. Das Ding an der Decke war ein überdimensionaler Spiegel. Und in seiner Reflexion sah Mike einen großen Raum voller Operationstische. Viele der Tische waren leer, aber auf einigen lagen nackte Menschen, genau wie er fixiert. Ihre Kleidung lag in kleinen Haufen neben den Tischen. In der Nähe jedes einzelnen Menschen schwebte eine Kreatur, die mit dem Kürbiskopfding identisch war, das Mike beobachtete. Neben jedem Tisch stand ein Wagen voller glänzender Operationsinstrumente. Während Mike immer mehr Details ausmachte, schauderte er vor Entsetzen. Sein Blick glitt hastig über die Spiegelfläche an der Decke. Er sah Menschen, denen man die Schädel geöffnet und deren Gehirne man freigelegt hatte. Lediglich Mike und einem Asiaten auf dem Tisch links von ihm war diese Operation bislang erspart geblieben. Er und der Asiate waren zudem die einzigen bekleideten »Patienten«.

Auch wenn ihm davon übel wurde, betrachtete er die Spiegelung weiter – und bemerkte erschrocken, dass diejenigen mit den geöffneten Schädeln noch nicht tot waren. Am Kopfende eines jeden Tisches – auch an dem von Mike – befand sich eine kastenförmige Maschine, aus deren Seiten Drähte ragten. Die Enden dieser Drähte – Mike nahm an, dass es sich um irgendwelche Elektroden handelte – steckten in den freigelegten Gehirnen. Gelegentlich berührte einer der Kürbisköpfe die schwarze Maschine, was zu verschiedenen Reaktionen der daran angeschlossenen Menschen führte. Offenbar waren die Reaktionen davon abhängig, wo sie die Maschinen berührten, was Mike seltsam fand, da er keinerlei Knöpfe, Hebel oder Schalter erkennen konnte.

Gerade ließ die Berührung der Kiste den Penis eines Mannes augenblicklich anschwellen. Woanders lachte eine angeschlossene Person hysterisch, eine andere schluchzte. Die Kreaturen führten irgendwelche Untersuchungen durch, aber zu welchem Zweck? Mike fragte sich, ob auch nur eine von ihnen so etwas wie ein menschliches Gewissen hatte, und falls ja, ob es ihnen irgendwelche Schwierigkeiten bei ihren Untersuchungen bereitete.

Hilflos musste er mit ansehen, wie eine Kreatur rechts von ihm mithilfe der Maschine eine Frau dazu brachte, die Atmung einzustellen. Nach mehreren entsetzlichen Augenblicken, in denen er die reglose Gestalt der Frau beobachtet hatte, öffnete Mike den Mund, wollte das Ding anbrüllen, das mit ihrem Leben spielte. Man konnte sie zurückholen. Noch war es nicht zu spät. Die Kreatur musste nur ein einziges Mal diese gottverfluchte Maschine berühren. Aber alles, was Mike zustande brachte, war ein Geräusch, das irgendwo zwischen einem Ächzen und einem Fauchen lag. Seine Stimmbänder fühlten sich an, als wären sie gelähmt.

Das Ziel seiner hilflosen Wut berührte die Maschine nicht noch einmal. Stattdessen wickelte sich das Wesen die Drähte, die in das Gehirn der Frau führten, um seine vielfingrige Hand und zog sie heraus. Dann knüllte es die Drähte zusammen und stopfte sie in diese verdammte Maschine, die sie allem Anschein nach vollständig verschluckte. Die Kreatur ging zu ihrem Instrumentenwagen, nahm etwas, das wie ein großer Göffel mit einer Zange daran aussah. Mike schmeckte Galle in seinem Mund, als ihm klar wurde, wofür das Werkzeug vorgesehen war.

Eine Intuition, die sich einen Moment später bewahrheitete, als das Ding damit das Gehirn der Frau aus ihrem Schädel holte. Es ließ das Gehirn in einen weißen Beutel fallen, den es anschließend in einen Eimer warf, der bereits zur Hälfte mit ähnlichen Päckchen gefüllt war.

Mike war von diesem bizarr beiläufigen Mord und der darauffolgenden Verstümmelung derartig angewidert, dass er erst viel zu spät mitbekam, wie die Kreatur, die sich mit ihm befasste, auf ihrem eigenen Wagen herumwerkelte. Da war plötzlich ein besorgniserregendes mechanisches Surren, und sein Blick zuckte zurück zu der Spiegelung seiner eigenen reglosen Gestalt. Angst packte ihn und er rechnete jeden Moment damit, dass sein Herz stehen bleiben könnte. Er wünschte es sich fast. Im Moment wäre ein schneller Tod ein Segen. Seine letzten Augenblicke wollte er nicht damit verbringen, von diesen bösartigen Wesen gefoltert zu werden. Aber er starb nicht. Und seine Entrüstung darüber half ihm nicht weiter. Gleich würde die Knochensäge seinen Schädel öffnen und ihm keine andere Möglichkeit bleiben, als jeden Moment bis zu seinem kläglichen Ende mitanzusehen.

Die Kreatur wandte sich ihm zu, senkte die surrende Klinge auf seine Schädeldecke. Mike schloss die Augen und biss die Zähne zusammen, sandte im Stillen eine Flut verzweifelter Stoßgebete zu einem Gott, von dem er nicht einmal wusste, ob es ihn gab, und wartete auf den ersten unausweichlichen Schmerz.

Dann hörte er etwas – ein lautes Krachen –, woraufhin er die Augen wieder öffnete. Zuerst konnte er sich keinen Reim auf das machen, was er in dem Spiegel über sich sah.

Eine Tür wurde mit solcher Wucht aufgestoßen, dass sie gegen die Wand krachte. Und da war plötzlich Jinx, das süße Mädchen, welches ihn vor dem Zirkusdirektor gerettet hatte. Seit er hier in diesem Folterkabinett aufgewacht war, hatte er nicht viel an sie gedacht, sondern lediglich annehmen müssen, dass sie entweder tot war oder irgendwo anders gequält wurde. Wieder versuchte er zu sprechen, zu schreien, sie dazu zu bringen, wegzulaufen, bevor es zu spät war. Erfolglos.

Aber … seltsamerweise …

Sie schien keine Angst zu haben.

Noch seltsamer war, die Kürbisköpfe schienen sich an ihrer Anwesenheit nicht zu stören. Genauso wenig unternahmen sie etwas, Jinx einzufangen und zu fesseln, während sie zielgerichtet auf Mikes Tisch zuging. Das Wesen, das für Mike zuständig war, betrachtete ein Schriftstück, das sie ihm in die Hände drückte. Dann nickte es. Ohne erkennbare Gefühlsregung entfernte sich das Ding von ihm und richtete seine Konzentration auf einen anderen Gefangenen.

Mike runzelte verwirrt die Stirn. Warum wirkte es so, als würden diese Kreaturen Jinx' Anwesenheit als völlig normal empfinden? Sie war genau wie er eine Einwohnerin von Pleasant Hills, die in die Falle dieser … was auch immer sich für eine unbegreifliche Macht hinter der Freakshow verbergen mochte.

Nur … jetzt, da er darüber nachdachte … war er sich dessen nicht so sicher. Er hatte nur angenommen, dass sie aus Pleasant Hills stammte, ohne ausdrückliche Bestätigung dieses seltsamen Mädchens. Sie hatte sich wie ein ganz normaler Mensch verhalten, der verzweifelt versucht hatte, den Fängen des Zirkusdirektors und seiner bizarren Spießgesellen zu entkommen. Aber vielleicht war das nur ein Trick gewesen. Vielleicht hatte sie von Anfang an vorgehabt, ihn reinzulegen und tiefer ins Herz dieses abscheulichen Orts zu locken. Vielleicht war sie gar kein Mensch, sondern irgendeine Schreckensgestalt, die eine verführerische Verkleidung trug. Das konnte er nicht gänzlich ausschließen – dafür hatte er heute Nacht zu viel Unerklärliches gesehen.

Jinx ging ans Kopfende des Tischs und beugte sich über ihn. Ihre Miene war entschlossen, aber ansonsten nicht zu deuten. »Ich weiß, du bist verwirrt, hast Angst und eine Menge Fragen, aber ich bitte dich darum, das alles erst einmal beiseitezuschieben.«

Hätte Mike gekonnt, hätte er gelacht. Alles beiseiteschieben. Klar, gar kein Problem.

Als hätte er eine Wahl.

Sie löste den Gurt, der seinen Kopf festhielt. Da er nun auch die Gräueltaten um sich herum besser begutachten konnte, wünschte er sich, sie hätte das verfluchte Ding gelassen, wo es gewesen war. Ihr Gesicht verschwand aus seinem Sichtfeld und er blickte wieder zu dem Spiegel hinauf, in dem er sah, wie sie einen Fuß unter den Tisch streckte und auf etwas trat. Er hörte einen Riegel aufschnappen und zuckte zusammen, als sich der Tisch, aus irgendeiner Art von Verankerung gelöst, ein paar Zentimeter vorwärtsbewegte.

Jinx packte den Tisch an den Seiten und drehte ihn Richtung Tür. Aufgrund der plötzlichen Bewegung wurde Mike wieder übel, aber das war ein geringer Preis, wenn er dadurch die Monsterärzte … Kürbisköpfe … was verflucht noch mal auch immer sie sein mochten, hinter sich lassen konnte.

Jinx schob den Tisch mit einer solchen Geschwindigkeit vor sich her, dass es schon beinahe an Waghalsigkeit grenzte. Mehr als einmal stießen sie an die Kante eines anderen Tisches oder gegen irgendein Gerät. Im Vorbeigleiten sah er weitere Opfer mit leerem (aber feucht glänzendem) Schädel. Sein Magen drehte sich langsam, erneut spürte er den Brechreiz in seiner Kehle aufsteigen. Er riss die Augen von dem grausigen Anblick und kniff sie zu. Als der Tisch durch die offene Tür holperte, nach links gerissen und einen Flur entlanggeschoben wurde, hielt er die Augen weiterhin geschlossen.

Er spürte dankbar, wie sich eine Bewusstlosigkeit anschlich, als er würgen musste. Erinnerungen an Rockstars, die an ihrem eigenen Erbrochenen erstickt waren, weckten einen neuerlichen Anflug von Panik. Er riss die Augen auf, blinzelte in das schwache Licht der Lampen über ihm und klammerte sich so verzweifelt an den Gedanken, wach zu bleiben, wie ein Schiffbrüchiger an ein Stück zerschmetterten Bootsrumpf.

Da war etwas Seltsames an diesem Flur. *Was für eine riesige beschissene Überraschung!* Den Wänden fehlten die glatten winkligen Formen, die man in von Menschenhand errichteten Gebäuden fand. Zudem bestanden sie nicht aus Trockenbauplatten, Ziegelsteinen oder Beton. Das verwendete Material sah gegossen, organisch aus. Mike entdeckte Wirbel und Wellen, die Decke war geschwungen und hing an einigen Stellen tiefer.

Zudem erkannte er, dass der Flur gebogen war, wenn auch nicht sehr. Er spürte, dass Jinx ihre Richtung alle paar Meter dem Verlauf des Bogens anpasste. Es fühlte sich an, als würden sie sich in einem sehr lang gezogenen Kreis bewegen. Mike hob den Kopf, er wollte sehen, ob sie sich auf ein bestimmtes Ziel zubewegten. In ungefähr 30 Metern Entfernung konnte er so etwas wie das Ende des Flurs erkennen. Dahinter folgte ein riesiger leerer Raum. Eine beschissene Höhle, verflucht noch mal, und die Decke schien so hoch zu sein, dass Mike annahm, man benötigte eine Rakete, um sie zu erreichen.

Jinx schob weiter, gelegentlich stießen die Räder des Tisches gegen Hindernisse. Mike kämpfte gegen seine Übelkeit an, hob den Kopf ein weiteres Mal und sah, dass sie sich auf eine große Tür zubewegten. Aber je näher sie kamen, umso weniger schien »Tür« der passende Begriff für das zu sein, was dort vor ihnen auftauchte. Es war mehr ein schwarzes Loch, eine große Wunde in der Haut einer riesigen Bestie. Er versuchte in dieser undurchdringlichen Schwärze Formen oder Bewegungen auszumachen, konnte aber nichts Vergleichbares erkennen.

Mike stöhnte und bemühte sich, seine widerspenstigen Stimmbänder zur Arbeit zu bewegen. All seine Instinkte drängten ihn dazu, Einspruch zu erheben. Jinx hatte eindeutig vor, sie mitten ins Herz dieser unbegreiflichen Schwärze zu befördern. Er musste sie aufhalten. Als sie kurz vor der Öffnung waren, schloss er die Augen, ballte die Fäuste und bereitete sich darauf vor, dem Wahnsinn zu begegnen, der sich dahinter verbergen mochte.

Er spürte, wie die Dunkelheit sie verschluckte – und dann, in einem Zeitraum, der zehn Jahre dauerte oder vielleicht nur einen Herzschlag, fühlte er sich ... *leicht*.

Seine Augenlider flatterten und er wusste sofort, dass er die eine Welt verlassen und eine andere betreten hatte. Die Welt, die er verließ, war ... fremdartig ... und die Welt, die er betrat, war seine eigene. Er fühlte sich weniger benommen, obwohl die Drogen immer noch in seinem Blut waren, trotzdem fühlte er sich ... realer, auf greifbare Weise war er sich seiner Umgebung bewusst. Sogar die Luft war anders. Er blickte nach oben und sah den sternenbedeckten Nachthimmel, dieselben Sterne, die er als Kind auf Campingausflügen angesehen hatte.

Aber unglücklicherweise befanden sie sich noch immer auf dem Gelände der Freakshow.

Neben einem baufälligen Wohnwagen brachte Jinx den Tisch schließlich zum Stehen. Sie legte einen Hebel um, damit er nicht weiterrollte, löste dann hastig die restlichen Gurte und half Mike dabei, sich aufzusetzen.

»Lass dir Zeit«, sagte sie mitfühlend, während ihre Finger sein Handgelenk berührten. »Du fühlst dich schon ein wenig besser, wenn auch ein bisschen weggetreten, oder?« Auf ihre Frage, die keiner Antwort bedurfte, folgte ein Seufzen und Mike hörte darin Erschöpfung. Wie ihre Version der Geschichte auch aussehen mochte, er spürte, dass Jinx sich angestrengt hatte, um ihn aus diesem Operationssaal des Schreckens herauszuholen. Er beschloss, ihr seinen Vertrauensbonus noch etwas länger zu gewähren.

Er räusperte sich und stellte fest, dass er wieder sprechen konnte. »Was ... geht hier vor sich?« Seine Stimme war heiser, aber verständlich. »Wer bist du?«

»Mach dir deswegen erstmal keine Gedanken. Holen wir dich von diesem Tisch.«

Mike schüttelte den Kopf. »Ich weiß nicht. Ich fühle ...«

»Du kommst schon klar. Es vergeht. Vertrau mir.« Sie zerrte ihn an den Rand des Tisches und er ließ die Beine langsam über die Seite rutschen. »Jetzt steige runter. Ich verspreche dir, ich lass dich nicht fallen.«

Aber Mike blieb noch einen Moment länger sitzen und ließ den Blick über die Umgebung schweifen. Der baufällige Wohnwagen, neben dem sie standen, war nur eines von vielen großen Fahrzeugen. Manche glichen diesem Wohnwagen und waren von der Sorte, in der Schausteller lebten. Andere waren lang und ohne Fenster und wurden offensichtlich dazu benutzt, die Ausrüstung der Freakshow zu transportieren. Es sah alles absolut normal aus. Sehr menschlich. Hier und dort entdeckte Mike die Logos amerikanischer Autohersteller. Er drehte sich so weit er konnte nach links und sah die schwach leuchtenden Lampen des Jahrmarkts und die Wellen schlagende Silhouette des großen Zeltdachs.

Er runzelte die Stirn. »Wo ist dieser andere Ort geblieben? Er war echt ... ich weiß, er war echt.«

Jinx sah ihn unnachgiebig an. »Später. Wie oft muss ich das noch sagen? Können wir uns erst einmal darauf konzentrieren, dich reinzubringen?«

Mike schüttelte den Kopf. »Das war … echt.«

Sie seufzte. »Ja. Es war echt. So, zufrieden? Jetzt runter von diesem beschissenen Ding oder ich schwöre dir, ich schmeiß es um und schleif dich rein.«

Etwas in ihrer Stimme sorgte dafür, dass Mike ihr glaubte. Langsam rutschte er vom Tisch, spürte, wie seine Füße den Boden berührten, und ließ sich dann von Jinx zu dem Wohnwagen ziehen. Durch eines der schmutzigen Fenster sah er ein schwaches Licht und im Inneren bewegte sich etwas – ein kaum erkennbares Zucken der Schatten – und Mike sagte: »Warte … da drin ist jemand …«

Ohne sich zu ihm umzudrehen, zog sie ihn weiter. »Ich weiß.«

Mike grub die Absätze in den weichen Boden. »Wir sollten da nicht reingehen.«

Jinx blieb stehen, drehte sich um und sah ihn an. »Und wieso nicht?«

Er leckte über seine Lippen und sah sich nervös um. »Weil ich glaube, dass uns im Moment niemand beobachtet. Wir könnten von hier verschwinden.«

Jinx lachte. »Da irrst du dich gewaltig, Mike. In der Freakshow wirst du *immer* von irgendwem beobachtet, *besonders dann,* wenn du davon überzeugt bist, nicht beobachtet zu werden.«

Dann packte sie sein Handgelenk fester und zerrte ihn weiter zu dem Wohnwagen. Mike stolperte mit zitternden Beinen hinter ihr her. Ihm blieb keine andere Wahl als zu tun, was sie sagte. Einerseits war sie stärker, als er gedacht hatte, andererseits war er noch immer durch das geschwächt, was ihm diese Kürbisköpfe eingeflößt hatten.

Jinx zog ihn die einklappbaren Stufen hinauf, öffnete die Tür und schob Mike in den Wohnwagen. Dieser war nur spärlich möbliert, ein einzelnes Doppelbett mit an der Wand verankertem Rahmen dominierte den Raum.

Doch da war etwas anderes, das Mikes Aufmerksamkeit beanspruchte: der Bewohner des Wohnwagens.

Er schluckte etwas Hartes hinunter und merkte, dass er zitterte. Rückzug! In diesem Moment war es ihm völlig egal, was für Schrecken auf dem Gelände der Freakshow möglicherweise auf ihn lauerten. Er musste weg von dieser … *Abscheulichkeit.*

Das Ding rutschte vom Sessel, in dem es bis jetzt gesessen hatte, und streckte ihm eine siebenfingrige Hand entgegen. Mit schreckgeweiteten Augen starrte Mike auf die Finger. Die Glieder waren dicker und länger als bei einem Menschen, mit harten knotigen Spitzen, die sie peinlicherweise wie Penisse aussehen ließen. Diese Hand schien in der Lage zu sein, sich durch das weiche Fleisch seines Bauchs zu pressen und ihm die Eingeweide herauszureißen. Die Vorstellung bereitete ihm Übelkeit, rief die Erinnerung an Chuck Folletts Tod überdeutlich wach. Mike versuchte, sich aus Jinx' Griff zu winden, aber sie hielt ihn ohne erkennbare Anstrengung fest.

Die Miene des Dings verzerrte sich, wurde zu etwas wie einem spöttischen Grinsen, das fast menschlich aussah. »Wie unfreundlich.«

Seine Stimme klang wie aus einem Kehlkopfmikro, das man einem Krebspatienten chirurgisch eingepflanzt hatte. Bei dem Klang stellten sich Mikes Nackenhaare auf. Er wollte diese Stimme nicht noch einmal hören. Sie war tausendmal schlimmer als Fingernägel auf einer Tafel.

Das Ding ließ die angebotene Hand sinken und setzte sich wieder in den Sessel. Es schlug die klobigen Beine übereinander und betrachtete Mike nachdenklich oder vielleicht auch anzüglich. Die Miene des Dings war nur schwer zu deuten. Der zwiebelförmige Kopf glänzte, sah aus wie flüssiges Glas. Dieser Eindruck verstärkte sich noch, als sich die Gesichtszüge des Dings mit einer seltsam anmutenden Elastizität bewegten. Sein Körper war stämmig und wie der eines Insekts unterteilt. Kopf, Torso und Beine wirkten, als könnte man sie wie bei einem Spielzeug auseinanderziehen.

Mike fragte: »Was zum Teufel bist du?«

Das Wesen gab wieder dieses Geräusch von sich, das wohl ein Lachen sein sollte, und antwortete: »Warum? Ist das nicht offensichtlich?« Es richtete sich im Sessel auf. »Ich bin ein … Freak.«

Schon wieder dieses Geräusch. Jetzt war sich Mike sicher, dass es ein Lachen war.

»Willst du ein Geheimnis erfahren?«

Mike wollte gar nichts, außer von hier zu verschwinden, aber er beschloss, dem Ding den Gefallen zu tun. »Klar.«

Der Mund des Wesens bewegte sich, möglicherweise ein Lächeln. Dann hörte Mike wieder diese gruselige Kehlkopfstimme, konnte aber den Sinn der Worte nicht verstehen. »Du wurdest auserwählt. Du hast ein glorreiches Schicksal zu erfüllen.«

Mike wartete einen Herzschlag lang. Als das Wesen keine Erklärung lieferte, fragte er: »Wie bitte?«

Das Wesen sah zu Jinx. »Bitte, kläre unseren Freund auf. Und dann …«, es lachte erneut, »dann hätte ich gern eine Vorführung.«

Mike runzelte ungläubig die Stirn. »Eine Vorführung? Was zur Hölle soll das heißen?«

Jinx antwortete, sah ihn dabei aber nicht an. »Es bedeutet, dass er uns beim Ficken zusehen will.«

Jetzt verstand Mike gar nichts mehr. »Wa…?«

Jinx erwiderte seinen Blick. An der Ernsthaftigkeit in ihrer Miene erkannte er, dass sie nicht scherzte. »Du hast mich schon richtig verstanden, und wir werden es tun. Aber zuerst muss ich dir ein paar Dinge erklären.«

Dann fing sie an zu sprechen, leise, wie ein Saboteur, der sich mit seinen Spießgesellen unterhielt. Anfangs hörte er kaum zu. Der Gedanke, in Anwesenheit dieses Dings mit Jinx Sex zu haben, machte ihn mehr als nur nervös. Als er den ersten beängstigenden Satz mitbekam, hörte er ihr tatsächlich zu. Nachdem sie fertig war, schüttelte er den Kopf und sagte: »Mein Gott … das kann nicht dein Ernst sein … wie sollen wir …?«

Dann begann sie damit, sich auszuziehen, und Mike schwieg.

# 9

Während es geschah, empfand Craig zeitgleich nie gekannten Schmerz und Lust. Die beiden Gefühle wechselten sich nicht ab – sie existierten nebeneinander. Er genoss die Lust dermaßen, dass er gar nicht wollte, dass die zweiköpfige Frau jemals wieder mit dem aufhörte, was sie gerade tat. Und der Schmerz war so heftig, dass er drohte, das bisschen, das von seinem Verstand noch übrig war, zu Asche zu verbrennen und im Wind zu zerstreuen.

Was mit ihm geschah, war dermaßen surreal, dass sich ein Teil von ihm weigerte, es als Realität zu akzeptieren. Der Teil, der von seinem rationalen Selbst noch übrig war. Der Rest von ihm war sich all dessen zu bewusst, um es abzustreiten. Zwischen seinem erregten Stöhnen und den Schmerzensschreien, die sich ihren Weg über seine Lippen bahnten, dachte er Dinge wie *O Mann, das ist so bescheuert beschissen, wie es nur sein kann.*

Die Frau hielt seinen harten Penis fest umklammert. Ihre weiche Hand fühlte sich so gut an. Wie sie langsam seinen pulsierenden Penis rieb, war das Erregendste, was er jemals erlebt hatte. Er dachte an Heather und kam zu dem Schluss, dass der Sex mit ihr großartig war, aber nichts, das sie jemals mit ihm getan hatte, war auch nur ansatzweise so gut wie das hier. Dabei holte ihm die zweiköpfige Frau nur einen runter. Er nahm an, dass seine Empfindungen weitgehend künstlich waren, weil sein Verstand manipuliert wurde. Aber dieses Wissen schmälerte nicht den Genuss. Die zweiköpfige Frau schien zudem seine Fähigkeiten zu beeinflussen, hielt ihn kurz vor dem Kommen davon ab, zögerte seinen Orgasmus hinaus ... sehr viel länger, als er jemals für möglich gehalten hätte.

Das störte ihn nicht.

Es half gegen den Ekel, den er empfand, als die vertrocknete Zunge des hässlichen Kopfes in die blutige Augenhöhle glitt, in der sich vor Kurzem noch sein linkes Auge befunden hatte. Schlimmer war, dass sich die ausgetrockneten Lippen immer wieder an der Augenhöhle festsaugten und das Blut und die Reste seines Augapfels herausschlürften.

Mike versuchte, mit seinem verbliebenen Auge den hübschen Kopf mit dem fließenden blonden Haar und dem Gesicht eines Filmstars zu fixieren. Doch immer wieder spürte er diesen eigenartigen psychischen Druck, der ihn zwang, dabei zuzusehen, was der abscheuliche Kopf tat. Dann lächelte dieser Kopf und gackerte auf seine schrecklich keuchende Art.

Es schien Stunden zu dauern, tatsächlich waren es nicht mehr als 30 Minuten. Dann löste sich die Kontrolle der Frau über ihn plötzlich. Sie drückte seinen Penis noch einmal und er kam, schrie lange und heiser in einem Augenblick perfekter Ekstase. Nachdem dieses Gefühl seinen Höhepunkt erreicht hatte und schnell verblasst war, kam der Schmerz. So schlimm, dass sich Craig wünschte, er könnte sterben, um es hinter sich zu bringen. Die Lust war wie weggeblasen. Er schrie erneut, dieses Mal vor unerträglichem Schmerz, dann schrie er noch etwas mehr.

Die Frau sah ihm zu, genoss seine Qual. Er wollte ihr die Kehle herausreißen. Sie schien seine Gedanken zu lesen, lachte nur noch ausgiebiger. Kurz darauf näherte sich das hübsche Gesicht seinem. Sie öffnete den Mund.

Weit. Die vollen verführerischen Lippen dehnten sich so sehr, dass er damit rechnete, die Haut würde jeden Moment reißen. Aber dazu kam es nicht. Was stattdessen geschah, war viel schlimmer.

Zumindest hatte Craig das anfangs gedacht.

Sie übergab sich in sein Gesicht. Er würgte und versuchte sich von ihrem Mund zurückzuziehen, aber er konnte nicht. Sie hob die Lippen zu seiner leeren Augenhöhle und übergab sich erneut. Er spürte, wie die dicke, zähflüssige Substanz sein Gesicht hinabrann. Wie Gelee. Sein Gesicht war voll von dem Zeug, und als sie damit anfing, es in seine Augenhöhle zu schaufeln, dachte er, sich gleich selbst übergeben zu müssen.

Aber dann geschah etwas Seltsames.

Der Schmerz ließ nach.

Eigenartig. Was auch immer dieses Kotzgelee war, es schien schmerzlindernde Eigenschaften zu besitzen. Wo es seine Wange hinabfloss und über seine Lippen in den Mund lief, spürte er eine leichte Taubheit. Jetzt, da er nicht länger unter den Verstand zerfetzenden Schmerzen litt, konnte er sich ein paar wichtige Fragen stellen. Beispielsweise: Was war das für eine Kreatur?

Craig nahm an, er konnte genauso gut einfach fragen: »Was bist du?«

Die zweiköpfige Frau fischte ein Taschentuch aus einer kleinen schwarzen Handtasche und tupfte das Gelee von Mund und Kinn des hübschen Kopfs ab. Dabei hielt sie den Kopf schon beinahe hoheitsvoll. Sie öffnete einen kleinen Schminkspiegel, betrachtete sich und steckte ihn offensichtlich zufrieden wieder weg. Jetzt erst bemerkte Craig, wie wenig von dem klebrigen Zeug auf dem kurzen schwarzen Rock gelandet war – lediglich ein Fleckchen hier und dort, die sie beiläufig wegwischte.

Der hübsche Kopf lachte.

Der hässliche Kopf blickte finster und fauchte. *Elende Drecksschlampe.*

Der hübsche Kopf sah ihn mit großen Augen und geschürzten Lippen in gespielter Überraschung an. »Oh, Craigy. Das ist … nicht … nett.« Sie gab ein missbilligendes »Tz tz tz« von sich und wackelte dazu passend mit einem Finger. »Du willst wissen, was ich bin?« Sie kicherte. »Nun, ich verrate es dir. Aber zuerst brauchst du anscheinend eine Unterrichtsstunde in gutem Benehmen.«

Nun war es an Craig, ein finsteres Gesicht zu machen. »Was in Dreiteufels beschissenem Namen meinst du?«

Das Lächeln des hübschen Kopfes verblasste. »Das.«

Eine Synapse in seinem Gehirn vibrierte, ließ seinen Körper mehrmals unkontrolliert zucken, seine Zähne schlugen aufeinander, während sein Kopf und seine Arme gegen die Lederpolster schlugen und sein verbliebenes Auge in der Augenhöhle bibberte. Dann zuckte etwas in seinem Kopf und die Krämpfe hörten so schnell auf, wie sie begonnen hatten.

Craig zitterte noch, aber nun aus erbärmlicher Angst. »Bitte …«

Der hübsche Kopf lächelte wieder. So perfekt, so strahlend, dass er auf das Titelbild eines Modemagazins gehörte. »Oh, das Zauberwort. B-I-T-T-E. Bitte.« Sie kicherte wieder so völlig unpassend mädchenhaft. »Jetzt weiß ich, dass ich dich wirklich gebrochen habe. Du hast schon in den Seilen gehangen, um eine der entzückenden Sportmetaphern deiner Rasse zu benutzen, aber trotz des Traumas hast du dir ein beachtliches Maß an Unverschämtheit und Überheblichkeit bewahrt. Aber damit ist es jetzt vorbei!« Und dann klatschte sie auch noch glücklich in die Hände. »Du bist voll und ganz eingeschüchtert. Du bist bereit, um dein jämmerliches Leben zu betteln.«

Sie lehnte sich zu ihm und legte ihm mit festem Griff die Hand in den Schritt. »Oder etwa nicht?«

Craig nickte nachdrücklich und kämpfte um seine Worte. »J…j…ja«, stammelte er mit zitternden Lippen. »A…a…alles, … was du sagst.«

»Genau.« Sie hob die Hand an seine Wange und streichelte darüber. »Mein Schoßtierchen, du wirst wirklich alles tun, was ich von dir verlange. Noch wichtiger ist, ich bin überzeugt, dass du Spaß daran haben wirst, mir zu dienen.«

Craig fragte sich, ob sie sarkastisch sein wollte. Er vermutete, dass es unwichtig war, weil sie zumindest mit einem recht hatte: Er war gebrochen. Zumindest was den Widerstand ihr gegenüber anging. Also, was zum Teufel konnte er sonst tun, als sich an die Hoffnung zu klammern, dass sie die Wahrheit sagte?

Er hustete und befreite seine Kehle hörbar von Schleim. »Also … was soll ich für dich tun?«

»*Was* für ein braver Junge.« Sie kniff ihm in die Wange, wie es Großmütter bei ihren frühreifen Enkeln taten. »So sehr darauf erpicht, mir zu gefallen.« Sie kicherte wieder. »So sieht es aus, Craig. Ich habe dein Innerstes gesehen. Ich weiß alles über dich, die ganze Wahrheit. Ich kenne dein Wesen, deine Seele. Und was ich gesehen habe, war dunkel. Wirklich sehr, sehr dunkel. Warum habe ich das Gefühl, dass du eine beachtliche Menge relativ unschuldiger Menschen getötet hättest, wenn wir uns heute Abend nicht begegnet wären?«

Craig spürte eine seltsame Kälte seinen Körper hinaufkriechen, die es sich in seinem Gehirn gemütlich machte. Als er ihr in die Augen sah und das wissende Grinsen an ihren Mundwinkeln bemerkte, wusste er, dass jedes ihrer Worte der Wahrheit entsprach. Diese Frau, dieses *Ding*, wusste absolut alles, was es über ihn zu wissen gab.

Er hatte Angst, natürlich, und er fühlte sich aufs Schändlichste missbraucht. Dieser Missbrauch war auf sehr tiefgründige Art beunruhigender als die Angst. Er fühlte sich dadurch ausgeliefert. Und verletzlich. Das gefiel ihm überhaupt nicht. Er zappelte herum wie ein Erstklässler, den man dazu zwang, in der ersten Reihe zu sitzen. Vielleicht wimmerte er sogar. So hektisch, wie seine Gedanken rasten, war das schwer zu sagen. Er brauchte ein Versteck, einen dunklen, geheimen Ort, wo seine innigsten Gedanken wieder nur ihm allein gehörten. Er fragte sich, ob sich eine Frau nach einer Vergewaltigung so fühlte, und empfand fast – aber nicht ganz – einen winzigen Anflug aufrichtigen Mitgefühls.

»Du musst dich beruhigen.« Die Stimme der Frau klang hart, da war keine Spur mehr von dem verspielt sadistischen Unterton. Der abscheuliche Kopf zischte und wand sich wie eine Kobra. Die brüchige Zunge zuckte zwischen den trockenen Lippen hervor. Das Stück verrottenden Fleisches war noch immer feucht von seinem Blut und Craig versuchte – vergeblich – nicht daran zu denken, wie dieses Ding in seine Augenhöhle gedrungen war.

Craig kicherte nervös. Der Klang überraschte ihn. An dieser Situation war verflucht noch mal nichts Witziges. Keinesfalls. Nur ein weiterer Beweis dafür, dass sein Verstand völlig im Eimer war. »Ja, okay. Du hast recht. Ich werde mich dann mal beruhigen, einfach so.« Er zuckte übertrieben mit den Schultern und lächelte. »Schlimmer kann's ja nicht mehr kommen, oder?«

Die Miene des hübschen Kopfs war ausdruckslos, lächelte nicht mehr. »Ich habe eine Aufgabe für dich, Craig. Eigentlich ist es ein Test, um dich zu beweisen. Bewältige die Aufgabe, die ich dir stelle, zu meiner Zufriedenheit, und dir ist ein Platz in meiner Welt sicher.«

Craig hatte keine Ahnung, wovon sie sprach, das war

wohl auch unwichtig. Irgendwann würde sie es ihm verraten, nahm er an. »Und wenn nicht?«

Jetzt lächelte sie zumindest wieder. Dennoch fehlte weiterhin die Ausgelassenheit dahinter. Dieses Lächeln wirkte wild, weitaus furchteinflößender als das hungrig wütende Knurren eines tollwütigen Tiers. »Dann werde ich dich sehr lange foltern lassen. Du wirst so extreme Qualen über einen so langen Zeitraum durchleben, dass du wehmütig an den Schmerz von heute Nacht denken wirst.«

Der hübsche Kopf hielt das Kinn arrogant erhoben, blickte auf ihn herab, forderte ihn heraus, ihr zu widersprechen.

Tatsache war, er glaubte ihr.

»Was soll ich tun?«

Die Frau drückte auf einen weißen Knopf in der eingelassenen Konsole zwischen den Sitzen, sprach dann auf eine Weise, aus der Craig schloss, dass es an jemand anderen gerichtet war – wahrscheinlich an den Fahrer des Towncar, der hinter einer schwarzen Trennscheibe saß. »Joseph, haben wir unser Ziel erreicht?«

Eine tiefe Stimme klang leise aus einem Lautsprecher in derselben Konsole: »Ja, Madam. Wir befinden uns außerhalb des vorher ausgesuchten Ziels.«

»Hervorragend. Wir sind hier hinten bereit, Joseph.«

»Sehr gut, Madam.«

Craig bemerkte, wie die Fahrertür geöffnet und dann zugeworfen wurde und sich kurz darauf die linke Hintertür des Wagens öffnete. Auf dem Gehweg sah er einen großen Mann in einer makellos geschneiderten Chauffeuruniform stehen. Im glänzenden Schirm seiner Chauffeurmütze spiegelte sich das Licht einer Straßenlampe. Der Mann wirkte wie eine bizarre Mischung aus einem Profiringer und einem echten englischen Butler.

Er war massig, komplett mit Fassbrust und einem Hals wie eine 100-jährige Eiche. Seine Hände waren riesig und sahen so aus, als könnte er Craig damit mühelos den Kopf abreißen.

Craig wollte nicht aussteigen.

»Aber du musst«, flüsterte der hübsche Kopf, wobei dessen Lippen über sein Ohrläppchen strichen.

Craig seufzte. »Ja, ich weiß.«

Er holte tief Luft, schob sich aus dem Wagen und entfernte sich auf dem Gehweg ein paar sehr vorsichtige Schritte von dem Chauffeur. Möglicherweise bewegte sich ein Mundwinkel des Riesen eine Winzigkeit, ein kaum wahrnehmbares Anzeichen eines Grinsens, das auf beiläufige, fast schon gelangweilte Abscheu hindeutete. Der große Mann spürte Craigs prüfenden Blick und wandte den Kopf in seine Richtung.

Craig sah schnell weg und entschied, dass es der perfekte Zeitpunkt war, sich seine Umgebung etwas genauer anzusehen. Sie befanden sich in einem Wohngebiet in Wo-auch-immer. Höchstwahrscheinlich Pleasant Hills. Das Aussehen war typisch für eine stinklangweilige, zum Kotzen angepasste Kleinstadt. Er hasste es. Die Häuser auf beiden Seiten der Straße waren kleine einstöckige Ziegelbauten. Jedes sehr schlicht, aber Hauptsache, die Grünflächen waren makellos gepflegt. Es war die Art von Ort, bei dem Craig entweder kotzen oder sich die Augen rausreißen wollte. Letzteres war mittlerweile allerdings nicht mehr witzig. Manchmal sah man Dinge einfach nicht kommen *(Ha!)* und von Zeit zu Zeit musste man sich mit Ironie in Vorschlaghammerformat auseinandersetzen.

Mittlerweile stand auch die zweiköpfige Frau auf dem Gehweg. Sie griff Craig am Ellbogen und drehte ihn in Richtung des am nächsten gelegenen Hauses auf dieser Straßenseite. Das Einzige, was dieses Haus von den anderen Gebäuden unterschied, war ein weißer Lattenzaun. Das Klischee schlechthin.

Craig schnaubte. »Okay, hübsche Hütte. Wenn man ein beschissenes Vorstadtarschloch ist.« Er sah die zweiköpfige Frau an. »Was machen wir hier?«

Der hübsche Kopf lächelte. Der hässliche gab etwas von sich, das verdächtig nach einem Gackern klang, was Craig jedoch überhaupt nicht half, seine Ängste zu mildern. Der hübsche Kopf erklärte: »Der Test, Craig. Erinnerst du dich? In diesem Haus befindet sich ein lebendiges menschliches Wesen. Deine Aufgabe ist es, sein Leben zu beenden.«

Craig runzelte die Stirn und betrachtete nachdenklich das Haus. Es wirkte leer. Keine brennenden Lichter und auch das schwache Flackern eines Fernsehers war durch die Fenster nicht zu erkennen. Er sah in beide Richtungen die Straße entlang und stellte fest, dass das für jedes Haus in dieser Gegend galt. Seltsam. Klar, sie waren in einem Kuhkaff, mitten im Nirgendwo, und hier lebte niemand außer guten, gottesfürchtigen Leuten, die regelmäßig in die Kirche gingen und wahrscheinlich allesamt der Meinung waren, früh ins Bett zu gehen sei etwas Gutes, aber ... nun, *so* spät war es auch wieder nicht. Dieses Haus – und alle in der Umgebung – glich mehr einem Mausoleum.

Er sah die zweiköpfige Frau an. »Dieses Haus ... die ganze beschissene Straße ... wirkt verlassen. Bist du sicher, dass hier irgendwer ist?«

Der hübsche Kopf lächelte sanft. »Sehr sicher.«

Ihr Tonfall war zu überzeugt – fast schon selbstgefällig –, darum glaubte er ihr. »Okay. Also soll ich jemanden in dem Haus abmurksen.« Er hob eine Augenbraue. »So wie du dich ausgedrückt hast ... klangst du ziemlich überzeugt, dass da drin nur eine Person ist.«

»Ja.«

Dieses »Ja« klang viel zu vage, als dass es eine Antwort war. Craig beschloss, nicht weiter nachzuhaken, aber er spürte so etwas wie Verzweiflung. »Wie genau soll ich das anstellen? Ich hab keine Waffe. Schläft die Person oder hat sie sich da drin verschanzt und beobachtet uns?«

Die zweiköpfige Frau zuckte mit den Schultern. »Das musst du schon selbst herausfinden. Ich gebe dir noch zwei zusätzliche Informationen, dann werden sich Joseph und ich ins Auto setzen und auf dich warten. Dein Opfer ist mehr oder weniger allein im Haus. Und die Vordertür ist nicht abgesperrt, also brauchst du nicht einzubrechen.« Das Lächeln des hübschen Kopfs wurde eine Winzigkeit breiter. »Du musst nur reingehen.«

Sie lief zur geöffneten Hecktür. »Oh, und noch etwas. Nachdem du dein Opfer getötet hast, will ich eine Trophäe.«

Craig runzelte fragend die Stirn. »Eine Trophäe?«

Die Frau stieg ein. Ihre letzten Worte, bevor Joseph die Tür schloss, ließen Craig schlucken: »Bring mir das Herz deines Opfers.«

Joseph sah Craig noch einmal durchdringend an, dann stieg er hinter das Steuer des Towncar. Der Chauffeur saß dort, die Tür geöffnet und das linke Bein außerhalb des Wagens. Er wirkte viel zu entspannt für den Fahrer eines Fluchtwagens bei einem Mord.

Craig drehte sich um und sah zurück zum Haus. Ein paar Momente lang war er wie gelähmt. Während er einfach nur dastand, dachte er über mehrere Dinge nach. Warum machten sich diese seltsamen Leute keinerlei Gedanken wegen der Polizei? Die Möglichkeit, dass die Person, die er töten sollte, sein Eindringen hören und den Notruf wählen könnte, bereitete ihm Bauchschmerzen – bis er sich daran erinnerte, warum Heather, *diese verfluchte Schlampe,* so versessen darauf gewesen war, heute Abend herzukommen. In Pleasant Hills funktionierten die Telefone nicht.

Craig lächelte.

Er folgte dem weiß gepflasterten Weg zur Veranda. Seltsam, wie gut er sich auf einmal fühlte, so unbeschwert. Er fragte sich, ob das möglicherweise an einem subtilen Einfluss der zweiköpfigen Frau lag, ein unterbewusstes Abtasten durch die mentale Verbindung, die nun zwischen ihnen herrschte. Aber sein Bauchgefühl sagte ihm etwas anderes. Nein, der Grund war etwas viel Grundlegenderes, und in einem Augenblick der Erleuchtung erkannte er, was es war.

Er war frei. Nicht länger gebunden.

Endlich durfte er tun, was er schon immer hatte tun wollen.

Er war so sehr in diesem Augenblick gefangen, so überwältigt von der Freude, die sich mit nichts in seinem Leben vergleichen ließ, dass er kaum bemerkte, wie er leise lachte, während er die beiden Stufen zur Veranda hinaufstieg. Selbstbewusst ging er zur Tür, griff nach dem Messingtürknauf und drehte ihn, ohne zu zögern.

Er schob die Tür auf und betrat die Dunkelheit.

# 10

Das Metallrad quietschte laut, während Braddock es drehte, um die Kapsel zu öffnen. Die große Luke löste sich aus ihrem Metallrahmen und Braddock schob sie vollends auf. Die Aussicht auf das Gelände der Freakshow und die große Welt jenseits ihrer Zäune verspottete ihn wie das Foto eines Nacktmodells einen Jugendlichen – und war ebenso unerreichbar.

Die kühle Nachtluft strömte herein und Braddock spürte die erfrischende Brise auf seinem Gesicht. Nach den Stunden im abgestandenen Mief der geschlossenen Kapsel war sie eine wahre Wohltat.

Er zog eine Packung Winstons aus der Brusttasche seines Hemds, klopfte eine Zigarette heraus und klemmte sie sich in den Mundwinkel. Nach dem Anzünden stand er im Rahmen der Luke. Weiter konnte er nicht hinaus, ohne das Gerät, das ihm die Freaks ins Hirn gepflanzt hatten, zur Explosion zu bringen. Die Geschichte, die das Mädchen gehört hatte, gab nur einen Hinweis auf die Wahrheit. Braddock würde sterben, sollte er die Kapsel verlassen. Aber nicht die Kapsel war mit einer Sprengfalle versehen, sie würde unversehrt bleiben. Zumindest soweit Braddock wusste.

Die Sprengfalle saß in seinem Kopf. Ein kleines Knötchen von der Größe eines Stecknadelkopfs, das wie ein inaktiver Tumor gierig auf seinen Einsatz wartete. Braddock war sich seiner Anwesenheit ständig bewusst, was auch der wahre Grund für seinen Alkoholkonsum war. So etwas konnte einen in den Wahnsinn treiben. Der ständige Rausch – nie nüchtern, aber nie zu betrunken – war das Einzige, was ihn überhaupt schlafen ließ. Ansonsten würde er ununterbrochen daran denken müssen, möglicherweise so lange, bis er die Kapsel mit einem Hechtsprung verlassen würde. An diese Möglichkeit dachte er ohnehin gelegentlich, aber nie sonderlich ernsthaft. Es gefiel ihm nicht, hier gefangen zu sein, aber es könnte schlimmer sein. Die Freaks versorgten ihn mit allem, was er zum Leben brauchte – Alkohol, Mädchen und Nahrung. Verdammt, manche Typen würden das wahrscheinlich als traumhafte Arbeitsbedingungen bezeichnen.

*Genau,* dachte Braddock, während er einen langen Zug von der Winston nahm. *Manche Typen …*

»Das ergibt keinen Sinn.«

Die Stimme des Mädchens erschreckte Braddock. Er zuckte zusammen und die halb gerauchte Zigarette rutschte aus seinen Fingern. Er sah zu, wie das glimmende Ende in der Dunkelheit der Nacht verschwand. Einen irren Moment lang dachte Braddock wirklich daran, hinterherzuspringen. Das Gewicht seines Körpers schob sich vorwärts und er konnte spüren, wie simpel es wäre, einfach loszulassen.

*Was zur Hölle machst du da?*

Seine Hände zuckten, packten den Rand des Lukenrahmens so fest, dass sich seine großen Knöchel weiß unter seiner Haut abzeichneten. Keuchend rang er nach Luft, um seine Nerven zu beruhigen, und schob sich dann vom Abgrund zurück. Er klopfte sich eine weitere Zigarette aus der Schachtel und zündete sie an, bevor er sich zu dem Mädchen umdrehte.

Sie stand sehr nahe. Für Braddocks Geschmack zu nahe. Ohne große Schwierigkeiten wäre sie jetzt in der

Lage, ihn durch die offene Tür der Kapsel zu befördern. Er an ihrer Stelle würde genau das tun. Andererseits wusste sie nicht, was er wusste. Er fragte sich, warum die Freaks gewollt hatten, dass sie zwar Kenntnis davon bekam, dass Braddock die Kapsel nicht verlassen konnte, aber absichtlich ein paar Details geändert hatten. Bei längerer Überlegung war ein Hauch von Berechnung hinter diesem Wahnsinn zu erkennen.

Sie wollten, dass sie wusste, dass Braddock ein Gefangener war. Völlig ungeachtet dessen, dass es eigentlich ein Geheimnis sein sollte. Sie wollten, dass sie es wusste, also wusste sie es jetzt. Das war gefährliches Wissen. Aus offensichtlichen Gründen hatte er keinen Kontakt zu den Menschen, die man hier festhielt. Aber er war sich darüber im Klaren, dass man ihn als Kollaborateur betrachtete. Wahrscheinlich glaubten manche sogar, dass er für den ganzen Kram verantwortlich war. Immerhin wurde die Kapsel als Kontrollzentrum betrachtet. Sie befand sich auf einer mobilen Mordmaschine, die Unmengen an Menschen dahingerafft hatte, also war diese Ansicht nachvollziehbar. Wahrscheinlich verbrachten die meisten Gefangenen einen Großteil ihrer Zeit damit, sich farbenfroh auszumalen, wie man ihn töten könnte. Dieses Mädchen, Sheila, hatte wahrscheinlich ausgiebig darüber nachgedacht.

Es war also klug, sie weiterhin in dem Glauben zu lassen, die Kapsel sei vermint. Die Freaks hatten anscheinend nicht gewollt, dass sie wusste, dass es eine Methode gab, Braddock zu töten, ohne selbst dabei draufzugehen. Das bedeutete offensichtlich, dass sie Braddock nicht tot sehen wollten, zumindest noch nicht. Dafür war er sehr beschissen noch mal dankbar. Aber dieses Wissen beruhigte ihn nicht. Warum hatte man sie überhaupt etwas wissen lassen, selbst wenn es nur der Bruchteil eines größeren Geheimnisses war? Er hatte das Gefühl, dass hier irgendein seltsames unterschwelliges Spiel lief, und das gefiel ihm ganz und gar nicht.

Braddock blies Rauch in Sheilas Richtung, schmunzelte, als sie wegen des Geruchs die Nase rümpfte. »Verdammt, ich lasse offensichtlich nach. Ich dachte, du würdest noch eine Weile schlafen.«

Sheila griff sich ans Kinn, rieb über die schmerzende Stelle, wo seine Faust sie getroffen hatte. »Es tut weh.«

Braddock schnaubte. »Wie traurig.« Er klemmte sich die Zigarette in den Mundwinkel und trat auf sie zu. Sie zuckte leicht, versuchte aber nicht, sich zurückzuziehen. Nicht einmal, als er sie mit seinen großen Händen an ihren schmalen Schultern packte. »Du musst etwas lernen, kleines Mädchen. Zu viele Fragen führen nur zu Schmerz.« Er drückte ihre Schultern, grub die Finger grob in das zarte Fleisch. »Aber so, wie es aussieht, hat sich das nicht festgesetzt. Ich glaube fast, du hast noch mehr Fragen.«

Das Mädchen seufzte. »Es ist egal, was du mit mir anstellst.«

Braddock runzelte die Stirn. »Was?«, fragte er sie ungläubig. Er musste sie missverstanden haben. »Ist das dein Ernst? Ich habe dir gezeigt, wozu ich fähig bin …«

Sie schüttelte den Kopf. Die ganze Zeit sah sie ihm in die Augen, so beständig wie der Blick eines Scharfschützen. »Ja, das hast du. Und es ist mir egal.«

Braddock runzelte weiter ungläubig die Stirn. »Schwachsinn. Ich könnte dein Hartes-Mädchen-Getue ganz schnell beenden, glaub mir.«

Sie seufzte erneut und dieses Mal wandte sie den Blick ab. »Es ergibt … einfach keinen Sinn.«

Braddock wusste, er sollte ihr noch mal eine verpassen. Vielleicht auch zwei oder drei. Oder noch mehr. Was zum

Teufel auch immer nötig war, um ihr das Maul zu stopfen. Aber er tat es nicht, denn mittlerweile war er selbst neugierig. »Na gut, sag es mir. Was ergibt keinen Sinn?«

Er erkannte Angst in ihrem Blick. »Nun …« Sie zögerte und kaute nachdenklich auf ihrer Unterlippe herum. »Es ist nur …« Ja, sie war nun tatsächlich nervös. Er konnte ihre Anspannung spüren. Aber sie würde den Schwanz nicht einziehen. Das spürte er auch, konnte es in ihren Augen erkennen. Sie sammelte ihren Mut und rückte endlich damit heraus: »Ich verstehe nicht, wieso sie die Kapsel verminen. Das ergibt keinen Sinn.«

Braddock versuchte, augenscheinlich gelassen zu bleiben. Er blies neben der kürzer werdenden Zigarette in seinem Mundwinkel Rauch aus. »Findest du? Willst du mir das erklären?« Er kicherte und löste eine Hand von ihrer Schulter, legte sie stattdessen an Sheilas Kehle. »Ich verstehe nicht, was du zu sagen versuchst.«

Sie musste wissen, dass die Hand an ihrer Kehle eine Drohung darstellte, aber sie sprach trotzdem weiter. »Du bist nur ein Mann. Die können dich so einfach ersetzen, wie man eine durchgebrannte Glühbirne austauscht. Aber diese Maschine … es gibt nur die eine.«

Braddock spürte, wie ihn ganz langsam kalte Panik ergriff. »Woher willst du das wissen?«

»Ich weiß es nicht, aber ich glaube es.« Und nun lächelte sie. »Und du auch. Diese Maschine … sie … sie kann Unglaubliches. Verrückte, schreckliche Dinge. Und sie ist einfach … seltsam, wie eine Kreuzung aus einem U-Boot und etwas Außerirdischem.«

Braddock ließ ihre Kehle los. »Die Freaks sind keine Außerirdischen.«

»Okay, und das macht es nur noch seltsamer.« Sheila hob eine Hand an ihre Kehle, rieb geistesabwesend die gerötete Stelle. »Diese Maschine fühlt sich wie das

Überbleibsel einer längst vergangenen Zeit an, wie etwas, das man aus den Ruinen von Atlantis geborgen hat.«

»Du hast eine ziemlich rege Fantasie, Kleines.«

Sheila zuckte mit den Schultern. »Okay, kann sein, dass sie nicht aus Atlantis stammt. Atlantis war nur ein Mythos. Aber so was in der Art. Ich weiß es. Ich *spüre* es. Darum behaupte ich, dieses Ding muss für die Freaks wertvoller sein als du. Schlichte Logik. Wenn sie die Kapsel verlieren, können sie sich nicht einfach eine neue bestellen.«

Braddock lachte. »Und genau da liegt der Fehler in deiner Argumentationskette. Such nicht nach Logik, wo es keine gibt.« Er schnippte die gerauchte Zigarette durch die Tür hinaus und zündete sich sofort eine weitere an. »Dieses ›Artefakt‹ verfügt über eine Selbstzerstörung. Ich weiß sogar, wie sie einzuschalten ist. Nicht dass ich das jemals tun würde. Ich bin schon seit über 20 Jahren bei diesem abgefahrenen Zirkus. Verstehst du? Ich habe viel gesehen und ich weiß von ein paar Dingen, die sie tun.« Er nickte zur Säule mit den Monitoren. »Verfluchte Scheiße, den Großteil der Zeit hatte ich einen Logenplatz. Einmal im Jahr taucht die Freakshow in irgendeinem abgelegenen Kuhkaff auf. Irgendwas Kleines, damit man unbemerkt die Bevölkerung verschwinden lassen kann. Und du weißt, was passiert, sobald sie die Bewohner haben. Deine Stadt war letztes Jahr dran, oder?«

Während sich Sheilas Miene verhärtete, traten ihr Tränen in die Augen. »Ja. Stewartsville. Meine Familie … meine … Freundin … Sie sind alle tot.«

Braddock schnaubte. »Freundin? So, so! Egal, bei mir war es dasselbe vor vielen Jahren, abgesehen vom gleichgeschlechtlichen Liebhaber. Wir wissen auch, dass der Rest der Welt überhaupt nichts von diesen Massakern mitbekommt. Denn soweit es den Rest der Welt betrifft, hat sich in diesen Städten überhaupt nichts geändert.« Er schmunzelte. »In diesem Moment treibt sich irgendwo in Stewartsville ein Mädchen herum, das genauso aussieht wie du, deinen Namen und deine Klamotten trägt und die ganz normalen Dinge macht, die man von einem jungen Ding wie dir erwarten würde.«

»Ich hab … solche Geschichten gehört. Stimmt das?«

Braddock atmete Rauch aus und sah sie durch den Dunst an. »Ja.«

Sheila kaute wieder auf ihrer Unterlippe. »Aber … warum?«

Braddock lächelte. »Siehst du, jetzt kommen wir zum Kern der Angelegenheit. Warum? Warum das alles?« Er zuckte überdeutlich mit den Schultern. »Wer weiß? Ich bin mir nicht einmal sicher, dass sie es wissen. Es ist nur ein Muster, das sie jedes beschissene Jahr wiederholen. Soweit ich das beurteilen kann, haben sie das schon gemacht, lange bevor ich dazugekommen bin. Früher habe ich gedacht, dass sie vielleicht versuchen, die Weltherrschaft zu übernehmen, ein Scheißkaff nach dem anderen. Aber wenn das wirklich der Plan sein sollte, werden weder du noch ich das miterleben.«

Sheila schüttelte den Kopf. »Bei der Geschwindigkeit würde es Jahrhunderte dauern.« Seufzend stellte sie fest: »Das Ganze ist einfach … irrsinnig.«

Braddock schnippte noch einen Stummel durch die offene Tür, packte dann die Verriegelung und zog die Luke zu. Er drehte das Rad, bis die Riegel einschnappten, und ging dann an Sheila vorbei zurück zu seinem Platz am Kontrollpult. Er griff nach einem Hebel und sagte: »Komm her, ich will dir etwas zeigen.«

Sheila stellte sich neben ihn an den Sessel der Kontrollstation und lehnte ihren Schenkel gegen seine Armlehne.

Während sie ihr Gewicht auf ein Bein verlagerte, beobachtete Braddock ihre verführerischen Kurven. Sie war einfach nur müde und hatte keinen eigenen Sitzplatz, aber die Haltung war verflucht sexy. Braddocks Libido meldete sich. Er dachte an ihren beiläufigen Kommentar über ihre »Freundin« und das erregte ihn nur noch mehr. Er konnte sich sehr gut vorstellen, wie ihr hübsches Gesicht zwischen die Schenkel eines jungen Dings tauchte. Das Bild ließ ihn erregt schaudern. Er dachte daran, sie auf den Boden zu drücken und sie ungehemmt zu ficken. Aber das verfluchte Mädchen hatte auch seinen Intellekt angesprochen, was schon seit sehr langer Zeit nicht mehr vorgekommen war. Bis jetzt hatte er nicht einmal bemerkt, wie sehr ein unterdrückter Teil von ihm nach einer sinnvollen Unterhaltung mit einem anderen menschlichen Wesen gehungert hatte.

Er nickte wieder zur Bildschirmsäule. »Die Freakshow ist nur eine Fassade. Das hast du selbst schon gemerkt. Hinter der Illusion steckt etwas viel Seltsameres als nur eine Ansammlung von missgestalteten genetischen Irrläufern. Und wenn ich das sage, rede ich von keinem beschissenen Vorhang. Ich meine jenseits unserer Realität, auf einer anderen Existenzebene.«

»Schwachsinn«, entgegnete Sheila.

»Nach allem, was du gesehen hast, erlebt hast, sollte es kein sonderlich großes Problem darstellen, an eine alternative Realität zu glauben.« Er schob den Hebel ein wenig nach links, drückte dann den Griff und zog ihn eine Winzigkeit zurück. »Siehst du den rechteckigen Bildschirm gleich unter dem größten dort? Pass auf!«

Sheila beugte sich vor und schaute konzentriert auf das undeutliche Bild. Damit gewährte sie Braddock eine wunderbare Sicht auf ihren Hintern. Er kämpfte gegen den Wunsch an, in die perfekten runden Backen zu beißen, weil er sie so verlockend wie frisches Obst fand.

»Was passiert in dem Raum? Was sind das für abscheuliche Dinger?«

Braddock riss den Blick lange genug von dem verführerischen Anblick des Mädchens los, um sich das mittlerweile scharfe Bild auf dem Monitor anzusehen. Dann betrachtete er wieder ihren Hintern. Natürlich konnte er ihr erklären, was sie sah, ohne weiter hinzusehen. Er hatte Ähnliches oft genug gesehen, um genau zu wissen, was sich vor ihr auf dem Bildschirm abspielte. Es war der Operationsraum, in dem die Kürbisköpfe ihre seltsamen gentechnischen Experimente durchführten. »Diese Dinger befinden sich an diesem anderen Ort, von dem ich dir erzählt habe. Eine Existenzebene, die denselben physischen Raum wie die Freakshow einnimmt, aber auf einer ganz anderen Realitätsebene. Wie eine andere Frequenz im Radio. Was du gerade siehst, ist ein kurzer Blick auf das, was wirklich hinter der Freakshow steckt.«

Schaudernd verschränkte Sheila die Arme unter ihren Brüsten, wodurch ihre Pobacken sanft vibrierten. Braddock hielt es nicht länger aus und legte seine Finger auf ihren Hintern. Zu seiner Überraschung drückte sie sich gegen seine Handfläche.

Sie sah ihn an und sagte: »Sie sehen wie Weltraummonster aus, wie aus einem Science-Fiction-Film der Fünfzigerjahre.«

Braddock schüttelte den Kopf. »Ich habe dir schon gesagt, sie sind keine Außerirdischen. Sie sind eine andere Spezies, Besucher aus einer anderen Version dieser Welt.«

»Aber woher weißt du das?«

Braddock schnaubte. »In 20 Jahren erfährt man so einiges, Mädchen. Immer mal wieder spielen mir Leute wie Kapitän Ahab ein paar echte Informationen zu.«

»Du meinst den Piraten, oder?«

Braddock leckte sich über die Lippen. »Du stellst beschissen viele Fragen. Das nervt. Am liebsten würde ich dich übers Knie legen und dir den Hintern versohlen.«

Braddock stand auf und legte ihr eine Hand auf den Rücken. Während er Sheila nach vorn drückte, befahl er barsch: »Leg deine Hände an die Kante des Kontrollpults und dann hoch mit deinem niedlichen Arsch.«

Sie befolgte seine Anordnung und sah dabei über ihre Schulter. »Ich hätte dich durch die Luke nach draußen treten sollen, als ich die Gelegenheit dazu hatte.«

Braddock brachte sich hinter ihr in Stellung, doch ihr Kommentar ließ ihn zögern. »Du hast darüber nachgedacht, mmh?«

Sheilas Gesicht war ausdruckslos. »Ja, hab ich.«

»Aber du hast es nicht getan.«

»Nein.«

Braddock kniff die Augen zusammen. »Was hat dich davon abgehalten?«

»Dass ich nicht draufgehen wollte, wenn die Kapsel hochgeht.«

»Genau.« Braddocks Finger gruben sich in ihre Hüfte. »Ich dachte, du glaubst nicht daran, dass die Kapsel vermint ist.«

»Glaubst du immer, was dir ein Mädchen sagt, Braddock? Ernsthaft?« Jetzt klang sie schon beinahe spöttisch. »Ich hätte dich nicht für so blöd gehalten.«

Braddock packte fester zu.

Sheila leckte sich lasziv die Oberlippe. Braddock hatte fast den Eindruck, als würde sie ihn dazu drängen, endlich loszulegen. Als könnte sie es kaum erwarten, von ihm gefickt zu werden. Und anders, als es mit diesen Mädchen sonst der Fall war, war es nicht gespielt. Der sexuelle Hunger in ihren Augen ließ Braddocks Puls rasen. Grob drang er in sie ein, freute sich einen grimmigen

Augenblick lang über ihren überraschten Aufschrei. Aber dann drückte sie sich gegen ihn, rieb sich wie eine Katze an ihm und stöhnte. Als er fester zustieß, drang aus seiner Kehle ein wohliges Knurren.

Als er gekommen war, fiel Braddock schwer atmend und verschwitzt in seinen Sessel. »Gottverflucht.«

Sheila holte wie selbstverständlich zwei Bier aus der Kühlbox und gab Braddock eines davon. Er nahm es dankbar an, zeigte aber gleichzeitig auf die Dose in ihrer Hand. »Habe ich gesagt, dass du das haben darfst?«

Sie öffnete die Dose und nahm einen großen Schluck. Dann wischte sie sich mit dem Handrücken über ihre Lippen und sagte: »Meiner Meinung nach habe ich sie mir verdient.«

Braddock grinste. Er war zu müde, zu erschöpft, um sie deswegen zu maßregeln. »Vermutlich hast du das.« Er öffnete seine eigene Dose und schlürfte den Schaum ab. Dann atmete er schwer aus und rutschte tiefer in seinen Sessel. Sein Blick strich genüsslich über ihren Körper, bevor er in ihre klaren blauen Augen sah. »Du bist schon etwas besonders, ist dir das klar?«

Sheila antwortete nicht. Sie setzte sich mit untergeschlagenen Beinen auf den Boden und wandte den Kopf zu der Säule mit ihren organischen Bildschirmen. Braddock sah sie weiterhin an, bis sie deutlich auf etwas reagierte, das sie auf einem der Monitore erkannte. Er folgte ihrem Blick.

Das Gesicht des Zirkusdirektors füllte den größten der Bildschirme aus.

Braddock richtete sich in seinem Sessel auf.

Um die Ränder des riesigen Gesichts des blassen bärtigen Mannes spielte ein geheimnisvolles Lächeln.

»Ich glaub, er hat uns beim Ficken zugesehen«, stellte Sheila trocken fest.

Braddocks Blick zuckte in ihre Richtung. »Was? Wie konnte …«

Sie schmunzelte. »Dank der sehenden Kugel, die mir ins Gehirn gepflanzt wurde.«

Braddock riss entsetzt die Augen auf. Sein erster Impuls war, alles abzustreiten, was sie da behauptete, aber sein Bauchgefühl sagte ihm, dass es stimmte. Seine Gedanken rasten, fragten sich, was das bedeuten könnte, und Panik machte sich in ihm breit. Es bestand die Möglichkeit, dass der Zirkusdirektor sie gesehen und ihre Unterhaltung belauscht hatte. Sein Herz schlug wie wild, seine Handflächen wurden feucht. Er versuchte sich einzureden, dass alles ganz harmlos war und er keine Angst haben musste. Sie hatten sich nur über ein paar Theorien bezüglich der Freakshow unterhalten. Zu keinem Zeitpunkt war es um Rebellion oder Flucht gegangen.

*Genau,* sagte er zu sich selbst. *Alles in Ordnung. Keine Probleme. Alles wie immer.*

Selbstverständlich war das der Moment, in dem das Knötchen in seinem Gehirn detonierte.

Die obere Hälfte von Colonel Luke Braddocks Kopf wurde abgesprengt, Blut, Knochenfragmente und zermatschtes Hirngewebe spritzten auf die Kontrollkonsole.

Sheila zuckte kaum.

Sie blieb noch eine Weile auf dem Boden sitzen, sah zum grinsenden Gesicht des Zirkusdirektors hoch, während sie sich Zeit ließ, ihr Bier auszutrinken. Dann zerdrückte sie die leere Dose, warf sie achtlos hinter sich und stand auf. Mit beiden Händen zog sie Braddocks Leiche aus dem blutverschmierten Sessel und zerrte ihn zur Luke der Kapsel. Lächelnd drehte sie am Rad, öffnete die Luke und schob Braddocks Leiche durch die Öffnung, die kurz darauf mit einem dumpfen Knall auf dem Boden unter ihr aufschlug.

Sheila betrachtete den kaum erkennbaren Fleischhaufen und sagte: »Man hat dich reingelegt, du blöder Arsch.« Ihr lautes Lachen drang durch die Nacht.

Wenig später schloss sie die Luke und holte sich noch ein Bier aus der Kühlbox. Dann ging sie zum Kontrollzentrum zurück, strich über die Schlüssel, die sie während des Ficks mit Braddock an sich genommen hatte. So viele nervenaufreibende Tage hatte sie auf diese Gelegenheit gewartet – Tage, an denen sie entweder an die Wand gekettet oder dem alten Mann sexuell zu Diensten gewesen war. Wochenlang hatte sie sich seinen Tod ausgemalt, mit allen schmutzigen Details. Sie fragte sich immer noch, warum die Freaks den ekelhaften Sack nicht einfach selbst getötet hatten. Wäre kein Problem gewesen. Aber sie entschied, dass das nun auch nicht mehr wichtig war.

Zufrieden setzte sie sich in den Sessel und überlegte, wie lange es wohl her war, dass jemand anderes als Braddock darin gesessen hatte. Es fühlte sich gut an, hier zu sitzen. Der Sessel war stabil und so unerwartet bequem, auch wenn überall Braddocks Blut klebte.

Sie tauchte die Spitze ihres rechten Zeigefingers hinein und nahm sie zwischen die Lippen.

Auf dem Schirm legte der Zirkusdirektor den Kopf nach links und beobachtete sie.

Sheila tauchte ihren Finger erneut ins Blut. Dieses Mal verteilte sie es auf ihrer Haut, zeichnete eine feuchte Spur nach, die von ihrer Kehle zu ihrem Bauch verlief.

»Was denkst du?«, fragte sie den Bildschirm. »Hast du dir das richtige Mädchen für diese Aufgabe ausgesucht?«

Der Zirkusdirektor lachte.

Und Sheila malte sich weiter mit Braddocks Blut an.

# 11

Das große bucklige Ding war schnell, aber Heather war schneller. Mit der flüssigen Eleganz einer Primaballerina wirbelte sie zur Tür herum und rannte mit einer Geschwindigkeit hinaus, die selbst einen Olympioniken beeindruckt hätte. Sie flog die Stufen hinunter und rannte auf ihren Chevelle zu. Ihr Verfolger donnerte hinter ihr her, seine Schritte hallten unnatürlich laut durch die ansonsten stille Nacht.

Heather hechtete auf den Fahrersitz, schnappte sich die 38er und kam rechtzeitig wieder heraus, um die Waffe zu heben und dem Monster mitten auf die riesige Brust zu drücken. Der Schuss dröhnte krachend durch die Nacht, während jede Kugel ihr Ziel traf, beeindruckende Löcher in den Oberkörper des Dinges stanzte, das nun nach hinten taumelte. Der Hammer der 38er schlug in eine leere Kammer und die Pistole rutschte aus ihren Fingern, landete klappernd auf dem betonierten Boden der Einfahrt.

Jede eingeschlagene Kugel hatte die Bestie einen Sekundenbruchteil lang innehalten lassen, aber nun stand sie wieder in voller Größe vor ihr. Die gekräuselte Oberlippe des Monsters vibrierte. Während es sich weiter näherte, wich Heather reflexartig zurück, ungeachtet der offensichtlichen Hoffnungslosigkeit ihrer Lage. Gleich würde das Monster bei ihr sein und sie konnte nichts dagegen tun, dass es sie in Stücke riss. Genau wie es ihre Mutter zerfetzt hatte.

Es ließ sich Zeit, schien ihre Angst zu genießen. Heather blieb vor der offenen Fahrertür stehen und lehnte sich gegen das kalte Metall ihres Wagens. In gewisser Weise hatte sie ihren bevorstehenden Tod akzeptiert und wartete nur noch darauf, dass diese Nacht voller Sorgen, Trauer und Schrecken endlich ihr Ende nahm.

Eine riesige Hand bewegte sich auf ihre Kehle zu. Heather schloss die Augen, betete, dass es nicht zu sehr oder zu lange wehtun würde. Die Muskeln an ihrem Hals zuckten, als wüssten die Nerven darin bereits, wie sich die kalte unnachgiebige Pranke der Kreatur anfühlen würde. Aber es geschah nicht.

Die Nacht explodierte.

Oder zumindest war das Heathers erster Eindruck dessen, was tatsächlich geschah. Plötzlich war da eine Kakofonie des Grauens. Ein donnernder, sich wiederholender Lärm, der – zumindest für einen Augenblick – die restliche Welt zerstörte. Dann spürte sie etwas Klebriges auf ihrem Gesicht.

Als sie endlich bereit war, die Augen zu öffnen, sah sie, dass ein Großteil des grotesk missgestalteten Kopfes der Kreatur verschwunden war. Sie blickte an sich hinunter und erkannte überall das grüne Blut des Monsters. Ein weiterer Schuss hallte durch die Nacht. Wie eine grüne Rose erblühte unterhalb der Schulter des Monsters eine Austrittswunde. Erst jetzt realisierte sie, dass die Explosionen Schüsse einer Pumpgun waren.

Mit noch immer ausgestreckten Armen taumelte die Kreatur auf Heather zu, als wollte das Ding sie mit in den Tod reißen, bis plötzlich auch der letzte Lebensfunke aus dem zerfetzten Körper wich und er zusammenbrach. Einen Moment lang starrte sie die Leiche ungläubig an, außerstande zu begreifen, was eben geschehen war.

Dann bemerkte sie eine Stimme, die nach ihr rief. Anfangs schien sie sehr weit weg, wie das Flüstern in einem Traum. Sie klang eindringlich, aber Heather verstand die Worte nicht. Seltsame Muster von Geräuschen wirbelten durch ihren Kopf.

Endlich vermengten sich diese Muster zu etwas Verständlichem: »Gottverfluchte Scheiße, sind Sie in Ordnung? Können Sie mich verflucht noch mal hören?«

Heather blinzelte, hob den Blick von der toten Monstrosität und sah ihren Retter. Der Mann mit der Schrotflinte hatte die typisch gemeißelten Gesichtszüge eines Filmhelden. Er war gut gebaut und etwas über eins achtzig groß, hatte mehr als nur einen Dreitagebart und unordentliches dunkles Haar, das ihm bis auf die Schultern fiel. Über einem roten T-Shirt trug er ein zerrissenes Flanellhemd, dessen Brusttasche mit zusätzlichen Schrotpatronen vollgestopft war. Die Schrotflinte selbst wies noch in ihre ungefähre Richtung. Heather riss entsetzt die Augen auf. Er senkte den Lauf auf den Boden und lächelte verlegen.

»Sie müssen keine Angst vor mir haben. Ich bin ...«

Aber Heather hörte nicht mehr, was er zu sagen hatte. Nun, da die direkte Gefahr durch das Monster beseitigt war, brannte sich ein einzelner Gedanke mit der Energie eines Lasers in ihren Verstand: Sie musste zu ihrer Mutter. Dem rational denkenden Teil in ihr war klar, dass sie wahrscheinlich tot war. Das Übelkeit erregende Bild dieser Bestie, wie sie auf dem abgetrennten Arm herumkaute, kam ihr in den Sinn. Aber die Liebe für ihre Mutter war stärker als die Vernunft. Sie musste es mit eigenen Augen sehen.

Darum rannte sie plötzlich an ihrem Retter vorbei, zurück in die Dunkelheit ihres Zuhauses aus Kindertagen. Keuchend stand sie einen Moment lang im Foyer, holte dann Luft und rief: »*Mom!*«

Hinter ihr polterten die Stiefel des Schrotflintenschwingers auf dem Holzboden. »Sie sollten nicht schreien. Sie machen sie nur auf uns aufmerksam.«

»Fahren Sie zur Hölle.« Heather wirbelte mit wutverzerrtem Gesicht zu dem Mann herum. »Meine Mutter ist hier drin und ich werde sie finden. Sie braucht … Hilfe.« Tränen liefen über ihre Wangen. »Das Ding hat sie verletzt … vielleicht getötet … ich …«

Die Miene des Mannes blieb unbewegt, aber in seinen Augen war das kurze Aufflackern von Mitgefühl zu erkennen. »Okay, dann suchen wir sie. Ich nehme an, nach den Schüssen ist es ohnehin schon zu spät.« Er blieb stehen und schob neue Patronen in die Kammer der Schrotflinte. »Aber sobald wir sie gefunden haben, sollten wir machen, dass wir so schnell wie möglich hier wegkommen.«

Heathers Wut hatte ein wenig nachgelassen, aber sie war nach wie vor nervös, eine glimmende Zündschnur, die nur darauf wartete, eine Explosion auszulösen. »Ach, echt?«

Trotzig ließ sie ihn stehen und ging ins Wohnzimmer, wo sie sofort den angeknabberten Arm sah. Sie ging daneben in die Knie und wurde von Trauer übermannt, als sie den türkisfarbenen Ring erblickte, den sie ihrer Mutter vor ein paar Jahren zum Geburtstag geschenkt hatte.

Als sie aufsah, stand der Schrotflintenmann direkt neben ihr und betrachtete den Arm ihrer Mutter. Es war deutlich, was er dachte: Alice Campbell war auf alle Fälle tot und es war sinnlos, darauf zu hoffen, ihr noch wie durch ein Wunder helfen zu können. Aber hier ging es nicht um *seine* Mutter, die möglicherweise in Schwierigkeiten steckte (oder tot war).

Er konnte jederzeit gehen.

Eine leise Stimme in ihrem Verstand drängte sie dazu, etwas freundlicher zu diesem Mann zu sein, der ihr gerade erst das Leben gerettet hatte. Das war der zivilisierte Teil in ihr, der allerdings von anderen Gefühlen begraben wurde. Sie konnte sich auch später noch entschuldigen, oder auch nicht. Vielleicht würden sie anderen Monstern, die in Pleasant Hills unterwegs waren, zum Opfer fallen. Im Moment interessierte sie nur eines.

Heather rannte durch das Wohnzimmer in die dunkle Küche. Zuerst konnte sie nichts erkennen. Die Fenster hier waren kleiner als die im Wohnzimmer. Keine Straßenlampe erhellte die Dunkelheit. Hektisch schlug sie gegen die Wand neben sich, suchte nach dem Lichtschalter, von dem sie genau wusste, dass er dort war.

Während ihre Finger über den Schalter rutschten, hörte sie von der anderen Seite der Küche ein Stöhnen. Gegenüber dem schwarzen Schatten, den der Esstisch zeichnete. Frisches Adrenalin raste durch ihre Adern.

»Mom!«

Endlich legte sie den Schalter um und die Neonröhren an der Decke erwachten flackernd zum Leben. Der Anblick von frischem Blut auf Schränken und Arbeitsplatte ließ ihr Herz einen kräftigen Satz machen. Das Blut *konnte* einfach nicht von ihrer Mutter stammen. Es war einfach zu viel. In jedem Fall viel zu viel, um den Verlust zu überleben.

Sie hetzte durch die Küche, rutschte in einer Blutlache aus, die sich auf den Bodenfliesen gebildet hatte. Doch sie fing sich, ging um den Tisch herum und sah ihre Mutter zusammengekauert auf dem Boden liegen.

Alice Campbell wirkte noch ausgezehrter als sonst. Sie sah wie eine Leiche aus. Nur ihre schwachen Atemzüge wiesen darauf hin, dass sie noch am Leben war. Ihre Augen waren glasig, abwesend.

Heather stiegen Tränen in die Augen, als sie sich neben ihre Mutter kniete. »Mom? Kannst du mich hören?«

Kraftlos drehte Alice Campbell den Kopf zu der Stimme ihrer Tochter. »Heather …«

»Mom, ja, ich bin es und ich besorge dir Hilfe.«

Noch während Heather das sagte, erkannte sie, wie unmöglich dieses Versprechen einzuhalten war. *Sie wird sterben und du kannst nichts dagegen tun! Niemand kann so viel Blut verlieren und überleben. Wahrscheinlich wird schon der Schock reichen, um ihr den Rest zu geben.*

Aber sie biss die Zähne zusammen, schaffte es, die zweifelnden Stimmen in ihrem Kopf zumindest vorläufig zum Schweigen zu bringen. Stattdessen wollte sie etwas sagen, irgendeine leere Plattitüde, aber die Worte kamen ihr nie über die Lippen. An der Verletzung ihrer Mutter fiel Heather etwas Seltsames auf.

Der Stumpf war rot und glänzte, aber es trat kein Blut mehr aus. Tatsächlich schien es sich bei dem roten Zeug, das sie zuerst für Blut gehalten hatte, um etwas völlig anderes zu handeln. Die Konsistenz stimmte nicht.

Nachdenklich runzelte sie die Stirn, beugte sich hinunter, um es sich genauer anzusehen. »Was zur Hölle ist das?«

Ein Schatten fiel über sie. Erschrocken wirbelte sie herum, aber es war nur der Schrotflintenmann. Sie hatte sich so sehr auf ihre Mutter konzentriert, dass sie nicht gehört hatte, wie er in die Küche gekommen war. Jetzt stand er hinter ihr, beugte sich vor, um einen besseren Blick auf Alice Campbell zu haben. »Was ist was?«

Heather berührte mit dem Zeigefinger die gelatineartige Substanz und spürte augenblicklich ein schwaches Brennen. Sie riss den Finger zurück und wischte den Schnodder an ihrer Jeans ab. »Dieses … Zeug. Die Verletzung meiner Mutter ist voll damit.«

Der Schrotflintenmann runzelte die Stirn. »Nur so ein Gedanke, aber ich würde sagen, das Ding, das ich gerade weggepustet habe, hat das gemacht, um sie am Ausbluten zu hindern.«

Heather schüttelte den Kopf. »Aber … warum? Warum hat das Monster sie nicht einfach getötet?«

Er verzog das Gesicht. »Ähm … das ist nur eine Vermutung … und zudem eine ziemlich bescheuerte … aber … nun …«

Heather verdrehte die Augen. »Himmel noch eins. Wir stecken bis zum Arsch in einem Blutbad … wie Sie auch heißen mögen und wer immer Sie sind, die Zeit, sich zurückzuhalten, ist schon längst vorbei. Okay?«

»Es wollte sie sich für später aufheben. Ich heiße übrigens Josh. Josh Browning.«

»Aufheben? Wofür?«

Josh zuckte mit den Schultern. »Zum Essen, denke ich.«

Heather wurde übel.

»Sie haben gesagt, dass ich mich nicht zurückhalten soll. Und im Übrigen habe ich Ihren Namen nicht mitbekommen.«

Heather sah wieder den glänzenden Stumpf an, während sie sagte: »Heather.« Sie bemerkte das Kribbeln an der Spitze ihres Zeigefingers und berührte sie mit dem Daumen. »Meine Fingerspitze ist taub.«

»Klar. Ich denke, was auch immer dieser Geleescheiß ist, er wirkt wie ein Betäubungsmittel.«

»Wir müssen meine Mutter ins Krankenhaus bringen.«

»Als Erstes müssen wir lebend aus diesem Haus rauskommen.« Josh ging neben der leblosen Alice Campbell in die Knie, legte die Schrotflinte auf den Boden und schob die Arme unter den schlaffen Körper der Frau. »Wenn wir uns nicht schnellstens verziehen, kommen wir nie in ein Krankenhaus.«

Heather sah ihn mit aufgerissenen Augen an. »Was machen Sie da?«

»Ich versuche, Ihrer Mutter das Leben zu retten.« Mit Alice in den Armen stand er auf, hielt sie so mühelos, als wäre sie nur ein kleines Kind. »Sie werden sich um die Schrotflinte kümmern müssen. Ich kann Ihnen kurz erklären, wie sie funktioniert.«

Heather schnappte sich die Schrotflinte und kam hastig auf die Füße. Sie sah Josh geradewegs in die Augen und sagte: »Ich kenne mich mit Schusswaffen aus.«

Er lächelte unsicher. »Ja, ich hab gesehen, wie Sie Quasimodo eins mit der 38er verpasst haben. Sie können gut mit einer Pistole umgehen. Ein normaler Mann wäre auf der Stelle tot gewesen.«

»Nun, glauben Sie mir, ich kann mit einer Schrotflinte oder so ziemlich jeder anderen Schusswaffe genauso gut umgehen. Ich hatte einen Freund, der ein ziemlicher Waffennarr war und es mir beigebracht hat.«

»Na gut.« Josh nickte zur Tür. »Ich nehme an, die führt in den Garten. Mit Zaun, stimmt's? Wissen Sie, ob das Tor abgesperrt ist?«

Sie schüttelte den Kopf. »Ich bin mir ziemlich sicher, dass es offen ist.«

Er nickte erneut, als würde er sich etwas selbst bestätigen. »Sie gehen voran.«

Heather schaute ihn fragend an. »Warum?«

Sie wusste, der Blick, mit dem er sie gerade ansah, war für gewöhnlich Idioten vorbehalten. »Weil Sie diejenige mit der Schrotflinte sind. Wenn da draußen noch mehr von diesen Dingern sind, müssen Sie uns den Weg frei schießen.«

Heather rührte sich noch immer nicht.

Josh stöhnte genervt. »Das ist ein Lehrbuchbeispiel für einen Fall, bei dem es um jede Sekunde geht. Worauf warten wir?«

»Warum sollen wir hinten raus? Wo wollen wir hin?«

»Weg von hier! Wir können natürlich auch einfach hierbleiben und auf noch mehr von diesen Spinnern warten. Wenn Sie das wollen, super. Ich für meinen Teil will hier lieber raus.«

Heathers Miene verhärtete sich. »Hören Sie auf, mit mir zu reden wie mit einem Schwachkopf. Okay? Ich finde nur, wir sollten in meinen Wagen steigen und das Gaspedal bis zum Anschlag durchtreten. Also, warum hinten raus?«

Josh seufzte. »Tut mir leid, wenn ich herablassend klinge. Ich wollte Sie nicht beleidigen. Okay? Genauso wenig wie Sie mich, nehme ich mal an. Und ich denke, das Auto ist ein Fehler. Wir würden auf der leeren Straße sofort die Aufmerksamkeit auf uns lenken und bis zum Scheitel in der Scheiße stecken. Wenn wir es auf meine Art machen, können wir uns vorsichtig durch die Nachbarschaft bewegen und uns letztendlich in den Wald durchschlagen. Ich kenne mich wirklich gut in der Gegend und dem Wald aus und bin ziemlich sicher, dass ich uns so in Sicherheit bringen kann.«

Heather schüttelte heftig den Kopf. »Das dauert ewig. So lange hat meine Mutter nicht. Mit dem Auto können wir dieses beschissene Kaff in gottverfluchten fünf Minuten hinter uns lassen. Und, verdammt, so viele von den Dingern kann es da draußen nicht geben. Ist ja nicht so, als wären wir in einem Kriegsgebiet. Da warten keine Heckenschützen auf den Dächern, oder Freaks, die in gepanzerten Fahrzeugen durch die Straßen ziehen.«

»Ich muss zugeben, Heather, ich würde nichts davon gänzlich ausschließen.«

Sie holte tief Luft. Dieses Gespräch führte zu nichts. »Ich würde Sie ja fragen, warum Sie so was Blödes überhaupt sagen, aber während wir herumstehen und streiten, steht meine Mutter kurz davor, ihren letzten Atemzug zu machen. Für mich ist diese schwachsinnige Diskussion damit beendet.«

Wütend richtete sie die Schrotflinte auf ihn.

Zuerst war in Joshs Augen Angst zu erkennen, aber dann sah er sie ungläubig an. »Nehmen Sie bitte die Knarre runter. Wenn das Ding losgeht, werden Sie wahrscheinlich nicht nur mich treffen, sondern auch Ihre Mutter.«

Rasende Wut, die stärker und angsteinflößender als alles andere war, das sie bislang empfunden hatte, hielt Heather fest im Griff. Sie drückte den Lauf des Gewehrs gegen Joshs Stirn. In seinen Augen flackerte wieder Angst auf – und dieses Mal verging sie nicht so schnell.

»Vielleicht hast du mich vorhin nicht richtig verstanden, Arschloch.« Sie zeigte ihm deutlich, wie sie den Zeigefinger um den Abzug der Schrotflinte bog. »Ich kenne mich mit Schusswaffen aus. Ich kann damit sehr gut umgehen. Und das ist nicht das erste Mal, dass ich einem Kerl einen Lauf ins verfickte Gesicht halte. Wenn du dich nicht sofort umdrehst und das Haus durch die Vordertür verlässt, verteile ich dein Gehirn an der Wand und kümmere mich selbst um meine Mutter.«

»Na schön.« Langsam entfernte er sich vom Lauf der Waffe auf seiner Stirn, machte auf dem Absatz kehrt und ging zurück ins Wohnzimmer. Über die Schulter sagte er: »Machen Sie mir nur keinen Vorwurf, wenn man uns mit einem Panzer von der Straße pustet.«

Heather folgte ihm und hielt die Schrotflinte konstant auf seinen Hinterkopf gerichtet. Er verdiente sich einen Pluspunkt, als sie den Flur durchquerten und er sich zur Seite drehte, damit Alice Campbell nicht gegen den Türrahmen schlug. Diese aufmerksame Geste weckte Schuldgefühle in Heather. Nachdem die Wut verraucht war, konnte sie nicht glauben, dass sie eine Waffe auf den

Mann richtete, der ihr das Leben gerettet hatte. Sie war sich sicher, dass er ein anständiger Kerl war. Er verdiente es nicht, so behandelt zu werden. Das war Wahnsinn, der auf verdrehte Art und Weise sogar angemessen schien, da offensichtlich die ganze Welt verrückt geworden war.

Sie kamen ohne Zwischenfälle durch das Wohnzimmer. An der Vordertür drehte sich Josh erneut zur Seite und achtete behutsam darauf, dass Alice Campbell nirgendwo anstieß. Heather fing an, den Kerl zu mögen. Sie wollte ihm danken, dass er so vorsichtig war, brachte es aber nicht über sich. Irgendwie fühlte es sich falsch an, einem Typen zu danken, auf den man eine Waffe gerichtet hielt.

Drauf geschissen. Sie konnte auch später noch höflich sein.

Als Heather ins Freie trat, bemerkte sie, wie sich etwas aus den Schatten löste und auf sie zugerannt kam. Sie rief eine Warnung, aber es war zu spät. Josh schrie überrascht, als der Angreifer ihn auf Kniehöhe umriss und von der Veranda fegte. Heather sah schreiend zu, wie ihm ihre Mutter entglitt. Alice Campbell landete unsanft im Vorgarten. Der Aufprall brachte sie wieder zur Besinnung und ließ sie schreien. Zu hören, wie ihre Mutter litt, stach wie ein Messer in Heathers Herz.

In einem Satz sprang sie von der Veranda, rannte zu Josh, der wie besessen mit seinem Angreifer auf dem Boden rang. Entschlossen richtete sie die Schrotflinte auf die um sich schlagenden Körper und verspürte Ekel, als sie zu Gesicht bekam, was sie angegriffen hatte. Die nackte Kreatur war humanoid. Und weiblich. Das Fehlen äußerer männlicher Geschlechtsmerkmale machte das deutlich – und die großen, schlaffen Brüste. Alle drei. Der gedrungene muskulöse Körper des Dings war dicht behaart. Besonders eindrucksvoll war der Unterkörper mit seinen massiven, ausladenden Hüften und baumstammdicken

Oberschenkeln. Der Kopf war konisch, mit einem schnauzenförmigen Mund, der wolfsartig wirkte. Die Zähne der Bestie blitzten auf und wollten Josh ganz eindeutig die Haut vom Leib reißen. Es gelang ihm zwar, das Ding fernzuhalten, aber es war deutlich, dass es ihn alle Kraft kostete, diese schnappenden Zähne davon abzuhalten, sich in sein Fleisch zu graben.

Hilflos sah Heather mehrere Sekunden lang zu, wie sich die beiden auf dem Boden hin und her wälzten. Sie wusste, sie musste etwas tun, aber sie hatte Angst, aus Versehen Josh anstelle der dreibrüstigen Wolfsfrau zu treffen und zu töten.

Aber dann gelang es der Kreatur schließlich, Josh auf den Boden zu nageln und die elefantösen Beine um seine Hüften zu schlingen. Mit einer Hand an ihrer Kehle hielt er den Kopf auf Abstand. Mit der anderen schlug er ihre krallenbewehrten Hände weg, die gierig auf seine Augen zielten. Er kämpfte verbissen, würde aber verlieren.

Zu seinem Glück.

Heather war dankbar, endlich so etwas wie ein festes Ziel zu haben, fixierte den Schädel des Dings und zog den Abzug der Schrotflinte durch. Das Geschoss riss ein großes Loch in die Schädelbasis des Dings und zerfetzte beim Austritt den Großteil des Gesichts. Josh schrie angewidert, als die Suppe aus Blut und Gehirn in seinem Gesicht landete. Heather sprang zu ihm, trat das Ding von ihm herunter, schob eine neue Patrone in die Kammer der Schrotflinte und zielte auf den Bauch der Kreatur. Ein weiterer Schuss krachte durch die Nacht. Und dann noch einer. Dort, wo Heather das Herz vermutete, trat noch mehr Blut aus und sie hoffte, dass es nur noch Konfetti war.

Josh lag schwer atmend auf dem Rücken und wischte sich das Blut vom Gesicht. Heather trat gegen seine Hüfte. »Stehen Sie auf!«

»Aua!« Er schaffte es, sich aufzusetzen, wischte sich noch etwas mehr Blut aus dem Gesicht und starrte sie ungläubig an. »Sie können jetzt aufhören, mich zu treten. Okay?«

Schnaufend stand er auf und humpelte zu Heathers Mutter, die reglos auf dem Boden lag. Ächzend ging er neben ihr in die Knie, nahm sie wieder auf die Arme und drehte sich dann zu Heather um. »Ich denke, sie ist so weit in Ordnung. Zwar wieder bewusstlos, aber das ist wahrscheinlich auch besser so.« Hinkend trug er Alice Campbell zu Heathers Wagen. »Ich lege sie auf den Rücksitz, okay?«

Heather nickte. Sie hatte seinen steifen Gang bemerkt. »Sind Sie okay, Josh?«

»Ich hab mir das Knie angeschlagen, als mich das Ding von der Veranda gerissen hat, aber ich komm schon klar. Können Sie den Sitz umklappen?«

Sie drückte sich an ihm vorbei, kniete sich hin, betätigte einen Hebel, durch den der Sitz nach vorne kippte. Dann stand sie wieder auf, ging Josh aus dem Weg, während er in das Auto schlüpfte und Alice Campbell vorsichtig auf die Rückbank legte. Als Heather ihm die Schrotflinte in die Hände drückte, ließ er sie beinahe fallen. Er schüttelte den Kopf. »Sie sind verdammt vertrauensselig, Heather. Ich könnte ein echt nachtragendes Arschloch sein. Sie wissen schon, ich könnte jetzt das Gewehr auf Sie richten und Sie vielleicht sogar töten.«

»Klar.« Unbeeindruckt von seiner Drohung ließ sie sich in den Fahrersitz fallen. »Jetzt steigen Sie schon ein. Sie sind der Geleitschutz.«

Josh lachte leise und befolgte ihre Anweisung. »Wie kommen Sie darauf?«

Heather startete den Chevelle. Während sie den Gang einlegte, sah sie Josh an. »Wie komme ich worauf?«

Josh schluckte, als sich der Wagen mit quietschenden Reifen in Bewegung setzte und Heather das Gaspedal bis zum Anschlag durchtrat. »Scheiße noch mal, ich glaube, wir machen gleich den Sprung in den Hyperraum.« Er seufzte, als der Wagen weiter beschleunigte. »Auch egal ... was ich gemeint habe ... ach ja ... Warum glauben Sie, ich wäre kein Arschloch?«

Heather schnaubte. »Ich habe nie gesagt, Sie wären kein Arschloch. In gewisser Weise sind Sie eins, Sie arroganter Wichser. Aber Sie sind auf keinen Fall ein *nachtragendes* Arschloch. Sie sind ein anständiger Mann. Das weiß ich.«

»Und woher wissen Sie das?«

Heather zuckte mit den Schultern. »Eine Mischung aus Intuition und dem Offensichtlichen. Das Offensichtliche ist, dass mir nur ein anständiger Mann zu Hilfe gekommen wäre. Ein gewissenloser Mann hätte das Risiko niemals auf sich genommen.«

»Wow.« Josh kicherte. »Sie haben recht. Ich bin großartig. Danke, dass Sie mich daran erinnern.«

Sie verdrehte die Augen. »Nichts zu danken.«

»Also, wie sieht der Plan aus?« Josh rutschte auf seinem Sitz herum, bis er eine bequeme Position gefunden hatte. »Gibt es überhaupt einen?«

»Ein paar Kilometer von hier gibt es ein Interstate-Verbindungskreuz. Da fahren wir jetzt hin. Und sobald wir auf der Interstate sind, rasen wir volles Karacho, bis wir die nächste Stadt erreichen.« Sie schmunzelte. »Das ist mein Plan. Ganz einfach, nicht?«

Josh schürzte die Lippen. »Ähm, ja. Sagen Sie, wie schnell genau ist volles Karacho?«

»Ungefähr so schnell, wie dieser Dreckskübel fährt.«

»Verstehe.«

Die nächsten Momente fuhren sie schweigend weiter und Heather hatte Gelegenheit, über ihren letzten

Kommentar nachzudenken. Sie hatte fast geklungen wie Craig. Seitdem sie ihn auf der Interstate zurückgelassen hatte, war sie mit anderen Dingen beschäftigt gewesen, zum Beispiel am Leben zu bleiben, und hatte keine Sekunde an den Scheißkerl gedacht. Aber jetzt, *da* sie an ihn dachte, fühlte sie die eiskalten Finger der Besorgnis nach sich greifen. Selbst wenn sie diesen Schlamassel überleben sollte, musste sie sich noch mit Craig befassen. Er würde garantiert nach ihr suchen, um sich zu rächen.

Sie seufzte und weckte damit Joshs Aufmerksamkeit. »Was ist los?«

Heather kam zu dem Schluss, dass ihre Probleme mit Craig niemanden etwas angingen, am wenigsten diesen Josh. Also zwang sie sich zu einem Lächeln und sagte: »Nichts. Ich bin nur müde. Ich will diesen Wahnsinn hinter mir lassen, sonst nichts.«

Er lachte. »So kann man es auf alle Fälle nennen. Wahnsinn.«

Sie hatten die Siedlung mittlerweile hinter sich gelassen und rasten eine lang gezogene, mit Bäumen gesäumte Umgehungsstraße entlang. Heather ging vom Gas und packte das Lenkrad fester, um auf der scheinbar endlosen Biegung nicht die Kontrolle zu verlieren. »Was ist da eigentlich in Pleasant Hills los?«, fragte sie. »Was sind das für grässliche Dinger und woher kommen sie?«

Josh schnaubte. »Keine Ahnung, was sie sind, aber ich bin mir sicher, sie gehören zu der Freakshow.«

Heather sah ihn mit hochgezogener Augenbraue an. »Was für eine Freakshow?«

»Die, die gestern in die Stadt gekommen ist«, erklärte er, als wäre das eine allgemein bekannte Tatsache.

»Ich wohne nicht in Pleasant Hills. Ich höre gerade zum ersten Mal davon.«

Josh nickte. »Ah, okay. Das erklärt das eine oder andere.« Er räusperte sich und sprach weiter: »Egal, diese Freakshow ist gestern aus heiterem Himmel aufgetaucht. So ein großer Wanderzirkus. Fahrgeschäfte, Schaustellerbuden, Vorführungen mit Freaks ... das Übliche. Ich hab gestern viel Zeit im Park verbracht und zugesehen, wie sie alles aufgebaut haben. Zusammen mit meinem Kumpel Chico. Wir haben uns zugedröhnt und dann stundenlang darüber lustig gemacht, wie schrottreif das Equipment und ihre Fahrzeuge aussehen. Ich meine, man kann sich keinen heruntergekommeneren Haufen vorstellen. Alles sah so aus, als hätten sie mindestens die letzten 50 Jahre oder so damit verbracht, ihren Kram über Landstraßen durch die Gegend zu schaukeln.«

Ungeachtet der Tragweite ihrer Situation amüsierte sich Heather über Joshs Erzählung. »Sie haben echt einen Kumpel namens Chico? Mit dem Sie im Park gekifft haben?«

»Eigentlich heißt er Ken. Wissen Sie, in den Siebzigern gab es da diese Fernsehserie und ...«

»Ja, ja«, fiel sie ihm ins Wort. »Ich hab die Wiederholungen gesehen. Und tut mir leid, ich kann ohne die witzige Geschichte leben, wie Ihr Kifferkumpel zu seinem Spitznamen gekommen ist. Verraten Sie mir lieber, warum Sie glauben, dass die Dinger, die heute Abend versucht haben, uns umzubringen, etwas mit der Freakshow zu tun haben.«

Joshs Tonfall wurde merklich ernster. »Ich glaube das nicht nur, ich *weiß* es. Und wären Sie dabei gewesen, würden Sie es auch wissen. Die Freakshow sieht dermaßen heruntergekommen aus, dass sie schon fast erbärmlich ist. Es geht so weit, dass man sich fragt, wie sie überhaupt von A nach B kommen. Wer würde für etwas Eintritt zahlen, das so offensichtlich keinen beschissenen Cent wert ist?

Aber das ist das Komische daran. Na ja, zum Lachen ist das weniger.« Er schwieg einen Moment, sah auf die Straße hinaus, ordnete seine Gedanken. »Schon bei ihrer Ankunft haben sie eine riesige Menge Schaulustiger angelockt. Da waren echt viele Leute, die ihnen wie Chico und ich den ganzen Vormittag beim Aufbauen zugesehen haben. Aber bei denen war es anders. Vielleicht weil sie nicht bekifft waren, keine Ahnung. Da war dieses seltsame Gefühl, als würde sie irgendwas hypnotisieren. Und vielleicht war das auch so, wissen Sie, weil alle so aufgeregt waren. Ich habe bei ein paar Unterhaltungen mitgehört und jeder einzelne dieser Schwachköpfe hat sich vorgenommen, heute Abend zur Eröffnung zu gehen.«

Heather runzelte die Stirn. »Seltsam.« Allmählich verlief die Straße wieder gerade und sie trat energischer auf das Gaspedal. Das Verbindungskreuz der Interstate war nur noch knapp einen Kilometer entfernt, hinter einer weiteren lang gezogenen Kurve. »Und was ist heute Abend passiert?«

Josh gab etwas von sich, das irgendwo zwischen einem traurig trockenen Lachen und einem Seufzen lag. »Als es dunkel wurde, sind viele – vielleicht sogar die meisten – Bewohner von Pleasant Hills in den Park geströmt und haben auf die Eröffnung der Freakshow gewartet. Es war echt irre. Wie eine religiöse Versammlung. Ich habe versucht, mit einigen von denen zu sprechen, aber in den meisten Fällen hätte ich mich genauso gut mit einer Wand unterhalten können. Die waren alle wie in Trance. Auch Chico. Er hatte am Nachmittag gearbeitet und deswegen nicht mit mir geraucht.«

»Dröhnen Sie sich häufig mitten am Tag die Birne zu, Josh?«

»Verdammt, ja. Und wissen Sie was? Ich bin davon überzeugt, das hat mir heute den Arsch gerettet.«

Heather schmunzelte. »Ach, echt?«

»Ja, echt. Das klingt vielleicht bekloppt, aber ich hatte das Gefühl, die Freakshow hat die Menschen dorthin gerufen, sodass sie unter irgendeinem Bann gestanden haben. Am Abend war echt die ganze verdammte Stadt da. Und sie waren alle so drauf. Alle außer mir. Dann, kurz bevor ich abgehauen bin, habe ich es auch gespürt. Dieses Gefühl, gerufen zu werden.«

Heather schauderte. »Und Sie haben es fertiggebracht, sich dem zu widersetzen, obwohl es sonst keiner geschafft hat? Wie?«

»Ich glaube wirklich, dass es bei mir nicht geklappt hat, weil ich high war. Ohne Witz.« Er sah sie mit todernster Miene an. »Irgendwas an meinem bekifften Zustand ist dem Ruf in die Quere gekommen.«

»Aber im Moment sind Sie nicht high. Und ich genauso wenig. Warum spüren wir den Ruf nicht?«

Josh zuckte mit den Schultern. »Der Teufel soll mich holen, wenn ich das wüsste. Aber es war verflucht beängstigend, obwohl ich es nur eine Minute lang gespürt habe. Ich bin dann abgehauen und habe mich wieder zugedröhnt. Etwas Unheimliches geht da vor sich, ein riesiger Haufen Scheiße. Dieser Ruf, oder was auch immer das war, hat ungefähr zur selben Zeit aufgehört, als die Freakshow ihre Tore geöffnet hat. Ich will gar nicht daran denken, was mit den ganzen Leuten dort passiert ist. Aber eines ist Fakt: Es ist böse, großgeschrieben und mit fetten Buchstaben. Und diese Freaks, mit denen wir es heute Nacht zu tun hatten … ich bin überzeugt, die wurden losgeschickt, um Nachzügler wie mich und Ihre Mutter einzusammeln.«

Darauf antwortete Heather nicht gleich. Natürlich klang das alles total irre, aber in Anbetracht der Dinge, die sie diese Nacht gesehen hatte, machte Joshs Theorie verstörend viel Sinn. So verstörend, dass sie bei ihren Überlegungen darüber fast die Straßensperre übersehen hätte.

Josh rief laut: »Oh, Scheiße!«

Beim Anblick der beiden großen Lastwagen, welche die Straße und damit die Interstate-Zufahrt blockierten, holte Heather zischend Luft. Sie stieg auf das Bremspedal des Chevelle und der Wagen kam mit ausbrechendem Heck mitten auf der Straße zum Stehen. Außerhalb der Lastwagen trieben sich dunkle Gestalten herum. Beim Geräusch der quietschenden Reifen blickten sie in ihre Richtung. Auf beiden Seiten herrschte ein Moment eiskalter Erkenntnis, dann sprangen ein paar der Gestalten in die Lastwagen. Andere rannten mit einer Geschwindigkeit auf den Chevelle zu, die nichts auf nur zwei Beinen erreichen sollte.

In manchen Fällen waren es vier.

Josh öffnete das Fenster der Beifahrertür und lud eine Patrone in die Kammer seiner Schrotflinte. »Jetzt wäre ein guter Zeitpunkt, umzudrehen.«

Heather riss das Lenkrad hart nach rechts, trat sachte auf das Gaspedal und steuerte den Wagen an den Straßenrand. Sie kurbelte weiter, gab Gas, wendete wieder in Richtung Stadt. Im selben Moment, als sie bereit war, Vollgas zu geben, warf sie einen Blick in den Rückspiegel.

Etwas kräftig Aussehendes sprang auf den Chevelle und landete mit einem dumpfen Aufschlag auf dem schrägen Heck, als der Wagen wieder in Richtung Pleasant Hills davonbrauste. Josh fluchte und machte sich daran, durch das offene Beifahrerfenster zu klettern.

Einen Augenblick später krachte die Schrotflinte und Heather schrie.

# 12

Mike überkamen gemischte Gefühle, während er Jinx beim Ausziehen zusah. Sie war betörend. Okay, das war eine Untertreibung. Sie war verflucht sexy. Und als sie sich das AC/DC-T-Shirt über den Kopf zog und ihre überdurchschnittlich großen Brüste freilegte, spürte er, wie sich bei ihm und vor allem in seinem Schritt etwas regte. Dann, während sie sich aus ihrer hautengen Jeans schälte, wurde die Regung immer drängender. Speichel sammelte sich in seinem Mund, als sie aus ihrer Jeans stieg und vollkommen nackt vor ihm stand.

Sein Herz raste und das Schlucken fiel ihm schwer. Ungeachtet der schrecklichen Umstände wollte er sie. Er wollte jeden Zentimeter ihrer zarten herrlichen Haut schmecken. Ihre Brüste, ihren Bauch, ihre Pussy, ihre Schenkel, ihre vollen verlockenden Lippen. Das Verlangen, sich auf sie zu stürzen und in sie zu stoßen, war heftiger, als er es bei irgendeinem Mädchen jemals erlebt hatte.

Aber die unausweichliche Anwesenheit des Freaks in dem Sessel hemmte dieses Verlangen. Er konnte nichts dagegen tun, alle paar Sekunden wichen Mikes Augen von Jinx' verführerischem Körper und erhaschten einen schauderhaften Blick auf das Ding, das sie anzüglich angaffte. Diese Blicke waren das Einzige, was ihn bislang davon abgehalten hatte, sich ebenfalls die Kleider vom Leib zu reißen.

Die seltsame, fast durchsichtige Haut um den Mund des Freaks knitterte. Mike fiel es immer noch schwer, die Miene der Kreatur zu deuten. Ob sie nun Freude oder Wut darstellte, er hatte keinen blassen Schimmer.

Dann sprach das Ding: »Worauf wartest du, Junge?«

Seine Ungeduld war ihm anzuhören. Und etwas anderes. Eine unausgesprochene Andeutung. Mike war auf seltsame Weise klar, dass er den Wünschen der Kreatur nachkommen musste, sonst würde das sehr unangenehme Konsequenzen für ihn haben. Trotzdem machte er keine Anstalten, sich auszuziehen. Er war immer noch erregt, fühlte sich aber gelähmt, unfähig, etwas zu tun. Seine Hände zitterten. Seine Beine waren wie Gummi. Er schwankte und wusste, gleich würde er umfallen.

Der Freak gab ein Geräusch von sich, das sehr wahrscheinlich Verachtung ausdrückte. »Erbärmlich.«

Jinx kam Mike zu Hilfe. Sie ging zu ihm, packte den Reißverschluss seiner Jeans und zog ihn herunter. Dann öffnete sie den Knopf, schob die Hose über seinen Hintern und schubste ihn aufs Bett. Verwundert beobachtete Mike, wie sie vor ihm auf die Knie ging, und war erstaunt, wie gelassen sie wirkte. Als hätte sie das schon oft getan. Der Gedanke machte ihn traurig, er konnte ihn aber nicht abschütteln.

Sie öffnete seine Schuhe, zog sie ihm aus, und danach folgten die Socken. Ihre unglaublich weichen Hände glitten seine Beine hinauf, über seine Hüfte, packten den unteren Saum seines T-Shirts. In tumber Kooperation hob er die Arme, während sie es ihm über den Kopf zog und beiseite warf. Jinx drückte sich an ihn. Das herrliche Gefühl ihrer Brüste an seinem Körper, wie ihre harten Nippel über seine nackte Brust strichen, ließ ihn nach Luft schnappen. Sie drückte ihn aufs Bett zurück und setzte sich auf ihn. Er spürte ihren feuchten Schoß, wie sie sich langsam und dann immer energischer an ihm rieb. Es fühlte sich so gut an, dass er den Freak beinahe vergessen konnte.

Wahrscheinlich ging es genau darum. Dieser Verdacht wurde bestätigt, als sie ihm ins Ohr flüsterte: »Denk nicht an ihn. Konzentrier dich nur auf mich. Genieß es und tu so, als würde für eine Weile nichts anderes existieren.«

Dann setzte sie sich auf, brachte sich in Position und führte seinen Penis so schnell ein, dass Mike gar keine Zeit mehr blieb, an den voyeuristischen Freak zu denken. Jinx ließ sich bei ihrem Ritt auf ihm Zeit, kontrollierte alles und gab den Rhythmus vor. Ihr Körper glänzte in der schwachen Beleuchtung. Er starrte sie begeistert an, dachte daran, dass er noch nie etwas derart Herrliches erlebt hatte. Eine Weile dachte er, es würde ewig so weitergehen, und ein Teil von ihm wäre mehr als einverstanden damit gewesen.

Aber dann wurde sie schneller, weckte in ihm eine körperliche Reaktion. Er wollte sich zurückhalten, schaffte es aber nicht. Jinx schrie, täuschte weitaus mehr Ekstase vor, als sie tatsächlich empfand. Davon war Mike überzeugt, alles Teil der »Vorführung« für den Freak.

In einem Moment war sie bei ihm, im nächsten lag er allein im Bett und lauschte schwer atmend seinem wilden Herzschlag. Dann bemerkte er ein weiteres Geräusch, ein gedämpftes Klatschen. Mike hob den Kopf und sah den Freak, der mit seinen pummeligen Händen applaudierte.

»Bravo«, sagte er seltsam schluchzend, was Mikes Meinung nach sarkastisches Lachen darstellen sollte. »In der Tat, eine brillante Vorführung.«

Er wandte sich von der ekelhaften Kreatur ab und sah, dass sich Jinx anzog. Jeans und Stiefel trug sie bereits wieder. Sie hob gerade ihr T-Shirt auf, und bevor sie es überzog, konnte er noch einen letzten Blick auf ihre herrlichen Brüste erhaschen.

Dann sah sie ihn mit undeutbarer Miene an. »Zieh dich an, Mike. Jetzt.«

Er bemerkte den befehlenden Ton in ihrer Stimme. Das war kein Vorschlag. Er war erschöpft, wollte nur daliegen, die Augen schließen und sich zumindest für eine Weile vom Schlaf wegtragen lassen. Weg von dieser Freakshow. Aber ihre Forderung brachte ihn dazu, sich aufzurichten. Müde schwang er die Beine vom Bett und griff nach seinen Kleidern.

Nachdem er sich wieder angezogen hatte, sah er Jinx an, die seinem Blick auswich. Dann schaute er den Freak an und traf eine Entscheidung. »Euren Plan halte ich für total bescheuert, aber scheiß drauf, ich mach mit.«

Der Freak gluckste. »Als hättest du eine andere Wahl …«

Mike grinste. »Tatsächlich habe ich die. Ich könnte diesen Zirkusdirektorheini suchen oder diesen Piraten und mit ihm plaudern.«

Jinx bewegte sich schnell im Halbdunkel. Ihre Hand schlug nach ihm, wie ein Blitz weißer Haut, erinnerte ihn an eine Kobra, die sich im Bruchteil einer Sekunde auf ihre Beute stürzt. Sie traf ihn mit der offenen Hand auf der Wange, mit solcher Kraft, dass er vom Bett auf den Boden stürzte.

Vorsichtig berührte er die brennende Haut in seinem Gesicht, sah zu ihr auf. Jinx wirkte ruhiger, gefasster, als es ein Mensch unter den gegebenen Umständen tun sollte. »Wenn du so was noch mal sagst«, ihre Stimme war schneidend kalt, »werde ich dich töten.«

Der Freak lachte erneut auf seine seltsame Art. »Drama.«

Mike setzte sich auf, kroch von Jinx weg, wobei er sie misstrauisch im Auge behielt. »Ich hätte dich nie für eine dermaßen harte Schlampe gehalten. Ich dachte, du wärst cool. Ich dachte …«

»Es ist egal, was du denkst. Ich benutze dich. Genauso wie Jeremiah mich benutzt.« Und dann verflüchtigte sich ein Hauch ihres harten Auftretens und ihre Miene wurde wieder etwas sanfter. »Wenn du dich dadurch besser fühlst, ich will dir nicht wehtun.«

Er strich über seine brennende Wange und sah sie finster an. »Wie konnte ich nur daran zweifeln?«

Sie schüttelte den Kopf. »Das war nichts. Nur ein bisschen dringend benötigte Maßregelung.« Sie reichte ihm eine Hand, die er widerstrebend ergriff, um sich auf die Füße helfen zu lassen. Auch als er stand, hielt sie seine Hand weiter fest. »Hör mir zu. Ich weiß, wie beschissen das alles ist. Okay? Macht keinen Spaß, benutzt zu werden. Nur ein Bauer in einem verdammten Schachspiel zu sein. Das weiß ich. Ich habe das auch durchgemacht, aber verwechsle Mitgefühl nicht mit Verwundbarkeit. Du wirst machen, was ich dir sage. Das ist deine einzige Chance, hier wegzukommen. Hast du mich verstanden? Wir werden das durchziehen.«

Innerlich kochte er, sagte aber: »Selbst wenn es mich mein Leben kostet.«

Sie drückte seine Hand: »Genau.«

Mike zog seine Hand aus ihrem Griff und trat zurück. »Das ist dermaßen bescheuert.« Er grinste sie spöttisch an. »Als du und Daniel mich vor dem Zirkusdirektor gerettet habt, warst du gar nicht auf der Flucht. Das war nur ein Trick. Du hast nach einem Trottel gesucht. Daniel war deine erste Wahl, hat sich aber abmurksen lassen. Ich bin dein Plan B. Du widerst mich an, Jinx. Du bist kein Stück besser als die Freaks.«

»Die Alternative zu unserem Plan ist mindestens so übel wie das, womit du dich gerade konfrontiert siehst.« Sie ging ans Fenster und starrte hinaus in die Dunkelheit des Freakshow-Geländes. »Du solltest auch daran denken, dass es hier potenziell weitaus Schlimmeres gibt als zu sterben.«

Der Freak bekräftigte ihre Aussage: »Das kann ich bestätigen.«

Auch wenn sich jeder seiner Instinkte dagegen sträubte, sah Mike die Kreatur zum ersten Mal für längere Zeit an. Seine schwelende Wut drohte zu einer gefährlichen Explosion zu werden. »Ich will nur eins wissen.« Er starrte Jinx an und deutete mit zitterndem Finger auf den Freak. »Wie bist du mit diesem Ding zusammengekommen? Warum hat man dir nicht auf einem dieser Tische den Schädel geöffnet?«

Ihr blasses Gesicht errötete. »Das liegt daran«, Jinx verspannte sich und sprach so leise, als würde sie es nicht gerne tun, »dass manche Freaks, meistens ältere in Machtpositionen, das Recht haben … einen Menschen … gewissermaßen … zu adoptieren. Als Haustier. Mein Leben wurde verschont, als sich Jeremiah für mich entschieden hat. Auch du schuldest ihm dein Leben. Ohne seinen Einfluss hätten wir dich nicht in diese Welt zurückbringen können.«

Mike war verblüfft – Jinx war diesem … Monster … dankbar. Aber er wusste, er musste seine Abscheu für den Freak zumindest so lange beiseiteschieben, bis diese ganze Scheiße vorbei war.

Er holte tief Luft, atmete sehr langsam wieder aus. »Also lasst mich das noch mal klarstellen. Wir werden dieses mechanische Spinnen-Panzer-Ding kapern und mit diesem großen stählernen Was-auch-immer-Vehikel in die Welt jenseits unserer Realität einfallen. Dort machen wir dann die Machthaber platt und beenden dadurch die Freakshow.«

Jinx schnaubte. »Es ist schon etwas komplizierter, aber im Grunde stimmt es.«

Mike lachte. »Kannst du mir mal erklären, warum das noch keiner versucht hat?«

Der Freak (*Jeremiah,* ermahnte sich Mike) ergriff nun das Wort: »Ich kann nicht mit Sicherheit sagen, dass es noch nie versucht wurde. Allerdings bezweifle ich es. Es gibt zu viele Sicherungen, zu viele Fallen, sodass ein Saboteur keine Chance hat.«

Mike lachte bitter und sagte zu Jinx: »Aha! Werden uns diese Sicherungen nicht ebenfalls davon abhalten? Ich muss zugeben, je mehr ich von eurem Plan höre, desto bescheuerter klingt er. Und er?« Er deutete spottend auf Jeremiah. »Was zur Hölle hätte er davon? Wäre das Ende der Freakshow nicht auch sein Ende?«

Der Freak nickte. »Das wäre es.«

»Allerdings wirkst du auf mich nicht unbedingt wie der sich aufopfernde und edle Typ.«

Jinx antwortete: »Weil du noch nicht alles weißt.«

»Tatsache? Warum erzählst du es mir dann nicht?«

Sie und der Freak tauschten einen langen bedeutungsschwangeren Blick aus. Mike wollte sie anbrüllen, schaffte es aber, seine Wut noch etwas länger zu zügeln.

Schließlich sah Jinx ihn an: »Na gut. Wir sagen es dir.«

Mike schnaubte. »Großartig. Freut mich zu hören.«

Jeremiahs Zwiebelkopf drehte sich in seine Richtung. »Hör gut zu. Es ist fast so weit.«

»Fast so weit? Wofür?«

Jinx ergriff wieder das Wort. Während Mike zuhörte, überkam ihn ein neues Gefühl. Erdrückende Vorahnung.

# 13

Das Innere des Hauses stellte für Craig den letzten Beweis für das alte Sprichwort dar, dass man ein Buch nicht nach seinem Einband beurteilen sollte. In diesem Fall war die makellose Fassade dieses Vorstadthauses das farbenfrohe Cover eines Kinderbuches. Dann öffnete man das Buch und stellte erstaunt fest, dass es in dieser Geschichte nicht um Sonnenschein und Hundewelpen ging. Stattdessen war es ein blutiger Hardcorealbtraum, der aus den dunkelsten Winkeln des kranken Verstandes irgendeines psychopathischen Hurensohns stammte. Alles andere als jugendfrei, Baby.

Damit konnte er umgehen.

Schon beim Betreten des Hauses hatte er den Gestank nach Tod wahrgenommen. Der Geruch lenkte ihn durch ein Esszimmer und dann in einen größeren Raum. Er vermutete, dass die Besitzer ihn als Wohnzimmer benutzt hatten. Jetzt allerdings war die Bezeichnung Sterbezimmer weitaus passender. Craig grinste über seinen eigenen Einfallsreichtum. *Sterbezimmer*. Der war gut. So gut, dass er jemandem davon erzählen wollte. Aber er war sich ziemlich sicher, dass keiner der Anwesenden sein kleines Wortspielchen auch nur ansatzweise so lustig finden würde wie er. Abgesehen davon waren sie beschissen noch mal tot. Für gewöhnlich versaute das jeden Sinn für Humor.

Wie beispielsweise dieser bemitleidenswerte Sack Scheiße da drüben. Ein Typ mittleren Alters mit ordentlichem Kleinstadt-Geschäftsmann-Haarschnitt, dicken Wangen und der unverkennbaren Tendenz zu Übergewicht. Die kleine Nase und die dünnen blutleeren Lippen wirkten in dem ansonsten fetten Gesicht fehl am Platz. Man konnte sich beinahe vorstellen, wie mager er in seiner längst vergangenen Jugend gewesen war. Craig hielt es durchaus für möglich, dass der Typ damals wahrscheinlich sogar recht gut ausgesehen hatte. Aber jetzt war er ein echter Fettsack. Hätte ihm nicht irgendein Monster den Bauch aufgerissen und seine Eingeweide wie Girlanden im Zimmer verteilt, hätte ihn seine falsche Ernährung ohnehin bald umgebracht. Es war wirklich schwer, für so einen Kerl Mitleid zu empfinden.

Bei seiner Frau und seiner knackigen Tochter sah das ganz anders aus. Sie waren tot, also konnte Craig nicht wissen, in welcher Beziehung sie zu dem ausgeweideten Schmalzkübel standen, aber es war recht offensichtlich. Die Frau war im richtigen Alter, um mit dem Fettsack verheiratet gewesen zu sein. Und die heiße Cheerleaderin stammte, zumindest was das Gesicht betraf, ganz eindeutig aus dem Genpool der beiden Erwachsenen. Die beiden Frauen waren in weitaus besserer körperlicher Verfassung als Big Daddy. Sie waren schlank, hatten allerdings an den passenden Stellen ansehnliche Rundungen. Das galt besonders für die Tochter in ihren Hüftjeans und mit den festen Brüsten, die sich hübsch unter ihrem engen lilafarbenen Top abzeichneten. Während er sie so ansah, wünschte sich Craig sehnlichst, ihr Kopf würde nicht in diesem unheimlichen Winkel daliegen. Auch wenn ihr Gesicht recht hübsch war, half die abgerissene Schädeldecke ihrer Attraktivität nicht wirklich auf die Sprünge. Allerdings könnte man ihren Kopf wieder gerade rücken, dann wäre sie durchaus fickbar. Man sollte darüber nachdenken.

Tatsächlich nahm er sich die Zeit und zog es in Erwägung. Seine ganze Welt, sein Verständnis von Realität, war aus den Fugen geraten. Alles war anders. Klarer. Dinge, die ihn früher abgestoßen hätten, wirkten jetzt elektrisierend und verführerisch. Zum ersten Mal erkannte er die Veränderung in ihrem ganzen Ausmaß, wusste jetzt, welchen Status er in dieser radikalen Neuordnung der Welt hatte. Jetzt gab es nichts mehr, das ihn davon abhalten konnte, er selbst zu sein. Es gab nichts mehr, das zu verdreht, zu krank war, um es zu tun.

Wie beispielsweise ein totes Mädchen zu ficken.

Craig leckte sich gierig über die Lippen. Er spürte, wie sein Schwanz hart wurde und gegen seine engen Jeans drückte. Die Leiche des Mädchens lag ausgebreitet auf einem blauen Polstersofa. Mit ihren weit gespreizten Beinen sah sie aus wie eine Hure. Das lilafarbene Top war hochgerutscht und präsentierte ihren festen gebräunten Bauch. Äußerst reizend, fand Mike.

Er machte einen vorsichtigen Schritt auf sie zu. Wartete einen Moment, machte dann noch einen. Die Aufgabe, welche ihm die zweiköpfige Schlampe gestellt hatte, rotierte in seinem Hirn. Er erwartete, jeden Augenblick die psychedelischen Tentakel des hässlichen Kopfs zu spüren, die ihn dazu drängten, seiner eigentlichen Aufgabe nachzugehen, möglicherweise unter Androhung weiterer schmerzhafter Krämpfe. Aber während seiner Annäherung an das tote Mädchen erfolgte nicht die geringste Warnung. Er fragte sich, was das zu bedeuten hatte. Eine stillschweigende Anerkennung seines willentlich herbeigeführten Abstiegs in die Niederungen der Verdorbenheit? Natürlich war es auch möglich, dass sie ihn im Moment nicht überwachte. Je länger er darüber nachdachte, umso wahrscheinlicher schien letztere Möglichkeit.

Die zweiköpfige Schlampe hatte ihn mit ausdrücklichen Anweisungen auf diesen Pfad geführt. Es würde allein an ihm liegen, ob er unterging oder schwamm. Craig starrte immer noch auf das tote Mädchen, sein Blick strich bewundernd über die verführerischen Rundungen ihres leblosen Körpers. Mittlerweile war er sich ziemlich sicher, auf sich allein gestellt zu sein. Solange er sich in diesem Haus befand, gehörte sein Verstand nur ihm allein. Er war überzeugt, sollte er versuchen, das Haus zu verlassen, ohne die ihm zugewiesene Aufgabe erfüllt zu haben, würde der weibliche Freak da draußen erneut die Kontrolle übernehmen.

Es wäre das Schlaueste, schnell den Rest des Hauses zu durchsuchen, den einzigen Überlebenden dieses Massakers aufzuspüren, den Wichser umzulegen, das Herz herauszuschneiden und wieder zu verschwinden. Aber Craigs Instinkte trieben ihn dazu, anders vorzugehen. Er war nicht im Suchen-und-Zerstören-Modus – zumindest noch nicht.

Stattdessen wollte er sich Zeit lassen, sich im Blut suhlen und die psychopathische Freude genießen, die man nur in der vollständigen Korruption der eigenen Seele fand. Obwohl er es nicht mit Sicherheit wissen konnte, hatte er dennoch das untrügliche Gefühl, dass alles so verlaufen würde, wie er es benötigte, wenn er genau das tat, was er wollte.

Als er vor dem Mädchen in die Knie ging, ihr die Jeans öffnete, schlug sein Herz wie wild in seiner Brust. Mit gespreizten Fingern streichelte er über ihren straffen Bauch und spürte seine Geilheit. Sie war noch warm. Was auch immer diese Leute getötet hatte, es war noch keine halbe Stunde her. Einen flüchtigen Moment lang dachte er daran, dass der Mörder noch in der Nähe sein könnte, möglicherweise sogar noch im Haus.

Aber er schob den Gedanken beiseite. Er war sich sicher, der Mörder stand unter der Kontrolle der zweiköpfigen Frau und dass er schon längst fort war.

Seine Hand glitt unter das Top des Mädchens, strich über ihre Haut. So weich, so makellos, beinahe perfekt. Durch ihren BH drückte er ihre festen Brüste. Sein Blick glitt über ihren zerstörten Hinterkopf. Er rechnete damit, der Anblick würde seine Erregung dämpfen, aber das Gegenteil war der Fall. Er beschloss, ihren Kopf doch nicht zu drehen.

Stöhnend öffnete er seinen Hosenschlitz, um seiner Schwellung mehr Platz zu machen. Dann zog er die Jeans des Mädchens herunter. Beim Anblick ihrer glatten wohlgeformten Schenkel pfiff Craig anerkennend. Er streichelte sie. Himmel, noch besser als Heathers, was durchaus bemerkenswert war. Er zog ihr die Schuhe aus und schälte sie vollends aus der Jeans. Sein Schwanz pulsierte voller Vorfreude, während er ihre Schenkel noch weiter spreizte und sie sich auf dem Sofa zurechtlegte.

»Zu schade, dass du das nicht miterlebst, Kleines. Du würdest dir vor Wonne die Lunge aus dem Leib plärren.«

Grinsend beugte er sich über die Tote und brachte sich in Position. Dann kam der Schrei. So durchdringend und überraschend, dass ihm zeitgleich fast das Trommelfell geplatzt und das Herz stehen geblieben wäre.

Irgendetwas kam so schnell ins Wohnzimmer gestürmt, dass ihm keine Zeit blieb, auf den Angriff zu reagieren.

Er spürte, wie ihn etwas Hartes seitlich am Kopf traf, und er brach über dem Mädchen zusammen. Mit der Wange berührte er den freigelegten Teil ihres Schädels, schmeckte ihr Blut. Der Schmerz war zu groß, um angewidert zu sein. Was für eine Waffe sein Angreifer auch benutzt hatte, es war etwas Stumpfes, Hartes gewesen, aber nichts potenziell Tödliches wie beispielsweise ein

Baseballschläger. Und die Wucht hinter dem Schlag war alles andere als zerstörerisch. Beim zweiten Schlag wurde ihm schwindelig und seine Sicht verschwamm.

Er hörte eine hohe, schrille Stimme, die ihn anschrie: *»Nimm deine Drecksflossen von meiner Schwester, du Hurensohn!«*

Als das dritte Mal etwas auf ihn herniedersauste, schaffte es Craig, sich aus der Schussbahn zu rollen. Er rutschte von der Couch, schlug auf dem Boden auf und schaute gerade noch rechtzeitig nach oben, um einen Brille tragenden Streber zu sehen, der seiner toten Schwester gerade ein Nudelholz an den Schädel klatschte. Der Junge kreischte, brabbelte dann wie von Sinnen, als würde ihn der Gedanke, der Leiche seiner toten Schwester noch mehr Schaden zuzufügen, vollends durchdrehen lassen.

Craig lachte. »Ich muss dir da was sagen, Kleiner. Sie hat nichts gespürt.«

Der Streber gaffte ihn an. Durch die dicken Brillengläser wirkten seine Augen riesig. Craig konnte sich nicht zurückhalten und lachte lauthals. Der Anblick war zu grotesk. »Mein Gott, ich glaub's nicht – eine Serienmörderbrille!«

Der Junge starrte ihn wütend an. Der Blick setzte sich zu gleichen Teilen aus ungebändigter Wut und Skepsis zusammen. Und Craig lachte weiter. Da stand dieser Typ, ein dürres Stück Scheiße in seinem schwarzen Weezer-Shirt – ein Hänfling, wie er im Buche stand –, und brachte den Mut auf, die Ehre seiner toten Schwester zu verteidigen. Wahrscheinlich hatte er sich bis jetzt in irgendeiner Ecke verkrochen, während seine Familie abgeschlachtet worden war. Gut möglich, dass er zwischen den Fingern dabei zugesehen hatte, wie sie in Stücke gerissen worden waren. Und jetzt, als er endlich den Mut aufbrachte, sich zu wehren, lachte ihn sein Gegner aus und machte Witze über seine Brille. Der Pimpf musste einem einfach leidtun.

Aber nicht *zu* sehr.

Craig riss die Augen auf, als der Junge seine Haltung änderte und das Nudelholz in hohem Bogen herabsausen ließ. Beinahe wäre das Scheißteil mitten in Craigs Gesicht gelandet, aber im allerletzten Moment übernahmen seine Überlebensinstinkte die Regie und er trat dem Jungen mit solcher Gewalt gegen das Schienbein, dass der Kleine wie ein Grashalm im Wind umknickte. Bei seinem Sturz schlug der Bengel mit dem Kopf gegen die Kante des Couchtischs, während das Nudelholz über den Teppich rollte.

Doch der Junge kam schneller wieder auf die Beine als Craig. In der Zeit, die Craig zum Aufstehen brauchte, war der Kleine schon auf halbem Weg zu der Stelle, wo das Nudelholz lag – an einem Bücherregal vorbei, das mit unzähligen DVDs vollgestopft war. Craig versuchte erst gar nicht, die Waffe vor dem Wicht zu erreichen. Da er nun stand, betrachtete er sie nicht länger als ernst zu nehmende Bedrohung. Er nahm eine entspannte Haltung ein – verschränkte sogar gelangweilt die Arme vor der Brust – und wartete auf den Jungen.

Doch dann kam alles ganz anders.

Streberino nahm offensichtlich an, dass Craig direkt hinter ihm war, und hechtete nach dem Nudelholz. Aber er verfehlte es knapp und prallte stattdessen mit voller Wucht gegen das Bücherregal. Der Junge wimmerte, als das Regal nach vorne kippte und die DVDs auf ihn niederprasselten. Ein Band, mit dem es an der Wand gesichert war, verhinderte, dass das Regal auf ihn stürzte, dennoch reagierte der Junge, als würde es ihn jeden Moment zerquetschen. Er schrie hysterisch und schlug nach den fallenden DVDs, als wären es wild gewordene Fledermäuse.

Heilige Scheiße, der Junge war verdammt unterhaltsam. In gewisser Weise war Craig sogar ein bisschen traurig, dass er ihn töten musste. Er zog seine Jeans über den nackten Hintern, zog den Reißverschluss zu und wartete geduldig darauf, dass der Kleine endlich aufhörte, wie ein beschissenes Mädchen herumzuplärren. Als der Bengel endlich bemerkte, dass ihn das Regal nicht zerschmettern würde, war Craig angezogen und bereit.

Er stellte in aller Seelenruhe einen Fuß auf den Kopf des Jungen, als wollte er eine Schaufel in hartes Erdreich treiben, und trat zu. Noch einmal. Die dicken Brillengläser splitterten und der Rahmen rutschte von seinem Gesicht. Er regte sich nicht mehr. Aber er war nicht tot. Der Junge ächzte und sah Craig geschlagen und mitleiderregend an. Jemand mit einem letzten Rest menschlichen Gewissens hätte ihn hier und jetzt von seinem Leid erlöst.

Doch Craig drehte den Jungen auf den Bauch, packte ihn fest am Knöchel und trat mit aller Kraft zu. Das Schienbein des Jungen brach wie ein trockener Ast. Er schrie und versuchte wegzukriechen. Craig ließ ihn ein paar Meter weit kommen, gerade so weit, dass sich der arme Bastard vielleicht einreden konnte, noch eine Fluchtmöglichkeit zu haben. Amüsiert beobachtete Craig, wie sich der Junge Richtung Foyer und auf die Eingangstür zubewegte. Was zum Teufel wollte er damit erreichen – zum Büro des Sheriffs kriechen?

Schließlich reichte es Craig. Er packte das gebrochene Bein des Jungen und zerrte ihn ins Wohnzimmer zurück. Seine Schreie ließen sich mit nichts vergleichen, was Craig jemals gehört hatte. Es erinnerte ihn an die Originalversion von *Blutgericht in Texas,* an diese wild kreischende Schlampe, die vor Leatherface und seiner Sippe kannibalischer Irrer geflüchtet war.

Einen Moment lang blieb er unschlüssig im Wohnzimmer stehen, bis ihm klar wurde, dass er die für die Beendigung seiner Aufgabe nötigen Werkzeuge woanders finden würde. Also zog er wieder am gebrochenen Bein des Jungen und entlockte ihm weitere durchdringende Schreie. Anfangs hatte Craig den Klang genossen, aber allmählich bekam er dadurch beschissene Kopfschmerzen. Nachdem er ihn in die Küche gezerrt hatte, trat Craig noch einmal gegen den Kopf des Jungen und brachte ihn endlich zum Schweigen. Er platzierte den schlaffen Körper – gerade noch lebendig – mitten auf dem gefliesten Küchenboden, zog dann eine Schublade nach der anderen auf und durchwühlte sie. In der dritten fand er, wonach er suchte: ein stabiles Tranchiermesser von der Art, wie es Dad an Thanksgiving für den Truthahn benutzte.

Mit dem Gedanken an knuspriges Fleisch schob Craig die Schublade wieder zu und wollte sich dem Jungen zuwenden.

Er stutzte überrascht.

Der Junge war weg. Panik flackerte in Craig auf. Was zum Teufel? Wie hatte sich der verkrüppelte Scheißkerl klammheimlich aus dem Staub machen können? Was auch immer passiert war, Craig musste den Bastard schnell finden. Sein Arsch stand auf dem Spiel. Wenn es der Junge schaffte, hier herauszukommen, dann war's das, aus und vorbei. Craig zitterte, rechnete jeden Moment damit, die kalten psychedelischen Ranken des hässlichen Kopfs in seinem Gehirn zu spüren.

Aus dem Augenwinkel bemerkte er eine Bewegung. Hinter sich. Mit einem Ausdruck verächtlicher Verwunderung schüttelte er den Kopf. Irgendwie hatte es der kleine Bastard fertiggebracht, hinter ihn zu kriechen. Wie er das geschafft hatte, ohne dabei ein verdammtes Geräusch zu machen, war Craig ein Rätsel. Es sei denn, er hatte beim Suchen in den Schubladen zu viel Lärm gemacht. Aber das war unmöglich. Also, was zur Hölle …?

Craig runzelte die Stirn noch tiefer, als der Junge tatsächlich versuchte, ihn durch seine Jeans ins Bein zu beißen. »Himmel, du bist vielleicht ein schlüpfriger Hurensohn. Das muss ich dir lassen. Aber du bist kein Kampfhund, Kleiner.«

Der Junge blickte zu ihm hinauf und tat das absolut Irrsinnigste – er grinste. Dann schob er Craigs Hosenbein hoch, legte blanke, verletzliche Haut frei. Er fauchte und biss wie eine Schlange zu, grub seine Zähne so schnell in Craigs Bein, dass der zuerst nicht einmal Gelegenheit hatte, Schmerz zu empfinden. Dann, *o Mann,* kam der Schmerz und jetzt schrie Craig wie ein kleines Mädchen. Er wollte den Jungen wegtreten, aber der hatte sich in seinen Knöchel verbissen. Und jetzt riss der Hurensohn auch noch den Kopf hin und her … wie ein, nun, ein beschissener Kampfhund.

Craig brüllte vor Schmerz und stolperte zur Seite. Er stieß gegen die Arbeitsplatte und hielt sich verzweifelt an der Kante fest. Der Junge machte unbeirrt weiter, nutzte den Schmerz und die Verwirrung seines Gegners zu seinem Vorteil. Schob das Hosenbein noch höher und grub die Zähne in die dickste Stelle von Craigs Wade. Dieser brüllte immer noch, als er fiel und hart mit dem Rücken auf den Küchenboden krachte.

Dieses Mal schien sich der Schmerz durch jeden Nerv seines Körpers zu fressen. Um ihn herum wurde es dunkel, dann war plötzlich alles wieder deutlich und für einen kristallklaren Moment wünschte er sich, er hätte das Bewusstsein verloren. Denn in diesem Augenblick wusste er, wie es der Junge geschafft hatte, an ihn heranzukommen.

Er hatte Hilfe.

Unter der Küchendecke hing eine große spinnenähnliche Kreatur. Spinnen*ähnlich,* weil sie viel mehr als die acht Beine einer normalen Spinne hatte. Vielleicht dreimal so viele. Jedes der haarigen Beine hatte in etwa den Durchmesser eines Koaxialkabels. Der Körper des Dings war eine einzige Abscheulichkeit. Selbst jetzt, nach allem, was er gesehen und getan hatte, konnte Craig es nicht anders beschreiben. Aus einem formlosen Klumpen ragte ein humanoider Kopf. Humanoid, aber grässlich missgestaltet. Etwas, das selbst den Teufel zum Kotzen bringen würde. Das Gesicht war verzerrt, geschwollen, als hätte man es in Säure gekocht, mit roten pulsierenden Augen, als käme das Ding direkt aus der Hölle.

In dieser Nacht pisste sich Craig nicht zum ersten Mal in die Hose.

Zwei der Beine dieses Monstrums lagen um die Hüfte des Jungen. Das Scheißding hatte ihn hochgehoben und in Position gebracht. Craig schrie, als der Junge vor gerechter Wut aufheulte, sich an ihm entlangzog, um ihm die Kehle herauszureißen. Craig schaffte es gerade so, den Angriff abzuwehren, indem er dem Jungen die Hand unter den Kiefer rammte und seinen Kopf zurückschob. Ein Glücksgefühl zuckte durch sein Hirn, als er feststellte, es irgendwie geschafft zu haben, das Tranchiermesser nicht fallen zu lassen. Triumphierend schwang er es jetzt in hohem Bogen und trieb es brutal in die rechte Schläfe des Jungen. Einen Moment lang glotzte ihn der Kleine mit aufgerissenen Augen an, dann verkrampfte er sich und rutschte von Craig herunter.

Dieser lag keuchend auf dem Boden und fixierte die Spinnenkreatur über sich. Er schluckte schwer und bemerkte, dass er am ganzen Körper zitterte. Er war sich sicher, im nächsten Augenblick würde ihn das Ding anspringen und irgendein Spinnenmonstergift in seine Eingeweide jagen. Doch es spielte mit ihm, genoss seine Furcht. Wahrscheinlich hatte das Ding die Familie des Jungen im Auftrag der zweiköpfigen Frau abgeschlachtet. Die Erkenntnis machte ihn verflucht wütend. Sie hatte ihn hergeschickt, um eine Aufgabe zu erledigen – was war das für ein beschissener Test, wenn man ihm Hindernisse in den Weg legte?

Nun … die Antwort lag auf der Hand. Er wurde geprüft. Jetzt begriff er. Das war eine Feuerprobe. Sein Mund verzog sich zu einem Grinsen, dann drang sein lautes Lachen durch die Küche. Und auch das Spinnending lachte.

Nach ein paar Minuten setzte er sich auf und warf einen Blick auf den reglosen Körper des Jungen. Der angriffslustige Hurensohn war tot. Craig spürte einen kurzen Anflug von … nein, kein Mitleid, das würde auf so etwas wie Mitgefühl hindeuten. Respekt, das war das Wort, nach dem er suchte. Der Kerl war ein erbärmlicher Streber gewesen, klar, aber er hatte sich gewehrt. Mit etwas Glück hätte er Craig die Kehle herausgerissen.

Doch Craig hatte den Kampf gewonnen, und sein Auftrag war noch nicht erfüllt. Deshalb rollte er jetzt die Leiche auf den Rücken, trennte mit dem Tranchiermesser das blutgetränkte Weezer-Shirt der Länge nach auf und legte die dürre eingesunkene Brust frei. Dann hob er das Messer hoch über den Kopf und stieß zu, trieb die Klinge durch den schmächtigen Körper, zog sie wieder heraus und stach zwei weitere Male zu. Sein Wissen über menschliche Anatomie war dürftig. Seine »Operation« (wie er es nannte) war eine Riesensauerei, aber schließlich schaffte er es, das Organ herauszuschneiden, das er beschaffen sollte.

Mit dem Herzen in der Hand stand er auf und überlegte. Während seines Angriffs auf die Leiche des Jungen hatte sich etwas … *verändert.* Instinktiv riss er den Blick zur Decke. Das Spinnending war weg. Craig konnte nicht behaupten, dass er traurig darüber war. Genauso wenig überraschte es ihn. Es hatte seinen Zweck erfüllt. Er war noch immer wütend darüber, wie man das Ding gegen ihn benutzt hatte, aber auch das ließ jetzt nach und wich einer gewissen Erleichterung und dem großartigen Gefühl, etwas geschafft zu haben.

Er durchsuchte die Küche nach einem passenden Behälter für das blutige Etwas in seiner Hand. Es war noch warm. Vielleicht würde er eine Kühlbox finden oder zumindest ein passendes Gefäß, das er mit Eis füllen konnte, um das Ding zu konservieren. Vergeblich. Weder in den Schränken noch in der Speisekammer war etwas, das für diesen Zweck zu gebrauchen war. Unter der Küchenspüle fand er eine Ansammlung von Küchenreinigern, Sprühdosen mit Insektenvernichtungsmitteln, eine fast leere Schachtel mit Plastikmüllbeuteln und hinter einem stinkenden Wischeimer einen braunen Jutebeutel mit Kordel. Nachdenklich starrte er den Beutel an. Dann nahm er ihn und ließ das tropfende Herz kurzerhand hineinfallen. Zur Hölle noch mal, es war ja nicht so, als müsste er das Ding für eine Transplantation frisch halten.

Zufrieden mit sich und der Welt holte sich Craig ein Bier aus dem Kühlschrank, öffnete es und nahm einen großen Schluck, während er ins Wohnzimmer zurückging. Am Sofa blieb er einen Augenblick stehen und sah das tote Mädchen sehnsüchtig an. Ihre nuttig gespreizten Beine waren nach wie vor verführerisch, einladend, aber er versuchte erst gar nicht, seine Hose noch mal auszuziehen. Nicht weil er mit einem Mal Gewissensbisse hatte, sondern weil er spürte, wie der abscheuliche Kopf bei diesen Gedanken wieder in seinen Verstand vordrang. Ein paar seiner Gesichtsmuskeln zuckten und er spürte eine seltsame Anspannung an anderen Stellen seines Körpers, eine stacheldrahtartige Anspannung, die auf bevorstehende Krämpfe hindeutete.

»Ist ja gut«, murmelte Craig und verließ das Haus. Das Zucken ließ im selben Moment nach, als er sich den Wünschen seiner neuen Herrin beugte. Der Towncar wartete am Straßenrand auf ihn, der große Chauffeur stand an der geöffneten Hecktür. Durch die Öffnung konnte Craig das formvollendete Bein der zweiköpfigen Frau erkennen. Ohne auch nur im Geringsten auf den finsteren Blick des Chauffeurs zu reagieren, schob er sich auf die Rückbank, die Tür wurde hinter ihm zugeworfen.

Der abscheuliche Kopf gaffte ihn auf die typisch widerwärtige Art an, aber der hübsche lächelte. Mit einer eleganten Bewegung ihres Kinns deutete sie auf den Jutebeutel. »Ich sehe, du hast mir deine Trophäe mitgebracht. Zeig sie mir.«

Craig öffnete den Beutel, holte das Herz heraus und bot es ihr an. Sie nahm es entgegen, hob es an ihre Lippen, öffnete den Mund und biss hinein. Sie kaute bedächtig, gab ein Geräusch von sich, das nach sinnlicher Freude klang. »Mmh, vorzüglich.« Sie hielt ihm das zerfetzte Organ entgegen. »Hier, iss auch etwas.«

Craig runzelte die Stirn. »Ähm … ich hab keinen Hunger.«

Sie drückte den blutigen Muskel gegen seinen Mund. »Iss!« Diese einzelne Silbe reichte aus. Sie war Drohung genug, um den Befehl zu befolgen, unnötigerweise fügte sie hinzu: »Iss es, sonst reiße ich dein Herz heraus und werde es verspeisen.«

Craig zögerte keinen Augenblick.

Er aß.

# 14

Joshs Schuss ging weit daneben. Natürlich. Man musste schon ein Mordsschütze sein, um sein Ziel zu treffen, während man sich aus dem Beifahrerfenster eines mit hoher Geschwindigkeit über eine holprige Straße dahinbretternden Wagens lehnte. Trotzdem fluchte Heather. Die Mischung aus adrenalinbefeuerter Verzweiflung und nackter Angst hatte sie absolut erbarmungslos gemacht.

»Gottverflucht, knall das beschissene Vieh ab!«

Joshs Antwort wurde durch den Fahrtwind gedämpft. »Ich versuche es.«

Heathers Blick hetzte zwischen der dunklen Straße vor ihr und dem Rückspiegel hin und her. Sie wusste, sie sollte nur die Straße im Auge behalten, aber sie hatte solche Angst vor der Bestie, die sich am Heck ihres Wagens festhielt, dass sie das Monster nur für Sekundenbruchteile aus den Augen lassen konnte. Sie war davon überzeugt, sollte sie das grässliche Vieh zu lange unbeobachtet lassen, würden sie alle sterben.

Die Reifen auf der Fahrerseite rutschen vom Asphalt der Straße und schlitterten einen langen wilden Augenblick über den Schotter des Randstreifens. Heather schrie. Josh auch, als er beinahe aus dem Wagen fiel. Sie riss das Steuer hart nach rechts und brachte alle vier Räder zurück auf die befestigte Straße. Josh schrie erneut, schlug mit der freien Hand aufs Dach, während er darum kämpfte, nicht davongeschleudert zu werden. Heather sah in seine

Richtung und war erstaunt, dass er die Schrotflinte immer noch fest im Griff hatte. Dann zuckte ihr Blick wieder zum Rückspiegel und sie kreischte noch einmal. Das Ding hielt sich nicht länger am Heck des Wagens fest, sondern war gerade dabei, auf das Autodach zu klettern.

Heathers Zähne klapperten lautstark aufeinander, während sich ihre Finger ans Lenkrad klammerten. *»Josh!«*

Seine Antwort war ein weiterer Schuss aus der Schrotflinte. Der Lärm ließ sie zusammenzucken und sorgte gleichzeitig für eine Welle närrischer Hoffnung. Josh hatte seine Waffe wieder in Anschlag gebracht. Ein weiterer Schuss krachte. Die Salve schmetterte durch einen der Membranflügel dieses Dings und ließ zur Abwechslung das Monster kreischen. Heathers Hoffnung stieg. Zumindest für einen Moment. Aber das Ding ließ nicht locker. Es kletterte weiter und drückte sein hässliches Gesicht gegen die Seitenscheibe, die schwarzen Lippen weit geöffnet zu einem wahnsinnigen Grinsen. Die Kreatur war drahtig und trotzdem muskulös, irgendwie erinnerte sie an eine Mischung aus Mensch und Vampirfledermaus. Die spitzen haarigen Ohren waren widerlich. Heather drehte den Kopf zur Seite und schaute direkt in die kalten Augen der Kreatur. Dieser Augenblick zufälliger Begegnung sorgte dafür, dass sie beinahe die Kontrolle über das Fahrzeug verlor. Sie schaute gerade lange genug geradeaus auf die Straße, um sicherzugehen, dass sie nicht in einen Graben donnerten. Dann sah sie wieder zu der Kreatur und ihr Herz setzte für einen Takt aus, als das Ding die erhobene Faust auf das Autodach sausen ließ.

Wenige Sekunden später durchschlug die riesige Fledermauskralle das Heckfenster. Sicherheitsglas regnete in kleinen Splittern auf die leblose Alice Campbell. Heather schrie wie am Spieß, während die Kreatur das Loch vergrößerte und durch die Öffnung nach ihrer

Mutter griff. Josh glitt wieder in den Wagen, zielte mit der Schrotflinte nach hinten. Das musste sie ihm lassen – er gab nicht kampflos auf. Er lud eine weitere Patrone in die Kammer und zog schnell den Abzug durch. Dieses Mal riss der Schuss einen Teil des Kopfs des Dings mit sich.

Aber es war nicht tot.

Die Kreatur packte Heathers Mutter an der Kehle und zerrte sie durch die zerschmetterte Heckscheibe. Josh schob sich zwischen den Sitzen hindurch, stieß dabei an Heathers Ellenbogen, der das Lenkrad für einen Sekundenbruchteil aus den zitternden Fingern glitt. Der Chevelle schlingerte von der einen Straßenseite zur anderen und wäre in den Graben gerauscht, wäre es ihr nicht gelungen, das Lenkrad wieder zu packen. Während sie den Wagen wieder unter Kontrolle brachte, stieg Josh auf die Rückbank. Im Rückspiegel sah Heather, wie er den Lauf der Schrotflinte gegen die muskulöse Brust der Kreatur presste. Er drückte ab und das Ding wurde kreischend zurückgerissen. Er schoss noch einmal und pulverisierte ein weiteres Stück des Kopfes.

Trotzdem war es nicht tot und versuchte immer noch, Alice Campbell mit sich zu ziehen, während es über den schrägen Kofferraum abrutschte. Josh fluchte, warf sich aber entschlossen durch die zertrümmerte Heckscheibe und versuchte, durch harte Schläge mit dem Kolben seiner Schrotflinte die Bestie dazu zu bringen, die gebrechliche Frau loszulassen. Aber die Kreatur schien unverwundbar und hatte kurz darauf auch die Füße von Alice Campbell aus dem Auto gezerrt. Josh ließ die Schrotflinte fallen und sprang in dem vergeblichen Versuch, die alte Dame festzuhalten, hinterher. Doch es war zu spät. Das Monster rutschte mit Alice vom Kofferraum und prallte auf die Straße.

Abrupt trat Heather mit aller Gewalt auf die Bremse und brachte den Chevelle schlitternd zum Stehen. Sie riss die Handbremse hoch und stürmte aus dem Wagen. Josh beeilte sich, nicht den Anschluss zu verlieren, als sie auf einen dunklen Fleck ungefähr sechs Meter hinter dem Wagen zurannte. Er stopfte neue Patronen in die Schrotflinte, schlug den Verschluss zu und verkündete: »Das war's. Die Munition ist fast alle.«

Heathers schlimmster Albtraum wurde Realität. Der dunkle Fleck auf der Straße offenbarte die Wahrheit. Beim Anblick der zusammengekauerten Gestalt gaben Heathers Knie nach. Ihre Mutter war tot. Wirklich und wahrhaftig tot. Es gab keinen Aufschub mehr. Kein Wunder. Und jetzt war auch alles andere egal. Ihr eigener Tod schien kurz bevorzustehen, näherte sich unnachgiebig. Aber ihr eigenes Überleben war für Heather auch nicht länger wichtig. Sie hatte es so weit gebracht, so hart gekämpft … Wofür? Das Blut ihrer Mutter und ihr zerfetztes Fleisch waren auf mehreren Metern Asphalt verteilt.

Josh legte ihr eine Hand auf die Schulter. »Heather, wir sollten weiter.«

Mit einem Schulterzucken streifte sie die Hand ab. »Ich werde meine Mutter nicht hierlassen.«

Sie ging weiter, mit jedem Schritt wurden ihre Beine schwächer. Als sie den Zustand der Leiche ihrer Mutter deutlicher erkannte, wurde ihr schwindelig. Alle Kraft verließ sie, und sie fiel einen knappen Meter von der Leiche entfernt auf die Knie. Tränen trübten ihre Sicht und ein Schluchzen bahnte sich seinen Weg aus ihr heraus und wurde zu einem gequälten Klageschrei. Sie versuchte etwas zu sagen, aber ihre Worte waren unverständlich, auch für sie selbst. Sie wusste nicht einmal, was sie zu sagen versuchte, es war lediglich ein urtümlicher Schrei der Verzweiflung.

Doch sie wischte tapfer die Tränen beiseite und schaute mutig die Straße hinunter. Das Monster lag ein paar

Meter links von Alice. Es hatte durch die Landung ebenfalls schwere Schäden davongetragen. Der abstoßende Körper war genauso geschunden wie der ihrer Mutter. Sein Fleisch und Blut waren ebenso auf dem Asphalt verteilt. Ein schwacher Trost. Als sie einen der langen krallenbewehrten Finger zucken sah, erwachte etwas in ihr. Etwas, das genauso echt war wie ihre Trauer. Ein Verlangen, das so stark war, wenigstens für kurze Zeit ihren Schmerz zu ertränken. Rasende Wut schenkte ihr neue Kraft. Nach Rache dürstend riss sie dem verdutzten Josh die Schrotflinte aus den Händen.

Ohne auch nur eine Sekunde zu verlieren, rammte Heather den Lauf in die zermatschten Überreste der Kreatur und drückte ab. Der Rückstoß riss sie fast von den Füßen. Sie lud eine weitere Patrone in die Kammer, festigte ihren Stand, drückte erneut ab, zerfetzte endgültig den Kopf des Monstrums. Nur ein Stück des Kiefers und ein blutbeschmierter Teil der rechten Gesichtshälfte waren noch übrig. Ein weiterer Schuss zerriss auch diese.

Die Kreatur regte sich nicht mehr. Wie betäubt starrte Heather die geschundene Gestalt an. Sie fühlte sich leer, ausgehöhlt und einen benommenen Moment lang kaum noch als Mensch, sondern vielmehr wie dieses *Ding*, ohne jegliche Emotionen. Sie sehnte sich danach, den kurzen Rest ihres Lebens genau in diesem Zustand zu verbringen. Wie schön wäre es, nie wieder etwas zu empfinden. Aber dann verflog die Benommenheit und die Gefühle brachen durch den Kokon aus Schmerz.

Der Nebel um ihren Verstand lichtete sich und die Welt wurde wieder klar erkennbar. Ihre Ohren klangen von den Schüssen. Ihre Kehle fühlte sich wund an. Tränen vermischten sich mit dem Rotz auf ihrem feuchten Gesicht.

Sie hörte das leise, aber stetig anschwellende Summen von Motoren, die sich auf sie zubewegten. Schon sehr bald würden die Freaks von der Straßensperre hier sein. Ihr Vorsprung – von Anfang an nur dünn – löste sich gerade in Luft auf. Instinktiv spürte sie Angst, fragte sich dann aber, warum es sie kümmern sollte. Traurig blickte sie auf die Leiche ihrer Mutter. Es gab nicht mehr viel auf dieser Welt, für das es sich lohnte zu kämpfen. Sie war müde und wollte sich diesen Monstern hier und jetzt stellen. Sollten die Bestien sie doch töten. Doch dann regte sich etwas in ihr. Ein kleiner Teil ihrer Seele loderte auf. Wenn es ihr gelang, auch nur eines dieser gottverfluchten Dinger umzubringen, wäre es das vielleicht wert.

Josh trat neben sie und tat etwas, das sie aus ihren zwiespältigen Gedanken riss. Er hob die Leiche ihrer Mutter vom Asphalt und brachte sie zurück zum Chevelle. Heather folgte ihm und hielt die Schrotflinte vage in seine Richtung. »Was zum Teufel machen Sie mit meiner Mom?«

Er reagierte nicht auf ihre Frage (oder auf die angedeutete Drohung in ihrem Tonfall), nickte nur zum verbeulten Heck des Wagens. »Öffnen Sie den Kofferraum.«

Heather verzog wütend das Gesicht. »Ich habe Sie gefragt …«

Josh fuhr zu ihr herum, überraschte sie, als er sie wütend ansah. Seine Augen waren aufgerissen, glänzten, und sein Kiefer zitterte angespannt. »Halt die Klappe. Halt einfach deine verdammte Klappe! Wir haben keine Zeit für diesen Scheiß, und wir lassen deine Mutter nicht hier auf der Straße, damit diese Wichser über sie drüberrollen. Jetzt mach diesen beschissenen Kofferraum auf, damit wir verduften können, bevor es zu spät ist.«

Heather war verwirrt. Sein Verhalten passte überhaupt nicht zu dem, was sie bisher von ihm kannte. Vielleicht verdrängte sie deshalb (zumindest vorläufig) ihre eigene Wut und bewegte sich schneller. Sie eilte an ihm vorbei, warf die Schrotflinte auf die Rückbank des Chevelle und rutschte durch die offene Fahrertür ins Innere. Sie zog an der Kofferraumentriegelung, warf die Tür zu und blickte dann in den Rückspiegel. Josh knallte gerade den Kofferraum zu und für einen Augenblick sah sie seine Silhouette, die wie ein einsames Phantom mitten auf der Straße stand. Irgendwo hinter ihm tauchten stecknadelkopfgroße Lichter auf. Sie wurden schnell größer. Viel zu schnell. Ihre Verfolger holten auf. Ihnen blieben nur noch ein paar Sekunden und mit jeder vergehenden spürte Heather ihre eigene Anspannung wachsen. Sie wollte Josh gerade zurufen, dass er sich beeilen solle, aber das war nicht nötig – er ließ sich gerade in den Beifahrersitz fallen und zog die Tür zu.

Heather verschwendete keine weitere Sekunde. Sie legte den Gang ein und hatte das Gaspedal bereits voll durchgetreten, bevor seine Tür ganz geschlossen war. Mit quietschenden Reifen schoss der Chevelle vorwärts über den Asphalt, raste die sich dahinwindende Straße entlang, während Heather ihren Fuß wie einen Betonblock auf dem Gaspedal hielt und sich die rote Tachonadel an der 80-Kilometer-pro-Stunde-Marke vorbeibewegte. Vorbei an 90. 110. Und die rote Nadel bewegte sich weiter, näherte sich 130. Heather ging erst vom Gas, als sie den Chevelle um eine besonders heimtückische Kurve manövrierte, kurz darauf trat sie das Pedal wieder bis zum Anschlag durch.

Josh klang bemerkenswert gefasst, als er nüchtern feststellte: »Die nächste Abzweigung links. Wickman Road. Kommt jeden Moment in Sicht.«

Heather sah ihn finster an. »Ja? Wollen Sie mir auch verraten, warum?«

»Tun Sie es einfach.« Er setzte sich aufrechter hin und deutete nach links. »Da ist sie.«

Sie sah in die entsprechende Richtung, wo gerade eine schmale Straße auftauchte. Zum Teufel, es war egal, wohin sie fuhren, wahrscheinlich waren sie so oder so geliefert. Sie ging etwas vom Gas und riss das Lenkrad nach links. Der Wagen schlitterte in die Kurve und die Fliehkraft ließ Josh gegen sie fallen. Einen Herzschlag später riss sie das Lenkrad genauso heftig nach rechts, wodurch ihr Beifahrer zur anderen Seite knallte. Dann trat sie das Pedal wieder bis zum Bodenblech durch und der Chevelle raste die Wickman Road entlang. Diese Seitenstraße war bei Weitem nicht so gut ausgeleuchtet. Die hohen Bäume, welche beide Seiten der schmalen Straße säumten, hüllten die Umgebung in tiefe Schatten. Die alles umgebende Dunkelheit machte ihr Angst, aber das Gefühl ließ etwas nach, als ihr klar wurde, dass sie ihre Verfolger verlangsamen würde.

Hektisch sah sie in den Rückspiegel, erwartete die Scheinwerfer der sie verfolgenden Autos zu sehen. Doch da war nichts. Ein kleiner Teil ihrer Anspannung fiel von ihr ab. Sie hatten wieder etwas Vorsprung herausgeholt. Wahrscheinlich hatten die Verfolger sich aufgeteilt. Ein paar würden der Kurve in die Wickman Road folgen, die anderen würden die Hauptstraße zurück nach Pleasant Hills nehmen. Plötzlich runzelte sie die Stirn. Auf diese Weise trafen rational denkende menschliche Wesen ihre Entscheidungen. Die Dinger waren aber keine Menschen, also konnte man auch nicht davon ausgehen, dass sie auch nur im Entferntesten logisch handelten. Dieser Unterschied hatte möglicherweise nichts zu bedeuten, konnte aber auch zwischen Leben und Tod entscheiden.

Frustriert schlug sie auf das Lenkrad. »Was machen wir jetzt? Bitte sagen Sie mir, dass die Entscheidung, hier lang zu fahren, Teil einer gerissenen Strategie ist, die Sie sich eben zurechtgelegt haben.«

Josh zuckte mit den Schultern. »Nicht wirklich.«

Heather schüttelte ächzend den Kopf. »Na, das ist ja beschissen noch mal großartig. Warum fahren wir dann hier lang?«

»Warum? Weil wir keine Alternative haben, darum.« Er lachte humorlos. »Ich wünschte, ich hätte eine bessere Antwort.«

Heather verzog das Gesicht. »Ich auch.«

Sie sah erneut in den Rückspiegel. Die Straße hinter ihnen war noch immer leer, undurchdringlich dunkel. Josh bemerkte, was sie tat, drehte sich auf seinem Sitz um und warf selbst einen Blick nach hinten.

»Ich glaube, Sie können jetzt langsamer fahren. Sie sind nicht da hinten, Heather.«

Ein störrischer Teil von ihr wollte Josh nicht glauben, sie hatte immer noch eine Scheißangst. Während sie nervös auf ihrer Unterlippe kaute, sah sie noch einmal, länger, in den Rückspiegel. Es herrschte völlige Dunkelheit. Furchterregende Dunkelheit, wie eine Art Lebewesen, ein riesiges, unaufhaltsames Ding, das gnadenlos über sie kommen würde. Aber ihr wurde klar, dass zumindest dieser Gedanke nichts als Paranoia war.

Sie atmete lang gezogen aus und ließ das Gaspedal einen Zentimeter oder zwei hochkommen. »Warum haben sie die Verfolgung abgebrochen?«

Josh zuckte mit den Schultern. »Mit Gewissheit kann ich das nicht sagen, aber ich habe da so eine Idee.«

»Spucken Sie schon aus.«

»Ich denke, sie wollten uns nur in die Stadt zurücktreiben.« Er sah durch das Beifahrerfenster hinaus und starrte auf die vorbeirasende Reihe dunkler Bäume. »Denen ist es egal, ob wir leben, vorläufig zumindest. Sie wollen nur nicht, dass jemand rein- oder rauskommt.«

Heather schnaubte. »Ihre Theorie hat nur einen riesigen beschissenen Fehler, Josh. Wenn Sie richtigliegen, hätte das Fledermausding keinen Grund gehabt, meine Mutter zu töten.« Sie kämpfte gegen das Beben in ihrer Stimme an. »Aber das hat es, Josh. Es hat meine Mutter verflucht noch mal umgebracht.« Mittlerweile zitterten ihre Hände und es war unmöglich, wie jemand zu klingen, der noch die Kontrolle über sich hatte.

Josh schwieg eine Weile, ließ die Stille zwischen ihnen andauern, während Heather darum kämpfte, ihre Selbstkontrolle zurückzuerlangen. Die Emotionswelle zog sich so schnell zurück, wie sie über sie hereingebrochen war. Sie seufzte gleichmäßig, was er als Signal auffasste, fortzufahren. »Ich kann es nicht auf eine Art erklären, die Sie beruhigend finden werden. Tut mir leid. Ich denke, das Ding hat einfach nur die Gelegenheit genutzt. Es war nicht wichtig, ob es einen von uns tötet oder nicht, aber als es die Möglichkeit gesehen hat …« Er seufzte. »Na ja, wahrscheinlich hätte das Ding uns alle getötet, wären wir unbewaffnet gewesen.«

Heather schaffte es, ein wenig Trost aus der Kraft zu schöpfen, die dieser Mann ausstrahlte. »Ja, wahrscheinlich haben Sie recht.« Sie sah auf die dunkle Straße hinaus. »Also, wie machen wir weiter? Kennen Sie noch andere Wege, die aus der Stadt führen?«

»Eigentlich …«, er räusperte sich verlegen und rechnete offenbar mit Widerspruch, »ich denke, Sie sollten ranfahren.«

»Wie bitte?«

Er blieb beharrlich. »Ich mein es ernst. Fahren Sie ran.«

»Warum?«

»Machen Sie einfach. Tun Sie mir den Gefallen.«

Heather schüttelte seufzend den Kopf, aber sie ging vom Gas und trat stattdessen sachte auf die Bremse. Sie lenkte den Chevelle von der Straße und hielt am Straßenrand, stellte die Gangschaltung auf Parken und sah Josh an.

»So, rangefahren. Was jetzt?«

Er holte die Schrotflinte von der Rückbank. »Jetzt steigen wir aus.«

Heather starrte ihn ungläubig an, bevor sie einen Blick in den Rückspiegel warf. Sie rechnete fest damit, dass hinter ihnen Scheinwerfer auftauchen würden, die Joshs Theorie widerlegten. Aber bis auf Weiteres war hinter ihnen alles friedlich. Er könnte also recht behalten. Aber selbst wenn man sie nicht mehr verfolgte, der Gedanke, den Wagen zurückzulassen, gefiel ihr nicht im Geringsten. Besonders weil im Kofferraum die Leiche ihrer Mutter lag. Sie hatte eine Entscheidung getroffen.

»Nein.«

»Hören Sie, hier draußen gibt es keine unbewachte Straße. Das wissen Sie. Ich habe Ihnen schon im Haus Ihrer Mutter gesagt, dass ich überzeugt davon bin, uns zu Fuß hier rausbringen zu können. Und jetzt bietet sich möglicherweise unsere einzige Gelegenheit dazu. Wenn Sie kurz darüber nachdenken, merken Sie, dass ich recht habe.«

Sie dachte darüber nach. Sie hasste es, das zuzugeben, aber seine Einschätzung spiegelte die bittere Wahrheit wider. Trotzdem …

Schaudernd blickte sie auf die Reihe dunkler Bäume, die sie durch das Seitenfenster der Fahrerseite erkennen konnte. War der Wald schon so unheimlich gewesen, als die Bäume an ihnen vorbeigesaust waren? Lächerlich. Nun wirkten die hohen Bäume wie das perfekte Versteck für alles, was sich am liebsten in den Schatten herumtrieb. Obwohl sie über keine ausschweifende Fantasie verfügte, fiel es ihr nicht schwer, sich vorzustellen, wie etwas zwischen den Bäumen hervorhuschte und sie aus der zerbrechlichen Sicherheit des Wagens zerrte.

Sie sah Josh an. »Durchaus ein Argument. Das muss ich zugeben. Aber erwarten Sie ernsthaft von mir, dass ich glaube, Sie könnten uns durch den Wald aus der Stadt bringen? Hier draußen ist es beschissen noch mal stockdunkel und mitten im Wald wird es nur noch schlimmer sein. Wir würden uns mir nichts, dir nichts verlaufen. Wichtiger noch, wir wären angreifbar. Wer weiß, was dort auf uns lauert?«

Josh atmete langsam durch die Nase. Allmählich verlor er die Geduld. »Ich kenne mich in diesen Wäldern aus, Kleines. Ich bin in diesem Dreckskaff aufgewachsen.«

Heather schnaubte. »Ach ja? Ich auch. Und solange Sie mich nicht davon überzeugen können, dass Sie ein Weltklasse-Waldmensch-Hurensohn im Stil von Grizzly Adams sind, werde ich nicht aussteigen. Wenn ich muss, bretter ich mitten durch die nächste Straßensperre.«

Josh überprüfte die Schrotflinte, warf einen Blick in die Kammer. Heather vermutete, dass er auf Zeit spielte, sich darüber ärgerte, was sie gesagt hatte, während er über ein Gegenargument nachdachte. Aber dann sah er sie lächelnd an. »Eine Patrone haben wir noch.«

Sie lachte hysterisch auf. »Klasse. Also können wir zumindest dem ersten Monster, das uns in diesem Urwald über den Weg läuft, eins auf den Pelz brennen. Wir können das Scheißding genauso gut hierlassen.«

Aber Josh schüttelte den Kopf, noch bevor sie ihren Satz beendet hatte. »Nein. Jetzt gerade ist eine Patrone alles, was ich verflucht noch mal brauche.«

Heather runzelte die Stirn. Ihr Herz schlug plötzlich sehr schnell. Etwas an seinem Ton war zutiefst beunruhigend. Dann sprach sie leise, bemühte sich, das Zittern in ihrer Stimme zu unterdrücken: »Was meinen Sie?«

Er richtete den Lauf auf ihren Kopf. »Heather …«

Ihr Herz raste förmlich. »Josh … warum zielen Sie mit dem Ding auf mich? Was …?«

Er drückte ihr die Mündung gegen den Kopf, kratzte ihre Schläfe … »Ducken!«

Irgendein Urinstinkt reagierte augenblicklich auf den drängenden Ton, den dieses einzelne Wort in sich trug. Sie riss den Kopf unter den bedrohlichen Lauf der Schrotflinte, kauerte sich so flach sie konnte auf seinem Schoß zusammen. Einen Sekundenbruchteil später krachte der Schuss, hämmerte erbarmungslos auf ihre ohnehin schon geschundenen Trommelfelle ein. Das Fenster auf der Fahrerseite explodierte, schickte einen Schauer aus Sicherheitsglas zu Boden. Irgendwie schaffte sie es, dumpf ein anderes Geräusch zu hören … als würde etwas hart auf den Boden fallen.

Irgendetwas (oder jemand) war außerhalb des Wagens.

Heather blieb noch einen Moment lang, wo sie war. Erschrocken klammerte sie sich an Josh, wobei sie ihre Finger so brutal in sein Bein grub, dass es schmerzen musste. Sie hörte, wie er die leere Schrotflinte auf den Rücksitz warf. Dann saß er einfach nur da, sagte kein Wort und versuchte genauso wenig, sie von sich zu lösen. Es vergingen noch ein paar angsterfüllte Momente, dann holte sie tief Luft und zwang sich dazu, den Kopf zu heben.

»Ich habe gedacht, Sie würden mich töten. Oder … oder Schlimmeres. Ich habe gedacht …« Sie verstummte, schüttelte verwirrt den Kopf. »Ach, Scheiße. Ich weiß nicht, was ich gedacht habe.«

Er strich sich durch die Haare, schob lange Locken aus der Stirn. »Ich weiß, was du gedacht hast. Und es tut mir leid.« Mit dem Handrücken berührte er sanft ihr Gesicht. »Tut mir leid, dass ich dir Angst gemacht habe, Heather. Aber ich denke, du wirst mir recht geben, dass es keine andere Möglichkeit gab.«

Heather brachte es fertig, vor seiner Berührung nicht zurückzuzucken, was in Anbetracht der Angst, die sie eben noch vor ihm gehabt hatte, erschreckend war. Abrupt zog er die Hand weg und stieg aus. Sie beobachtete ihn, wie er um die Vorderseite des Chevelle herumging und neben der Fahrertür stehen blieb.

Er sah nach unten und Heather kam zu dem Schluss, dass es höchste Zeit war, nachzusehen, warum Josh es für nötig gehalten hatte, sie zu Tode zu erschrecken. Vorsichtig drückte sie die Tür auf, schauderte, als Splitter aus Sicherheitsglas über den Rahmen kratzten. Dann stieg sie aus und sah zum ersten Mal, wen oder was Josh getötet hatte.

»O mein Gott.«

Josh starrte auf die Leiche vor ihm. »Du dämlicher Hurensohn.«

Der tote Junge konnte kaum älter als 18 sein. Auf seinen hohlen Wangen waren die verheilten Reste einer schweren Akne zu erkennen. Die Vorderseite seines weißen T-Shirts war blutrot und seine glasigen Augen starrten zum Nachthimmel hinauf. Sie schienen etwas zu sehen, das jenseits dieser Welt lag. Heather schniefte und wischte sich Tränen von der Wange. Der Junge war kein Monster oder Freak. Er war ein menschliches Wesen, genau wie sie, dessen Leben voller Möglichkeiten vor ihm gelegen hatte. Wut stieg in ihr auf. Am liebsten hätte sie Josh angeschrien, geschlagen … aber dann sah sie die 9-Millimeter in der Hand des Jungen.

»Jetzt wäre ein guter Zeitpunkt, zu erklären, was passiert ist. Warum musste dieser Junge sterben?«

Josh ging neben dem toten Jungen in die Knie und pflückte die Pistole aus seinen leblosen Fingern. Dann holte er das Magazin heraus, kontrollierte es und schob es zurück. »Das Magazin ist voll.« Er richtete die Pistole auf einen Baum, kniff ein Auge zu, während er zielte. Aber anstatt tatsächlich abzudrücken, flüsterte er nur: »Peng.«

Heather verdrehte die Augen. »Sag mir, was passiert ist, Josh.«

Er stand auf, legte den Sicherungshebel um und schob sich die Waffe in den Bund seiner Jeans. »Ich habe gesehen, wie er aus dem Wald gekommen ist.« Er nickte zu den hohen Bäumen und Heather warf einen flüchtigen nervösen Blick in die Richtung. »Ich habe nichts gesagt, weil ich ihn nicht warnen wollte.«

Sie schüttelte den Kopf. »Wie bitte? Jemand hat sich uns mit einer Pistole genähert und du hast nichts gesagt, weil …«

»Hätte ich was gesagt, hättest du in seine Richtung gesehen. In dem Moment wusste ich noch nicht, ob ich ihn töten muss. Aber ich wusste, falls ja, würde ich nur einen Schuss haben. Also habe ich ihn rankommen lassen.«

Heather versuchte, sich die Szene vorzustellen. Wie der Junge mit gezogener Waffe in der Dunkelheit an den Wagen heranschlich, die Nickellegierung der Pistole schwach im Mondlicht glänzte, während sie nichts von der Gefahr ahnte. »Dann … muss da mehr dahinterstecken. Woher hast du gewusst, dass er eine Bedrohung ist und nicht einfach ein ängstlicher Junge, der sich hier vor den Freaks versteckt hat?«

Josh zuckte mit den Schultern. »Du willst eine einfache Antwort, Heather. Ich wünschte, ich hätte eine, habe ich aber nicht. Der Junge hat seine Waffe gehoben und auf deinen Kopf gezielt.«

Bei dieser Offenbarung zuckte sie zusammen. »Oh.«

Josh nickte. »Genau. Kann sein, dass er keine Bedrohung war. Vielleicht hatte er nur Schiss. Kann sein, dass er nicht wusste, wer oder was wir sind, und uns vielleicht für Mitglieder der Freakshow gehalten hat.« Er seufzte. Es klang gleichermaßen bedauernd und resigniert. »Oder er war irgendein psychopathischer Hurensohn. Vielleicht wollte er uns beide abknallen und dein Auto nehmen. Wahrscheinlich nicht, aber das konnte ich nicht wissen. Ich wusste nur, dass da jemand eine Pistole auf deinen Kopf richtet. Also habe ich den Wichser umgelegt. Ich hoffe, du verstehst, dass ich keine Wahl hatte.«

Darauf antwortete sie nichts. Josh hatte recht, aber dieses Wissen half nicht gegen den eiskalten Knoten, den sie in ihrem Magen spürte, als sie das Gesicht des toten Jungen ansah. Es ließ sie an die gebrochene und geschundene Leiche ihrer Mutter denken, die jetzt wie ein Beutel mit Müll im Kofferraum des Chevelle lag.

Dann hörte sie es.

Das Wimmern.

Fast mechanisch ging sie einen zittrigen Schritt auf die Baumreihe zu, lauschte angestrengt, fragte sich, ob ihre Sinne ihr einen Streich spielten. Sie sah Josh an. »Hast du …«

Dann hörte sie das Wimmern wieder, deutlicher, ein bebendes Schluchzen. Heather bewegte sich, bevor sie es überhaupt bemerkte, überquerte den Graben neben dem Straßenrand und lief auf die dunklen Bäume zu. Hinter sich hörte sie Josh alarmiert rufen, aber jetzt rannte sie. Weiter auf den Wald zu. Was sie tat, war irre. Kopflos in wer weiß was für eine Gefahr zu rennen, war der reinste Wahnsinn, das wusste sie. Aber weder Angst noch Unsicherheit hielten sie zurück.

Als sie zwischen die Bäume trat, hörte sie, wie sich Josh beeilte, sie einzuholen. Das Wimmern wurde lauter und es war eindeutig menschlich. Heather wandte sich nach links und kletterte durch das Unterholz. »Hallo! Ich kann Sie hören. Wir kommen und helfen Ihnen!«

Josh folgte ihr, stolperte durch das Geäst, fluchte, während er rücksichtslos durch tief hängende Äste brach. Er rief ihren Namen, drängte sie, stehen zu bleiben, bat sie, nicht solchen Lärm zu machen, bevor sie noch die Aufmerksamkeit der Kreaturen auf sich lenkte. Das war durchaus ironisch, da er um einiges mehr Lärm machte als sie.

Heather hatte das dichte Gestrüpp hinter sich gelassen und trat auf eine kleine Lichtung. Als sie sah, was auf der anderen Seite an einen Baum gefesselt war, blieb sie abrupt stehen und presste eine Hand auf ihren Mund.

Josh erreichte ebenfalls die Lichtung, trat neben sie und blieb einen langen Augenblick fassungslos stehen. Dann flüsterte er gequält. »Heilige Scheiße.«

Das Mädchen war nackt und schmutzig. Sie hatte langes dunkles Haar, das ihr strähnig über die Brüste fiel. Ihr Körper war übersät mit Abschürfungen und Kratzern, vereinzelt waren dünne rote Striemen zu erkennen, die wie … Peitschenmale … aussahen. Über ihrem Mund klebte ein Stück Panzerband. Neben ihr lag der Körper eines weiteren Mädchens, ungefähr im selben Alter. Sie war tot, der Oberkörper vom Unterleib getrennt. Eine blutige Kettensäge war zu sehen, aber auch andere Werkzeuge, andere Foltergeräte.

Heather überquerte die Lichtung mit langen Schritten. Sie musste sich zusammenreißen, das Mädchen brauchte Hilfe. Als sie bei ihm war, zog Heather dem Mädchen das Panzerband vom Mund und wollte sie gerade beruhigen, als das Mädchen die Augen aufriss und schrie: »Sie müssen von hier verschwinden. E…er kommt zurück.«

Heather versuchte, zuversichtlich zu lächeln. »Nein, keine Angst, Kleines. Der Kerl, der dir das angetan hat, kommt nicht zurück. Mein Freund hat ihn getötet.«

Das Mädchen runzelte die Stirn, schüttelte dann aber energisch den Kopf. »Nein, hat er nicht. Sie müssen verschwinden. Er kommt zurück.«

Heather wollte gerade etwas sagen, aber jemand fiel ihr ins Wort: »Die Schlampe hat ganz recht.«

Heather keuchte, als sie den großen muskelbepackten Mann sah, der nackt und blutverschmiert auf die Lichtung trat. Josh richtete die 9-Millimeter auf ihn und befahl ihm stehen zu bleiben.

Der Mann lächelte.

Dann überquerte er die Lichtung schneller, als man ihm bei seiner Größe zugetraut hätte, und war innerhalb eines Wimpernschlags bei Josh. Er stürzte auf seinen Gegner und riss Josh zu Boden. Die 9-Millimeter krachte, doch die Kugel verschwand harmlos in der Nacht. Der riesige Kerl legte die Hände um Joshs Kehle, quetschte das Leben aus ihm heraus. Josh hatte immer noch die Pistole in der Hand, aber keine Chance, auf den Angreifer zu zielen.

Während Heather starr vor Schreck mit ansehen musste, wie Josh den Kampf um sein Leben verlor, flüsterte das Mädchen ihr zu: »Sie können ihn nicht retten. Mich auch nicht. Rennen Sie!«

Sie wollte rennen. Mehr als alles andere. Sie hatte gegen dieses Monster von einem Mann nicht den Hauch einer Chance. Wenn sie überleben wollte, musste sie den Wagen erreichen.

Heather machte einen Schritt nach vorn, wollte gerade loslaufen …

Doch dann zögerte sie, ihr Blick glitt über die Lichtung.

Sie hörte Josh röchelnd sein Leben aushauchen und traf eine Entscheidung.

# 15

Ungefähr eine Stunde, nachdem Sheila die Kontrolle über die Kapsel übernommen hatte, wurde ihr langweilig. Sie war gerade damit fertig geworden, die torkelnde Maschine auf eine Patrouille über das Gelände der Freakshow zu schicken und sich mit den seltsamen Instrumenten des Kontrollzentrums vertraut zu machen. Die Steuerungen waren sehr intuitiv und schon bald hatte sie heraus, wie man das Ding in jede gewünschte Richtung lenkte. Unglücklicherweise ergab sich keine Gelegenheit, die Tötungsmöglichkeiten der Kapsel zu testen. So wie es aussah, hatte Braddock alle menschlichen Nachzügler ausgeschaltet, bevor sein Schädel so herrlich explodiert war und sein Blut auf die Kontrollkonsole spritzte.

Auch das Betrachten der Bildschirme, die in die fleischige, baumstammartige Säule eingelassen waren, wurde schnell langweilig. Auf den flackernden Monitoren waren Dinge zu sehen, die Außenstehende wahrscheinlich als »Gräueltaten« bezeichnen würden, aber das alles hatte Sheila bereits mehrfach live miterlebt und konnte sie deshalb nicht mehr schrecken. Als sich die Langeweile gerade festzusetzen drohte, zeigte ein hoher Signalton der Kontrollkonsole das Eintreffen einer Mitteilung an, die unmittelbar danach auf dem größten Monitor angezeigt wurde. Sheila las die Nachricht, lächelte und ging zur Luke. Schwungvoll drehte sie das Metallrad, entriegelte die Luke und schob sie laut quietschend auf. Draußen hing an einem Kran ein Käfig. In seinem Inneren befanden sich zwei junge Menschen. Ein Mann und eine Frau, beide nackt. Der Kranführer bewegte den Käfig näher an die offene Luke der Kapsel heran und schüttelte dabei die beiden ängstlichen Insassen durch. Als sich der Käfig vor der offenen Luke befand, ertönte ein elektrisches Signal, woraufhin dessen Vorderseite aufschwang.

Sheila winkte den zitternden Neuankömmlingen mit einem Metallstab, der Ähnlichkeit mit einem Polizeischlagstock hatte. »Rein mit euch, aber flott!« Als die beiden nicht sofort ihrer Anweisung nachkamen, kicherte sie wie eine Hexe und sagte zynisch: »Ernsthaft, ihr wollt nicht, dass ich sauer werde.«

Die Gefangenen tauschten einen letzten nervösen Blick aus, dann kletterte der junge Mann aus dem Käfig in die Kapsel. Sheila berührte ihn mit der Spitze des Metallstabs am Steiß, drückte einen Knopf und schickte ihn mit einem elektrischen Schlag zu Boden. Das Mädchen kreischte und blieb zögernd am Käfigrand stehen.

Sheilas Lächeln verblasste. »Du hast Angst. Das verstehe ich. Keine Angst zu haben, wäre auch ziemlich dumm. Aber wenn du bei drei nicht aus dem Käfig raus bist, stirbst du. Und glaube mir, das wird kein leichter Tod, Schnuckelchen.«

Das Mädchen trat vorsichtig aus dem Käfig, ihre Kiefer klapperten aufeinander, als sie sprach. »Aber … du wirst mich s…sowieso t…töten.«

Sheila hob eine Augenbraue. »Ach? Und woher weißt du das?« Sie musterte das Mädchen von Kopf bis Fuß und leckte sich dabei gierig über die Lippen. »Du bist sehr hübsch. Wer weiß? Vielleicht werde ich dich nicht töten, wenn du mich … befriedigst.« Sheilas Gedanken drifteten ab. Mit der Süßen könnte sie ihren Spaß haben. »Scheiße, ich glaube, ich mag dich jetzt schon. Jetzt komm rein und hilf mir, diesen blöden Typen zu quälen.«

Die Nervosität des Mädchens ließ nach, seine Haltung entspannte sich, nachdem es die Kapsel betreten hatte. Die Kleine lächelte sogar. Ihr Blick zuckte zu dem daliegenden jungen Mann, dann sah sie Sheila in die Augen und ihr Lächeln wurde breiter. »Ich hab ihn eh nie gemocht.«

Sheila grinste verschwörerisch. »Ich denke, wir beide werden Spaß haben.« Sie nickte zum Ausgang. Der Käfig war verschwunden und der Kran sicherlich schon wieder auf dem Weg irgendwo über das Freakshow-Gelände. »Mach die Luke zu.«

Das Mädchen nickte.

Sie wandte sich von Sheila ab, griff durch die Öffnung, zog die Luke zu und drehte dann das Rad, bis die Riegel einschnappten. Als sie fertig war, sah sie Sheila erwartungsvoll lächelnd an. Diese genoss den Anblick, wie das selbstgefällige Lächeln des Mädchens unbändiger Angst wich, als sich die Spitze des Stabs ihr näherte. Der Schlag warf die Kleine gegen die geschlossene Luke, dann sackte sie zuckend darunter zusammen.

Sheila kostete das mächtige Gefühl dieses kleinen Verrats noch ein wenig aus, drehte sich dann zu dem jungen Mann, der sich ein wenig erholt zu haben schien. Er drehte sich gerade stöhnend auf den Rücken, als würde er an irgendeiner schweren Krankheit leiden. Sie deutete mit dem Stab in seine Richtung, lächelte wieder, als sie sah, wie seine Augen das Instrument ängstlich fixierten. »Bleib genau dort, wo du bist, Junge. Wenn du dich auch nur einen Millimeter rührst, wirst du es bereuen. Verstanden?«

Er schaffte es, zitternd zu nicken. »J...ja.«

»Gut.«

Sheila widmete sich nun wieder dem Mädchen und stieg über die Schlampe, während diese langsam zu sich kam. Als sie nicht mehr zitterte, platzierte Sheila ihren rechten Fuß auf der Kehle des Mädchens, übte etwas Druck aus und sah verzückt zu, wie ihre Augen plötzlich hervortraten. Als sie der Meinung war, genügend Aufmerksamkeit zu haben, zeigte sie der Kleinen den Stab und wedelte mit der Spitze vor ihrem entsetzten Gesicht herum. »Ich wette, ich weiß genau, was du jetzt fühlst. Ich meine, abgesehen von deiner Angst.« Sie berührte mit der Spitze die Nase des Mädchens, drückte aber nicht den Knopf. »Du denkst, wenn ich wüsste, wie schlimm es ist, von dem Ding eine gewischt zu bekommen, würde ich es nie bei jemand anderem benutzen.« Die Spitze des Stabes wanderte an der hübschen Kieferpartie des Mädchens entlang. Sheila setzte ihn an die Lippen des Mädchens und übte so viel Druck aus, bis die Kleine den Mund öffnete und der Stab zwischen ihre Lippen rutschte. »Aber das ist ein Irrtum. Verstehst du, ich weiß genau, wie es sich anfühlt. Der Mann, der vor mir hier drin das Sagen hatte, benutzte ihn gern und oft. Die Stromschläge sind einfach jenseits von Gut und Böse.« Sie kicherte und ließ den Stab tiefer in den Mund des Mädchens gleiten. »Wie du bereits festgestellt hast. Aber was mir richtig Angst gemacht hat, war der Verlust der Kontrolle über den eigenen Körper. Diese Elektroschocks lassen einen wie ein Fisch auf dem Trockenen zappeln. Manchmal dachte ich, die Krämpfe würden nie mehr aufhören.«

Sheila presste den Stab tief in die Kehle des Mädchens, dessen eigentlich blasses Gesicht nun rot anlief. »Du solltest dich mal sehen. Du siehst aus, als würdest du einen riesigen Roboterschwanz lutschen. Ich frage mich, wie es dir gefallen würde, wenn ich ausgerechnet jetzt den Knopf drücke, während du das Ding noch im Mund hast.« Sie schürzte die Lippen, die sich kurz darauf zu einem breiten

Grinsen verzogen. »Ich denke, das finden wir nur auf eine Art heraus …«

Ihr Zeigefinger strich über den Schalter. Das Mädchen zuckte wimmernd zusammen, es klang wie ein verletztes Tier, das in der Falle saß. »Andererseits könnte ich dich auch erst mal in Ruhe lassen. Zumindest eine Zeit lang. Später kann ich dir den Arsch immer noch aufreißen.« Lächelnd zog sie den Stab aus dem Mund des Mädchens.

»Da…danke.«

Sheila nahm nun auch ihren Fuß vom Hals der Kleinen und stellte sich breitbeinig über sie. »Du bist wirklich sehr hübsch. Besonders dein Gesicht ist einfach bezaubernd. Ich glaube, ich setze mich einfach eine Weile drauf. Ich nehme mal stark an, dass du genau weißt, was du zu tun hast, um mich zufriedenzustellen.«

Das Mädchen wollte gerade etwas sagen, aber Sheila brachte sie zum Schweigen, indem sie ihre Drohung wahrmachte. Es dauerte einen Moment, aber dann machte sich die Kleine an die Arbeit und Sheila hatte die folgende Viertelstunde ihren Spaß. Als sie die Zungenfertigkeit des Mädchens lange genug genossen hatte, stand sie abrupt auf und lächelte in ihr glänzendes Gesicht. »Himmel. Du hast das schon mal gemacht, nicht wahr?«

Das Mädchen lächelte zaghaft. »Ja …«

»Ich will ehrlich zu dir sein. Eigentlich wollte ich euch töten, nachdem ich euch ein paar Stunden lang gequält habe. Aber, Kleines, du lässt mich echt an dieser Entscheidung zweifeln.«

Das Mädchen leckte sich die Feuchtigkeit von den Lippen. »Ich mache alles, was du willst.«

Sheila lachte. »Klar wirst du das. Bei deinem Freund sieht das allerdings ganz anders aus. Den mach ich kalt. Hast du ein Problem damit?«

Das Mädchen schüttelte den Kopf.

»Nein, Ma'am. Er ist nicht mein Freund. Mir ist egal, was mit ihm passiert. Ich helfe sogar dabei, ihm wehzutun.«

Neugierig betrachtete Sheila das Gesicht des Mädchens. »Sag mal … du kommst mir irgendwie bekannt vor. Du bist keine Käfigsklavin, oder?«

»Anfangs war ich in den Käfigen, aber vor ein paar Jahren hat mich ein Freak namens Jeremiah adoptiert.«

Sheila nickte, als würden die Worte nur bestätigen, was sie bereits gewusst hatte. »Ja, so was hab ich mir schon gedacht. Jeremiah hat also beschlossen, dich loszuwerden, mmh? Also nehme ich an, der große Mann hat dich als Spielzeug für mich hergeschickt. Zu schade für dich. Wie heißt du?«

»Jinx.«

»Seltsamer Name. Aber kaum dein richtiger, oder?«

Jinx legte eine Hand an Sheilas Bein und streichelte zärtlich darüber. »Ich fürchte, schon. Meine Mutter wollte eigentlich nicht schwanger werden und wollte auch nicht, dass ich geboren werde. Sie hat nur nicht abgetrieben, weil sie herausgefunden hat, dass sie dann Sozialhilfe bekommt. Sie hat mich Jinx getauft, weil der Mann, der sie schwängerte, nichts als Pech gebracht hat.«

»Okay, das ist genug von deiner Lebensgeschichte. In dieser Aufführung bin ich die Hauptdarstellerin, Schlampe, und vergiss das ja nicht. Wenn ich beschissene Einzelheiten will, werde ich dich verflucht noch mal fragen. Verstanden?«

Jinx zuckte erschrocken zusammen. »Ja. Tut mir leid …«

»Das tut es dir auf jeden Scheiß. Wie gesagt, ich bin die Hauptdarstellerin. Willst du meinen Lebenslauf? Klar willst du den. Ich bin der beschissene Star.« Sie lachte. »Ich wette, du denkst, ich habe genau so eine weinerliche

Geschichte wie du. Das Ergebnis eines schwierigen Umfelds oder sonst so ein Heulsusendreck, stimmt's? Nun, damit liegst du absolut falsch, Schlampe. Ich war ein reiches Mädchen. Papis kleines Mädchen. Meine Eltern haben mich geliebt und verhätschelt. Ich hatte einen gut aussehenden Freund. Ich hatte sogar eine geheime Freundin. Sie war sehr hübsch … hübscher als du. Aber ich war das beliebteste Mädchen der Stadt. Alle wollten entweder wie ich sein oder mich ficken. Ich führte das perfekte Leben, bis zu dieser beschissenen Nacht vor ein paar Jahren, in der ich zur Freakshow gegangen bin. Da fragt man sich doch, oder etwa nicht?«

Jinx runzelte die Stirn. »Ähm … tut mir leid … Was fragt man sich?«

Sheila kicherte und klopfte mit der Spitze des Schockstabs gegen Jinx' Schläfe. »Wie ich zu der sadistischen Fotze von heute geworden bin. Gar nicht neugierig? Ich an deiner Stelle wär es.«

»Das geht mich nichts an«, antwortete Jinx vielleicht etwas zu voreilig. Als sie sah, wie sich Sheilas Miene verfinsterte, fügte sie hastig hinzu: »Außer du willst, dass es mich was angeht.«

Sheila grinste spöttisch »Das will ich, Schlampe. Das will ich beschissen noch mal.«

Jinx streichelte wieder über Sheilas Bein. »Dann verrat es mir.«

»Oh, das werde ich. Um ehrlich zu sein, es hat mir schon immer Spaß gemacht, Lebewesen wehzutun. Seit ich ein kleines Mädchen war, hatte ich riesigen Spaß daran, Schmerzen zu verursachen. Das war mein kleines Geheimnis. Nicht mal meine geheime Freundin hatte eine Ahnung, obwohl die ansonsten mehr über mich wusste als alle anderen. Angefangen habe ich mit Käfern, später waren es kleine Katzen. Das war einfach.

Ich konnte ihnen so viel wehtun, wie ich wollte. Hat ja keiner erfahren.« Sheila kicherte gedankenverloren und fuhr dann fort: »Dann, während meines Abschlussjahrs auf der High School, habe ich diesen Geek zu einem geheimen Platz im Wald gelockt. Ich erzählte einfach, ich sei scharf auf ihn, aber dass es unser Geheimnis bleiben muss, wenn er mich mehr als nur dieses eine Mal sehen will. Der Schwachkopf hat mir den ganzen Scheiß abgekauft. Das weiß ich, weil mir nie jemand Fragen gestellt hat, nachdem man seine zermatschte Leiche im Wald fand.« Sheila schwieg einen Moment, schloss die Augen und genoss ganz offensichtlich die schöne Erinnerung. Dann riss sie plötzlich die Augen auf. »Was hältst du jetzt von mir, Jinx?«

Diese sah mit einem Gesichtsausdruck zu Sheila hinauf, der Begeisterung widerspiegelte – entweder wahr oder aber der Beweis dafür, dass das Mädchen eine begnadete Schauspielerin war. »Ich glaube, ich will genauso sein wie du, wenn ich groß bin.«

Sheila schmunzelte und fühlte sich in ihrer Rolle als Hauptdarstellerin sichtlich wohl. »Du wirst nie wie ich sein. Ich bin beschissen noch mal einzigartig. Aber ich wette, du wirst eine hervorragende Sklavin. Steh auf!«

Jinx erhob sich und zauberte ein nervöses Lächeln auf ihre Lippen. Sheila wusste, die Schlampe würde alles tun, um sich einzuschmeicheln, und dass man nicht viel von dem glauben durfte, was sie sagte. Aber sie wusste auch, dass das Leben in der Freakshow für jeden Menschen hart war. Diejenigen, die sich manche Freaks als Haustiere hielten, hatten es etwas besser als die Käfigsklaven, die man häufig für irgendwelche sadistischen Unterhaltungszwecke heranzog oder zu Nahrung verarbeitete. So oder so war es ein höllisches Dasein. Dieses Mädchen hatte offensichtlich gelernt, mit dem jämmerlichen Leben klarzukommen. Sie war schlau und würde mit Freuden die Gelegenheit ergreifen, Sheilas Sklavin zu werden.

Deshalb schlug sie dem Mädchen jetzt hart ins Gesicht und lachte, als sie ihren entsetzten Blick sah. »Bist du wütend auf mich, Jinx? Hast du ernsthaft gedacht, wir würden Freundinnen werden?« Sie schlug noch einmal zu, noch härter. »Wenn du könntest, würdest du mich zwingen, damit aufzuhören?«

Jinx schniefte. »Nein«, flüsterte sie.

Sheila grinste spöttisch. »Soll ich dir das etwa glauben, Schlampe? Ich an deiner Stelle würde verflucht noch mal genau das denken. Ich würde mich töten wollen.« Sie schlug Jinx erneut und hinterließ einen roten Handabdruck auf ihrem Gesicht. »Sag die Wahrheit, Jinx! Willst du mich töten?«

Schniefend drückte sich Jinx eine Hand auf die gerötete Stelle. Sie zitterte am ganzen Leib. »Nein … bitte … nein … ich mach alles, was du willst.«

Sheila schnaubte verächtlich. »Dann sag mir, was du willst. Sag die Wahrheit!«

Jinx räusperte sich und holte tief Luft. Sie zitterte nach wie vor, aber das änderte nichts an der Überzeugung, die in ihrer Stimme lag: »Ich will hier bei dir bleiben.«

»Klar willst du das. Aber ich habe dir wehgetan. Seit du durch diese Tür gekommen bist, habe ich dir ziemlich viel wehgetan. Wenn du hier bei mir bleiben willst, dann musst du dich als würdig erweisen. Und zwar jetzt.«

Jinx' Blick wurde unsicher. »Wie meinst du das?«

Sheila wies mit dem Kopf auf den Mann am Boden. »Wie heißt dieses Stück Scheiße?«

Der junge Mann setzte sich auf. »Ich heiße Mike.«

*»Halt deine beschissene Fresse, Made!«*, brüllte Sheila mit wutverzerrtem Gesicht. »Ohne meine ausdrückliche Erlaubnis sagst du keinen Ton, hast du verstanden?«

Mike nickte und senkte den Blick.

Sheila atmete lang gezogen aus und lauschte erstaunt ihrem rasenden Herzschlag. Die Wut legte sich etwas. Dann lächelte sie Jinx an. »Ich will, dass du daran denkst, wie du dich gefühlt hast, als ich dich gequält habe. Ich will, dass du dich auf deine Wut konzentrierst – und mach dir nicht die Mühe, es abzustreiten – und sie an diesem kleinen Arschloch auslässt.«

Jinx' Blick zuckte zu Mike, dann sah sie Sheila unsicher an. »Was soll ich … tun?«

Diese zuckte mit den Schultern. »Das bleibt ganz dir überlassen. Beweise dich. Tu ihm *weh!*«

Jetzt lächelte Jinx und in ihrem Blick lag plötzlich aufrichtige Boshaftigkeit. »Okay.«

Sheila ging zur Kontrollstation und machte es sich im ledernen Drehsessel gemütlich, an dem die klebrigen Überreste seines einstigen Besitzers mittlerweile trocken waren. »Gib dir Mühe. Unterhalte mich.«

Wie eine Raubkatze näherte sich Jinx ihrer Beute. Langsam, aber entschieden gab sie Mike Zeit, sich den bevorstehenden Schmerz vorzustellen, und genoss ganz offensichtlich seine Angst. Seine Miene drückte Verwirrung aus. Der arme Hurensohn tat Sheila fast leid. Da war er, ein ganz normaler Wichser, gefangen in einem Albtraum, aus dem es kein Entkommen gab, und die Person, die er an diesem seltsamen Ort möglicherweise als Verbündete betrachtet hatte, wandte sich nun gegen ihn. Er würde sehr bald erfahren, wie brüchig Allianzen an einem Ort wie diesem waren. Nicht dass er lange etwas von dieser Erkenntnis haben würde, da sie ihn noch innerhalb dieser Stunde töten würde, wenn nicht sogar noch weitaus früher. Sie wollte ihn leiden sehen, klar, aber im Moment interessierte sich Sheila viel mehr für das Mädchen.

Mike rutschte rückwärts, weg von Jinx, was Sheila knurren ließ. »Wag es nicht, deinen beschissenen Arsch zu bewegen, Junge.« Ihre Stimme war hart, erbarmungslos, und der Klang ließ beide Gefangenen zusammenzucken. »Um genau zu sein, wirst du gar nichts machen, bis du einen anderen Befehl erhältst. Verstanden?«

Augenblicklich rührte sich Mike nicht mehr.

Sheila rutschte an den Rand des Sessels, was den Jungen erneut zucken ließ. »Gut.« Sie sah Jinx unnachgiebig an. »Jetzt mach weiter.«

Diese verlor keine Zeit, packte eine Handvoll seiner Locken und riss ihn in eine sitzende Position. Dann ging sie vor ihm in die Knie, schlug ihn hart ins Gesicht. Ein zweiter Schlag folgte, unter dem seine Nase brach, aus der jetzt Blut herausschoss. Mike schrie und rutschte instinktiv von der Bedrohung weg. Jinx sprang ihm nach und setzte sich rittlings auf ihn, schlug wie besessen auf ihn ein, als wäre sie eine Preisboxerin, die routiniert auf einen Sandsack eindrosch. Sheila lümmelte zufrieden in ihrem Sessel und schob genüsslich eine Hand zwischen ihre Schenkel, während sie Jinx dabei zusah, wie sie das Gesicht des Jungen mit ihren Fäusten malträtierte.

Plötzlich endete ihr Angriff, sie stand abrupt auf und betrachtete höhnisch grinsend Mikes blutüberströmtes Gesicht. Seine Nase, seine Lippen und seine Augen waren rissig und schwollen bereits an. Er stöhnte und blickte mit dem Auge, das noch halbwegs intakt war, zu Sheila, die sich an seinem Schmerz ergötzte.

Jinx tänzelte jetzt wie eine Boxerin im Ring und holte mit dem Bein aus, trat ihm in die Seite, dann noch einmal, kräftiger. Sheila hielt es nicht länger aus. Sie stürzte auf Jinx zu, zog das Mädchen in ihre Arme und küsste es gierig. Jinx packte Sheilas Haare, zerrte daran, erwiderte den Kuss hingebungsvoll, stieß mit der Zunge tief in

Sheilas Mund. Ihr Körper schien vor Elektrizität zu knistern. Sheila war noch nie so erregt gewesen. Wie sich Jinx' Körper willig um ihren schlang, war wie in einem Traum, ein Genuss, den sie zumindest ansatzweise mit Kelly verspürt hatte, ihrer ehemaligen geheimen Freundin. Doch das war lange her.

Jetzt war sie von diesem sinnlichen Gefühl so überwältigt, dass sie viel zu spät bemerkte, wie ihr Jinx den Schockstab aus der Hand nahm. Sheila begriff die abrupte Umkehrung der Kräfteverhältnisse erst, als sie seine Spitze im Nacken spürte. Sofort hielt sie absolut still.

Jinx löste sich von Sheila, gestattete dieser, ihr selbstgefälliges Lächeln zu betrachten. »Das wird wehtun.« Das Lächeln wurde zu einem diabolischen Grinsen. »Schlampe.«

Sheila wollte gerade etwas sagen … da betätigte Jinx den Schalter.

# 16

Als Craig aus dem Sandwichladen kam, wartete die zweiköpfige Frau auf dem Gehweg auf ihn. Sie lehnte sich gegen die Seite des Towncar, die Knöchel entspannt überkreuzt, und zwischen den Fingern hielt sie eine Zigarettenspitze, an deren Ende eine schlanke Zigarette glimmte. In ihrem eleganten kurzen Rock und den hochhackigen Schuhen wirkte sie im Licht der Straßenlampe geschmeidig und sexy. Jeder wäre sofort scharf auf diese Frau … wäre da nicht dieser zweite, ständig grinsende, fauchende, abscheulich hässliche Kopf.

Beide Gesichter lächelten, als er die Plastiktüte öffnete und den abgetrennten Kopf des pakistanischen Ladenbesitzers freilegte. Das Gesicht des Mannes mittleren Alters war mit aufgerissenen Augen und zu einem stummen Schrei geöffnetem Mund im Ausdruck des Schreckens eingefroren. Als künstlerische Dreingabe hatte Craig die Reste eines halb aufgegessenen Sandwichs zwischen die Lippen des Toten gedrückt. Ein welkes Blatt blutigen Salats klebte am Kinn.

Die zweiköpfige Frau blies Craig Rauch ins Gesicht. »Gut gemacht.«

Craig hustete und wedelte mit der freien Hand den Zigarettenqualm beiseite. »Danke. Schön, wenn man für seine Arbeit gewürdigt wird.«

Der Kommentar entlockte dem hübschen Kopf ein mitleidiges Halblächeln. »Das ist es in der Tat. Und du hast dich den Großteil deines erbärmlichen Lebens nicht gewürdigt gefühlt, nicht wahr?«

»Nicht gewürdigt? Klar! Erbärmlich? Nein.« Craig grinste. »Ich bin cool. War ich immer, werde ich immer sein. Ich bin der Craigmaster. So nennen mich meine Fans.«

Der hübsche Kopf lächelte breiter. Die Frau stieß sich vom Towncar ab und hakte sich bei ihm unter. »Geh ein wenig mit mir spazieren. Unterhalten wir uns.«

Craig wollte genauso cool wirken, wie er es eben beschrieben hatte, kicherte jedoch wie ein Schuljunge. »Klar. Und jetzt erzählen wir uns unsere heimlichsten Gedanken und Träume. Das passiert immer, wenn man mit Weibern zu tun hat. Irgendwann muss es einfach dazu kommen. Irgendwie nervtötend, aber da muss man durch, wenn man euch an die Wäsche will. Ich dachte allerdings, dass es in diesem Fall die große Ausnahme gäbe.«

Der hübsche Kopf zog eine Augenbraue hoch, während sie langsam die leere Hauptstraße in der ruhigen Stadt entlangschlenderten. »Ach? Und wieso?«

»Weil, na ja … und nimm das nicht persönlich … aber du bist ein Monster.«

Der hübsche Kopf lachte leise. Der hässliche Kopf tat etwas Beunruhigendes … er zwinkerte. »Ja, ich vermute, ich bin ein Monster. Zumindest nach menschlichen Maßstäben. Aber viele deiner Art würden dich ganz genauso beschreiben.« Mit einem knappen Nicken deutete sie auf die schaukelnde Plastiktüte in seiner Hand. »Nach menschlichen Maßstäben hast du heute Nacht Dinge getan, die man nur als ›monströs‹ bezeichnen kann.«

Craig schnaubte. »*Touché.*«

Die nächsten Schritte schwiegen sie. Craigs Blick wanderte von der linken zur rechten Straßenseite und wieder zurück, suchte die dunklen Ladenfassaden nach

Anzeichen menschlichen Lebens ab. Sie kamen an einem Eisenwarengeschäft vorbei, an einem Tabakwarenladen, einer Videothek, einem Pfandleiher, einem Café, einem Salon, einem Anwaltsbüro, einem Laden für gebrauchte Bücher und vielen mehr. Nirgendwo brannte Licht. Die Läden hatten noch etwas anderes gemeinsam: Sie alle wirkten verlassen. Nicht einfach leer, sondern tatsächlich verlassen. Sie vermittelten den Eindruck, dass die Eigentümer nicht nur weg waren, auf Urlaub oder so, sie würden niemals zurückkommen. Craig konnte nicht sagen, warum er dieses Gefühl hatte, aber es war vorhanden und hing unmittelbar mit seinem Wissen zusammen, dass die Stadt von mordlüsternen Freaks heimgesucht worden war. Mit einem Mal fühlte sich der Spaziergang über die Hauptstraße an, als würden sie über einen riesigen Friedhof schlendern. Der Gedanke ließ Craig schaudern, ungeachtet dessen, was er zu den Gräueltaten dieser Nacht beigetragen hatte.

Er hustete, räusperte sich laut, um die bedrückende Stille zu durchbrechen. »Also … was gibt's? Warum der romantische Spaziergang im Mondschein?«

Der hübsche Kopf lächelte. »Das ist also romantisch?«

Craig brachte es fertig, die Augen nicht zu verdrehen. »Ähm … ich will ja nicht beleidigend sein, aber das war Sarkasmus. Allmählich gewöhne ich mich an dich. Mittlerweile akzeptiere ich, dass du in meinem Hirn rumspuken und mich zu jedem Scheiß zwingen kannst, der dir gerade einfällt. Nicht mal Kopf Nummer zwei, auch bekannt als Miss Grässlich, macht mir noch sehr viel aus.« Er stutzte. »Nein, warte. Das ist gelogen. Aber mit der Zeit … wer weiß.«

Das Lächeln des hübschen Kopfs verblasste. »Versuchst du, mich absichtlich zu provozieren? Willst du, dass ich dich mitten auf der Straße zucken lasse?«

Craig schüttelte nachdrücklich den Kopf. »Nein, nein, nein … neinnnn.« Er stand *so knapp* davor, verzweifelt zu klingen, weshalb er sich zur Ruhe zwang, bevor er weitersprach. »Sieh mal, du darfst die Hälfte von dem, was ich sage, nicht so ernst nehmen. Ich bin ein Klugscheißer. Das ist wie ein Reflex. Wie Atmen.«

Der hübsche Kopf verengte die Augen. »Mmh, das wäre doch eine Idee. Ich könnte dich damit aufhören lassen. Mit dem Atmen, meine ich.«

»Ähm …«

Sie lachte. »Werde ich aber nicht. Wirklich, ich verstehe, was du sagen willst. Ich mag deine Direktheit.« Sie nickte wieder zu der Plastiktüte. »Und mir gefällt dein Stil. Tatsächlich nähern wir uns dem wahren Grund für diesen kleinen Ausflug. Ich möchte dir einen Vorschlag unterbreiten.«

Craig runzelte die Stirn. »Ähm … habe ich das richtig verstanden … du machst mir irgendeine Art von … Angebot?«

Der hübsche Kopf nickte. »O ja.«

Craig wartete einen Herzschlag lang. Als sie keine Erklärung lieferte, sagte er: »Okay. Was für ein Angebot?«

Sie blieben stehen. Die zweiköpfige Frau zog ihn in eine Umarmung.

Der hübsche Kopf küsste ihn sachte auf die Lippen, während der hässliche an seinem Ohr lutschte. Ihr schlanker, aufregender Körper fühlte sich gut an, wie er sich an ihn drückte. Ganz im Gegenteil zur rissigen Zunge des hässlichen Kopfs, die sein Ohrläppchen leckte. Tatsächlich dachte er *Igitt. Beschissen noch mal igitt.* Einen Moment lang fragte er sich, wie man gleichzeitig erregt und angewidert sein konnte.

Die seidig feuchten Lippen des hübschen Kopfs flüsterten: »Ich suche nach einem Ersatz für Joseph. Jemand, der meine rechte Hand und treuer Diener wird. Joseph ist gut, aber er ist langweilig. Du gefällst mir besser.«

Craig zuckte mit den Schultern. »Okay. Ich akzeptiere. Aber muss ich diese grottenhässliche Chauffeuruniform tragen?«

Der hübsche Kopf lächelte. »So einfach ist es nicht. Um seinen Posten zu bekommen, musst du ihn töten.«

Craig schluckte. »Machst du verflucht noch mal Witze?« Dieses Mal gelang es ihm nicht, gelassen zu klingen. »Der Typ ist ein Neandertaler. Das ist unmöglich. Ich hätte bessere Chancen gegen King Arschloch Kong.«

Das Lächeln des hübschen Kopfs blieb unverändert. »Ich glaube an dich. Du wirst einen Weg finden. Um ehrlich zu sein, denke ich, dass es dir leichter fallen wird, als du jetzt glaubst.«

Er blickte die Straße zurück. Der Towncar stand mit laufendem Motor am Gehsteig, seine Bremslichter leuchteten in der Dunkelheit wie rote Dämonenaugen. Joseph saß im Wagen, wartete geduldig hinter dem Lenkrad auf die Rückkehr seiner Herrin und ihres neuen Spielzeugs. Craig fragte sich, ob er auch nur im Entferntesten in Betracht zog, dass seine Chefin darüber nachdachte, ihn töten zu lassen. Der Typ wusste genau, wozu die wahnsinnige Schlampe fähig war, und sollte er zumindest über eine gewisse Grundintelligenz verfügen, würde er damit rechnen, dass so etwas eines Tages eintrat. Vielleicht auch nicht. Auf Craig hatte er den Eindruck eines typischen muskelbepackten Schlägertyps gemacht, mehr Body als Brain. Vielleicht war er sich seiner Position so dämlich sicher, dass er so etwas nie erwarten würde.

*Ja, klar,* dachte Craig. *Und vielleicht bin ich der freundliche, einfühlsame Typ.*

Er konnte sich nicht darauf verlassen, dass der Kerl ein Volltrottel war. Mochte sein, dass er um einiges schlauer war, als er aussah. Man durfte ein Buch nicht nach seinem Einband beurteilen und der ganze Rotz. Craig fragte den hübschen Kopf: »Gibt es ein vorgeschriebenes Zeitfenster?«

Sie zuckte lächelnd mit den Schultern. »Jetzt wäre passend.«

Craig seufzte. »Das habe ich befürchtet. Entschuldige mich bitte.«

Er löste sich aus der Umarmung und schlenderte zurück zum Towncar. Seine Gangart vermittelte ein Selbstvertrauen, das er ganz und gar nicht empfand. Da war nur eine vage Vorstellung in seinem Kopf, wie er den Muskelprotz erledigen wollte, aber verflucht, immerhin besser als gar nichts. Er würde einfach loslegen und sehen, wie es sich entwickelte. Natürlich könnte er sterben, aber er fürchtete den Tod nicht. Irgendwie hatte er seit Anbruch der Nacht sowieso dieses bittere Gefühl, dass ihm ein früher Tod bevorstand - egal was als Nächstes geschah.

Lässig klopfte er gegen das Fenster auf der Fahrerseite. Durch das getönte Glas konnte er lediglich die Silhouette von Josephs riesigem Kopf erkennen, der sich langsam nach links drehte und zu ihm hinaufsah. Einen Moment später hörte Craig das elektrische Surren des Fensterhebers.

Josephs Oberlippe kräuselte sich spöttisch. »Ja?«

»Hallo, Joseph.« Craig setzte ein gestelltes Grinsen auf, das so etwas wie Freundlichkeit ausdrücken sollte. »Hat dir schon mal wer gesagt, dass du wie Bruce Banners gemeine Hälfte aussiehst? Du solltest über die Anschaffung grüner Körperfarbe nachdenken. Du wärst der Hit unter den Doppelgängern früherer Stars.«

Verwirrung flackerte über die Züge des Chauffeurs. Er schien über Craigs Worte nachzudenken und zog dabei die Augenbrauen eng zusammen. Wahrscheinlich wägte er auch nur ab, ob Craigs Bemerkungen einer Antwort würdig waren. Schließlich fragte er gelangweilt: »Was willst du?«

Craigs Miene spiegelte gespielte Betroffenheit wider. »*Moi*? Wollen?« Dann seufzte er übertrieben. »Sieh mal, Joseph, wir werden von jetzt an eng zusammenarbeiten. Das hat mir das Ding mit den zwei Köpfen eben gesagt. Sie hat mir gerade einen Posten angeboten.« Er lächelte stolz und klopfte sich auf die Brust. »Ich bin ihr neuer Leibwächter. Also dachte ich, wir sollten uns wohl besser anfreunden. Was sagst du? Kumpels?«

Joseph sah ihn finster an. »Nein.« Seine Miene verwandelte sich zu einem Stirnrunzeln. »Und *ich* bin ihr Leibwächter.« Abwertend musterte er Craig von Kopf bis Fuß. »Du bist kein Weichei, aber außerhalb meiner Liga. Warum versuchst du mich zu verarschen?«

Craig kicherte. »Ich weiß, ich weiß. Verrückt, oder? Wie du gesagt hast, ich bin kein Weichei. Ich kann jedem Otto Normalverbraucher den Arsch aufreißen. Aber irgendwas sagt mir, dass Miss Ding da drüben keinen Schutz vor Otto Normalverbrauchern benötigt. Sie muss ja nur in ihre Gehirne spazieren und sie eine heiße Sohle aufs Parkett legen lassen. Und dann wäre da noch, dass ich nur ein Auge habe. Was nützt ein Leibwächter mit nur einem Auge? Meine periphere Sicht ist jedenfalls nicht mehr, was sie mal war. Ich habe mit ihr darüber gequatscht, aber sie besteht drauf, dass ich ab sofort der neue Leibwächter bin und du nur noch der Fahrer.«

Die Falten auf Josephs Stirn wurden noch tiefer. Er sah in den Rückspiegel und betrachtete die weibliche Silhouette seiner Auftraggeberin. Sie stand noch immer genau an der Stelle, wo Craig sie stehen gelassen hatte. Dann sah er wieder zu Craig. »Sie hat mich dazu gebracht, meinen Vorgänger zu töten. Das war vor zehn Jahren.«

Craig stutzte. »Ähm … ja? Echt? Hmm. Das ist … interessant.«

*Scheiße,* dachte er. *Damit habe ich nicht gerechnet. Hätte ich aber sollen … Mist!*

Joseph neigte den Kopf zu einem kaum wahrnehmbaren Nicken. »Ich nehme an, darum geht es hier. Du sollst mich töten.« Ein überlegenes Lächeln spielte um seine Mundwinkel. »Oder es zumindest versuchen.«

Craig trat kopfschüttelnd einen Schritt von dem Towncar zurück, während er flehentlich die Hände hob. »Woah, ganz ruhig, Großer. Du liegst völlig falsch. Sie hat kein Wort davon gesagt, dass ich dich umlegen soll.« Craig war überzeugt, er würde nie herausfinden, wie er es geschafft hatte, das zu sagen, ohne dabei die Miene zu verziehen. »Betrachte es eher wie eine Neustrukturierung innerhalb eines großen Konzerns. Außer deiner Berufsbezeichnung ändert sich nichts. Keine große Sache, ehrlich.«

Joseph schnaubte verächtlich. »Klar. Sie weiß, dass ich dich durchschaue. Sie ist in unseren Köpfen. Sie hört alles, was wir sagen, auch von da hinten.« Wieder sah er in den Rückspiegel. »Aber das ist unwichtig. Nichts wird sich ändern. Ich muss dich nur töten. Das wird eines der einfacheren Dinge sein, die ich so getan habe.«

Schwungvoll öffnete Joseph die Tür. Craigs Herzschlag beschleunigte sich, seine Kehle war wie zugeschnürt. Sein Blick zuckte in der verzweifelten Hoffnung zu der zweiköpfigen Frau, dass er in ihrer Miene einen Hinweis entdecken konnte, was er tun sollte. Aber sie war zu weit weg und sah ohnehin nicht in ihre Richtung. Ihre Köpfe blickten gen Himmel, als würde sie auf die jeden Augenblick stattfindende Ankunft des Mutterschiffs warten. Als er wieder zum Auto sah, war Joseph gerade dabei, seine beachtliche Körpermasse aus dem Ledersitz zu hieven.

Craig wusste, er musste den größeren Mann ausbremsen, ansonsten würde ihn dieser zu Tode prügeln. Und wie sich herausstellte, hatte er doch Angst vor dem Tod. Die Plastiktüte mit dem abgetrennten Kopf des Ladenbesitzers rutschte ihm aus den Fingern und landete auf der Straße. Sein Fuß ruckte vor, trat die Tür gegen Josephs Knie. Der Chauffeur schrie vor Schmerz laut auf und fiel zurück in den Wagen. Craig packte die Tür, riss sie auf und schmetterte sie erneut gegen die Knie seines Gegners. Dann noch einmal. Und noch einmal. Während Joseph brüllte, versuchte er sich ins Innere des Wagens zurückzuziehen. Dann sah Craig, wie die riesige Hand des Muskelklotzes unter seiner Jacke verschwand. Wahrscheinlich griff er nach einer Waffe. Craig zerrte die Tür auf, drückte Josephs Hand zur Seite und trat zweimal zu. Zuerst so fest er konnte gegen eines der mitgenommenen Knie, dann ein Eierbrecher-Tritt in den Schritt. Joseph brüllte und startete einen Versuch, sich wegzurollen, aber Craig hechtete ins Auto, griff in die Jacke des Chauffeurs und zog eine 44er-Magnum aus dem Schulterholster des Mannes. Joseph keuchte, als er mit verzweifelt aufgerissenen Augen zu seinem Angreifer hinaufblickte.

Craig hielt den dicken Lauf an eines von Josephs Augen und drückte ab. Die Pistole hatte einen gewaltigen Rückstoß. Josephs Hinterkopf explodierte, färbte die Polster blutrot. Wunderschön. Diese Farbe bedeutete Sieg, andererseits wusste Craig es mittlerweile zu schätzen, wie kunstvoll der Körper eines Opfers seine Flüssigkeiten verspritzen konnte. Dieser Mord war brutaler und schneller gewesen als die anderen in dieser Nacht. Also war das Endresultat gewissermaßen weniger befriedigend. Doch diese Tatsache schmolz zu einer Unwichtigkeit dahin. Er war am Leben, nur das zählte. Er hatte einen Gegner zur Strecke gebracht, der theoretisch eine weitaus größere

Bedrohung dargestellt hatte als der kleine Junge mit der Brille oder der schmächtige Ladenbesitzer. Craig war stolz auf sich.

Die zweiköpfige Frau hatte recht gehabt.

Das war einfach gewesen.

Er legte die 44er auf das Armaturenbrett des Towncar, packte Josephs Jacke, zerrte die Leiche aus dem Auto und ließ sie wie einen Müllsack auf dem Gehweg liegen. Die Plastiktüte mit dem Kopf des Ladenbesitzers lag gleich daneben. Ein warmes Glücksgefühl durchströmte seinen Körper. Als er die spitzen Absätze auf dem Asphalt klackern hörte, hob er den Blick. Die zweiköpfige Frau war zurück.

Craig grinste süffisant. »Ich bin so ein Schmutzfink. Hoffentlich bekomme ich kein Bußgeld aufgebrummt.«

Der hübsche Kopf lächelte anerkennend, der hässliche gab ein kratzendes Geräusch von sich, das man fast als Lachen bezeichnen konnte. »Das hast du gut gemacht. Ich bin stolz auf dich. Den Kopf wirst du behalten wollen. Heb ihn bitte auf.«

Craig ging in die Knie und nahm die Plastiktüte an sich. »Was auch immer Sie sagen, Ma'am. Sie sind der Boss.«

Die zweiköpfige Frau öffnete die Hecktür des Towncar, beugte sich hinein, suchte nach etwas, während Craig ihren Hintern angaffte. Das war bei Weitem der erregendste Knackarsch, den er je gesehen hatte. Er verspürte das drängende Bedürfnis, sich an ihr zu reiben, bevor sie sich wieder aufrichtete.

Aber dann – viel zu früh – hatte sie offenbar gefunden, wonach sie suchte. In der Hand hielt sie den Jutebeutel mit dem angebissenen Muskel darin, der vor Kurzem noch das schlagende Herz eines Jugendlichen gewesen war. Sie wies zur Plastiktüte mit dem Kopf des Ladenbesitzers. Craig zuckte unschlüssig mit den Schultern. Er verstand nicht, worin der Sinn lag, diese Trophäen zu sammeln, aber das war ihm auch egal. Er holte den Kopf aus der Plastiktüte und ließ ihn in den Jutebeutel fallen.

Die zweiköpfige Frau machte ein zufriedenes Geräusch, verschnürte den Jutebeutel und warf ihn dann zurück in den Wagen. »Du wirst gleich in den Sandwichladen zurückmüssen, um ein Tranchiermesser zu holen. Ich will, dass du einen Teil von Josephs Körper entfernst. Aber zuerst …«

Sie wandte sich von ihm ab und schob den kurzen Rock hoch. Dann beugte sie sich vor, legte die Hände an den rechten hinteren Kotflügel des Towncar und lächelte ihn auffordernd über die Schulter an.

»Komm und hol dir deine Belohnung, Craig. Du hast sie dir verdient.«

Das musste sie ihm nicht zweimal sagen. In diesem Augenblick störte es ihn keineswegs, dass sie jeden einzelnen seiner Gedanken kannte. Um ehrlich zu sein, machte ihn das allmählich richtig geil. Vielleicht war auch das nur eine weitere ihrer Manipulationen, was jedoch in Anbetracht ihres nackten Hinterteils zur Nebensache wurde. Na gut, die Art, wie der grässliche Kopf ihn über ihre Schulter hinweg angrinste, während er sie fickte, war etwas beunruhigend, aber nicht genug, um seinen Eifer zu bremsen.

Es dauerte nicht lange, bis er kam. Kaum hatte er von ihr abgelassen, zog die zweiköpfige Frau ihren Rock wieder herunter und ging zur Tagesordnung über. Craig schloss den Reißverschluss seiner Hose und führte ihren Befehl aus. Immer noch benommen von dem heißen Fick, ging er in den Sandwichladen und kam kurze Zeit später mit einem scharfen Messer zurück. Es war eine ziemliche Sauerei, Josephs Genitalien abzuschneiden, aber Craig tat einfach das, was ihm befohlen wurde, und warf die

Kronjuwelen des ehemaligen Chauffeurs zu den übrigen Trophäen in den Jutebeutel.

In seinem Hirn schwirrte ein einziger Gedanke, er konnte nicht anders, er musste diese Frage jetzt stellen: »Wofür sind diese beschissenen Andenken?«

»Das wirst du erfahren, wenn es so weit ist.« Sie rutschte auf die Rückbank des Towncar und sah zu ihm auf. »Du hast eine neue Aufgabe. Du fängst jetzt an. Fahr!«

Sie zog die Tür zu und ließ Craig allein auf der Straße stehen.

»Fahren? Wohin?«

Aber dann wusste er es. Die Information erreichte sein Hirn wie eine Art geistige E-Mail. Er wischte sich die blutigen Hände an seiner ebenfalls blutigen Jeans ab und glitt hinter das Lenkrad. Die 44er lag auf dem Armaturenbrett, er nahm sie am Griff und legte sie auf den leeren Beifahrersitz. Der Platz schien ihm sicherer für die Waffe zu sein. Kurz dachte er darüber nach, sich noch Josephs Schulterholster zu holen. Der Große würde es immerhin nicht mehr brauchen.

Sein Kopf ruckte nach rechts.

Dann nach hinten und nach links.

Zitternd packte er das Lenkrad, spürte, wie sich in seinen Achseln der Schweiß sammelte. »Okay, okay«, murmelte er. »Ich fahr ja schon. Mach meine Arbeit. Bitte, tu mir nicht mehr weh.« Er legte den Gang ein, wendete den Wagen und steuerte ihn weg vom Geschäftszentrum – hin zur Stadtgrenze.

# 17

Heather zerrte am Seilzugstarter der großen McCulloch-Kettensäge, die sofort röhrend zum Leben erwachte. Der nackte Kerl ließ Joshs Hals los und sprang auf die Füße. Heather ließ ihm keine Zeit zur Flucht, sondern stieß ihm das Sägeblatt unbarmherzig in den Rücken. Der Mann schrie, während die Kettenglieder sein Fleisch zerfetzten. Die Kettensäge bockte, als sie auf die Wirbelsäule stieß, doch Heather bemühte sich, die Kontrolle zu behalten, und drückte sie tiefer in den zuckenden Körper. Blut und Fleischfetzen spritzten ihr entgegen, was die Aufgabe noch schwieriger machte. Der Mann schaffte es irgendwie, sich von der Säge zu befreien, kam aber nicht sehr weit. Brüllend fiel er zu Boden, wälzte sich auf die Seite und versuchte, sich eine zitternde Hand auf die Verletzung in seinem Rücken zu pressen.

Heather schaltete die Kettensäge ab und lauschte seinem Jammern. Er klang so erbärmlich, mehr wie ein ängstliches Baby als ein kaltblütiger Mörder. Sie empfand kein Mitleid für ihn. Sie musste sich nur das verstümmelte Mädchen am Rand der Lichtung ansehen, um zu wissen, dass er nicht das geringste bisschen Mitgefühl verdiente. Fast spürte sie so etwas wie Genugtuung, als sie seinen nackten Körper betrachtete, der jetzt blutüberströmt im Dreck lag. Er war abnorm gebaut, seine Statur erinnerte an einen professionellen Ringer, der sich mit Anabolika vollpumpte. Der Oberkörper und sein kahler Schädel waren mit blauer Farbe angemalt. Genauer gesagt waren es blaue Streifen, welche von seiner Hüfte aufwärts in beinahe kunstvollen Schörkeln verliefen. Die feinen Linien sammelten sich in einem präzise gezeichneten Wirbel auf der Oberseite seines Kopfs. Da hatte sich jemand viel Mühe gegeben. Bei genauerem Hinsehen erkannte Heather, dass er Wimperntusche trug.

Josh setzte sich auf und starrte den Mann an, der versucht hatte, ihn zu erwürgen. »Hurensohn!« Er holte tief Luft und berührte vorsichtig seinen Hals. »Sieh dir diesen Scheißkerl an. Zehn zu eins, dass der hier draußen irgendeine Art von Horrorhütte hat. Lampenschirme aus Menschenhaut, Einmachgläser voll menschlicher Organe, das volle Programm.«

Heather ließ die Kettensäge fallen. Sie war müde. »Entzückend. Es reicht ja nicht, dass wir vor ein paar gottverfluchten Monstern um unser Leben laufen. Jetzt sind wir auch noch in ein echtes *Blutgericht in Texas*-Szenario gestolpert.« Sie seufzte. »Das ist einfach nicht gerecht.«

Josh rappelte sich auf. Heather sah, dass er es irgendwie geschafft hatte, die nickelbeschichtete 9-Millimeter festzuhalten, während ihn dieser Psycho gewürgt hatte. Es überraschte sie nicht, dass er auf den Kopf des am Boden liegenden Mannes zielte. Sie dachte darüber nach, dass sie ihn vielleicht davon abhalten sollte. Der Kerl war schwer verletzt und stellte keine Bedrohung mehr dar. Aber sie schwieg und Josh drückte ab.

Einmal, zweimal, dreimal.

Der Mann hörte auf zu atmen.

Der Schädel war nur noch ein von Kugeln durchlöcherter Klumpen, der kunstvoll aufgetragene Wirbel vom Blut verunstaltet. Heather wandte sich ab, was ihr jedoch keinerlei Erleichterung brachte, da sie nun in die starren Augen des toten Mädchens sah, auf dessen abgetrenntem Unterleib sich bereits die ersten Fliegen tummelten. Heather wurde übel, sie konnte ihren Blick aber nicht lösen. Das Gesicht, das einmal hübsch gewesen war, stellte eine verzerrte Fallstudie für menschliches Leid dar. Aus dem unteren Teil des zerfetzten Oberkörpers ragte ein blutiges Stück der Wirbelsäule.

Heather fiel auf die Knie, beugte sich vornüber und übergab sich. Tränen liefen über ihre Wangen, während sich ihr Magen bemühte, auch das letzte bisschen seines Inhalts preiszugeben. Nur am Rande bemerkte sie, wie ihr Josh die Haare aus dem Gesicht hielt. Nachdem der Würgereiz endlich nachgelassen hatte, begann sie mit klappernden Zähnen zu schwitzen.

Josh half ihr dabei, sich hinzusetzen. Zitternd schlang sie die Arme um sich, als er sagte: »Das wird schon wieder, Heather. Bleib einfach sitzen. Ich schneide das Mädchen los.«

Heather nickte stumm und beobachtete, wie sich Josh ein großes Jagdmesser aus der umfassenden Folterinstrumentensammlung des toten Psychos nahm. Ein weiteres Mal musste sie sich eingestehen, dass sie großes Glück hatte, ihn an ihrer Seite zu haben. Er nahm Drogen, klar, aber er hatte sich immer wieder als zuverlässig erwiesen. Er hatte ihre Haare gehalten, während sie sich die Seele aus dem Leib gekotzt hatte. Das war etwas, das fürsorgliche Beziehungspartner taten. Etwas, das Craig Carpenter nie getan hätte.

Als das Mädchen Josh mit dem Messer in der Hand auf sich zukommen sah, fing sie an zu weinen. Armes Ding. Wahrscheinlich rechnete sie damit, dass er ihren bereits geschundenen Körper noch mehr malträtierte. Sie hatte enorme Ähnlichkeit mit der Toten und Heather nahm an, dass sie Schwestern waren. Heather konnte sich kaum vorstellen, welch verheerende Auswirkung es auf den Verstand des Mädchens gehabt hatte, dabei zusehen zu müssen, wie die eigene Schwester mit einer Kettensäge zerteilt wurde. Sie wimmerte und zuckte zurück, als Josh um den Baum herumging und die Fesseln mit dem Messer bearbeitete. Nachdem ihre Hände frei waren, fiel sie schluchzend auf die Knie. Sie versuchte zu sprechen, brachte aber kein verständliches Wort heraus.

Aus dem Handgelenk warf Josh das Messer so, dass es im weichen Boden stecken blieb. Dann zog er sein Flanellhemd aus und reichte es dem Mädchen. Wieder zuckte sie erschrocken zurück, nahm es dann aber an, streifte es sich über und zog den weichen Stoff über ihrem blassen, schmutzigen Oberkörper zusammen. Josh war mehr als einen Kopf größer als das Mädchen, weshalb sein Hemd wie ein Kleid an ihr hing. Sie sah ihn dankbar an, als er ihr auf die Füße half.

Heather musste immer wieder das tote Mädchen ansehen. Es war wie ein zwanghafter Drang, dem sie nicht widerstehen konnte. Trotz des furchtbaren Anblicks regte sich ihr Magen kaum. Vorläufig war ihr Körper wohl fertig mit Kotzen, wofür sie auf bizarre Art dankbar war. Irgendwie sah das tote Mädchen nicht echt aus – mehr wie ein ekelhaftes Requisit aus einem Splatter-Film. Der Gedanke schien ihr unmenschlich, aber wahrscheinlich war es normal, dass ihre Wahrnehmung so reagierte. In all dem Wahnsinn.

Sie brauchte einen Moment, bis sie bemerkte, dass Josh mit ihr sprach.

»Was? Tut mir leid. Ich war kurz weggetreten.«

Er seufzte. »Ich hab nur gesagt, dass wir von hier wegmüssen.«

Mechanisch stand sie auf und wischte sich den Dreck von der Jeans. »Also, gehen wir.«

Als sie bereits Richtung Wickman Road lief, rief ihr Josh hinterher: »Nicht da lang.«

Heather drehte sich um und schaute ihn verwirrt an. »Warum nicht?«

Das Mädchen klammerte sich an Josh wie ein Betrunkener an einen Saufkumpan. Einen Arm hatte sie um seinen Rücken, den anderen um seinen Bauch geschlungen. Er hatte kaum die Möglichkeit, sich zu bewegen. Heather war sich nicht sicher, ob er deshalb so genervt reagierte.

»Darüber haben wir schon gesprochen, erinnerst du dich?« Er klang gereizt, als hätte er es satt, immer wieder das Offensichtliche zu erklären. »Der einzige Weg raus aus der Stadt führt durch die Wälder. Wie oft denn noch?«

Heather schnaubte und schaute zu dem toten Psycho. »Klar. Und dabei riskieren wir dann, noch mehr solch netten Gesellen wie diesem Möchtegernmitglied der Blue Man Group zu begegnen?« Sie schüttelte energisch den Kopf. »Ich verzichte.«

In Joshs Blick lag eine unnachgiebige Härte. »Okay, ich habe mich entschieden, Heather. Was wir auch machen, wir werden uns ernsthaften Bedrohungen stellen müssen, aber meiner Meinung nach haben wir gegen die hier draußen die besseren Karten. Wenn du dein Glück mit den Freaks versuchen willst, bitte, das ist deine Entscheidung. Ich werde dich nicht aufhalten.«

Sie konnte es nicht glauben. Er war mit ihr so weit gekommen, hatte sich überwältigenden Herausforderungen gestellt, um am Leben zu bleiben, hatte sich immer wieder ihretwegen in Gefahr gebracht … Und auf einmal wollte er sie im Stich lassen? Seine Unnachgiebigkeit verletzte sie, obwohl das natürlich lächerlich war. Sie kannte ihn ja kaum. Aber das änderte nichts daran, dass sie sich verraten fühlte.

Jedoch machte dieses Gefühl sehr schnell einem weitaus stärkeren Platz. Wut. Mit großen Schritten stapfte sie zurück zu Josh, packte das Mädchen am Ellbogen und zog es von ihm weg.

Die Kleine quietschte leise und versuchte, zu ihm zurückzukommen. Aber sie war zu schwach und Heathers Griff zu stark.

Josh runzelte die Stirn. »Was hast du vor?«

Wutschnaubend marschierte Heather Richtung Straße und schleifte das Mädchen hinter sich her. »Ich geh zum Wagen zurück.«

»Ich meine, was hast du mit *ihr* vor?«

Heather sah ihn über die Schulter hinweg an, während sie sich weiter auf den Rand der Lichtung zubewegte. »Offensichtlich nehme ich sie mit. Wie dämlich bist du? Sie ist nicht in der Verfassung, kilometerweit durch die beschissene Wildnis zu stolpern.«

Dem hatte er nichts entgegenzusetzen, weshalb er auch nichts erwiderte, als Heather und das Mädchen die Lichtung verließen und in dem kleinen Waldstück verschwanden, das zwischen der Lichtung und der Straße lag. Sie zog das Mädchen an sich, darum bemüht, es zu stützen, während sie sich ihren Weg durch die Dunkelheit suchten. Beide stolperten durch das dichte Gestrüpp, doch irgendwie schafften sie es, nicht hinzufallen, obwohl sich das Mädchen so fest an Heather klammerte wie zuvor an Josh.

Während sie sich der Straße näherten, hörte Heather Geräusche hinter sich, das Knistern von Gestrüpp und das Brechen eines Astes. Einen Moment lang schlug ihr Herz schneller; dann wurde ihr klar, dass es nur Josh war, der ihnen folgte. Aufgrund dieses »Siegs« empfand sie selbstgefällige Befriedigung. Sie bekam ihren Willen und das freute sie. Dann wurde ihr bewusst, wie kindisch es war, aber das kümmerte sie nicht. Jetzt war nur eines wichtig, endlich aus diesem unheimlichen Wald herauszukommen.

Heather stockte der Atem, als sie sah, was sie auf der Straße erwartete. Oder besser gesagt, was sie nicht erwartete.

Der Chevelle war weg. Genauso wie die Leiche des Jugendlichen, den Josh mit seiner letzten Schrotpatrone getötet hatte. Verwirrt schaute sie sich um und entdeckte verstreutes Sicherheitsglas und eine dunkle Pfütze von etwas, das sie als geronnenes Blut erkannte. Zumindest ein Beweis dafür, dass sie sich das Ganze nicht nur einbildete. Allerdings hatte jemand (oder *etwas*) die Leiche und das Fahrzeug ohne ein Geräusch entfernt. Okay, es war nicht gerade still gewesen, als sie mit der Kettensäge Leatherface imitiert hatte – der Lärm der McCulloch hätte den Motor des Chevelle durchaus übertönen können –, aber es war dennoch schwer zu akzeptieren, dass sie nichts davon mitbekommen hatte.

Wer oder was war dazu in der Lage? Heathers erster Gedanke galt den Freaks. Aber warum waren sie nicht in den Wald gekommen, um sie zu schnappen? Das ergab keinen Sinn. Egal, der Wagen war weg. Zusammen mit der Leiche ihrer Mutter. Bei dieser Erkenntnis drohte eine schmerzende Leere sie zu verschlingen. Es hatte keine Gelegenheit gegeben, sich Gedanken über Beisetzungsvorbereitungen oder die Wahl des Sargs zu machen. Dabei wäre genau das so wichtig gewesen, war es doch das Einzige, worin Alice Campbell eine überzeugte Traditionalistin gewesen war. Heather hatte mit ihrer Mutter viele nervtötend morbide Gespräche über das Thema Feuerbestattung oder Begräbnis geführt. Am Ende war immer eines überaus deutlich gewesen: Alice hatte dem Begräbnis den Vorzug gegeben.

Aber jetzt gab es nichts mehr zu beerdigen. Wut und Trauer brachten frische Tränen in Heathers Augen.

Josh trat aus dem Wald auf die Straße. Er stand an der doppelten gelben Linie, drehte sich langsam um sich selbst, bevor er Heather und das Mädchen irritiert ansah. Es war beinahe beruhigend, dass er so verwirrt dreinblickte, wie sie sich fühlte. Fast rechnete sie mit einer überflüssigen Bemerkung, wie »Sieht so aus, als müssten wir es doch auf meine Weise machen«, aber das Verschwinden des Wagens schien ihn genauso zu beunruhigen wie sie. Es war eines, hitzig darüber zu streiten, wie man am besten vorgehen sollte, aber etwas völlig anderes, wenn einem die alternative Option weggenommen wurde.

Josh schaute noch einmal lange nach links und nach rechts, bevor er zu ihnen an den Straßenrand kam. »Okay, das ist ernsthaft beschissen. Was zur Hölle ist mit dem Auto passiert und der … ähm …«

Er stockte, als er sich bewusst wurde, was er gerade sagen wollte. Er und Heather sahen einander in die Augen und trafen eine wortlose Übereinkunft. Der Junge mit der Pistole war möglicherweise gar nicht so gefährlich, wie Josh befürchtet hatte. Im Nachhinein schien es wahrscheinlich, dass er vor dem Mann im Wald geflüchtet war. Heather bemerkte einen Hauch von Bedauern in Joshs Miene, obwohl er sich bemühte, gegenüber dem Mädchen einen unbeteiligten Gesichtsausdruck zur Schau zu stellen – jetzt, da die hohe Wahrscheinlichkeit bestand, dass sie den Jungen gekannt hatte.

Aber das Mädchen schüttelte langsam den Schock über das Geschehene ab und war aufmerksamer, als den beiden lieb war. Die angespannten Blicke zwischen Heather und Josh weckten ihr Misstrauen. »Was verheimlicht ihr mir?«

Heather räusperte sich. »Ich … wir …« Sie wusste, was das Mädchen brauchte. Schöne, tröstende Worte, aber ihr fielen keine ein. Verzweifelt sah sie zu Josh, der stumm vor sich hin starrte und gerade keine große Hilfe war. Also gab sie auf und seufzte erschöpft. Sie war noch nie eine gute Lügnerin gewesen. Trotzdem versuchte sie es auf die subtile Art und fragte: »Dieser Typ, der Psycho … hatte er noch jemanden dabei? Vielleicht einen Komplizen?«

Das Mädchen schüttelte den Kopf. »Nein. Da waren nur ich, meine Schwester Julie und ihr Freund Steve.«

Plötzlich schien das Mädchen zu begreifen und starrte ungläubig auf die Blutpfütze.

Man konnte Joshs Schmerz förmlich sehen, als er eine Hand auf seinen Mund legte und flüsterte: »Himmel!«

»Mit Steve ist was passiert.«

Eine Feststellung, keine Frage. In den Worten des Mädchens schwang ganz deutlich eine Anschuldigung mit. Der ernste Klang ihrer Stimme ließ Heather zusammenzucken. Wieder suchte sie vergeblich nach einer passenden Erklärung. Doch die gab es nicht.

Josh nahm die Hand vom Mund und schaute dem Mädchen in die Augen. »Ich habe Steve erschossen. Er ist tot.«

Einen langen Augenblick starrte ihn das Mädchen ausdruckslos an. Heather hielt es für möglich, dass sie zurück in einen Schockzustand fallen könnte. Doch dann war sie überzeugt, hinter dem leeren Gesichtsausdruck des Mädchens brennende Wut zu erkennen, die sich langsam, aber stetig ihren Weg bahnte.

Aber bevor es dazu kommen konnte, drang ein Geräusch durch die angespannte Stille. Das Mädchen blinzelte, sie hörte es einen Sekundenbruchteil vor den beiden anderen. Erschrocken wandte sie sich von Josh ab und blickte nach rechts die Straße entlang. Josh und Heather taten es ihr gleich und versuchten, etwas in der Dunkelheit zu erkennen.

Das Geräusch wurde lauter und ihre Herzen schlugen mit einem Mal schneller.

Heather schluckte. »Ein Auto.«

»Ach du Scheiße.« Josh verzog das Gesicht. »Wir müssen hier weg. Zurück in den Wald, bevor sie uns sehen.«

Heather nickte und brachte eine einzelne träge Silbe hervor: »Ja.«

Aber alle drei blieben wie angewurzelt stehen, während in der Ferne Scheinwerfer auftauchten, welche die Dunkelheit wie die bösartig glühenden Augen eines Vampirs durchdrangen. Das Auto näherte sich mit gleichmäßiger Geschwindigkeit und folgte ohne Eile den sanften Kurven der Straße. Unter normalen Umständen hätten sie genug Zeit für eine Flucht in den Wald gehabt.

Aber das waren keine normalen Umstände.

Keiner von ihnen konnte sich rühren.

Etwas hatte von ihnen Besitz ergriffen. Eine mächtige Präsenz mit der Fähigkeit, sie sich mit Leichtigkeit zu unterwerfen. Heather zitterte. Schweiß lief über ihre Stirn und in ihre Augen. All das, was sie diese Nacht durchgemacht hatte – darunter auch der niederschmetternde Verlust ihrer Mutter –, war nichts im Vergleich zu dem, was sie in diesem Moment empfand. So hilflos zu sein, jemandem so völlig ausgeliefert zu sein, war um ein Vielfaches schlimmer. Sie wollte schreien, nach ihrer toten Mutter rufen, sich zur Wehr setzen. Aber es war ihr nichts dergleichen möglich und sie schämte sich für ihre Feigheit.

Die Stimme des Mädchens erklang als zitterndes Jammern: »Was passiert hier?«

Heather schniefte. »Ich weiß nicht. Tut mir leid.«

Der Wagen war mittlerweile nah genug, um seine Form zu erkennen. Es war ein alter, aber sehr gut gepflegter Towncar mit getönten Scheiben. Die Felgen aus Chrom schimmerten in der Dunkelheit und auch der Rest des Wagens war auf Hochglanz poliert. Der Towncar kam mitten auf der Straße sanft zum Stehen.

Heathers Knie schlotterten beträchtlich. Eigentlich hätte sie hinfallen müssen, aber diese fremde Präsenz in ihrem Kopf hielt sie auf den Beinen wie eine Marionette an seidenen Fäden. Wie hypnotisiert schaute sie auf die dunkle Scheibe der Fahrertür und spürte, dass sich hinter dem Glas etwas Bösartiges befand.

Dann öffnete sich die Tür und der leibhaftige Albtraum stieg aus.

Craig grinste. »Hey, Heather. Freut mich, dich hier draußen zu treffen, du gottverfluchte Fotze.«

Heather wimmerte, brachte aber kein Wort heraus.

»Kleines, du darfst dich freuen. Ich bin extra deinetwegen zurückgekommen.« Als er einen Schritt auf sie zuging, wimmerte Heather lauter. Seine Anwesenheit und das gehässige Grinsen wirkten bedrohlich genug, aber der Anblick des fehlenden Auges (oder, genauer gesagt, die mit Gelee vollgestopfte Augenhöhle) ließ ihr das Blut in den Adern gefrieren. »Ich werde dir ein für alle Mal zeigen, wo dein Platz ist.«

»Wie machst du das?«, kam die Frage über ihre Lippen, die sie selbst verwirrte.

Craig glotzte sie dümmlich an, dann begriff er, was sie meinte. »Was? Die Gedankenkontrolle? Leider ist das nicht mein Verdienst.« Er schaute hochnäsig in die Runde und schnalzte mit der Zunge. »Ich sehe, du hast ein paar neue Freunde gefunden. Rat mal, ich auch, Kleines.«

Die Hecktür des Towncar schwang langsam auf. Heather sah zu, wie ein schlankes, hübsches Frauenbein erschien. Das Kribbeln in ihrem Hirn wurde stärker und ihr war augenblicklich klar, dass sie von dieser Person kontrolliert wurde.

Dann stieg die Frau aus und blieb neben Craig stehen.

Josh flüsterte entsetzt: »Ach … du Scheiße.«

Craig gackerte. »Ich weiß. Total schräg, was? Aber, Junge, du hast noch gar nichts gesehen.«

Bis zu diesem Moment wäre Heather jede Wette eingegangen, dass nichts so furchtbar sein konnte wie das Wiedersehen mit dem einäugigen Craig.

Doch dann sprach die zweiköpfige Frau sie an. »Hallo, Liebes. Du bist wirklich bezaubernd.«

Heather versuchte die Augen zu schließen, während sich der Freak ihr näherte. Aber die Präsenz in ihrem Kopf zwang sie dazu, diesem weiblichen Monster in die vier Augen zu schauen und dabei zuzusehen, wie die Hand der zweiköpfigen Frau nach ihr griff.

# 18

Die selbstsichere Art, wie sich Jinx ohne Zögern im Inneren der Kapsel bewegte und die Kontrollknöpfe der Kommandokonsole bediente, machte Mike nervös. Sie wusste genau, wo sich alles befand, was sie brauchte. Woher kannte sie die Funktionen der zahlreichen Knöpfe auf den Konsolen, obwohl sie angeblich noch nie in der Kapsel gewesen war? Mike zweifelte mittlerweile daran, dass sie in jeder Hinsicht ehrlich zu ihm gewesen war. In gewisser Weise hatte er es wahrscheinlich nie geglaubt. Das galt auch für alles andere, was sie seit ihrem Geständnis vor wenigen Minuten gesagt hatte. Das Einzige, was er tatsächlich glaubte, war ihre Aussage, dass sie ihn von Anfang an manipuliert hatte.

Aus einem verborgenen Lautsprecher kam Musik, die irgendein seltsamer Radiosender übertrug. Ein Moderator mit Baritonstimme meldete sich gelegentlich zu Wort und sagte äußerst seltsame Dinge, die andeuteten, dass er von der Freakshow wusste, und dann spielte er alten Punk oder alternative Musik. Im Moment lief ein Lied mit dem Titel »Bikini Girls With Machine Guns«.

Die Blondine, Sheila, hing in einem bizarren, aus Leder und Ketten bestehenden Harnisch gut verschnürt ein paar Meter über dem Boden. Der Harnisch war an einer Kette befestigt, die aus einer offenen Abdeckung in der Decke der Kapsel herabhing.

Mike hatte Jinx ungläubig dabei zugesehen, wie sie

Sheila den Harnisch schnell und effektiv angelegt hatte. Ihre Vorgehensweise hatte so routiniert gewirkt, als hätte sie das schon unzählige Male getan. Aber das behielt er für sich. Ob es ihm gefiel oder nicht, er konnte nichts anderes tun, als sich zurückzulehnen und stummer Beobachter in diesem perfiden Spiel zu sein. Er fühlte sich so machtlos wie ein Bauer auf einem Schachbrett.

Sheila stöhnte, blinzelte und hob langsam den Kopf. Ihr vor Schweiß glänzendes Gesicht war gerötet, ihr Körper mit zahlreichen Prellungen und Schnitten übersät. Das Ergebnis einer brutalen Misshandlung, die ihr Jinx hatte zuteilwerden lassen.

Er wusste genau, wie sie sich fühlte. Vorsichtig berührte er seine Nase und zuckte zusammen.

»Was zum Teufel gaffst du so?« Beim Sprechen lief Blut aus Sheilas Mundwinkeln, sie war heiser und es kostete sie sichtlich Mühe, die Worte durch ihre geschwollenen Lippen zu pressen. Mike schauderte, als er einen abgebrochenen Zahn sah, der nur noch an einem Fetzen Zahnfleisch hing. »Hör auf, mich anzugaffen … Huren… sohn …«

Der Anblick war ekelhaft, weshalb er sich mit Freuden abwendete und stattdessen zu Jinx schaute, die im ledernen Drehsessel des Kommandozentrums saß und ihn beobachtete. Ihre Miene war kalt, so bar jeglicher Emotionen, dass ihm eine Gänsehaut über den Rücken kroch. Er schluckte schwer und fragte: »Und was jetzt?«

Jinx sah ihn noch einen Moment lang an, bevor sie sich zu der Säule mit den seltsamen Bildschirmen drehte. »Noch nichts«, erwiderte sie schließlich. »Erst müssen noch weitere Vorbereitungen getroffen werden.«

»Vorbereitungen wofür?«

Ruckartig warf sie den Kopf zurück und fixierte ihn aus zusammengekniffenen Augen. »Das habe ich dir in Jeremiahs Wohnwagen schon gesagt. Erinnerst du dich?«

Mike räusperte sich und nickte. »Klar erinnere ich mich. Ich bin mir nur nicht sicher, ob ich glauben soll, was du mir gesagt hast. Wir gehen in die Freakwelt. Dort werden wir was tun, das all dem ein Ende setzt. Und genau mit dem Teil habe ich so meine Probleme.«

Sie sah ihn schweigend an. Dann sagte sie: »Es ist unwichtig, was du glaubst.«

Er lachte zynisch. »Ich nehme an, ich bin nicht mehr wichtig für das, was du vorhast. Ich war nur ein Requisit, stimmt's? Eine Ablenkung, eine Methode, das Vertrauen der kleinen Miss Durchgeknallt hier zu bekommen.« Er lachte erneut, noch trostloser als zuvor. »Aber wer hätte es gedacht, du bist um einiges durchgeknallter. Gegen dich ist Blondchen hier ein wahrer Engel.«

Jinx' Miene verhärtete sich. »Wage es nicht, mich zu verurteilen, Mike.«

Er schnaubte und zuckte resigniert mit den Schultern. »Sonst was? Wirst du mich wieder schlagen? Na los! Ernsthaft. Bring es verflucht noch mal zu Ende.«

Als Jinx langsam aufstand und auf ihn zukam, wollte er weglaufen, spürte den instinktiven Drang, sich zu verstecken, aber er blieb an Ort und Stelle. Zum einen, weil er genau wusste, dass er nirgendwo vor ihr sicher war, zum anderen, weil er wollte, worum er sie gebeten hatte – ein Ende dieser Nacht des Wahnsinns. Sollte der Tod der einzige verfügbare Ausweg sein, war er dazu bereit.

Trotzdem ergriff ihn Panik, als sie ihre Hand an seine Kehle legte und er die Wut in ihren Augen sah. Er war sich sicher, dass sie ihn jetzt und hier erwürgen würde. Aber sie drückte nicht zu. Es war nur eine Drohung. Er würde nicht sterben. Noch nicht.

»Ich meine es ernst, Mike. Wage es nicht, mich zu verurteilen.« Trotz ihrer deutlichen Wut war ihre Stimme erstaunlich ruhig. Sie sprach leise und bestimmt: »Du bist gerade mal eine Nacht hier, Mike. Nur eine.« Der leichte Druck auf seiner Kehle unterstrich ihre Aussage, sollte er zu dämlich sein, sie zu verstehen. »Ich bin seit Jahren hier. Stell dir das vor, Mike. Stell dir vor, das heute Nacht Erlebte mehrere Hundert Male durchzumachen.«

Er ließ die Schultern hängen und wandte den Blick ab. »Ich verstehe es. Okay? Jetzt lass bitte los.«

»Verstehst du es wirklich, Mike? Ich will, dass du ernsthaft über meine Worte nachdenkst. Versetz dich in meine Lage. Was denkst du, wozu du nach Jahren an diesem Ort fähig wärst?«

»Ich weiß nicht.«

Sie ließ ihn los. »Ganz genau. Du wärst bereit, alles zu tun, um dem ein Ende zu setzen. So wie ich bereit bin, alles zu tun.« Sie seufzte und in ihren Augen flackerte ein Funken Traurigkeit auf. »Eigentlich bin ich kein schlechter Mensch. Wirklich nicht. Aber diese Existenz hat mich abgehärtet, mich zu dem gemacht, was ich heute bin. Tut mir leid.«

Müde stakste sie zum Kontrollpult zurück und ließ sich in den Ledersessel fallen.

Mike hustete und rieb sich vorsichtig die Kehle. Dieses Mal war er heil davongekommen, aber sie hatte ihm sehr deutlich vermittelt, wie schwer sie ihn verletzen *konnte,* sollte er es darauf anlegen. Natürlich hatte er immer noch Angst vor ihr. Vielleicht sogar mehr als vorher. Und trotzdem … klangen ihre Worte nach der Wahrheit. Einer grausamen Wahrheit, die er irrsinnigerweise sogar verstand, auch wenn es ihm schwerfiel. Vorsichtig näherte er sich der Kontrollkonsole, umrundete mit einem zaghaften Blick nach oben das verschnürte

Mädchen und blieb ein paar Meter vom Drehsessel entfernt stehen.

»Also, was jetzt?«

»Wir warten, bis es so weit ist. Dann dringen wir ins Nichts vor.«

»Das …« Er schüttelte verwirrt den Kopf. »Entschuldige … aber hast du das Wort ›nichts‹ gerade als Hauptwort benutzt?«

»Genau. Erinnerst du dich an die andere Welt? Den Ort, aus dem ich dich gerettet habe? So nennen ihn die Freaks … das Nichts.«

»Mmh. Seltsam. Was auch immer … wie soll ich helfen? Ich weiß … ähm … nichts über … das Nichts.«

Der Hauch eines traurigen Lächelns spielte um Jinx' Lippen. »Du kannst nicht helfen. Ich fürchte, im Moment bist du nichts weiter als ein Beifahrer.«

Mike blickte finster drein. »Das ist aber nicht der jämmerliche Grund für mein Hiersein, Jinx. Warum war es so wichtig, dass ich mitkomme?«

»Du warst eine Ablenkung. Ein Joker.« Sie sah zu Sheila. »Ich hielt es für unnötig, aber Jeremiah hat darauf bestanden. Im Nachhinein muss ich zugeben, dass er recht hatte.«

Mike sah ebenfalls zu Sheila, die wie ein Paket von der Decke baumelte. »Gibt es einen Grund, warum sie so verschnürt ist? Wieso hast du sie nicht einfach umgelegt?«

»Anfangs habe ich gedacht, es wäre vielleicht das Beste, sie nicht zu töten, falls sie Informationen hat, die wir brauchen.« Sie rieb sich erschöpft über das Gesicht. »Aber ich denke, wir können mittlerweile mit Sicherheit sagen, dass die Schlampe nicht mal unter extremer Nötigung etwas verrät.«

Mike betrachtete Sheilas geschwollenes Gesicht. »Extreme Nötigung? Ja, so kann man das auch nennen.«

»Sie hat's verdient. Voll und ganz.«

Mike erinnerte sich nur zu deutlich an die schmerzhaften Stromschläge von Sheilas Schockstab, weshalb er jetzt nicht widersprach. Dennoch hatte er Mitleid mit ihr. Er deutete auf seine gebrochene Nase. »Und habe ich das hier verdient?«

»Natürlich nicht.« Jinx seufzte. »Und es tut mir leid, dass es dazu gekommen ist. Aber ich habe getan, was ich tun musste.«

»Schwachsinn.«

Darauf entgegnete sie nichts, was Mike als Schuldeingeständnis betrachtete.

Er beschloss, das Thema fallen zu lassen, stattdessen lauschte er aufmerksamer, als die Stimme des Moderators wieder zu hören war: *»Ah, ja. Das waren die Ramones mit ihrem zeitlosen Klassiker ›Beat On The Brat‹.«* Das kehlige Lachen des Moderators donnerte wie ein Güterzug durch die Kapsel. *»Und hier ist ein weiterer hervorragender Klassiker, bei dem ich überzeugt bin, dass ihr ihn für diese glorreiche Nacht der Assimilation angemessen finden werdet.«*

Der Moderator erwähnte zum Glück den Namen der Band und den Titel, ansonsten hätte Mike nicht gewusst, dass es sich dabei um »Your Pretty Face Is Going To Hell« von *Iggy and the Stooges* handelte.

»Hmm. Interessante Auswahl. Fast schon unheimlich. Von wo zur Hölle sendet Radio Äther?«

»Aus dem Nichts.«

Mike rieb sich nachdenklich das Kinn. »Die Freaks haben einen Radiosender? Das ist doch lächerlich. Was ist mit Kabelfernsehen? Ja, klar, ich wette, die haben einen Rund-um-die-Uhr-Folterkanal, stimmt's?« Er kicherte. »Oder einen Snuff-Kanal.« Er schlug den geschmeidigen Ton eines Fernsehmoderators an. »Sehen

Sie Snuff-TV! Schauen Sie dem Tod direkt ins Antlitz, rund um die Uhr!«

Mike kicherte hysterisch. Er konnte entweder lachen oder den Verstand verlieren. Im Moment entschied er sich für Ersteres, war sich aber bewusst, dass Letzteres möglicherweise unausweichlich war. Jinx hingegen verzog keine Miene. Er wollte gerade einen Witz über ihren überdeutlichen Mangel an Humor machen, als ihn ein Bild auf dem größten Bildschirm erschrocken aufkeuchen ließ.

Jinx drehte ihren Sessel, um zur Monitorsäule zu sehen. Sie zuckte nicht einmal mit der Wimper beim Anblick von Jeremiahs grässlich aufgedunsenem Gesicht, das auf dem Schirm sogar noch schlimmer aussah als in natura. Der Freak saß in seinem Wohnwagen auf dem Bett und fixierte einen Punkt an der Wand in Deckennähe. Während ihrer unfreiwilligen Sex-Vorführung für Jeremiah hatte Mike ausreichend Gelegenheit gehabt, die Decke zu betrachten, erinnerte sich jedoch an nichts, das nach einer Kamera ausgesehen hätte. Allerdings bedeutete das nicht unbedingt, dass da keine gewesen war, besonders in Anbetracht der seltsam organischen Technologie, von der die Freakshow Gebrauch machte. Die Kamera konnte so winzig wie ein Staubkorn sein.

Die Mundwinkel des alten Freaks warfen Wellen. Möglicherweise ein Lächeln. Dann kam aus einem nicht sichtbaren Lautsprecher seine schabende, verstümmelte Stimme: *»Jinx, Liebling, Haustier …«* Sein Mund kräuselte sich, während er ein Lachen wie brechendes Glas von sich gab. *»Ich gratuliere dir zur bisherigen Bewältigung deiner Aufgabe.«*

Jinx' Miene blieb stoisch, als sie antwortete: »Danke, Sir. Ich fühle mich geehrt, dass ich Sie erfreut habe.«

Mike blickte finster drein. *Geehrt?*

Noch mehr Schwachsinn.

Der aufgeblähte Kopf wippte. Ein Nicken? Dann sprach der Freak weiter: *»Du hast ausgezeichnete Arbeit geleistet. Aber sie ist noch lange nicht beendet.«*

Jinx nickte. »Ich weiß, Sir. Und wir sind beinahe bereit für die nächste Phase.«

Jeremiahs Kopf schwankte, was Zustimmung bedeuten konnte. *»Gut, gut. Ich verabschiede mich vorläufig, Liebes. Wir sehen uns wieder auf der anderen Seite, in diesem Leben oder im nächsten.«*

Der Bildschirm wurde schwarz.

Mike atmete hörbar aus und bemerkte erst jetzt, dass er die Luft angehalten hatte. »Nun, das war Unheil verkündend.«

Sie sah ihn mit hochgezogener Augenbraue an. »Ach?«

»Jaaaaaaa. Dieses ›In diesem Leben oder im nächsten‹ klingt nicht unbedingt so, als hätte er sonderlich viel Vertrauen in den Plan, den ihr da ausgeheckt habt.«

Jinx zuckte mit den Schultern. »Die Erfolgsaussichten sind gering. Wir riskieren alles.«

»Und was passiert, wenn wir versagen?«

Sie tippte seufzend gegen die Kante der Kontrollkonsole. »Dann machen wir es wie diese Filmspione, die lieber Zyankalikapseln schlucken, als gefangen genommen zu werden. Ich gebe hier einen Selbstzerstörungsbefehl ein und dann ...« Sie machte ein Geräusch, das eine Explosion darstellen sollte.

Mike zuckte zusammen. »Reizend. Na ja, zumindest hat man keine Schmerzen, wenn man schlagartig abgefackelt wird. Vielleicht einen Sekundenbruchteil unvorstellbares Leid, aber hey, das geht schnell vorbei.«

Bedrücktes Schweigen senkte sich über die Kapsel. Jinx hantierte an der Kontrollkonsole. Mike hingegen sah wieder zu Sheila, die leise vor sich hin stöhnte und irgendetwas Unverständliches brabbelte. Er ging näher an sie heran, um besser verstehen zu können, was sie sagte. Als sie ihn bemerkte, hob sie den Kopf und sah ihn mit ihren bemitleidenswerten geschwollenen Augen an. Ihre Lippen bewegten sich, als wollte sie ihm etwas mitteilen. Mike sah an ihr vorbei zu Jinx, aber die war voll und ganz auf die Konsole konzentriert.

Der Moderator von Radio Äther beendete gerade eine recht verstörende Beschreibung, wie herrlich zart frittiertes Menschenfleisch schmeckte, dann setzte die Musik wieder ein. Dieses Mal war es »Oh, Bondage, Up Yours!« von *X-Ray Spex*.

Irgendein Instinkt trieb Mike dazu, noch näher an Sheila heranzutreten. Er blickte zu ihr nach oben und flüsterte: »Ich glaube nicht, dass sie uns bei der Musik hören kann. Was versuchst du mir zu sagen?«

Sie drehte den Kopf zu ihm und obwohl er die Worte quasi von ihren Lippen ablesen musste, verstand er sofort: »Hilfe ist auf dem Weg.«

Abrupt zuckte er zusammen und sah sie böse an. »Was?«

Sheila lächelte stumm. Die geschwollenen Lippen verzerrten ihren Gesichtsausdruck ins Groteske und sie gab etwas von sich, das er als schmerzuntermaltes Lachen erkannte.

Jinx bemerkte, dass etwas nicht stimmte, und riss ihren Blick von den Bildschirmen. »Was ist da drüben los?«

Mike schüttelte den Kopf. »Ich habe keinen Plan. Sie hat was sehr Seltsames gesagt: ›Hilfe ist unterwegs‹.«

Jinx riss die Augen auf. »Scheiße.«

Mikes Herzschlag beschleunigte sich, und während er sich von der grinsenden Gefangenen entfernte, brodelte Panik in ihm auf. »Die verarscht uns nur, oder?«

»Keinesfalls …«

Und dann hörten sie es.

Jinx sprang vom Sessel auf, als sich das Rad an der Luke zu drehen begann.

Der Pirat grinste durch die Öffnung.

Und er war nicht allein.

# 19

Heather kam zwischen den Bäumen hervor und sah ihren Wagen neben dem Towncar stehen. Irgendwann während ihres Gewaltmarschs durch den Wald hatte jemand (oder etwas) den Chevelle zurückgebracht. Der Anblick weckte keinerlei Emotionen in ihr. Weder Überraschung noch Erleichterung darüber, dass sie wieder wusste, wo die Überreste ihrer Mutter waren. Das lag nicht daran, dass sie noch von den schrecklichen Dingen betäubt war, die sie diese Nacht gesehen hatte, sondern daran, dass ihre zersplitterte Psyche sich gegen die überwältigende Abscheu stemmte, die sie zu übermannen drohte.

In ihren Armen trug sie den Oberkörper des toten Mädchens. Die zweiköpfige Frau hatte nach wie vor vollständige Kontrolle über ihren Körper und Heather dazu gezwungen, diesen Teil der verstümmelten Leiche zu tragen. Blutige Gedärme hingen aus dem offenen Torso heraus und strichen bei jedem Schritt über Heathers Beine. Als sie die Leiche aufgehoben hatte, war ihr augenblicklich schlecht geworden. Eigentlich hatte sie geglaubt, ihr Magen hätte sich beruhigt und jeglichen Inhalt von sich gegeben. Aber der Würgereiz war wieder da, wenn auch nur für einen winzigen Moment, denn die zweiköpfige Strippenzieherin manipulierte den Teil ihres Verstandes, der für derlei Reaktionen verantwortlich war.

So hatte sie es aus dem Wald zurückgeschafft. Josh und die Schwester des toten Mädchens folgten ihr zurück zur

Straße, auch sie hatten ein grässliches Gepäckstück dabei. Josh war gezwungen worden, die Leiche des Psychos mit der Kettensäge zu zerlegen, Arme, Beine und den Kopf abzutrennen. Er trug so viel von den Überresten, wie er konnte. Das Mädchen, von dem sie mittlerweile wussten, dass es Stephanie hieß, stolperte mit dem Unterleib ihrer Schwester aus dem Wald. Sie war kaum in der Lage, die schwere Last zu tragen.

Und jetzt waren sie zurück auf der Wickman Road. Craig und die zweiköpfige Frau schienen ihre Rückkehr nicht einmal zu bemerken. Sie saß mit bis zur Hüfte hochgeschobenem Rock und gespreizten Beinen auf der Motorhaube des Towncar, wobei sie sich mit einem Fuß auf der Stoßstange abstützte. Craig kniete vor ihr, mit dem Gesicht in ihrem Schoß. Sie hielt eine Handvoll seines sandblonden Haars in ihrer geballten Faust. Der hübsche Kopf schwieg, aber der hässliche schlürfte und stöhnte. Heather brauchte einen Augenblick, um die widerlichen Geräusche des Monsterkopfes als sexuelle Erregung zu identifizieren.

Die zweiköpfige Frau ließ Craigs Haare los und schob ihn von sich weg wie ein lästiges Insekt. Er fiel auf den Rücken und blinzelte sie dämlich an. Seine Augen hatten diesen leeren Glanz eines Heroinabhängigen nach seinem Schuss. Dann schüttelte er sich wie ein nasser Hund und der benommene Ausdruck wich von ihm. Er sah Heather und sprang grinsend auf die Füße, während die zweiköpfige Frau von der Motorhaube rutschte, ihren Rock zurechtschob und auf sie zukam.

»Woah.« Craig ging zu Heather und befummelte die nackten Brüste des toten Mädchens. »Heilige Scheiße, die Kleine ist ja übel zugerichtet.« Er grinste. »Eine Freundin von dir, Heather? Ich hoffe doch.«

Heather spürte, wie der Freak die Kontrolle etwas lockerte, ein absichtlicher und wohlüberlegter Rückzug.

Gerade genug, dass Heather frei antworten konnte. »Du kranker Hurensohn.«

Seine Miene verfinsterte sich. »Was hast du gesagt?«

Die Kontrolle ließ noch ein wenig mehr nach, weshalb es Heather möglich war, Speichel in ihrem Mund zu sammeln, den sie ihrem Ex jetzt mitten ins Gesicht spuckte. Der Speichel lief an Craigs Nase hinunter und tropfte auf seinen Mund. Heather erkannte aufkeimende Wut in seinem verbliebenen Auge. Er verzog das Gesicht zu einem lautlosen Knurren. Dann hob er eine Faust.

Als er ausholte, geschah etwas Seltsames. Sein Arm zuckte heftig und er verfehlte sie. Sein Körper folgte dem Schwung des danebengegangenen Schlags und knallte auf die Straße. Craig verkrampfte sich, seine Arme und Beine zuckten wie bei jemandem, der gerade elektrische Schläge bekam. Ein schrecklicher Anblick, aber Heather empfand dennoch bösartige Zufriedenheit. Der Wichser hatte es verdient.

*Gefällt dir das?*

Heather blinzelte. Sie brauchte einen Moment, um zu begreifen, dass die zweiköpfige Frau ihre Frage nicht laut gestellt hatte, sondern nur in ihrem Verstand mit ihr sprach. Heather war sich nicht sicher, was sie antworten sollte, erwiderte dann aber ebenfalls in Gedanken: *Ich weiß nicht.*

Ihr Blick löste sich vom zuckenden Craig und fand die zweiköpfige Frau. Auf den Lippen des hübschen Kopfs war der Anflug eines selbstgefälligen Lächelns zu erkennen.

*Blödsinn,* hörte sie die Stimme wieder. *Es gefällt dir. Du willst ihn sterben sehen. Das hat er verdient, oder etwa nicht?*

Heather bereute den Gedanken im selben Moment, in dem er Form annahm. Aber es gab keine Möglichkeit, ihn ungeschehen zu machen, keine Möglichkeit, ihre Gedanken vor dieser Kreatur zu verbergen. *Du verdienst sogar noch Schlimmeres, du niederträchtiges Miststück.*

Craig hörte plötzlich auf zu zucken und lag stattdessen keuchend auf dem Asphalt. Die zweiköpfige Frau fixierte Heather, während sie ihre Worte telepathisch übermittelte: *Du hattest deine Gelegenheit, aber die ist jetzt verflogen. Für deine Frechheit wirst du bezahlen.*

Craig drückte sich hoch, erst auf Hände und Knie, dann stand er auf. Er sah die zweiköpfige Frau misstrauisch und ängstlich an. »Wenn du so weitermachst, brauchst du bald einen neuen Fahrer. Ernsthaft, wenn du das noch mal machst, wird mein Herz einfach die Arbeit einstellen.«

Der hübsche Kopf lächelte. »Es macht mir Spaß, mit dir zu spielen, mein Schoßtierchen. Und dein Herz wird erst dann aufhören zu schlagen, wenn ich es will.«

Craig glotzte sie verwirrt an. »Das ist … beruhigend. Irgendwie.«

Der hübsche Kopf kicherte. »Mir ist egal, ob dir gefällt, wie ich dich behandle. Aber ich glaube, der nächste Teil der Festivitäten des heutigen Abends wird dir gefallen.« Sie schaute zu Heather. »Besonders das, was ich für sie geplant habe.«

Craig runzelte die Stirn. »Hm … ähm … sag mal, ich habe gehofft …«

»Halt die Klappe.«

Er schloss den Mund. Was auch immer er gerade für einen Einspruch vorbringen wollte, der strenge Ton des Freaks ließ ihn verstummen. Heather spürte seine Angst, aber es weckte keinerlei Mitgefühl in ihr. Ungeachtet der Drohungen war es deutlich, dass er den Irrsinn genoss, der über diese Stadt hereingebrochen war. Nur zu deutlich erinnerte sie sich an seine Faszination für Serienmörder und mit einem Mal schämte sie sich, dass sie trotz dieses

Wissens bei ihm geblieben war. Doch bisher hatte sie seine morbide Besessenheit auf den Spaß geschoben, den Craig dabei hatte, wenn er andere mit seinen brutalen Aussagen schockieren konnte. Ganz klar anstrengend, aber letztendlich harmlos. Himmel, wie falsch sie doch gelegen hatte und wie blöd sie gewesen war. Und das nur, weil der Sex mit ihm spitzenmäßig war. Sie fühlte sich plötzlich verdammt oberflächlich. Und das Schlimmste war, dass sie diese hart gewonnenen Erkenntnisse nicht bei zukünftigen Beziehungen zum Einsatz bringen konnte. Sie würde heute Nacht sterben, wahrscheinlich noch auf dieser Straße. Die zweiköpfige Frau beobachtete sie konzentriert und kannte mit Sicherheit jeden ihrer Gedanken.

Der hübsche Kopf schmunzelte und wischte damit alle Zweifel beiseite.

Dann drehte sich der Freak um und ging zur Vorderseite des Wagens. Der hübsche Kopf schloss die Augen, hob das Kinn gen Himmel. Der hässliche Kopf hörte mit dem Zischen auf und sackte mit ebenfalls geschlossenen Augen etwas in sich zusammen. Während Heather den Freak beobachtete, spürte sie ihre eigene Frustration wie Wellen über sich hereinbrechen. Sie sehnte sich so sehr danach, den Oberkörper des toten Mädchens einfach fallen lassen zu können, in den Wald zu rennen und ihr Glück im dunklen Labyrinth aus Bäumen, Felsen und Gestrüpp zu versuchen. Und erneut kam sie sich wie ein Trottel vor, als sie an Joshs Beharren dachte, eine Flucht durch den Wald zu versuchen. Hätte sie nur auf ihn gehört, dann wären sie jetzt möglicherweise in Sicherheit. Stattdessen standen sie wie zu Salzsäulen erstarrt auf dieser verfluchten Straße im Nirgendwo. Machtlos. Hilflos. Wartende Opfer.

Die Lippen des hübschen Kopfs bewegten sich, murmelten kaum hörbare, unverständliche Worte. Während sie sprach, geschah etwas Seltsames mit dem Towncar. Das Auto vibrierte. Nicht stark, aber merklich und unverkennbar. Die Luft um den Wagen wurde neblig und das Auto selbst begann zu schimmern, nahm ein nachgiebiges, fast schon organisches Aussehen an, wie schwarzes Leder oder die Haut eines Reptils. Plötzlich ertönte ein metallischer Schlag und die Motorhaube sprang auf. Sie öffnete sich von ganz allein, bis sie absolut senkrecht stand. Das Innenleben war eine Mischung aus einem völlig normalen Motorblock und etwas, das Heathers Vorstellungen vom Innern eines außerirdischen Raumschiffs sehr nahekam. In der Mitte befand sich eine große silberne Scheibe von der Größe eines durchschnittlichen Mülleimerdeckels, die sich jetzt öffnete und einen brunnenartigen Schacht freilegte. Die Dunkelheit der Röhre wurde von gelegentlich auftretenden Farbflecken unterbrochen und aus ihrem Inneren war ein beängstigendes Geräusch zu hören, das wie das Wehklagen von Millionen verdammter Seelen klang. Eine imaginäre Kaskade des Leids. Heather kroch es kalt den Rücken hinunter. Die Öffnung des Schachts wurde dicker, stülpte sich wie eine fette schwarze Lippe hervor. Das Heulen wurde lauter und einen Moment später ergänzte Heather die Kakofonie aus Schmerz um ihren eigenen Schrei, als sie sich gegen ihren Willen auf den Motor und den dunklen Schacht zubewegte. Sie bot all ihren Willen in dem Versuch auf, sich vom psychedelischen Einfluss des zweiköpfigen Freaks zu befreien. Vergeblich. Jetzt stand sie vor dem Wagen und starrte in den dunklen Schacht hinab. Sie spürte, dass sie von etwas magisch angezogen wurde. Etwas, das möglicherweise noch stärker war als die zweiköpfige Frau, und einen Moment lang hoffte Heather, die Dunkelheit würde sie verschlingen und aus dieser Welt der Qualen und Verzweiflung reißen. Doch dann spürte sie eine weitere Präsenz. Etwas Großes, Geiferndes, ein monströses Wesen, das so widerwärtig und abstoßend war, dass selbst die abscheulichsten menschlichen Wesen im Vergleich dazu wie Heilige erschienen. Möglicherweise war dies der Schlund zur Hölle selbst und was da in der Dunkelheit lauerte Satan höchstpersönlich oder der König der Freaks, irgendein riesiges, unaussprechlich ekelhaftes, deformiertes Ding, eine riesige Schnecke oder ein Wurm mit menschlichem Gesicht. Ob jenseits der Öffnung tatsächlich die Hölle wartete oder nicht, war Heather fast egal. Es war ein sehr, sehr *übler* Ort. So viel stand für sie fest.

Obwohl sie am liebsten weggelaufen wäre, beugte sich Heather jetzt über den Höllenschlund. Ihr Herz raste und ihr paniküberfluteter Verstand schickte ein verzweifeltes Flehen gen Himmel (an Gott oder wer auch immer wirklich das Sagen hatte), widerrief ihren Wunsch, in diesen dunklen Ort zu stürzen. Wie eine Marionette wurde sie dazu gebracht, sich noch tiefer in die Öffnung zu beugen. Die heulenden Schreie wehten ihr wie ein Wirbelsturm entgegen. Sie schluchzte und brabbelte immer wieder die Bitte, dass das hier endlich aufhören möge.

Dann zuckten ihre Arme zum Schacht, unfreiwillig hob Heather den verstümmelten Oberkörper des jungen Mädchens darüber. Tränen liefen ihre Wangen hinab, während sie das Leichenstück in die Öffnung schob. Sie hörte ein Brüllen und spürte, wie etwas auf sie zuraste. Heather schrie, als etwas aus der Öffnung hervorschoss, den Oberkörper des Mädchens packte und mit sich in den dunklen Schacht hinabriss. Dann hörte sie ein schmatzendes Geräusch … Kauen. Ja, ein feuchtes, ekelhaftes Kauen.

Wenig später ertönte das entsetzliche Brüllen erneut. In der Dunkelheit sah Heather etwas aufblitzen. Feuer. Die telepathische Kraft zwang sie, vom Wagen zurückzutreten und mit anzusehen, wie Josh das gleiche schreckliche Szenario durchmachen musste. In seinem Gesicht erkannte sie dasselbe Seelen zermarternde Entsetzen, das sie selbst erlebt hatte. Sie wusste genau, wie er sich fühlte. Aber dieses Mitleid minderte nicht ihre Erleichterung darüber, dass sie nicht länger dazu gezwungen war, in diese schreckliche, hungrige Dunkelheit zu blicken. *Hauptsache nicht ich,* dachte sie, akzeptierte, wie selbstsüchtig dieser Gedanke war, und die damit einhergehende Scham.

Nachdem Josh fertig war, taumelte auch er vom Wagen zurück und Stephanie näherte sich der Öffnung. Frische Tränen bildeten sich in Heathers Augen, als sie dem völlig verstörten Mädchen dabei zusah, wie es den Unterleib seiner toten Schwester in die Dunkelheit stopfte. Die Beine der Leiche ragten wie die eines Schwimmers aus der Öffnung, der gerade einen Kopfsprung machte. Nur ein paar Sekunden später wurden sie in den Schacht gesaugt und das ekelerregende Kauen drang wieder aus der Dunkelheit. Die zweiköpfige Frau packte Stephanie an den Haaren, zerrte sie von der Öffnung weg und stieß sie grob auf die Straße. Das Weinen und der Schmerz des Mädchens bereiteten dem Freak sichtlich Freude.

Als Nächster war Craig an der Reihe, der den Inhalt eines Jutebeutels in die Öffnung kippte. Heather sah einen Kopf und mehrere blutige Klumpen, möglicherweise menschlichen Ursprungs. Der schmerzgeplagte Chor wurde lauter. Dann schlug die silberne Scheibe zu, brachte das überwältigende Geräusch so abrupt zum Verstummen, dass es sich beinahe so anfühlte, als hätte irgendetwas der Welt sämtliche Luft entzogen. Heather japste, öffnete ihren Mund und atmete gierig ein. Während sie krampfhaft versuchte, die Kontrolle über ihre Atmung zurückzuerlangen, senkte sich die Motorhaube des Towncar langsam, bis sie sich leise schloss.

Das Ding war nicht wirklich ein Auto. So viel war sicher. Es handelte sich um eine Maschine, zum Teil mit obskuren Mitteln konstruiert, andererseits wirkte es lebendig. Mit einem normalen Verstand war dies nicht zu begreifen und Heather brachte es nicht über sich, dieses Ding als etwas Reales zu akzeptieren. Die Freaks brachten sie bereits an den Rand ihrer Vorstellungskraft, aber das hier war verflucht noch mal etwas völlig anderes. Es konnte einfach nicht sein, war schlichtweg unmöglich. Deshalb kam Heather zu dem einzig logischen Schluss, dass auch alles andere nicht real sein konnte. Klar, es fühlte sich alles echt an. Konkret. Greifbar. War es aber nicht. Es war lediglich der realistischste Albtraum ihres Lebens. Oder sie war komplett verrückt geworden, Patientin in einer Irrenanstalt, die in einer furchtbaren Wahnvorstellung gefangen war. Anders konnte es nicht sein. So niederschmetternd es auch war, Heather konnte diese Vorstellung weitaus besser akzeptieren, als sich selbst einzugestehen, dass die Grausamkeiten dieser Nacht tatsächlich existierten.

Die zweiköpfige Frau lächelte sie an. »Es ist alles echt, Heather. Und du wirst schon bald herausfinden, wie echt.«

Heather blieb keine Zeit, weiter darüber nachzudenken. Die vier Türen des Towncar öffneten sich gleichzeitig. Gegen ihren Willen bewegte sich Heather zu einer der Hecktüren. Mechanisch glitt sie auf die Rückbank, rutschte bis in die Mitte, während Josh und die zweiköpfige Frau von links und rechts einstiegen. Mit einem lauten Knall fielen die Türen zu. Eine Scheibe trennte die Rückbank von den Vordersitzen. Das Leder der Sitze fühlte sich ölig an, wie die Haut einer Robbe oder einer Echse. Die Polsterung schien sich auf magische Weise genau ihrem Körper anzupassen. Die Luft im Inneren war dick und feucht wie Nebel, der ihre Lungen verstopfte.

Das Atmen fiel ihr schwer und ihre Gedanken waren so trüb, dass sie an nichts weiter dachte als an den Tod.

Dicke Tränen nahmen ihr die Sicht, als sich Heather an die zweiköpfige Frau wandte. »Bitte, töten Sie mich einfach. Wenn das hier wirklich alles echt ist, dann will ich sowieso nicht weiterleben.«

Der hübsche Kopf lächelte und sagte: »Oh, es würde mir im Traum nicht einfallen, dich so einfach davonkommen zu lassen, Liebes.« Der hässliche Kopf fauchte laut, während er eine lange, gespaltene Zunge zwischen den Lippen hervorstieß. »Jetzt geht der Spaß erst richtig los.«

Sie schnippte mit den Fingern und die Trennscheibe begann zu schimmern. Dann verschwand das Glas mit einem Mal, als wäre es nie da gewesen. Heather sah Craig hinter dem Lenkrad sitzen. Verwirrt gaffte er die Stelle an, wo sich eben noch die Trennscheibe befunden hatte. Stephanie saß auf dem Beifahrersitz. Ihr Gesicht war eine Maske aus Tränen, Schmerz, Blut und Schmutz. Das arme Mädchen hatte so viel erlitten. Es war schlichtweg falsch, dass jemand in ihrem Alter in diesem Wahnsinn gefangen war. Wut brannte sich durch Heathers Angst und ihren selbstsüchtigen Wunsch, diesem Albtraum auf magische Weise zu entrinnen. Aber dieses Gefühl war so machtlos wie ein Staubkorn im Wind.

Die zweiköpfige Frau legte ihr eine Hand aufs Knie und streichelte über ihren Oberschenkel, dann drückte sie plötzlich zu. Der hübsche Kopf näherte sich ihrem Ohr: »Das wird dich um den Verstand bringen.«

Ohne Vorwarnung drang die telepathische Kraft wie ein Tsunami in Heathers Verstand. Sie beugte sich vor, bis sie den gesamten Bereich der Vordersitze sehen konnte. Das gegossene Plastik des Armaturenbretts wurde offensichtlich dicker und stülpte sich über das Radio und die Belüftungsschlitze. Der Schalthebel veränderte knarrend seine Form. Er wurde länger und dicker. Das Material nahm eine hautähnliche Textur an und das ganze Gebilde bewegte sich, als wäre es lebendig. Auch wenn er mittlerweile mehr wie der Penis eines außerirdischen Monsters aussah, behielt der Schalthebel trotzdem vage sein Aussehen. Die Buchstaben P, R, N, D und L waren immer noch deutlich auf der nunmehr hautähnlichen Kuppe zu erkennen, allerdings trat jetzt eine klebrig ölige Substanz aus ihnen hervor und tropfte auf den Vordersitz. Dann dehnte sich der seltsame Schaft über die Mittelkonsole, bis er die Rückbank erreichte. Dort neigte sich die ölige Kuppe zuckend und erinnerte an ein suchendes Tentakel.

Heather war von der seltsamen Verwandlung dermaßen gefangen, dass sie die Hände erst gar nicht spürte. Dann bemerkte sie es. Josh öffnete gerade die Knöpfe ihrer Bluse. Die zweiköpfige Frau war bereits dabei, Heathers Jeans von ihren Hüften zu schieben. Als wäre es das Selbstverständlichste der Welt, hob Heather ihren Hintern von der Rückbank, damit der Freak ihr die Hose über Becken und Beine ziehen konnte. Der gottverfluchte Freak gab jede ihrer Bewegungen vor. Und nun saß sie auf ihrem nackten Arsch. Das seltsame Leder schmiegte sich gierig an ihre blanke Haut, während sie die Beine hob und der zweiköpfigen Frau ermöglichte, ihr die Jeans von den Knöcheln zu streifen. Dann zog ihr Josh Bluse und BH aus, sodass sie vollkommen beschissen noch mal nackt war.

Die Schalthebel-Kreatur zuckte voller Erwartung, während sich Heather umdrehte, sich auf die Rückbank kniete und den Hintern zur Öffnung in der Trennwand hob. Sie wusste, was passierte, wusste, wozu das Ding mutiert war. Irrsinn. Jenseits von Irrsinn. Es fühlte sich an, als würde ihr Verstand jeden Augenblick in eine Million kleine Scherben zersplittern. Und da war auch wieder Wut. Sie stellte sich vor, die Köpfe des Freaks so leicht von ihren Hälsen zu drehen, wie ein Kind eine Barbiepuppe köpfte. Mordlüsterne, ungezügelte, kochende Wut fraß sich durch Heathers Adern. Sie würde alles tun – jeden töten, jeden hintergehen, alles, was verflucht noch mal nötig war –, um zu verhindern, dass diese pervertierte Version einer Missbrauchsmöglichkeit geschah.

Dann drang der Schaft abrupt in sie.

Sie schrie.

Das Ding wurde dicker. Stieß tief in sie, füllte sie aus, sonderte ein abnormes Gleitgel ab, um die Bewegungen zu erleichtern. Ihr Körper wurde in die Lehne des Rücksitzes gedrückt, als das Ding ein weiteres Mal kraftvoll in sie stieß. Zuerst langsam, dann schneller. Heather reagierte auf die Stöße, das Gleitgel wurde unnötig. Sie schrie erneut, dieses Mal jedoch nicht nur aus Schmerz, Angst und Wut. Eine intensive Ekstase ließ jede Zelle ihres Körpers vibrieren. Der Freak manipulierte ihren Verstand, ihre Lustzentren, zwang sie, diesen widerwärtigen Akt zu genießen. Ein wonniges Stöhnen drang aus ihrer Kehle. Sie wollte es nicht, aber die Lust war echt. Ihre Wut darüber wurde zu einem Katalysator. Keuchend bog sie ihren Rücken, drängte sich gegen den stoßenden Schaft. Schier grenzenlose Geilheit überschwemmte sie, spülte alle anderen Gefühle davon. Sie konnte sich sowieso nicht wehren, also konnte sie dieses makabre Spiel auch genießen. Und ja, das tat sie. Ihre verschwitzten Hände stützten sich an der Lehne der Rückbank ab, sie schrie ekstatisch, während das Ding ihren feuchten Unterleib penetrierte. Die zweiköpfige Frau rutschte unter sie und jeder Kopf saugte an einer von Heathers Brüsten. Nicht einmal der Anblick der gespaltenen Zunge des hässlichen Kopfs, die um ihren Nippel kreiste, konnte die Lust mindern, während ein Orgasmus nach dem anderen durch Heathers Körper wütete.

Der hübsche Kopf schaute zu ihr hinauf, lächelte fast liebenswürdig und leckte ein letztes Mal sinnlich über Heathers erigierte Brustwarze. »Gleich ist es so weit.«

Kaum hatte der zweiköpfige Freak seine Feststellung getroffen, rutschte er unter Heather hervor.

Der Schaft in Heather bog sich, hob sie von der Rückbank, während er eine dickflüssige Substanz in sie spritzte. Heathers Körper zuckte, als ein weiterer Orgasmus in ihr explodierte. Keuchend sackte sie auf der Rückbank zusammen, während sich der Schaft mit einem saugenden Geräusch zurückzog. Sie blieb lange mit dem Gesicht auf dem Polster liegen, wartete darauf, dass sich ihr galoppierender Herzschlag beruhigte. Als sie jemanden weinen hörte, nahm sie an, dass sie es war, aber ihr Gesicht war trocken.

Ihr Blick wanderte nach rechts, zu Josh, der weinte wie ein Kind. »Heather … es … es tut mir so leid …«

Sie wusste nicht, wie sie reagieren sollte, sagte dann aber: »Ist nicht deine Schuld. Du hast dir nichts vorzuwerfen.«

Genau wie sie war Josh ein Sklave des Willens der zweiköpfigen Frau. Und ihn so zu sehen, machte den Irrsinn ein wenig erträglicher. Es war menschlich. Es war echt. Deutlicher Beweis für eine gute Seele. Auch Stephanie weinte leise.

Sie hörte Craigs vulgäres Lachen. »Och, ist das nicht süß? Es tut deinem neuen Freund leid, dass er dem beschissenen Auto geholfen hat, dich orgiastisch zu ficken.« Man sah ihm an, dass er seinen Spaß gehabt hatte, selbst wenn er nur Zuschauer gewesen war. »Scheiße noch eins, das war aber auch echt heiß, Kleines. Weißt du, ich wollte immer einen flotten Dreier mit dir schieben, zusehen, wie dich ein anderer Kerl durchnimmt, während du wie am Spieß schreist, so was wie eine Live-Porno-Show mit meiner geilen Freundin. Aber das hier war sogar noch besser.«

Heather drehte sich um, setzte sich und sah Craig mit der ganzen Verachtung an, die sie aufbieten konnte. »Fahr zur Hölle!«

»Und noch immer streitlustig.« Er sah die zweiköpfige Frau an. »Hey, das hat mich scharfgemacht. Darf ich sie jetzt ficken?«

»Später vielleicht. Ich bin noch nicht fertig mit ihr.«

Heather schaute auf den noch immer zuckenden Schalthebel, der langsam schrumpfte, sein ledernes Aussehen ablegte und wieder seine Tarnung als lebloser Teil eines Autos annahm. Ihr fiel auf, dass der Wagen mit jedem Moment, der verstrich, ein bisschen mehr wie ein ganz normales Auto aussah. Die Polsterung schmiegte sich nicht länger an sie. Die Luft war klar. Das Glas in der Trennwand erschien schimmernd an Ort und Stelle. Was auch immer der Freak für einen bekloppten Hokuspokus veranstaltet hatte, offenbar war er vorbei.

Die zweiköpfige Frau öffnete die Tür und stieg aus. Josh tat dasselbe, Heather folgte ihm. Sie griff nach ihrer Kleidung, konnte sie aber dank der verdammten Telepathie nicht packen. Fröstelnd stand sie nackt am Straßenrand und sah zu, wie auch Craig und Stephanie ausstiegen.

Der Freak konzentrierte sich nun auf Stephanie. »Geh, kleines Mädchen.«

Im Blick des Mädchens flackerte Angst auf, dann drehte sich Stephanie um und entfernte sich ein paar Schritte. Mitten auf der Straße blieb sie plötzlich stehen und schaute über ihre Schulter. Heather wusste nicht, was geschehen würde, aber die Angst kroch erbarmungslos über ihren Rücken. Eine Vorahnung machte sich in ihren Gedanken breit, weshalb sie den Freak anflehte: »Bitte, was immer Sie auch vorhaben, tun Sie es nicht. Sie haben mich gebrochen, okay. Ich tue, was immer Sie wollen, lass alles mit mir machen, was Sie wünschen … nur … lassen Sie das Mädchen gehen.«

Craig schnalzte mit der Zunge und sah Heather abfällig an. »Du bist so eine strunzdämliche Kuh. Hast du es immer noch nicht kapiert? Sie braucht deine Erlaubnis nicht.«

Das wusste sie, aber Heather fühlte sich dennoch dazu verpflichtet, um das Leben dieses Mädchens zu betteln. »Bitte … ich meine es ernst. Ich werde alles tun …«

Der hübsche Kopf verdrehte gelangweilt die Augen. »Ja, stimmt. Genau das wirst du.«

Sie ging zum Heck des Wagens, dessen Kofferraum bereits offen stand, und holte ein Radkreuz heraus, das sie nun Heather in die Hand drückte. Craig kam dazu und drückte ihr ein großes blutverschmiertes Messer in die andere Hand. Heather sah es an und wusste sofort, dass er damit in dieser Nacht Menschen getötet hatte. Allein die Berührung reichte aus, dass sie sich beschmutzt fühlte und befürchtete, dass ihre Seele ebenso korrumpiert wurde, wie es ganz offensichtlich bei ihm der Fall war.

Eiskalte Angst kroch durch ihren Körper, die Heather das letzte bisschen Selbstbeherrschung nahm. »Wo… wozu … w…werden … Sie … mich … zwingen?«

Der hässliche Kopf fauchte, während der hübsche gackerte wie ein Huhn.

Craig übernahm grinsend die Antwort. »Das ist doch wohl offensichtlich, oder etwa nicht?«

Heathers Blick wurde leer, als sie auf Stephanie zustakste, die wie ein Kätzchen bibberte, das im Wald von einem Raubtier in die Ecke gedrängt wurde. Es lag auf der Hand, was gleich geschehen würde. Es gab keine Möglichkeit, das Grauen zu verhindern. Heathers Verstand, der kleine Teil, der noch ihr gehörte, ihr Gewissen, wehrte sich dagegen. Aber sie ging weiter und hob das Radkreuz über ihren Kopf, während sie die letzten Schritte auf das zitternde Mädchen zuging.

Stephanie sah mit rotgeränderten Augen auf, in ihrem Blick lag ein Flehen, dann Resignation. Ihr tränenverschmiertes Gesicht senkte sich zu Boden.

Heather schniefte. »Tut mir leid.«

Dann schlug sie brutal zu, zerschmetterte mit dem Radkreuz die Schädeldecke des Mädchens. Ein ekelerregendes Knirschen war zu hören und Stephanie stürzte auf die Straße. Stöhnend lag sie da, kaum bei Bewusstsein, ihr Kopf bewegte sich langsam hin und her. Heather setzte sich rittlings auf sie, hob das Radkreuz erneut. Ein Gedanke blitzte durch den Rest ihres freien Verstandes. Sie tat das nicht selbst. Ihr Körper wurde wie ein Werkzeug benutzt, als Hilfsmittel des Bösen. Aber das machte es kein bisschen besser. Sie fragte sich, ob es irgendwie möglich war, sich davon zu distanzieren, ihr Bewusstsein in irgendeine dunkle Ecke ihres Verstands zu verbannen, während ihr Körper für diese abscheuliche Aufgabe missbraucht wurde. Während das Radkreuz herabsauste, versuchte sie es, bemühte sich, dagegen anzukämpfen, zu sehen, ohne wirklich zu sehen … vergeblich. Sie erlebte jeden Sekundenbruchteil mit, als das Metall ein weiteres Mal auf Stephanies Schädel traf, noch einmal für dieses ekelhaft brechende Knirschen sorgte. Der Schlag traf die Stirn des Mädchens, öffnete sie. Blut spritzte aus dem zertrümmerten Knochen und der zierliche Körper begann zu zucken. Stephanie öffnete die Augen, ein Moment überraschender Klarheit, die Heather zutiefst erschütterte.

Sie spürte Tränen auf ihrem Gesicht. Offenbar war das eines der wenigen Dinge, die der Freak nicht kontrollieren konnte – menschliche Trauer. Die Tränen brannten sich wie saurer Regen in ihre Seele. Sie flossen weiter, als sie das Radkreuz wieder hob und auf den Schädel des eindeutig toten Mädchens einschlug.

Erschöpft warf sie das Radkreuz weg. Doch es war noch nicht vorbei. Stattdessen brachte Heather das Messer zum Einsatz. Mit der Präzision eines Killers stieß sie die stabile, rasiermesserscharfe Klinge in das Loch unterhalb des Haaransatzes, trieb es durch das eben noch intakte Gehirn tief in die Hirnschale. Heather packte den Griff fester, während sie das Messer mit übermenschlicher Kraft – Kraft, die sie von irgendwo anders erhielt – bewegte und den Schädel so mühelos knackte wie eine beschissene Walnuss. Dann griff sie mit bloßen Händen durch die Knochensplitter und das zähe Gewebe, drückte ihre Finger in das schmierige warme Gehirn. Erbarmungslos gruben sich ihre Fingernägel in die Ansammlung empfindlichen Gewebes, dann riss sie ein Stück davon heraus.

Mit einem Schrei streckte sie ihre grausige Trophäe in die Höhe. Dann führte sie den blutigen Klumpen an ihre Lippen und biss hinein. Während sie Stephanies Gehirn kaute und spürte, wie es ihre Speiseröhre hinabglitt, traf Heather eine Entscheidung: Sollte sie dieses unendlich widerwärtige Martyrium überleben, würde sie sich umbringen müssen. Keinesfalls konnte sie mit diesen Erinnerungen weiterleben.

Selbst nachdem sie das letzte Stückchen Hirn geschluckt hatte, war es noch nicht vorbei. Natürlich nicht. Die Perversion des Freaks schien grenzenlos. Darum überraschte es sie nicht, als sie dazu gezwungen wurde, die Augen des Mädchens mithilfe des Messers aus den eingesunkenen Augenhöhlen zu schälen. Noch weniger schockierte es sie, dass der verfluchte unwiderstehliche Wille des Freaks sie dazu zwang, die Augen zu essen.

Aber auch das war noch nicht alles. Sie stieß das Messer mehrere Dutzend Male in Kopf, Hals und Oberkörper der

Toten, zerfetzte das leblose Fleisch wie ein wildes Tier im Blutrausch. Dann endlich, nach einer gefühlten Ewigkeit in der Hölle, war es vorbei. Heather ließ das Messer fallen und stand wackelig auf. Angewidert sah sie an sich hinab. Ihr nackter Körper war voller Blut. Sie sah aus wie Carrie nach dem Highschool-Ball. Wie ein durchgeknallter Irrer aus einem Splatter-Film. Noch nie hatte sie sich so schmutzig gefühlt. Aber sie wusste, dass selbst die heißeste Dusche und die teuerste Seife nicht helfen würden, diesen Dreck von ihr zu waschen.

Irgendwann drehte sich Heather zu den anderen um, die noch immer neben dem Towncar standen. Lediglich der zweiköpfige Freak schien die Darbietung genossen zu haben. In Joshs Blick waren Mitleid und Schmerz zu erkennen. Selbst Craig wirkte ein wenig blass.

Der hübsche Kopf kicherte. »Das war ein Spaß! Ich nehme an, irgendwas in dir hofft darauf, dass ich dich jetzt töte. Aber ich bin noch lange nicht fertig mit dir.« Sie leckte sich über die Lippen und amüsierte sich anscheinend immer noch. »Du siehst so bezaubernd aus, mit dem ganzen Blut. Ich denke, ich werde dich noch länger behalten. Du wirst mein Schoßtierchen sein, genau wie dieser dumme Junge.« Der hässliche Kopf fauchte Craig an. »Und genau wie er wirst du lernen, es zu genießen.«

Heather schwieg. Bei der Drohung, noch sehr viel länger als Sklavin dieses Monsters existieren zu müssen, hätte sie am liebsten geschrien. Stattdessen ging sie zum Towncar zurück und rutschte stumm auf die Rückbank. Die zweiköpfige Frau und Josh setzten sich zu ihr und schlossen die Türen. Heather hörte, wie Craig sich hinter das Lenkrad setzte. Das Auto schaukelte leicht, als er sich über den Beifahrersitz lehnte und die Tür zuzog, die Stephanie offen gelassen hatte.

Niemand sagte ein Wort, als Craig den Motor startete und der Wagen sich in Bewegung setzte. Es gab ein Ruckeln, als er über etwas fuhr, das auf der Straße lag. *Stephanie,* dachte Heather und spürte die Woge aus Schmerz und Reue, die tobend auf sie zuraste. Der Towncar wendete und fuhr ein weiteres Mal über die geschundene Leiche zurück nach Pleasant Hills. Als sie an Heathers Chevelle vorbeikamen, erhaschte sie einen Blick auf etwas Großes, das hinter dem Lenkrad saß, eine augenscheinlich deformierte Silhouette. Ein Freak. Heather musste nicht nach hinten sehen, um zu wissen, dass der Wagen ihnen folgen würde. Sie dachte an die Leiche ihrer Mutter im Kofferraum und gestattete sich ein wenig Trost aus diesem Wissen zu schöpfen, dass sie in der Nähe bleiben würde. Mit einem Mal verspürte sie das verzweifelte Bedürfnis, mit ihrer Mutter zu sprechen, die von Zigaretten und Whiskey gezeichnete Stimme der alten sturen Frau zu hören. Auch wenn sie und ihre Mutter in vielen Dingen unterschiedlicher Meinung gewesen waren, hatte sie diese Frau doch sehr geliebt. Wann immer sie sich besonders niedergeschlagen fühlte, hatte ein Gespräch mit Alice Campbell dazu geführt, dass Heather sich aufrappelte, das Selbstmitleid beiseiteschob und die positiven Dinge erkannte. Sie begann zu weinen. Zuerst sickerte nur ein kleines Rinnsal aus Tränen über ihre Wangen, das aber schon bald zu einem Sturzbach wurde. Während Heather in ihrer Trauer versank, bemerkte sie kaum, wie ihr der Freak das klebrige geronnene Blut von der Haut leckte. Das Towncar schoss die Wickman Road entlang. Die Bäume hinter der Fensterscheibe waren nichts als verwischte Schemen, eine tote Masse, der Himmel über ihnen glich einem glitzernden Leichentuch. Heather spürte, wie der hässliche Kopf zwischen ihre Schenkel drängte. Sie rutschte etwas auf dem Sitz herum, damit die gespaltene Zunge leichter dazwischenkam. Normalerweise hätte sie das anwidern sollen, aber weder dies noch irgendetwas war noch wirklich von Belang. Sie war völlig entwürdigt. Egal was der Freak sagte oder tat, es war nicht möglich, ihrer Seele noch größeren Schaden zuzufügen. Sie fühlte sich nicht einfach abgestumpft, sie fühlte sich innerlich tot.

Der Towncar schwenkte auf die Hauptstraße ein, bog links ab in Richtung Stadt. Heathers Blick haftete an den Bäumen, die langsam weniger wurden, verschwanden und den Randbereichen der Wohnbezirke Platz machten. Einzelne Grundstücke und ganze Häuserzeilen. Ein Apartmentgebäude und ein Lebensmittelgeschäft. Nur einen Wimpernschlag später rollten sie mitten durch die hübsche, aber bescheidene Innenstadt von Pleasant Hills.

Mit einem Mal war Josh sehr viel aufmerksamer, als er es die letzten Stunden gewesen war. Seine Augen weiteten sich vor Angst, als er Heather ansah und feststellte: »Wir fahren zum Park.«

Einen Moment später bog der Wagen in eine schmale Straße ein und der Park kam in Sicht. Vor dem Nachthimmel prangte die dunkle Silhouette eines Riesenrads. Als sie näher kamen, erkannte Heather einen Jahrmarkt mit Fahrzeugen und Zelten. Die Freakshow! Die zweiköpfige Frau blickte aus dem Fenster und wischte sich Blut aus den vier Mundwinkeln, bevor sie kichernd verkündete: »Wie schön. Wir sind zu Hause.«

# 20

Nachdem sich die Luke zur Kapsel geöffnet hatte, geschah alles sehr schnell. Beschleunigte Schemen, wie ein Videoband, das man vorspulte. Der Pirat zog ein Schwert. Drei dieser aufgeblähten Clownsdinger folgten ihm. Sie waren unbewaffnet, wenn man von ihren langen Fingernägeln absah, die wie Zangen einer Krabbe gegeneinanderklackten. Mike wich stolpernd vor den Eindringlingen zurück, stieß gegen Sheila, brachte sie in ihrem hängenden Harnisch zum Schwingen. Um nicht zu stürzen, hielt er sich an ihr fest, worauf sie mit dem Knurren eines gefangenen Tiers reagierte.

Ein lautes Krachen ertönte, woraufhin die Vorderseite eines der Clownsdinger rot aufblühte. Sein Körper explodierte und schoss wie ein geplatzter Luftballon zur gewölbten Decke hinauf. Dann krachte es doppelt kurz nacheinander und die Überreste zweier weiterer Clowns rasten durch die Kapsel, zogen einen Schweif aus Blut nach sich, wovon etwas auf Sheilas Rücken und auf Mikes Kopf niederging.

Jinx rannte mit einer Maschinenpistole auf den Piraten zu und richtete den Lauf auf sein Gesicht. Mike verkrampfte sich, erwartete, dass sie abdrücken und seinen Kopf mit einem Dutzend Kugeln zerfetzen würde. Er hatte nicht den leisesten Schimmer, wie sie so schnell an die Waffe gekommen war. Woher diese überhaupt stammte. Allerdings überraschte ihn das wenig, da Jinx offenbar jeden Winkel der Kapsel genau kannte. Er für seinen Teil klammerte sich weiter an Sheila, war nicht mehr als ein unbeteiligter Zuschauer. Ein Reporter, der sich an irgendeiner gottverfluchten Kriegsfront im Schützengraben verkroch, mittendrin, aber unfähig, irgendetwas Entscheidendes zu unternehmen. Das schien auch nicht nötig zu sein, da Jinx die Situation offenbar unter Kontrolle hatte.

Der Pirat rührte sich nicht, zuckte nicht einmal, als sie ihm den schlanken Lauf der Waffe unter sein intaktes Auge drückte.

»Wer hat uns verraten, du Scheißkerl?« Ihre Stimme war leise, angespannt, in jeder Silbe schwang ungezügelte Wut mit. »Spuck's aus, sonst mach ich dich kalt.«

Der Pirat lächelte. »Ach Jinx. Süße. Wie kommst du darauf, dass man uns geschickt hat, um dich aufzuhalten? Vielleicht sind wir gekommen, um dir zu helfen.«

Sie schüttelte den Kopf und drückte den Lauf der Waffe tiefer in sein hässliches Gesicht. »Ja, klar. Und deswegen hast du dein Schwert gezogen. Für wie blöd hältst du mich? Ich bin in alles eingeweiht, was passieren soll, und du spielst keine verdammte Rolle in dem Plan. Also solltest du dir vielleicht eine bessere Geschichte einfallen lassen, bevor mein Zeigefinger Zuckungen kriegt.«

Der Pirat lächelte weiter, aber Mike war überzeugt, ein kurzes Aufflackern von Nervosität erkannt zu haben. So kurz, dass er sich fragte, ob Jinx es auch bemerkt hatte. Das intakte Auge des Piraten zuckte für den Bruchteil einer Sekunde und richtete sich dann seelenruhig auf Jinx. »Schätzchen, es gibt nicht den geringsten Grund, mir zu drohen. Tatsache ist, dass ich das eine oder andere Flüstern gehört und beschlossen habe, mich selbst davon zu überzeugen. Niemand hat mich *hergeschickt*.« Sein Lächeln wurde breiter und um die Augenklappe gruben sich Falten in seine Haut. »Also, lass uns das schlau angehen. Ich bin schon sehr viel länger als du Teil dieses Wahnsinns und du kannst dein nicht vorhandenes Höschen darauf verwetten, dass ich die Schnauze voll habe. Komm, tun wir uns zusammen und verdoppeln deine Chancen, was auch immer du vorhast.«

Die Behauptung des Piraten entlockte Jinx nicht mehr als ein humorloses Lachen. »Netter Versuch, Wallace. Aber ich glaube dir kein Wort. Du bist wie ein Nazi-Kollaborateur während des Zweiten Weltkriegs. Du steckst viel zu tief mit drin, um jemals das Risiko einzugehen, dich gegen die Führungsriege zu stellen.«

In weniger als einem Herzschlag zuckte der Blick des Piraten wieder Richtung Boden und zurück in Jinx' Gesicht. »Nun, da irrst du dich, liebreizende Jinx, weil …«

Wallaces Geschwafel war zumindest für Mike nicht länger interessant. Er war dem Blick des Piraten gefolgt und sah nun die schlaffen zerfetzten Überreste eines Clownsdings, das langsam über den Boden der Kapsel kroch. Es grub seine langen Fingernägel in den dreckigen Teppichboden und zog sich so Meter für Meter vorwärts. Es näherte sich Jinx, und Mike war überzeugt, dass es trotz seines Zustands noch immer tödlich war. Augenblicklich erkannte Mike, dass Wallace sie nur hinhielt – der einäugige Hurensohn hoffte, sie lange genug ablenken zu können, damit das Clownsding Jinx erreichen und seine Fingermesser in ihre Beine schlagen konnte.

Was als Nächstes geschah, war reiner Instinkt und etwas Mut, von dem Mike selbst nicht fassen konnte, dass er ihn aufgebracht hatte. Er ließ Sheila los und rannte, packte das Clownsding an seinem orangefarbenen Haar und warf es durch die offene Luke, bevor es überhaupt Zeit hatte zu reagieren.

Beim Anblick der fuchtelnden Kreatur, die gerade durch die Luke in der dahinterliegenden Dunkelheit verschwand, erstarrte Jinx mitten im Satz und schaute Mike verblüfft an. Sie wollte gerade etwas sagen, als der Pirat sein Schwert hob. Mike blieb fast das Herz stehen, als ihm klar wurde, dass keine Zeit für einen Warnruf blieb. Aber Jinx musste etwas aus seiner Miene gelesen haben, denn sie betätigte den Abzug. Die Maschinenpistole schickte stotternd ein paar Kugeln los, die Wallaces Gesicht zerlegten und ihn zurücktaumeln ließen. Seine Beine zuckten wie in einem wilden Tanz, bevor er auf den Rücken fiel und reglos liegen blieb.

Mike atmete erleichtert auf. Zu früh, wie er jetzt feststellen musste. Ein anderes Clownsding stürzte sich gerade von der Decke, wo es gehangen hatte, seit es von Jinx' Waffe zerrissen worden war. Mit einem feuchten Flatschen landete es auf ihr, badete sie in seinem Blut, während die Fingermesser blutige Rillen in die weiche Haut ihres Bauches ritzten. Jinx ließ die Maschinenpistole fallen und schlug wild nach der Kreatur. Die Fingermesser sowie die länger werdenden Zähne versuchten weiter, an ihren Bauch heranzukommen, um sie auszuweiden. Es gelang ihr, das Monster davon abzuhalten, aber sie bekam den schlüpfrigen Körper nicht zu fassen und Mike wusste, es würde nicht lange dauern, bis sie verlieren würde und ihre Eingeweide auf dem Boden verteilt wären. Er musste handeln. Jetzt! Aber der Adrenalinrausch, der ihn vorhin noch angetrieben hatte, war verflogen. Hilflos stand er wie angewurzelt da – bis er etwas hörte, das ihn aus seiner Lethargie weckte.

»Ihr seid erledigt.« Sheilas geschwollene Lippen verzogen sich zu einem grotesken Grinsen. »Ihr Wichser seid tot.«

Mit einem Schlag versetzte er sie wieder in Schwingung. Dann rannte Mike zu Jinx, packte das Clownsding an den Handgelenken, zerrte es von ihrem Kopf, bevor es die Gelegenheit hatte, sie tödlich zu verletzen. Jinx' Gesicht war voller Blut, und während sie sich die Augen abwischte, taumelte sie einen Moment lang. Das Clownsding schlug nach Mike, aber er rang es zu Boden, drückte es an den Handgelenken auf den Teppich. Mit ungläubig aufgerissenen Augen beobachtete er, wie die Zähne des Monsters länger wurden, gierig nach ihm tasteten.

Aber dann kam Jinx zurück und sie hatte ihre Waffe mitgebracht. Erbarmungslos drückte sie die Mündung auf den Kopf des Dings und befahl Mike loszulassen. Das musste sie ihm nicht zweimal sagen. Einen Wimpernschlag, bevor sie abdrückte und den Schädel des Monsters mit Kugeln perforierte, ließ er los und sprang zurück. Der Clown hörte sofort auf, sich zu wehren, seine knotigen umhertastenden Hände fielen reglos auf den Boden. Laut brüllend warf Jinx das tote Ding durch die offene Luke.

Mike sah sie verwirrt an. Sie wirkte wie eine Wahnsinnige, das Gesicht voller Blut, die Augen kalt und leer. Sie schien überallhin gleichzeitig sehen zu wollen, ihr Kopf bewegte sich hin und her, sie richtete ihre Waffe hierhin, dorthin, überallhin – sogar mehr als einmal über Mikes Kopf hinweg. Er zuckte zusammen, als sich der Lauf erneut auf ihn zubewegte, und versuchte, nicht daran zu denken, was die Waffe aus dem Gesicht des Piraten gemacht hatte. Sheila knurrte wie ein tollwütiges Tier (mit gelegentlich verständlichen Schimpfworten) und versprühte dabei einen Nebel aus Blut und Spucke. Mike nahm an, dass ihre Gleichgültigkeit vorhin nur gespielt war und sie sehr wohl wusste, dass die Rettung bald eintreffen würde. Aber woher hatte sie es gewusst?

Das war eine Frage, die warten musste, denn Jinx machte den Eindruck, als stünde sie kurz vor einem Nervenzusammenbruch. Mittlerweile irrte sie kopflos durch die Kapsel, schob den Lauf ihrer Waffe in jedes Loch, jeden Winkel und jede noch so kleine Vertiefung.

»Was ist los? Wonach suchst du?«

Sie sah ihn eine Millisekunde lang an, dann setzte sie ihre hektische Durchsuchung fort. »Es waren drei. Wir können einen Scheißdreck machen, solange wir den Wichser nicht gefunden und beseitigt haben.«

Mike runzelte die Stirn. »Was meinst du …« Dann begriff er, sein Herzschlag beschleunigte sich. »Da waren drei von diesen Clownsmonstern …«

Sie nickte. »Genau.«

Er stand auf. »Ich helfe dir suchen …«

Mit einem ernsten Blick brachte sie ihn zum Schweigen. »Bleib einfach da, wo du bist.« Ihre angespannte Miene wurde eine Nuance sanfter. »Hey, ich weiß zu schätzen, was du getan hast. Du hast mir den Arsch gerettet. Aber im Moment bist du da, wo du bist, am sichersten. Scheiße, wer weiß, vielleicht bekommst du noch eine Gelegenheit, mich zu retten. Aber nicht jetzt!«

Mikes Einspruch kam nie über seine Lippen. Ihm wurde schlagartig klar, dass sie zum ersten Mal, seit diese irrsinnige Nacht ihren Lauf genommen hatte, eine ernst zu nehmende Sorge um sein Wohlergehen geäußert hatte. Nachdenklich rieb er sich über seine Nase, die sie gebrochen hatte und die nach wie vor verdammt wehtat. Aber die Vorstellung, dass Jinx auch nur irgendwas darauf gab, was mit ihm geschah, stimmte ihn ihr gegenüber etwas wohlwollender. Also befolgte er ihre Anordnung, blieb, wo er war, beobachtete, wie sie die Kapsel nach dem letzten Clownsding durchsuchte. Er dachte daran, wie das zweite Ding angegriffen hatte, und schaute zur Decke. Doch da war nichts. Er wünschte sich, sie würde sich beeilen und das abscheuliche Drecksvieh aufspüren. Allein der Gedanke daran, dass es sich irgendwo in der

Kapsel versteckte, machte ihn nervös. Genauso wenig half es, dass auf Radio Äther gerade ein unheimlich bedeutungsschwangeres Stück lief, bei dem der Sänger ständig »untot« stöhnte.

Darum war es auch gleichermaßen erschreckend und erleichternd, als sich der Freak endlich zeigte. Während Jinx an der offenen Luke vorbeiging, heulte die Kreatur und kam aus ihrem Versteck geschossen. Das Mistvieh hatte sich an die Außenseite der Luke geklammert und wohl auf den passenden Augenblick gewartet. Als Mike sah, wie es sich über den Rand der Öffnung schob, blieb mehr als genug Zeit, Jinx eine Warnung zuzurufen. Sie vollführte eine Drehung, auf die selbst eine Ballerina stolz gewesen wäre, feuerte zielgenau (vielleicht auch mit etwas Glück) auf das Ding und pustete es mit bleiernen Grüßen in die Nacht.

Mike sackte seufzend zusammen. »Heilige Scheiße. Ernsthaft, heilige verfluchte Scheiße. War's das? Können wir uns sicher sein?«

Jinx nickte lässig. »Ja, können wir.«

Mit spitzen Fingern zupfte sie einen bunten Fetzen Stoff vom Ring der Öffnung, packte dann das Rad und zog die Luke zu. Mike knabberte grübelnd an seinem Daumennagel. »Sag mal, Jinx, wie haben die es geschafft, die Luke von außen zu öffnen? Ich dachte, das hier wäre eine uneinnehmbare verfluchte Festung.«

Jinx achtete auf das Klicken der Verriegelung und ließ das Rad dann los. »Nichts ist uneinnehmbar. Und das werden diese Wichser von Freaks noch früh genug herausfinden, wenn wir ins Nichts eindringen.« Sie stieg über die von Kugeln zerfetzte Leiche des Piraten. »Es gibt ein paar Schlüssel für die Kapsel. Ich nehme an, dieser fette Drecksack hier hatte einen. Ich würde ihn ja durchsuchen, aber das wäre nur Zeitverschwendung. Gleich geht's los.«

Mike stöhnte und träumte von einem Cheeseburger und wenigstens einer kleinen Pause nach all den Strapazen. »Die ganze Zeit quatschst du vom Nichts. Aber das hier ist eine ziemlich krasse Maschine. Könnten wir die Freaks nicht einfach damit alle kaltmachen, uns den Weg freiballern und verschwinden, anstatt uns mit diesem verfluchten Nichts zu befassen?«

Jinx' Miene wurde wieder härter. »Nein!«

»Warum nicht? Ich finde, den Kampf auf ihrem eigenen Territorium auszufechten mindert unsere Überlebenschancen erheblich.«

Die Mike mittlerweile vertraute Kälte schlich zurück in Jinx' Augen. »Ich habe mich entschieden. Ich werde nicht einfach hinschmeißen. Genauso wenig werde ich mit dir darüber diskutieren.«

Der letzte Teil ihrer Aussage klang unumstößlich. Endgültig. Also versuchte er es gar nicht weiter. »Okay.«

Außerdem war Jinx längst mit etwas anderem beschäftigt. Sie drückte gerade die Mündung ihrer Waffe in die gefesselte Sheila und knurrte: »Wieso hast du gewusst, dass sie kommen?«

Sheila hob den Kopf und sah Jinx trotzig an. »Weil ich die Auserwählte bin, Schlampe. Braddocks Nachfolgerin.« Grinsend leckte sie sich über die geschwollenen Lippen. »Du glaubst, du hast alles unter Kontrolle, aber da irrst du dich. Wenn du denkst, das eben war auch schon alles, hast du dich gewaltig geschnitten.«

Jinx spitzte die Lippen, während sie darüber nachdachte. Was sie dann tat, fand Mike unter den gegebenen Umständen seltsam … sie lächelte. Dann stieß sie mit dem Lauf gegen Sheilas Schläfe. »Man hat dir was ins Gehirn gepflanzt, stimmt's?«

»Keine Ahnung, wovon du sprichst.«

Mike allerdings war plötzlich davon überzeugt, dass

Jinx den richtigen Riecher hatte. Er war sich nicht sicher, worum es ging (vielleicht um einen chirurgisch implantierten Mikrochip?), aber die Verblüffung, die jetzt über Sheilas Gesicht huschte, war überdeutlich. Sie versuchte sich nichts anmerken zu lassen, aber zu spät – Jinx hatte längst Lunte gerochen.

»Och, ich glaube, du weißt ganz genau, was ich meine. Man hat dir eine sehende Kugel ins Hirn gepflanzt, oder?«

Sheila präsentierte wieder ihr groteskes Grinsen. »Dann hast du's halt rausgefunden. Was soll's. Ihr seid sowieso im Arsch, Schlampe. Schon bald wirst du mir wieder die Füße küssen und mich um dein wertloses Leben anbetteln.«

Mike schüttelte den Kopf. »Moment, Moment, Moment … Warte mal! Was ist eine sehende Kugel?«

Während Jinx erklärte, nahm sie nicht den Blick von Sheilas blutigem Gesicht: »Noch mehr Freak-Technologie. Ein organisches Gerät, das man ihr ins Hirn gesetzt hat und mit dem jemand, wahrscheinlich der Zirkusdirektor, sehen kann, was sie sieht.«

Bei der Erwähnung des großen Mannes zuckte Mike zusammen. »Ach du Scheiße. Nicht der. Du meinst, er hat alles gesehen, was wir getan haben?« Er fing an zu zittern. Allein die Vorstellung, von dem Zylinder tragenden Freak beobachtet zu werden, machte ihm über alle Maßen Angst. »Er wird uns verfolgen, oder? Himmel, wir sind wirklich im Arsch.«

»Nein. Nicht wenn wir schnell genug sind.«

Die Maschinenpistole ging los und Sheilas Gehirn spritzte durch die Kapsel.

Mit klappernden Zähnen kämpfte Mike darum, sich wieder unter Kontrolle zu bekommen. »H…heilige v… verfluchte Scheiße! Wird sich der Zirkusdirektor jetzt nicht mit uns befassen? Sie hatte diese gottverfluchte sehende Kugel in ihrem Kopf! Jetzt, da sie tot ist …«

Jinx schüttelte lässig den Kopf. »Beruhige dich! Okay? Denk bei sehenden Kugeln an Kanäle im Fernsehen. Vielleicht hat der Zirkusdirektor gesehen, was hier gerade passiert ist, vielleicht auch nicht. Hoffen wir auf Letzteres.«

Sie wandte sich von ihm ab und ging zurück zum Kommandozentrum. Mike folgte ihr, hielt aber etwas Abstand, während sie es sich im Drehsessel bequem machte und die Waffe neben sich auf den Boden legte. Kurz sah sie in seine Richtung, dann beugte sie sich über die Konsole und begann, irgendwelche Einstellungen vorzunehmen. »Wir ziehen das durch, Mike. *Jetzt.* Diese Wichser.« Wütend hämmerten ihre zarten Finger auf etwas, das vage an eine Tastatur erinnerte. »Die dachten, das alles wäre nur ein großer Spaß, dass sie mit den blöden Menschen spielen könnten. Aber in ihrer grenzenlosen Arroganz haben sie nicht damit gerechnet, dass sich Jeremiah gegen sie wenden würde. Einer von ihnen!«

Mike gähnte. Er war müde und verstand nicht mal die Hälfte von dem, was Jinx zu erklären versuchte. »Ich bin nicht lange genug hier, um zu wissen, wovon du redest. Und ich verstehe nicht, was daran ein Spiel sein soll. Wer sind die Spieler?«

Jinx unterbrach ihre Arbeit und schaute ihn an, als wäre er begriffsstutzig. Doch dann fuhr sie mit ihrer Erklärung fort: »Der Zirkusdirektor und Jeremiah haben Truppen in die Kapsel geschickt. Sie sind die Spieler. Es war ein Spiel oder besser gesagt die Variation eines Spiels, das sie schon seit Ewigkeiten betreiben. Sie lassen uns gegeneinander antreten und sehen dabei zu, was geschieht. Der grausame Tod unzähliger Menschen ist sozusagen leichte Unterhaltungskost für gelangweilte Freaks. In diesem Fall ist man bezüglich Braddock, dem früheren Kapselkommandanten, zu einer Übereinkunft gekommen. Er war schon alt und hätte nicht mehr lange durchgehalten. Durch das

Spiel sollte entschieden werden, wer seine Nachfolge antritt. Das wäre jetzt ich, aber die Spielregeln haben sich geändert. Ach, und es gibt noch eine Spielerin. Miss Monique, die Gefährlichste von allen. Sie ist in der Stadt und kümmert sich um die menschlichen Nachzügler. Das macht sie immer. Wir müssen das Nichts erreichen, bevor sie zurück ist.«

Jinx widmete sich wieder der Kontrollkonsole und betätigte ein paar Knöpfe und Hebel, während sie weiter erklärte. »Wie du weißt, hat Jeremiah sie hintergangen. Mein Wissen über dieses … Ding …«, sie deutete hastig auf die Kapsel, »… habe ich von ihm. Die anderen denken, oder dachten vielmehr, er hat mir nur so viel gesagt, um das Spiel interessanter zu machen. Stattdessen hat er mir alles verraten.«

»Ich verstehe immer noch nicht, was er davon hat.«

»Er stirbt.« Sie klang auf einmal traurig. »Abgesehen von Miss Monique sind die Freaks genauso anfällig für Krankheiten und das Älterwerden wie wir. Jeremiahs Zeit ist fast um. Er möchte Buße tun.«

Mike schnaubte. »Das ist nett. Klingt nach einem super Typen. Wenn man mal davon absieht, dass er uns dazu gezwungen hat, vor ihm zu ficken. Aber hey, niemand ist perfekt. Stimmt's?«

Sie seufzte. »Nein, niemand ist perfekt.«

Er bemerkte die gemischten Gefühle in ihrer Stimme, wenn es um Jeremiah ging. Zum einen hatte der Arsch seinen Spaß daran gehabt, seinen menschlichen Schützling sexuell zu erniedrigen. Jinx hatte viel Zeit mit dem Freak verbracht, also war das heute Abend wahrscheinlich nichts Neues für sie gewesen. Wahrscheinlich unterdrückte sie bis zu einem gewissen Grad ihre wahren Gefühle darüber, auf diese Weise benutzt zu werden. Man konnte entweder das tun oder den Verstand verlieren.

Zum anderen war das Leben als Jeremiahs Haustier wahrscheinlich das Beste, was man als Mensch in Gefangenschaft der Freaks erwarten konnte. Darum beschloss er, das Thema nicht weiter zu verfolgen und ihr so unnötigen Schmerz zu ersparen.

Auf dem großen Monitor wechselte das Bild vom leeren Jahrmarkt zu der Ansicht eines sich kräuselnden Zirkuszelts. Und plötzlich setzte sich die Kapsel in genau diese Richtung in Bewegung. Jinx sah Mike konzentriert an. »Mittlerweile haben sie uns bestimmt durchschaut. Es ist so weit. Halte dich besser irgendwo fest.«

Er wollte sie fragen, was sie meinte, aber die Gelegenheit dazu war bereits verstrichen. Jinx packte gerade einen großen Hebel mitten auf der Kontrollkonsole und drehte ihn brutal wie den Joystick in einem Ballerspiel.

Die Kapsel machte einen Satz nach vorn und Mike wurde nach hinten gerissen.

Dann ertönte ein metallisches Kreischen und alles wurde schwarz.

# 21

Ein hastig aufgestellter Maschendrahtzaun umgab das Gelände der Freakshow. Der Towncar fuhr langsam daran entlang, bis er ein Tor erreichte und anhielt. Einen Moment später hörte Heather, wie der Motor abgestellt wurde, und danach das Öffnen einer Vordertür, die kurz darauf wieder zugeworfen wurde. Kalte Nachtluft strömte auf den Rücksitz, als die Tür links von ihr geöffnet wurde. Sie sah Craig, der die Tür wie ein echter Chauffeur aufhielt. Er wirkte dermaßen komisch, dass sie nicht anders konnte, als lauthals zu lachen. Der Klang ungezügelter Heiterkeit schien unter diesen Umständen geradezu obszön unpassend, darum störte es sie auch kaum, als die zweiköpfige Frau wieder in ihren Verstand eindrang und sie dazu brachte, damit aufzuhören.

Josh stieg aus dem Wagen, Heather folgte ihm. Gemeinsam gingen sie zu dem mit einem Vorhängeschloss gesicherten Tor und blieben davor stehen. Fröstelnd schlang sie die Arme um sich. Die Nachtluft war kühl und Heather immer noch nackt. Die zweiköpfige Frau glitt aus dem Wagen. Ihr Gang glich dem eines Laufsteg-Models, ein übertriebenes Tänzeln, das sie wie die Bizarro-Welt-Version von Marilyn Monroe aussehen ließ.

Der hübsche Kopf lächelte. »O Heather. Du scheinst zu frieren. Würdest du dich gern anziehen?«

Möglicherweise nickte Heather ein wenig zu eifrig. Denn der hübsche Kopf kicherte verächtlich.

»Dein Pech. So gefällst du mir viel besser.«

Mittlerweile war auch Craig bei ihnen. Er musterte Heather auf seine typisch schmierige Art von Kopf bis Fuß. »Ja, mir auch.«

Sie wollte gerade eine wütende Antwort geben, als das Klirren einer Kette sie ablenkte. Sie drehte sich zum Zaun (anscheinend gestattete ihnen der Freak ein gewisses Maß an Eigenständigkeit) und sah, wie sich das Vorhängeschloss öffnete. Die rostigen Scharniere quietschten protestierend, als das Tor aufschwang. Auf der anderen Seite wartete eine einsame Gestalt, ein Freak mit einem Gesicht, das an einen Hund erinnerte. Sein gestreckter Kiefer hatte große Ähnlichkeit mit einer Schnauze. Sein Gesicht war dicht behaart. Ihm wuchsen sogar die für einen Hund typischen Tasthaare um den Mund oder vielmehr die Schnauze, und eine große feuchte Nase hatte er obendrein.

Sie beeilten sich, durch die Öffnung zu kommen. Der Freak – den Heather im Stillen sofort als Hundejunge bezeichnete – schloss das Tor und brachte das Vorhängeschloss wieder an. Hundejunge warf Josh und Heather einen verächtlichen Blick zu, bevor er die zweiköpfige Frau anhimmelte. Er verneigte sich und leckte ihr über die Hand. Sie tätschelte wiederum majestätisch seinen Kopf, was ihn allen Ernstes wie einen Hund hecheln ließ.

Heathers Verwirrung erreichte ihren Zenit, als der Hundejunge sich wieder aufrichtete, seine schwarzen Lippen zurückzog, zwei makellose Reihen scharfer Zähne freilegte und sagte: »Alles ist vorbereitet, Miss Monique. Wir sind bereit, wenn Sie es sind.«

Ungeachtet der mehr oder weniger ununterbrochenen Parade von Absonderlichkeiten und Gräueltaten während dieser langen Nacht fand es Heather mehr als nur beunruhigend, Hundejunge sprechen zu hören. Den Namen der zweiköpfigen Schlampe zu kennen, war auf einer anderen, etwas weniger surrealen Ebene verstörend. Miss Monique klang wie der Name einer Pop-Diva, einer wasserstoffblonden Schöpfung der Musikindustrie. Dieses Ding, das so tat, als wäre es eine Frau, war die Schlampenkönigin von Schmerz und Erniedrigung, ein bösartiges Monster, das zu mehr Grausamkeit fähig war, als es einem Menschen jemals einfallen würde. Cruella De Fotze … das wäre ein passender Name für sie.

Miss Monique sah in ihre Richtung und Heather zuckte zusammen, rechnete mit einer Bestrafung ähnlich dem, was Craig durchgemacht hatte. Aber der Freak lächelte nur und nach einem scheinbar endlosen Moment atmete Heather erleichtert aus. Miss Monique machte lediglich ein missbilligendes Geräusch und wedelte entsprechend mit einem Zeigefinger. »Also, Heather, das solltest du nicht. Wenn du bei jemandem zu Gast bist, musst du auf deine Manieren achten. Deine Mutter hat dich ganz bestimmt besser erzogen.« Der hässliche Kopf gab ein schabendes Geräusch von sich, von dem Heather annahm, dass es sich um irgendeine Art von abartigem Lachen handelte. Was bildete dieses Ding sich ein? Wütend funkelte sie den Freak aus zusammengekniffenen Augen an. Und wider besseres Wissen sagte sie: »Du sollst in der Hölle schmoren, Schlampe.«

Hundejunge starrte Heather an, fixierte sie wie ein Wolf seine Beute. Miss Monique beeinflusste ihn offensichtlich, da er sich sofort wieder beruhigte und hinter seine Herrin trat. Auf dem schönen Gesicht des zweiköpfigen Freaks entstand ein Lächeln, das überraschend aufrichtig wirkte. Obwohl es nach wie vor einschüchternd war, fehlte ihm die überwältigende Boshaftigkeit, welche die Kreatur für gewöhnlich ausstrahlte. Heather war sicher, dass es sich dabei nur um eine vorübergehende Veränderung handeln konnte. Der Freak war erkennbar glücklich, wieder zu Hause zu sein. Doch Heather war davon überzeugt, dass schon sehr bald das sadistische Selbst zurückkehren würde.

Mit einer ausschweifenden Geste deutete Miss Monique auf eine Reihe von Drehkreuzen, hinter denen der in Schatten gehüllte Jahrmarkt zu erkennen war. »Hier lang, die Herrschaften.«

Heather spürte, wie der Freak seine Kontrolle über ihren Körper wieder festigte, also marschierte sie wie ein Aufziehpüppchen hinter Josh und Craig auf die Drehkreuze zu. Dort standen drei weibliche Freaks, die knappe weiße Shorts und enge Oberteile mit Spaghettiträgern trugen. Zumindest auf den ersten Blick waren sie körperlich attraktiv. Bei näherer Betrachtung allerdings ... Die erste, eine kurvige Blondine mit gepierctem Bauchnabel, hatte mitten auf der Stirn ein drittes Auge, welches auf ... nun ... freakige Weise aus ihrem Schädel ragte und unansehnlich pulsierte, als wäre es entzündet. Der Freak links von ihr war genauso gut gebaut, hatte hingegen feurig rotes Haar, das ihm bis zu den Hüften reichte. Allerdings befanden sich an jeder Hand definitiv zu viele Finger und ihre Augen sahen aus wie glühende Kohlestücke. Der dritte Freak war nicht ganz so üppig gebaut, dennoch strahlte auch dieses falsche Weibsbild eine Sinnlichkeit aus, von der Heather überzeugt war, dass die meisten Männer sie unwiderstehlich finden würden. Wäre da nicht der gelbe Schnabel, den das Ding jetzt öffnete, um zu einem schrillen Krächzen anzusetzen.

Heather verdrängte ihre Eindrücke und ging zur Absperrung, an der das Mädchen mit dem pulsierenden dritten Auge stand. Begleitet von einem feuchten Geräusch schob sich das Auge hervor, die Pupille weitete sich und das kränkliche Pochen wurde noch stärker. Es gefiel Heather ganz und gar nicht, von diesem widerlichen

Auge so konzentriert angestarrt zu werden. Lieber würde sie sich zwingen lassen, vor tausend geifernden Perverslingen herumzustolzieren, als diesen abnormalen Blick auch nur eine Sekunde länger zu ertragen.

Die Blondine lächelte und verkündete: »Heute Abend gilt ein Sonderpreis von einem Finger, Ma'am.«

Heather runzelte fragend die Stirn.

Die Blondine schenkte Heather ein entzückendes Lächeln, während sie ihre Hand packte und an ihren Mund zog. Genüsslich saugte das Ding Heathers kleinen Finger zwischen ihre rosigen Lippen und biss zu. Ein den Verstand übersteigender Schmerz blitzte durch Heathers Hand. Ihr wurde schlecht, als sie das Knacken ihres eigenen Knochens hörte und sah, wie ihr Finger im blutverschmierten Mund des Freaks verschwand. Die Blondine hielt Heathers Hand eisern fest, während sie auf dem Finger herumkaute. Dann ging sie seelenruhig in die Knie, hob eine kleine Lötlampe vom Boden auf und ließ die kleine Flamme des Geräts zischend auflodern. Heather brüllte, als die Flamme die frische Wunde berührte. Ein sengender Schmerz schoss durch ihre Hand, der abrupt verschwand, als Miss Monique in ihren Verstand eindrang. Der Großteil ihrer linken Hand war taub. Sie weinte wieder. Und obwohl sich Heather dafür hasste, war sie dem zweiköpfigen Freak in gewisser Weise dankbar.

Vom Geruch ihres eigenen verbrannten Fleischs wurde ihr schwindelig und sie wäre hingefallen, hätte der Freak die Kontrolle über ihren Körper nicht aufrechterhalten. Die blonde Einlasserin tippelte ein paar Schritte und kaute genüsslich auf dem abgetrennten Körperteil herum. Sie ließ sich Zeit damit, machte deutlich, dass ihr der Happen schmeckte. Nachdem sie ihn hinuntergeschluckt hatte, verzog sich ihr blutverschmierter Mund zu einem makabren Grinsen und sie machte eine einladende Geste.

Heather ging an ihr vorbei Richtung Jahrmarkt und hörte, wie der Freak die Reste ihres Fingers schluckte.

Kaum war sie durch das Drehkreuz getreten, vernahm Heather weitere Schreie. Sie wollte sich umdrehen, aber Miss Monique zwang sie, den Blick weiter geradeaus auf die Ansammlung aus Amüsier- und Spielbuden und die Schaustellerzelte zu richten. Irgendetwas an der Klangfarbe des ersten Schreis ließ sie annehmen, dass es Josh war, auch wenn es sich erschreckend mädchenhaft anhörte. Innerlich zuckte sie zusammen, wurde deutlich daran erinnert, wie intensiv der Schmerz gewesen war. Dann hörte sie das Fauchen der Lötlampe, gefolgt von einem weiteren, noch schrilleren Schrei. Einen Moment lang fragte sie sich, warum man ihre Verletzungen mit einer Lötlampe kauterisiert hatte, anstatt sie mit dem betäubenden Schleim zu behandeln. Aber die Antwort lag auf der Hand … aus purem Sadismus.

Einen Augenblick später zerriss ein weiterer Schrei die Stille der Nacht. Auch dieser war schrill und mädchenhaft, aber Heather wusste sofort, dass es Craig war. Wie sie fand, eine durchaus interessante Entwicklung. Denn bisher hatte er sich bereitwillig an den Gräueltaten dieser Nacht beteiligt und offensichtlich geglaubt, dass er im Dienst und deshalb unter dem Schutz des zweiköpfigen Freaks stand. Wahrscheinlich hatte er es genossen, mit anzusehen, wie Heather und später auch Josh den grausigen Eintrittspreis zur Freakshow entrichten mussten, ohne auch nur auf die Idee zu kommen, dass es ihm nicht anders ergehen würde. Sie fragte sich, was er nun wohl dachte. Ob er sich verraten fühlte und Angst hatte? Sie hoffte es. Denn dieser Scheißkerl verdiente es, abgrundtiefe Angst zu erleben.

Während sie den Rand des Jahrmarkts erreichten, ertönte mehrere Male ein lautes Knacken und zuvor nicht sichtbare Jupiterlampen flammten auf. Das künstliche

Tageslicht verdrängte die Dunkelheit und blendete so stark, dass Heather die Augen zusammenkneifen musste. Als sie sich langsam an die Helligkeit gewöhnt hatte, schaute sie sich um. Die Spielbuden waren mit Freaks und menschlich aussehenden Leuten in bunten Karnevalskostümen besetzt. Hatte man die Freaks nur ihretwegen zur Arbeit gerufen? Die Vorstellung war völlig absurd und surreal. Andererseits passte das wunderbar zum Rest der bisherigen Nacht.

Mittlerweile standen Josh und Craig neben ihr. Miss Monique ging an ihnen vorbei, drehte sich um und nahm die Pose eines Showgirls ein, komplett mit ausgebreiteten Armen und einem formvollendeten Zahnpastawerbung-Lächeln. »Meine Damen und Herren, herzlich willkommen zur Freakshow!«

Nach einem kurzen Moment fast völliger Stille tönte ein Tusch, dann setzte die Musik ein. Laute Drehorgelmusik kreischte über den Platz. Das Riesenrad begann sich zu drehen. Der Eingang des großen Zirkuszelts wurde hochgeschlagen und ein Strom fröhlich schnatternder Leute – Menschen, zumindest sahen sie so aus – erschien und stürmte den Jahrmarkt. Da waren Jungs, Mädchen, Männer und Frauen jeden Alters und alle lächelten glückselig. Manche von ihnen gingen zu den Buden, andere verschwanden in den Schaustellerzelten. Heather sah einen Vater, der ein kleines Kind auf seine Schultern hob, damit es eine Ringwurfbude besser sehen konnte.

Sie hörte Josh neben sich seufzen. »Ich hätte es nie für möglich gehalten, aber das ist eine völlig neue Ebene in Sachen Bekloppptheit.«

Heather nickte.

Die lachenden, allem Anschein nach fröhlichen Menschen auf dem Jahrmarkt waren alle nackt. Und keiner von ihnen schien es zu bemerken.

Miss Moniques hübscher Kopf zwinkerte Heather zu. Mit einer ausladenden Geste deutete sie auf den Jahrmarkt. »Komm, Liebes. Stürz dich in den Spaß.«

Der zweiköpfige Freak wandte sich von Heather ab und ging dem lustig-bunten Wahnsinn entgegen.

Und obwohl sie es nicht wollte, folgte Heather ihr.

# 22

Mike dachte, er wäre tot. Sein bewusster Verstand – seine Seele? – war wach und aufmerksam, schwebte allerdings in schwarzer Leere. Es gab keinerlei Empfindungen seines Körpers, nichts wie in der echten Welt. In diesem Zustand verspürte er eine greifbare Erleichterung. Er war tot, aber allem Anschein nach gab es nach dem Dahinscheiden irgendeine Form fortgesetzter Existenz. Er war durch den Schleier getreten, der die Welt der Sterblichen vom Leben trennte, und ja, es war erleichternd, nicht länger die Bürden einer sterblichen Existenz ertragen zu müssen. Wahrscheinlich würde dieses Herumgeschwebe in der Schwärze irgendwann langweilig werden, aber vielleicht war es nur vorübergehend und dieses inhaltslose Gefilde unter Umständen nur eine Zwischenstation des Lebens nach dem Tod. Vielleicht musste er hier warten, bis … nun, Gott oder wer auch immer das Sagen hatte … endgültig entschieden hatte, was mit seiner Seele geschehen sollte. Aber darum machte sich Mike keine ernsthaften Sorgen. Er war ein guter Mensch. Nicht perfekt, natürlich nicht, aber trotzdem war er ein anständiger Kerl … gewesen. Je länger er darüber nachdachte, umso glücklicher wurde er … konnte es nicht erwarten, in den Himmel zu kommen.

Selbstverständlich war das der Moment, in dem alles zur Hölle ging.

Mike keuchte, als grelles Licht die leere Schwärze zerriss und er die Rückkehr der greifbaren Welt wie den harten Magenschwinger eines Preisboxers miterlebte. Er lag auf dem Rücken in der Kapsel, direkt unter der Leiche seiner früheren Folterin. Aus ihrem zerfetzten Kopf tropfte noch immer Blut mit kleinen Stückchen ihres Gehirns. Einer dieser Tropfen traf ihn auf der Stirn. So lag er noch einen Moment lang da, vorübergehend von einer Welle der Melancholie gelähmt. Es war überhaupt nichts Erleichterndes an der Offenbarung, dass er noch am Leben war. Ein großer Teil seines Selbst sehnte sich danach, an diesen leeren Ort zurückzukehren, in dieses schwarze Gefilde, in dem es weder Schmerz noch Furcht gab. Einen Ort, an dem es auffallend wenige kugelzerfetzte Köpfe gab.

Dann war dieser Augenblick vorbei. Die Realität hatte ihn wieder. Da war ein Geräusch, das er schon einmal gehört hatte – *bammbammbammbamm* –, ein lautes, schabendes Krachen, das aber nicht so laut war wie in seiner Erinnerung. Und dann begriff er. Beim letzten Mal war er davor weggelaufen, jetzt befand er sich im Inneren der Maschine. Die Kapsel bewegte sich. Er erinnerte sich an die tödlichen Metalltentakel und überlegte, ob Jinx wusste, wie sie zu bedienen waren. Er hoffte es beschissen noch mal. Die grässlichen Dinger würden nützlich werden, sie befanden sich schließlich im Feindesland. Sie würden jede verfügbare Waffe brauchen, um zu tun, weswegen sie hergekommen waren. Wenn sie nicht vorher getötet wurden.

Als ihn noch ein Tropfen ihres Bluts traf, rollte er sich von Sheila weg, die nun tot von der Decke hing. Er setzte sich auf und sah Jinx am Kommandozentrum sitzen. Sie beugte sich über die Kontrollkonsole, wobei sie mit der einen Hand diesen seltsamen Hebel festhielt und mit der anderen verschiedene Schalter bediente. Sie starrte auf den riesigen Monitor, der die Welt außerhalb der Kapsel zeigte.

Das Nichts. Es war nicht viel, was Mike davon erkennen konnte. Aber das bisschen überzeugte ihn davon, dass nur ein völlig durchgeknallter Spinner diesen Ort lieben konnte. Hier und dort konnte er lediglich Schemen ausmachen, bei denen es sich möglicherweise um Gebäude oder seltsame Monumente handelte, aber alles war von tief hängendem Dunst bedeckt. Alles da draußen sah aus wie eine fremdartige Stadt, die auf einer Wolke schwebte.

Mike stellte sich hinter Jinx, um einen genaueren Blick auf den Schirm zu werfen. Als sie seine Anwesenheit bemerkte, blickte sie kurz auf. Ihre Miene war grimmig entschlossen, aber in ihren Augen konnte er etwas erkennen, das seiner Meinung nach Aufregung war. Es war der Blick eines Kampfpiloten, der sich gerade aus den Wolken stürzte, um Tod und Verwüstung über feindliches Territorium hereinbrechen zu lassen.

»Leider kann ich dir keinen Sitzplatz anbieten, Mike. Am besten hältst du dich gleich wieder an der Schlampe fest. Es wird gleich ungemütlich.«

Er seufzte. »Das habe ich befürchtet. Also, was ist eben passiert, als alles schwarz wurde?«

Jinx sah wieder zu dem großen Bildschirm, während sie Mikes Frage beantwortete. »Das war dieses Ding, die Kapsel, die einen Spalt zwischen die Dimensionen gerissen hat, damit wir ins Nichts eindringen können.«

»Ich dachte, ich wäre tot.«

Jinx nickte. »Vorübergehende Verschiebung. Das passiert, wenn man einen Spalt erzwingt, anstatt einen der natürlich zugänglichen zu benutzen.«

Mike schnaubte. »Ich war glücklich. Ich dachte, das hier wäre vorbei. Ich dachte, ich wäre auf dem Weg in den Himmel.«

Als sie antwortete, wirkte Jinx freundlicher. »Tut mir leid, Mike. Aber das alles wird bald hinter uns liegen.«

Er sah zum großen Bildschirm. Der Himmel im Nichts hatte die Farbe von sauerstoffreichem Blut. Während er verblüfft die fremdartige Landschaft betrachtete, hörte er neben den schabenden Bewegungen der Kapsel ein anderes Geräusch. Was war das? Dieses … Mikes Herz stockte … ein Chor aus Schreien … eine Kakofonie aus Schmerz. Er wollte, es wäre nur starker Wind, aber nach ein paar Sekunden konzentrierten Zuhörens war es unmöglich, sich das einzureden.

Schreie. Das waren eindeutig Schreie.

»Was zur Hölle ist das?« Er beugte sich vor, kniff die Augen zusammen und stierte auf den Bildschirm. »Ich sehe da draußen niemanden. Keine Menschen, keine Freaks. Woher kommen diese entsetzlichen Schreie?«

Jinx seufzte und erklärte: »Das sind klagende Seelen. Menschliche Seelen. Sie sind im Nichts gefangen, wo ihre Körper gestorben sind. Sie können nicht ins Leben nach dem Tod gelangen, weil man dort nur von unserer Welt Zutritt hat.«

Der Gedanke verstörte Mike zutiefst. »Sie klingen, als würden sie leiden.«

Jinx nickte. »Tun sie. So sehr, wie eine körperlose Seele Leid empfinden kann.«

Er empfand plötzlich Mitleid. »Das muss schrecklich sein. Sie könnten genauso gut in der Hölle schmoren. Können wir nichts …«

Sie schüttelte den Kopf. »Wir können überhaupt nichts für sie tun. Unsere Aufgabe ist schwierig genug.«

»Und was genau wäre das? Lass die verdammte Geheimniskrämerei und rück endlich damit raus.«

Jinx öffnete den Mund, um ihm zu antworten, kam aber nicht mehr dazu. Etwas auf dem großen Bildschirm beanspruchte ihre volle Aufmerksamkeit. Mike folgte ihrem Blick. Da war ein Hauch von Dunkelheit am Rand des blutroten Horizonts. Mike war sich nicht sicher, was er da sah, aber es kam schnell näher. Jinx drückte eine Reihe von Knöpfen und vergrößerte den heranrückenden Schatten.

»Ach du Scheiße. Das ist unmöglich, Jinx. Öffne einen neuen Spalt, bitte. Verziehen wir uns in unsere Welt und machen, dass wir wegkommen.« Mike krallte seine Finger in die Sessellehne und starrte abwechselnd auf den Monitor und auf Jinx. Eigentlich hatte er mit einer sofortigen Ablehnung gerechnet, aber er spürte, dass sie ernsthaft über seinen Vorschlag nachdachte. In gewisser Weise machte ihm das mehr Angst als die herannahende Bedrohung. Bis jetzt war es ihm nicht aufgefallen, aber er begriff, dass ihre Selbstsicherheit und Entschlossenheit ihn die ganze Zeit über beruhigt hatten.

Jetzt sagte sie im Tonfall von jemandem, der sein Schicksal kannte: »Scheiße. Selbst wenn ich das wollte, ist es dafür zu spät.«

Mike nickte, sagte aber nichts. Irgendwie hatte er mit dieser Antwort gerechnet.

Auf dem Schirm näherten sich fliegende Kreaturen. Sie sahen aus wie dämonische Flugsaurier. Sie hatten große Schwingen, lange Kiefer voller scharfer Zähne und kräftige vordere Gliedmaßen mit Krallen, die groß genug wirkten, um mit einem Streich ein ganzes Regiment von Soldaten zu enthaupten.

»Halt dich an der Schlampe fest, Mike. *Jetzt.*«

Ihre Stimme klang wieder etwas selbstsicherer und Mike gehorchte augenblicklich. »Wir sind dermaßen im Arsch, Jinx. Was sollen wir tun?«

Sie antwortete, ohne zu zögern. »Wir kämpfen.«

Schwärze füllte den Bildschirm.

Irgendetwas schlug gegen die Kapsel, brachte sie auf ihren segmentierten Metallbeinen zum Schwanken. Dann hörten sie von draußen ein Brüllen und Mike schloss die Augen, rechnete jeden Augenblick mit seinem tatsächlichen Tod.

# 23

Die Menschen, die den Jahrmarkt auf und ab schlenderten, bekamen, abgesehen von ihrer eigenen Nacktheit, noch anderes nicht mit. Sie lächelten, lachten und unterhielten sich. Während sie Miss Monique folgte, konzentrierte sich Heather auf einige Unterhaltungen, die für diesen Ort des Grauens verdammt belanglos waren. Ein Mann berichtete einem anderen über die Probleme mit seinem Rasen. Der andere kicherte und schüttelte mitleidig den Kopf. Eine junge Mutter schimpfte mit einem quengelnden Kind, das Geld für ein Eis haben wollte. Ein Jugendlicher beschwerte sich an einer der Spielbuden lautstark darüber, dass das Spiel getürkt sei. Mehr als einmal stieß Heather gegen einen nackten Besucher der Freakshow, der als Reaktion zwar ein wenig schwankte, aber ansonsten nicht den Anschein erweckte, etwas bemerkt zu haben.

Heather blickte verstohlen zu Josh und flüsterte: »Das ist einfach nur unheimlich. Als könnten sie uns nicht sehen.«

Er nickte mit zusammengekniffenen Lippen. »Ich bin überzeugt, dass sie es nicht können.«

Als sie sich dem Ende des Jahrmarkts näherten, hatte sich Heathers Verdacht erhärtet: Die Menschen hier waren nicht wirklich Menschen. Klar, auf den ersten Blick sahen sie danach aus. Und auch auf den zweiten. Man musste sich ihre Körper genauer ansehen, um die Anomalien zu erkennen. Sie alle waren körperlich perfekt.

Selbst die Fetten und die Älteren. Keiner von ihnen hatte irgendwelche Schönheitsfehler oder Muttermale. Keiner der Teenager hatte auch nur einen Pickel. Die angeblich Älteren hatten graues Haar und Falten, aber ansonsten war ihre Haut in tadellosem Zustand, keine Altersflecken, Operationsnarben oder irgendwelche anderen Anzeichen für ein langes Leben. Heather war überzeugt, dass es nur einen Grund dafür geben konnte: Sie alle waren genau gleich alt, »neugeboren« oder vielmehr erschaffen. Das Ergebnis irgendeiner unerklärlichen Freak-Magie oder Freak-Technologie.

Josh brachte es auf den Punkt: »Das sind Klone.«

Heather kaute fassungslos auf ihrer Unterlippe und flüsterte dann: »Ja. Das sind Kopien der Menschen, die heute Abend hergekommen sind, um sich die Freakshow anzusehen. Und ich wette, wenn die Freakshow Pleasant Hills verlässt, bleiben diese Imitationen zurück und übernehmen die Leben der Menschen, die die Freaks getötet haben.«

Mittlerweile hatten sie das Ende des Jahrmarkts erreicht und überquerten ein leeres Fleckchen Erde, das sie vom Zirkuszelt trennte. Miss Monique bestätigte Heathers Verdacht, ohne langsamer zu werden oder sie anzusehen. »Was für ein aufmerksames Mädchen. Du hast mit allem recht. Das ist unsere jährliche Assimilation. Nächstes Jahr ersetzen wir die Bewohner einer anderen Stadt durch unsere Schöpfungen. Und das Jahr danach die nächste und so weiter und so fort.«

Heather gefiel der Gedanke nicht, sich mit dem sadistischen Freak zu unterhalten, aber sie war zu neugierig. »Und wozu soll das am Ende führen? Die Übernahme der Welt?«

Miss Moniques hübscher Kopf lachte. »Aber selbstverständlich.«

Heather runzelte die Stirn. »Aber auf diese Weise dauert das ewig. Eine Stadt nach der anderen. Ich nehme an, alles Kleinstädte wie die hier. Das würde Jahrhunderte dauern.«

Sie erreichten das Zirkuszelt und blieben vor dem riesigen rotweißen Gebilde stehen. Miss Monique drehte sich zu Heather, wobei ein amüsiertes Lächeln um ihre kräftig roten Lippen spielte. »Wir machen das bereits seit Jahrhunderten, Liebes. Wir sind eine geduldige Spezies. Irgendwann wird eure Welt uns gehören. Und wenn dieser glorreiche Tag kommt, werden wir aus den Schatten treten und die volle Kontrolle übernehmen.« Sie seufzte wehmütig. »Die Illusion deiner Normalität wird zersplittern und diejenigen, die anders sind, Freaks, werden nicht länger die Objekte von Spott, Hohn und Verachtung sein. Ihr habt alle so viel Angst vor dem, was euer brüchiges Verständnis von dem bedroht, was ihr als normal bezeichnet.« Sie hatte den Zeigefinger gehoben und sah aus wie eine Lehrerin, die ihren Schülern etwas über Gleichberechtigung erklärt. Dann veränderte sich der Gesichtsausdruck ihres hübschen Kopfes. »Deine Art wird sich uns ergeben und letztendlich vom Angesicht dieser Welt getilgt.«

Heathers Herz flatterte. »Völkermord. Das meinen Sie?«

Miss Monique lächelte wieder. »Du kannst es nennen, wie auch immer du willst. Wenn das Zuhause eines Menschen von Ungeziefer befallen ist, ruft er den Kammerjäger. Nun, wir tun nichts anderes. Wir beseitigen das Ungeziefer, allerdings auf globaler Ebene.« Heathers verblüffter Gesichtsausdruck ließ sie noch breiter lächeln. »Aber genug über das Geschäftliche geplaudert. Es ist Zeit für etwas Unterhaltung!«

Miss Monique betrat das große Zelt und Heather folgte ihr willenlos. Josh und Craig schlurften neben ihr her.

Joshs Miene war grimmig, ansonsten jedoch nicht zu deuten, wohingegen Craig jeden verstreichenden Moment mehr Angst und Unsicherheit ausstrahlte.

Ihr Ex-Freund bemerkte, dass sie ihn ansah, und zuckte zusammen. »Hör auf, mich so anzugaffen.«

Fast hätte Heather gelacht, es erfüllte sie mit Genugtuung, ihn so verängstigt zu sehen. »Sie hat dich glauben lassen, du wärst in ihrem inneren Kreis, ein Vertrauter oder so was, stimmt's? Und jetzt weißt du, dass auch du nur Ungeziefer bist.«

Craigs Nasenflügel blähten sich, während er mit den Zähnen knirschte. »Halt's ... Maul ... Schlampe.«

Sie machte sich nicht die Mühe, ihn noch weiter zu reizen. Es reichte ihr zu wissen, dass der große böse Craig genauso viel Angst hatte wie sie.

Sie folgten Miss Monique durch eine Art kleinen Vorraum mit unbesetzten Andenken- und Erfrischungsständen, dann stiegen sie eine Treppe zwischen zwei silberfarbenen Metalltribünen hinauf, von wo aus sie die Zirkusmanege sehen konnten. Die Tribünen formten ein großes Oval. In der Manege befand sich eine umfassende Ausrüstung für Akrobaten, darunter auch ein Hochseil, das von einem Rand der Manege zum anderen reichte. Nirgendwo gab es Sicherheitsnetze. Es schnürte Heather die Kehle zu, als sie einen Freak sah, der eine nackte Frau die Strickleiter zum Hochseil hinaufdrängte. Diese Frau war keine Imitation; die Schwangerschaftsstreifen auf ihrem schlaffen Bauch gaben sie als echt zu erkennen. Schluchzend kletterte sie hinauf und warf immer wieder einen flehenden Blick zu dem grünhäutigen Freak zurück. Aber jedes Mal, wenn sie ihren Aufstieg unterbrach, bekam sie mit einem schlanken Metallstab einen elektrischen Schlag. Ein längerer Stromstoß ließ sie gegen die Leiter sacken und hätte sie fast ihren Halt gekostet.

Heather wagte nicht zu atmen, als sie damit rechnete, dass die Frau jeden Moment fallen würde. Die Frau war schon auf halbem Weg oben, aus dieser Höhe wäre ein Sturz ganz bestimmt tödlich.

Der Freak schob ihr den Stab zwischen die Beine und sie erholte sich zum Glück rechtzeitig, um die nächste Sprosse hinaufzuklettern. Ihr Aufstieg blieb unsicher, wurde immer wieder durch ihr Flehen und weitere Stromschläge unterbrochen, aber schließlich erreichte sie die Plattform am oberen Ende der Leiter. Der Freak drängte sie an den Rand. Er sagte etwas zu ihr, Heather konnte auf diese Entfernung nicht verstehen, was, aber die Frau nickte und hob eine Balancierstange auf.

Miss Monique applaudierte. Sie schien sich köstlich zu amüsieren.

Heather starrte sie wütend an. »Sie bösartige beschissene Fotze. Sie wird fallen, das wissen Sie.«

Miss Monique grinste und der hässliche Kopf gab wieder dieses beunruhigende schabende Lachen von sich. »Natürlich wird sie fallen. Sie ist nicht ausgebildet. Das ist doch der Spaß dabei. Ich habe doch gesagt, es wird unterhaltsam, oder etwa nicht? Also, setzen wir uns und genießen die Vorführung. Keine Angst, das ist nur das Vorprogramm.«

Sie folgten dem zweiköpfigen Freak bis in den Mittelbereich der Tribüne, stiegen fünf Reihen hinab und setzten sich. Heather saß neben Miss Monique, so nah, dass sich ihre Knie berührten. Selbstverständlich blieb ihr keine andere Wahl. Craig saß ein paar Meter weiter rechts vom Freak und sah mit einer Mischung aus Eifersucht und Erleichterung zu den beiden hinüber. Josh hatte sich links von Heather niedergelassen, näher, aber zu weit entfernt, um sich berühren zu können. Heather hatte immer noch keine Ahnung, warum sich die Schlampe so sehr für sie interessierte. Als sie sich daran erinnerte, dass Miss Monique jeden ihrer Gedanken verfolgte, konzentrierte sie sich schnell auf etwas anderes.

Ihr Blick schweifte zurück zu der Frau hoch über ihnen auf der Plattform. Sie stand zitternd an der Kante, als würden dort oben Temperaturen unter dem Gefrierpunkt herrschen. Ihr Gesicht war feucht von ihren Tränen. Heather wusste, sie würde erst aufhören zu weinen, wenn sie tot war, was jeden Moment so weit sein konnte. Sie rechnete beinahe damit, die Frau würde noch vor ihrem ersten Schritt auf das Hochseil von der Plattform stürzen. Aber der grünhäutige Freak versetzte ihr mit dem Stab einen weiteren Schlag. Die Frau schrie, schwankte gefährlich. Heather atmete erschrocken ein, wollte die Augen schließen, aber Miss Monique – ganz die Sadistin – ließ sie nicht, zwang sie, das Drama auf der Plattform ohne ein einziges Blinzeln zu verfolgen.

Wie durch ein Wunder schaffte es die Frau, sich zu fangen. Zitternd schob sie sich näher an den Rand der Plattform. Auch wenn sich Heather wie ein Monster vorkam, überhaupt daran zu denken, wünschte sich ihre kalte, pragmatische Seite, die Frau wäre gestürzt. Das wäre gnädig gewesen. Ein schneller Tod anstelle dieser Tortur. Die Frau schien sich zu sammeln. Heather sah, wie sie tief Luft holte, dann einen nackten Fuß vorsichtig auf das Hochseil setzte. Die Art, wie der Draht durch diese Berührung vibrierte, ließ Heather innerlich zusammenzucken. Dann streckte die Frau ihre Arme vor sich aus, versuchte mithilfe der Balancierstange ihr Gleichgewicht zu finden. Es war deutlich, dass sie rein instinktiv handelte und sich wahrscheinlich dunkel an Zirkusvorführungen aus ihrer Kindheit erinnerte. Aber man musste kein Genie sein, um zu wissen, dass mehr nötig war, um vom einen Ende des Hochseils zum anderen zu kommen.

Heather versuchte noch einmal, die Augen zu schließen, doch der Freak kontrollierte nach wie vor ihren Körper. »Was bringt Ihnen das? Welchen Zweck hat diese Grausamkeit?«

Miss Monique tätschelte ihr Knie. »Vergnügen, Liebes. Reines, sadistisches Vergnügen. Es gibt keinen tiefgründigen Zweck. Ich liebe es einfach, Menschen leiden zu lassen.«

»Sie hassen uns.«

Der Freak lachte. »Selbstverständlich.«

»Warum?«

Sie packte Heathers verstümmelte Hand, zog sie in die Höhe, zwang Heather, einen Blick auf ihre versengte Haut zu werfen. Miss Monique grinste und Heather spürte eine subtile Veränderung der Atmosphäre. Die Taubheit war verflogen und der Schmerz kehrte zurück. Sie schrie, versuchte ihre Hand zurückzuziehen, aber dem Freak bereitete es offensichtlich keine Mühe, sie festzuhalten. Dann fand eine erneute Veränderung statt und der Schmerz war weg. Heather schnappte nach Luft.

»Noch weitere Fragen, Liebes?«

Heather schüttelte nachdrücklich den Kopf und presste eine einzelne, zittrige Silbe hervor: »… Nein …«

Miss Monique nickte zufrieden. »Gut. Denk daran, Neugier ist der dummen menschlichen Schlampe Tod.«

Als Heather wieder in der Lage war, ihre Umwelt wahrzunehmen, hatte die Frau auf dem Hochseil ein Viertel der Strecke bewältigt. Pure Verblüffung fegte die Überreste des vorangegangenen Schocks hinweg. Sie konnte es kaum fassen, dass die Frau schon so weit gekommen war. Interessiert beobachtete Heather, wie sie ihren rechten Fuß bedacht nach vorn bewegte und sich Zeit ließ, möglichst sicheren Halt auf dem Hochseil zu finden. Erstaunlicherweise weinte sie nicht mehr. Sie schien es geschafft zu haben, ihre Angst vollständig zu verdrängen und sich stattdessen voll und ganz auf das zu konzentrieren, was sie tat. Heather fühlte so etwas wie Hoffnung, als die Frau einen weiteren vorsichtigen Schritt vorwärts machte. Dann noch einen und noch einen. Es schien jeglicher Vernunft zu widersprechen. Doch das änderte nichts daran, dass es tatsächlich geschah. Die Frau hatte noch einen langen Weg vor sich, sie näherte sich langsam dem Ende des ersten Drittels der Strecke, aber Heather empfand vorsichtigen Optimismus. So verrückt es auch schien, sie dachte wirklich, die Frau könnte diese unglaubliche, offenbar unmögliche Aufgabe bewältigen.

Das war der Moment, in dem Miss Monique ausdruckslos anmerkte: »Das wird langweilig.«

Heather spürte eine weitere dieser kaum wahrnehmbaren Veränderungen. Ihre Nackenhaare richteten sich auf. Die Frau auf dem Hochseil fing augenblicklich an zu schwanken. Heathers Herz machte einen Satz und links und rechts hörte sie jemanden keuchen. Craig und Josh. Auch wenn er ein menschliches Ungeheuer war, verfügte Craig allem Anschein nach zumindest über ein gewisses Maß an Mitgefühl.

Irgendwie schaffte es die Frau, sich auf dem Seil zu halten. Es kostete sie unglaubliche Mühe, aber sie bewerkstelligte es. Jeder Muskel in ihren Armen und Beinen wurde vom grellen Schein der Jupiterlampen wie ein Relief nachgezeichnet. Heather biss sich auf die Lippe, während die Frau einen weiteren Schritt wagte, nicht willens aufzugeben, nachdem sie so weit gekommen war. Dann richteten sich Heathers Nackenhaare erneut auf und was als Nächstes geschah, überraschte sie nicht im Geringsten.

Der rechte Fuß der Frau rutschte vom Seil. Sie schwankte und eine Nanosekunde lang sah es so aus, als würde ihr ein weiteres Wunder gelingen, als würde sie den Fuß wieder auf das Seil bekommen und ihren Halt sichern. Aber sie trat daneben, verlor die Balancierstange, während sie stürzte. Der Fall war erschreckend schnell. Die Frau schlug mit dem Kopf voran auf, der Schädel explodierte wie eine Wassermelone. Heather schrie, wollte instinktiv den Blick abwenden, aber Miss Monique gestattete ihr nicht einmal dieses bisschen Gnade.

Irgendjemand weinte. Sie spürte Tränen auf ihrem Gesicht, aber das hörbare Schluchzen stammte von Josh. Selbst in Craigs Augen waren Tränen zu erkennen. Miss Moniques enthusiastischer Applaus war das spöttische Gegenteil von Heathers Entsetzen. Und dann jauchzte die Schlampe, als auf der gegenüberliegenden Seite der Manege zwischen den Tribünen ein Löwe auftauchte. Sein halb nackter Bändiger sah fast wie ein ganz normaler Mensch aus, mit einem himmelschreienden Unterschied: Aus seinen Schläfen wanden sich widderartige Hörner. Er hatte den massiven Körperbau eines Teilnehmers aus einem Mister-Universe-Wettbewerb und seine glänzende schwarze Lederhose war so eng wie eine zweite Haut. Er führte den Löwen in die Mitte der Manege, wo er ihn durch mehrere brennende Ringe springen ließ. Typische Tierkunststücke im Zirkus. Was als Nächstes geschah, war alles andere als typisch.

Heather hielt den Atem an, als der Mann das grollende Tier zu dem blutigen Haufen Fleisch führte, der bis vor ein paar Augenblicken noch ein lebendiger Mensch gewesen war. Eine sehr mutige Frau, die um einiges mehr Respekt verdient gehabt hätte. Knurrend stürzte sich der Löwe auf das Fleisch und fraß. Der Anblick war gleichermaßen Übelkeit erregend und grausam Ehrfurcht gebietend. Der Löwe versenkte sein Maul in dem aufgerissenen Leib und zerrte an den Eingeweiden. Seine Mähne war bereits besudelt vom Blut der Frau.

Miss Monique lehnte sich zu Heather und flüsterte ihr begeistert ins Ohr: »Ist das Tier nicht atemberaubend? Diese Kraft. Diese wilde, ungezügelte Eleganz.« Sie begann, stöhnend an Heathers Ohrläppchen zu knabbern. »Und so erregend. Macht dich das nicht geil, Liebes?«

Heather holte zitternd Luft. »N...nein. Das war ... schrecklich.«

Der Freak streichelte über Heathers Oberschenkel. Ihre kalten Finger hinterließen eine Gänsehaut. »Och, schade. Du wirst schon bald vor Verlangen schnurren. Die Vorführung hat gerade erst angefangen. Wart ab, bis du siehst, was als Nächstes kommt.«

Heather atmete stockend aus. »Ich verzichte.«

Miss Monique knuffte ihr in die Seite. »Ach, du bist eine Spielverderberin. Aber die Show muss weitergehen.«

Der breitbrüstige Löwenbändiger gab einen Befehl und das satte Tier ging sofort an seine Seite. Er verneigte sich auf sehr steife und förmliche Weise, eine Geste, auf die Miss Monique mit einem knappen Nicken antwortete. Dann richtete er sich wieder auf, schlug die Hacken seiner Stiefel aneinander und verließ die Manege mit schnellen Schritten. Der Löwe leckte sich das Maul und trottete hinterher. Kaum dass sie draußen waren, kamen weitere Leute aus der Lücke zwischen den Tribünen in die Manege. Unter ihnen waren einige Freaks, aber der Großteil der Neuankömmlinge bestand aus abgemagerten Menschen mit trübem Blick. Die Freaks zwangen die Menschen, bis in die Mitte der Manege zu marschieren, wo sie sich gegenüber der Tribüne mit Miss Monique und ihren Gefangenen fein säuberlich in einer Reihe aufstellten. Einer der Freaks brüllte einen Befehl, die Menschen (natürlich alle nackt) fielen sofort auf die Knie und senkten die Köpfe. Irgendwie wirkte das Ganze einstudiert.

Heather zog die Augenbrauen zusammen. »Was ist los? Das … ist keine …«

Miss Monique lächelte. »Du fragst dich, wo der Zirkusaspekt bleibt?«

Heather nickte.

Der hübsche Kopf hob eine Augenbraue. »Es gibt keinen, Liebes. Das ist lediglich eine Massenhinrichtung.«

Wie Gift machte sich Verzweiflung in Heathers Magen breit. Ihr war klar, dass sie jeden Augenblick etwas Schreckliches mit ansehen würde. Ihre Lippen bebten, als sie flehte: »Bitte, zwingen Sie mich nicht zuzusehen. Töten Sie mich einfach. Bringen Sie es hinter sich. Bitte!«

Miss Monique lehnte sich wieder näher an sie heran und flüsterte: »Ich verrate dir ein Geheimnis.« Ihr heißer Atem strich über Heathers Ohr. »Du bist die Einzige, die ich nicht töten werde.«

Heather wimmerte, brachte jedoch kein Wort heraus.

Miss Moniques Finger glitten über Heathers Rücken hinab zu ihrem Steiß. Die Lippen des hübschen Kopfs berührten dabei ihr Ohr und der hässliche Kopf grinste sie an, wobei die gespaltene Zunge Zentimeter vor ihrem Gesicht durch die Luft schlug. »Ich habe dich für einen bestimmten Zweck ausgewählt. Du solltest dich geehrt fühlen.«

Heather schluckte schwer. »Seltsam, mir ist einfach nur kotzübel.«

Miss Monique kicherte, wollte gerade antworten, als Hundejunge auftauchte und die Metallstufen hinaufgestürzt kam. Er bewegte sich hastig über die Sitzreihen und blieb keuchend vor seiner Herrin stehen. In seinen behaarten Gesichtszügen war Panik zu erkennen.

»Madam«, würgte er zwischen seinen hastigen Atemzügen hervor. »Ich muss kurz mit Ihnen sprechen. Bitte!« Sein Blick schweifte über die Menschen um Miss Monique herum. »Unter vier Augen.«

Der zweiköpfige Freak seufzte theatralisch und klang genervt. Aber Heather sah die Aufregung in Hundejunges Blick so deutlich wie ein Scharfschütze den Kopf seines Opfers durch sein Zielfernrohr. Sie war verblüfft, dass dem zweiköpfigen Freak die Dringlichkeit des Anliegens seines Untergebenen so vollständig entging. Die Schlampe war viel zu sehr mit ihrem sadistischen Spaß beschäftigt, um etwas so Offensichtliches zu bemerken. Heather verspürte einen leisen Anflug von Hoffnung. Wahrscheinlich war das dumm, besonders da Miss Monique jeden Moment wieder in ihren Verstand eindringen und diesen Gedanken bemerken konnte. Aber das Gefühl war da und weigerte sich, wieder zu verschwinden.

Man konnte Cruella De Fotze ablenken.

Und wenn man sie lange genug ablenken konnte … und auf die richtige Weise … vielleicht … vielleicht …

»Madam!«

Schließlich gewann Hundejunge doch noch Miss Moniques vollständige Aufmerksamkeit. Und er musste in ihrem kalten Blick etwas bemerkt haben, das ihm Angst machte. Seine Augen wurden groß und er kratzte sich verlegen am Ohr. Wahrscheinlich mochte sie es nicht, von ihren Dienern angebrüllt zu werden.

Aber jede Bestrafung, die eine solche Unverschämtheit normalerweise nach sich gezogen hätte, blieb aus, da sie endlich erkannte, dass etwas ganz und gar nicht in Ordnung war.

Heather betete.

Es gab Grund zur Hoffnung, dass die Kavallerie endlich angeritten kam …

Miss Monique stand auf, stieg über die Sitzreihen vor ihr und ging zusammen mit Hundejunge zum Treppenaufgang. Hundejunge trat näher an sie heran, sprach eindringlich, wenn auch leise.

Dann ruckte der hübsche Kopf mit ungläubigem Blick zurück. Ein einzelnes Wort, eine einzelne Silbe war zu hören: »*Was?*«

Hundejunge warf Heather einen gehetzten Blick zu, bevor er vor Miss Monique wieder den Kopf neigte. Er flüsterte weiter und gestikulierte nervös. Auch wenn Heather ihn nicht verstand, war der Kreatur ihre verzweifelte Panik überdeutlich anzumerken.

Im Gegensatz zu Miss Monique, die war außer sich. Mit einem harten Schlag mit dem Handrücken in sein haariges Gesicht, der wie ein Schuss nachhallte, brachte sie Hundejunge zum Schweigen. »*Keine beschissenen Ausflüchte!*«, brüllte sie. »*Findet sie! Findet sie verflucht noch mal sofort!*«

Hundejunge neigte wieder den Kopf, nickte hektisch, während er sich demütig vor ihr zurückzog. Kaum hatte er sich umgedreht, eilte er die Stufen der Tribüne hinunter und verschwand hastig zwischen den Metallkonstruktionen. Miss Monique blieb noch ein paar weitere angespannte Momente dort stehen, ihr Busen hob und senkte sich viel zu schnell, während sie kräftig durchatmete. Dann schnellte ihr hübscher Kopf ruckartig in Heathers Richtung.

Mit Schrecken erkannte Heather in diesem Augenblick, dass sie gelächelt hatte.

Miss Monique starrte sie finster an und Heather spürte, wie sich ihre Innereien zusammenzogen. Ein paar Sekunden vergingen, dann grinste der Freak spöttisch und wandte sich der Manege zu. Sie brüllte einen einzigen Befehl: »Runter mit ihren Köpfen!«

Auch wenn Heather es nicht wollte, wanderte ihr Blick zu der Reihe aus knienden Menschen. Mittlerweile stand hinter jedem von ihnen ein Freak mit einer glänzenden Machete in der Hand.

Heather biss sich so fest auf die Innenseite ihrer Lippe, dass sie blutete. Der salzige Geschmack schwemmte durch ihren Mund, als die Macheten gehoben wurden …

# 24

Mit beängstigender Eleganz stürzte eine fliegende Kreatur nach der anderen aus dem blutroten Himmel. Wie eine Formation Jagdflieger, die zum Tiefflugangriff überging. Dann donnerten sie gegen die Kapsel und brachten sie bedrohlich zum Schwanken. Die Stimme des Moderators von Radio Äther wich einem an- und abschwellenden Alarmsignal und diverse an die Wand montierte Blinklichter erwachten zum Leben, hüllten das Innere der Kapsel in rotes Licht.

Die Blinklichter gaben Mike das Gefühl, in Satans persönlicher Disco gefangen zu sein, und der durchdringende Alarm fraß sich wie ein Bohrer mitten in sein Hirn. Eine besonders spektakuläre Serie von Aufschlägen riss die Kapsel hart nach links. Mike schloss die Augen, schrie und rechnete damit, dass die Maschine jeden Augenblick umstürzen würde. Aber die Kapsel ruckte nach rechts, schien ihr wackliges Gleichgewicht wiederzufinden.

Der Angriff auf die Kapsel ging weiter. Ein Aufschlag nach dem anderen erschütterte das Innere. Mike war instinktiv erleichtert, dass die Maschine noch stand, aber er vermutete, dass es das Unausweichliche nur hinauszögerte. Wie ein Schiffbrüchiger klammerte er sich an Sheilas Leiche, als wäre sie ein Rettungsring. Er hörte einen weiteren Aufschlag, dann ein schreckliches, schmerzerfülltes Kreischen.

Jinx schrie triumphierend auf und Mike starrte sie entsetzt an. »Was war das?«

Sie antwortete nicht, genauso wenig schien sie ihn über den jaulenden Alarm überhaupt zu hören. Mike wollte zu ihr, weigerte sich aber, Sheila loszulassen, da er genau wusste, noch so ein Aufschlag hätte ihn gegen eine der geschwungenen Wände der Kapsel schleudern können. Er stellte sich vor, wie er mit gebrochenem Hals auf dem Boden lag, starb, ohne jemandem von Nutzen gewesen zu sein – nicht dass Jinx seine Hilfe im Moment benötigte.

Er sah zu, wie sie eine Art Doppelhebel bediente, der wie ein uralter Videospieljoystick aussah. Das Ding war ganz plötzlich aus einer Vertiefung in der Kontrollkonsole aufgetaucht. Einen Moment lang fragte sich Mike, was sie tat, aber ein Blick auf den großen Bildschirm lieferte die Antwort. Die ihm bekannten Metalltentakel schlängelten sich durch den brennend roten Himmel und schnappten mit ihren Zangen nach den fliegenden Freaks. Es waren verdammt viele. Offensichtlich hofften sie, die Verteidigung der Kapsel mit schierer zahlenmäßiger Überlegenheit überwinden zu können. Eine sinnvolle Strategie, denn für jede Kreatur, die den schnappenden Zangen zum Opfer fiel, brachen zwei oder drei durch und krachten wie Kamikazeflieger gegen den Rumpf. Es wurden immer mehr, sodass Mike Jinx' neu gewonnene Zuversicht nicht teilen konnte. Auf dem Monitor rasierte eine der Metallzangen gerade einer näher kommenden Kreatur den linken Flügel ab. Sie kreischte und trudelte in den Dunst hinab. Dennoch ließen weitere markerschütternde Aufschläge die Kapsel beben.

Dann bemerkte Mike etwas, das Jinx zu entgehen schien. Auf der Kontrollkonsole pulsierte ein roter Knopf, knapp oberhalb des Doppelhebels, mit dem sie die Tentakel manövrierte. Entweder hielt sie das rote Blinken für unwichtig oder sie war voll und ganz auf den großen Bildschirm und den darauf stattfindenden Kampf konzentriert. Mike hatte keine Ahnung, was das für ein Knopf war, warum er so blinkte oder was passieren würde, wenn man ihn drückte. Aber mit einem Mal hatte er das drängende Gefühl, dass dieser verdammte Knopf überlebenswichtig war. Vielleicht irrte er sich. Vielleicht war das Teil auch nur der Auslöser für den Selbstzerstörungsmechanismus. Er hatte nicht mehr als sein Bauchgefühl, aber das war ihm egal. Zugegeben, Jinx kämpfte verbissen, aber früher oder später würde sie verlieren.

Er holte tief Luft und traf seine Entscheidung.

Ganz langsam löste er seine Hände von Sheila, sicherte seinen Stand und rannte los. Eine neue Welle aufschlagender Körper brachte die Kapsel zum Schwanken. Mike taumelte zur Seite und schaffte es nur, auf den Beinen zu bleiben, indem er sich nach vorne fallen ließ und in letzter Sekunde die Lehne des Drehsessels packte. Jinx schrie erschrocken auf, drehte sich zu ihm um und starrte Mike finster an.

»Was zum Teufel machst du?«

»Muss … den …«, er kämpfte zwischen schweren Atemzügen um seine Worte, »… Knopf … drücken …«

Jinx runzelte die Stirn, als er an ihr vorbeigriff. Ihr Blick folgte seiner Hand und dann bemerkte auch sie den blinkenden roten Knopf auf der Konsole. Mikes Finger waren nur noch Zentimeter davon entfernt, als sie schrie und seine Hand beiseiteschlug. Aber er war fest entschlossen und versuchte erneut, den Knopf zu erreichen. Dieses Mal schmetterte ihm Jinx die Faust gegen den Kopf und schickte ihn zu Boden. Sie sprang aus ihrem Sessel, der Kampf draußen war für den Moment vergessen. Ohne die Gegenwehr der Tentakel verstärkten die Kreaturen ihre Angriffe. Die Kapsel schwankte, Metall kreischte. Mike befürchtete, dass es den Kreaturen letztendlich gelingen würde, die Kapsel aufzureißen.

Aber Jinx war über Mikes Einmischung so aufgebracht, dass es sie nicht länger zu interessieren schien. Ihre Augen waren vor Wut aufgerissen, die Nasenflügel gebläht. Immer wieder ballte sie die Hände zu Fäusten und sah so aus, als würde sie Mike am liebsten in Stücke reißen. »Hast du deinen beschissenen Verstand verloren!?«, brüllte sie über den plärrenden Alarm hinweg. »Du hast keine Ahnung, was das für ein gottverdammter Knopf ist, du beschissener Idiot! Kacke, ich weiß auch nicht, wofür der ist.«

Mike versuchte sich aufzusetzen.

Jinx trat ihm in den Magen, er krümmte sich vor Schmerzen stöhnend auf dem Boden zusammen. »Bleib unten. Versuch noch mal aufzustehen, und ich brech dir deinen beschissenen Hals! Ich werde nicht zulassen, dass du mich umbringst, bevor ich das zu Ende gebracht habe. Hast du mich verflucht noch mal verstanden?«

Die Kapsel wurde erneut hart nach links gerissen und Jinx fiel auf ihn. Sofort versuchte sie, sich wieder aufzurappeln, aber Mike packte sie, zog sie eng an sich. Er sprach mit einer ernsten Dringlichkeit, hoffte, zu ihr durchdringen zu können, bevor es zu spät war. »Hör zu! Kann sein, dass dieser Knopf unsere einzige Möglichkeit ist. Vielleicht reißt er dieses gottverfluchte Ding in Stücke, aber vielleicht ist er auch zu etwas nütze, das uns verdammt noch mal hilft.«

Jinx' Miene war noch immer ein Fallbeispiel für ungezügelte Wut. Sie schien bereit, das Versprechen, ihm den Hals zu brechen, jeden Moment in die Tat umzusetzen. Aber irgendetwas in ihr hatte wohl auf seinen Vorschlag reagiert. Sie zögerte, schüttelte den Kopf. »Gottverflucht, Mike.«

Als es über ihnen wieder metallisch kreischte, befreite sie sich aus seiner Umarmung. Einen Moment lang starrte sie ihn an, während die Kapsel wie ein Bäumchen in einem Wirbelsturm schaukelte. Dann kroch sie auf Händen und Knien zum Kontrollzentrum, zog sich in den Drehsessel hoch und beugte sich über die Konsole. Mikes Herz raste, während er Jinx dabei beobachtete, wie sie ihrerseits den rot blinkenden Knopf anstarrte. Er wollte sie anbrüllen. Sie brauchte viel zu lange. Es war keine Zeit, über den Zweck dieses Knopfes nachzudenken. Warum konnte sie das nicht erkennen?

Dann beobachtete er erleichtert, wie sie die Zähne zusammenbiss und den Zeigefinger auf den Knopf stieß.

Mike hörte einen dumpfen, elektronischen Impuls, ein Geräusch, das von außen kam. Für ihn klang es nicht wie etwas, vor dem man Angst haben musste, aber die Auswirkung auf die fliegenden Kreaturen belegte seinen Irrtum. Mehrere Augenblicke lang ertränkten ihre Schreie sämtliche anderen Geräusche. Die Kapsel hörte auf zu schwanken. Mike sah zum großen Bildschirm, auf dem die Kreaturen wirr durcheinanderflogen. Sie krachten kreischend ineinander und stürzten schließlich allesamt in den Dunst unter ihnen.

Einen seltsamen Moment lang herrschte völlige Stille. Die Kreaturen waren fort. Ihre qualvollen Schreie hallten nicht länger durch die Luft. Die Kapsel stand noch. Der plärrende Alarm war verstummt und die flackernden Warnlampen waren wieder der regulären Beleuchtung gewichen. Jinx saß zusammengesackt über der Kontrollkonsole im Sessel und blinzelte ungläubig auf den Bildschirm.

Mike atmete lang gezogen aus. »Heilige Scheiße.«

Während er sich aufrappelte, setzte Radio Äther wieder ein und spielte zur Abwechslung ein Lied, das Mike kannte, »Psycho Killer« von den Talking Heads. Schmerz in seiner Magengegend ließ ihn zusammenzucken, dann taumelte er zum Kommandozentrum und blieb neben Jinx stehen. Kopfschüttelnd sah er zum Bildschirm hoch. »Der Schlag soll mich treffen. Es hat wirklich funktioniert.«

Jinx seufzte. »Tut mir leid.«

Mike winkte ab. »Mach dir deswegen keinen Kopf. Also, was denkst du, was war das? So was wie ein EMP?«

Sie zuckte mit den Schultern. »Muss wohl. Nur um einiges schlimmer und tödlich.« Sie kratzte sich nachdenklich am Kopf. »Jeremiah hat nie was davon gesagt. Himmel! Okay, zurück an die Arbeit.«

Entschlossen beugte sie sich über die Kontrollkonsole, drückte einen Knopf, der dazu führte, dass sich der Doppelhebel auf die Seite legte und in seiner Vertiefung verschwand. Dann griff sie wieder nach dem Hebel, den Mike mittlerweile als den Steuerknüppel bezeichnete. Die Kapsel ächzte metallisch und bewegte sich vorwärts, tiefer ins Nichts.

Mike lauschte den knarrenden Geräuschen, die sich anders anhörten als vorhin. »Klingt nicht gut. Das Ding hätte nicht mehr lange durchgehalten.«

Jinx grinste ihn an. »Zumindest wissen wir jetzt, dass wir deinen Zauberknopf gleich benutzen sollten, wenn sie uns noch mehr von diesen Wichsern auf den Hals hetzen.«

Er runzelte die Stirn. »Ja … hm, ich frag mich, ob das auch bei was anderem als diesen fliegenden Dingern funktioniert.«

Sie zuckte erneut mit den Schultern. »Das hoffe ich jedenfalls.«

Mike hielt sich am Ledersessel fest und verfolgte auf dem riesigen Monitor, was draußen geschah. Sie bewegten sich durch ein großes, leeres Gebiet. Auf dem Schirm waren nur der rote Himmel und wirbelnder Dunst zu sehen. Dann neigte sich die Kapsel ein wenig und sie schienen sich bergab zu bewegen. Als sie ein paar Minuten später eine tiefere Ebene erreichten, lichtete sich der Dunst und vor ihnen tauchte eine Ansammlung von Gebäuden und hohen Türmen auf.

Mike rieb sich das Kinn, während er das Bild betrachtete, und dachte darüber nach, was er da sah. Offensichtlich hatte es an diesem Ort, den Jinx das Nichts nannte, irgendeine Art von Freak-Zivilisation gegeben. Die Gebäude waren ein Beleg dafür. Aber es gab keinerlei Anzeichen für eine blühende Gesellschaft, die diese seltsame Stadt bewohnte.

Insofern war es nicht verwunderlich, dass alles hier den Eindruck erweckte, eine verdorbene und sterbende Welt zu sein.

»Ich glaube, jetzt kapier ich.«

Jinx blickte über die Schulter. »Ja? Was kapierst du?«

Er räusperte sich. »Dieser Ort, das Nichts, es ist irgendwie … verseucht. Es stirbt schon seit Langem, vielleicht seit Jahrhunderten. Und darum schleichen sich die Freaks langsam und unauffällig in unsere Welt. Sie wollen diesen verdorbenen Ort hinter sich lassen und unsere Welt für sich beanspruchen.«

Sie lächelte. »Interessante Theorie.«

Mike löste den Blick vom Bildschirm, stattdessen sah er Jinx an. »Hab ich recht?«

»Ja, so ziemlich.«

»Also, was tun wir dagegen?«

Ihr fast schon verträumtes Lächeln verblasste, wich einem verbissenen Gesichtsausdruck, der einen Hinweis auf ihre Nervosität bot. »Wir setzen dem Ganzen hier und jetzt ein Ende.«

Mike stöhnte und schüttelte ungläubig den Kopf. »Wie? Nur mit diesem Ding …«, er breitete die Arme aus, deutete fuchtelnd auf die Kapsel, »gegen eine ganze Freak-Armee? Ich weiß deine Zuversicht ja zu schätzen, Jinx, aber verzeih mir, wenn ich sie nicht teile.«

Sie sah ihn düster an. »Täusch dich nur nicht, Mike. Es wird nicht einfach werden, aber wir *können* es schaffen. Die Freaks wirken sehr mächtig und das sind sie auch. Allerdings musst du sie deshalb nicht überschätzen. Natürlich kann ich mir nicht sicher sein, aber ich nehme an, wir haben das Schlimmste, was sie uns hier entgegenstellen können, bereits hinter uns gelassen. Sie sind stark, klar, aber ihre Ressourcen sind sehr dünn gesät. Sie können uns nicht davon abhalten, dahin zu kommen, wo wir hinwollen, und das Notwendige zu tun, sobald wir da sind.«

Mike hob eine Augenbraue. »Und das wäre? Ernsthaft, es ist doch wohl Zeit, dass du verflucht noch mal damit rausrückst.«

Sie erwiderte seinen Blick, fixierte ihn, während sie überlegte. Und offenbar hatte sie in diesem Augenblick endlich beschlossen, ihm vertrauen zu können, denn nun rückte sie mit der Wahrheit heraus.

»Wir werden das Ding vernichten, das sie antreibt, von dem sie ihre Kraft erhalten.« Ihre Augen glommen fast fiebrig. »Mike, wir werden ihre Gottheit töten.«

# 25

Die Macheten sausten hinunter.

Heather schrie vor hilflosem Entsetzen, während sie zusah, wie die scharfen Klingen durch die Hälse drangen. Die Köpfe der knienden Menschen lösten sich so sauber von den Körpern, wie es bei einer Guillotine der Fall gewesen wäre. Blut spritzte aus den Halsstümpfen und die Körper brachen zuckend zusammen. Heather schrie noch immer, als Miss Monique jubelnd die Arme hochriss. Der zweiköpfige Freak sprang auf, hüpfte beschwingt über die Sitzreihen und rief »Ja ... ja ... *ja!*« gen Himmel.

Sie klang, als hätte sie einen Orgasmus. Vielleicht traf das auch zu. Heather war zu betäubt, ihre Emotionen durch den Schrecken, den sie gerade mit angesehen hatte, zu zerrüttet, um davon überhaupt noch angewidert zu sein. Sie konnte immer noch nicht glauben, dass dieses Massaker tatsächlich geschehen war. Die ganze Zeit über hatte sie gehofft, irgendein Wunder würde es verhindern. Aber für diese armen Leute gab es keine Rettung in letzter Sekunde, keine Erlösung dank irgendeiner göttlichen Fügung. Jetzt wusste sie, es gab keinen Gott. Und wenn es ihn doch gab, dann hatte er diese hoffnungslose Welt im Stich gelassen und gestattet, dass sie zu einer Hölle auf Erden wurde. Heather hatte nie viel darüber nachgedacht, ob sie an irgendeine höhere Macht glaubte, die alles überwachte, aber bis zu einem gewissen Grad musste tief in ihrem Innern eine grundlegende Akzeptanz der Existenz eines Gottes geschlummert haben. Wie sollte sie sich sonst dieses Gefühl absoluter Hoffnungslosigkeit erklären, das jetzt über sie hereinbrach? Sie fühlte sich verlassen, allein in einem kalten Universum, wie eine Person, die einem grausamen Schicksal überlassen worden war, ohne Aussicht auf Wiedergutmachung im Himmelreich. Sie weinte bittere Tränen.

Neben sich hörte sie Josh keuchen und nahm an, er würde ebenfalls weinen. Sie sah, dass er zitterte. Sah, wie er versuchte, es zu verstecken, und seine Hände fest ineinander verschränkte. Und er schwitzte. Warum …? Dann begriff sie – er spürte seine Verletzung. Sie sah auf ihren eigenen Fingerstumpf, der nach wie vor vollkommen taub war. Hatte Miss Monique Joshs Schmerzempfinden wieder freigegeben? Auf den ersten Blick schien das die wahrscheinlichste Erklärung zu sein, aber warum versuchte er dann so sehr, den Schmerz zu verbergen?

»Was ist los, Josh?«

Er grinste sie verkniffen an. Sein Blick zuckte zu Miss Monique, die noch immer in der ersten Reihe stand. Sie unterhielt sich angeregt mit Hundejunge und zwei anderen Freaks und wirkte dabei aufgewühlt, fast besorgt. Heather versuchte verzweifelt, sich vorzustellen, worüber sich eine solche Kreatur wohl Sorgen machen würde, konnte dem aber vorerst nicht weiter nachgehen.

Sie lehnte sich ein wenig näher zu Josh. »Wenn du was sagen willst, dann ist jetzt der passende Zeitpunkt.«

Über seine zusammengekniffenen Lippen drang ein leises, nervöses Lachen. Zu Heathers Erstaunen sang er leise den Refrain des Rolling-Stones-Songs »Time Is On My Side«.

Sie runzelte die Stirn. »Josh … was zur Hölle stimmt nicht mit dir?«

Er lachte ein weiteres Mal leise, dann fing er sich endlich. Doch etwas an seinem verkrampften Gesichtsausdruck verriet Heather, dass diese Selbstbeherrschung nur vorübergehend anhalten würde. Auch wenn es makaber und völlig unerklärlich war, schien ihr neuer Freund und Gelegenheitsretter kurz davor zu stehen, in unkontrollierte Fröhlichkeit auszubrechen. Nur außergewöhnliche Willenskraft – und vielleicht der Schmerz – hielt ihn davon ab.

Er atmete langsam aus, grinste wieder verkniffen. »Hast du jemals von Marinol gehört?«

Heathers Stirnrunzeln wurde tiefer und sie schüttelte den Kopf. »Nein. Aber das klingt nach …«

Er fiel ihr ins Wort: »Das ist synthetisches Marihuana. Hauptsächlich benutzen es Krebspatienten, denen die Chemo ganz besonders übel zusetzt. Also, ich bin nicht stolz drauf, das muss dir klar sein, aber ich habe meiner Nachbarin neulich welches abgekauft. Ihre Mutter ist vor Kurzem gestorben und sie hatte noch was übrig.«

Heather glotzte ihn verständnislos an. »Himmel, Josh!«

Er nickte. »Ja. Ich bin ein Scheißkerl. Ein bis auf die Knochen verkommener Taugenichts. Wenn wir hier rauskommen, darfst du mir gern die Drogenbehörde auf den Hals hetzen.« Er kicherte. Das Geräusch erschreckte Heather, brachte sie dazu, wieder zu Miss Monique zu sehen, aber der Freak war nach wie vor in die Unterhaltung mit seinen Untergebenen vertieft. Als Heather wieder in seine Richtung sah, sprach Josh weiter. »Ich hatte noch was übrig. In der Tasche. Na ja, es *war* in meiner Tasche.« Er kicherte, lauter. »Ich hab es vor ungefähr 20 Minuten auf dem Jahrmarkt eingeschmissen. Ich würde sagen, ich bin fünf Minuten davon entfernt, so voll wie die beschissen sprichwörtliche Haubitze zu sein.«

Heather verstand immer noch kein Wort.

»Aber … warum? Unser Leben steht auf dem Spiel und du kannst nur daran denken, dich zuzudröhnen?«

Josh wimmerte, schloss einen Moment lang die Augen. Heather sah, dass er seine verletzte Hand fester packte. Der Schmerz schien wieder nachzulassen, da er lang gezogen ausatmete und die Augen wieder öffnete. An seinen Mundwinkeln zupfte ein amüsiertes Grinsen. »Du hast ein mieses Gedächtnis, Heather. Erinnerst du dich daran, dass ich dir davon erzählte, wie ich vollkommen high der Freakshow beim Aufbau zugesehen habe? Erinnerst du dich an meine Theorie, dass mir das Kiffen dabei geholfen hat, diesem seltsamen Ruf zu widerstehen, dem fast jeder Bewohner aus Pleasant Hills gefolgt ist? Ich dachte, vielleicht hat das THC notwendige Rezeptoren blockiert oder so was.«

Er sah kurz zu Miss Monique. Der zweiköpfige Freak sah stirnrunzelnd zu ihnen, bevor er sich wieder dem Gespräch mit Hundejunge und den anderen widmete. Als er Heather wieder ansah, lag noch mehr Dringlichkeit in seinem Tonfall. »Und weißt du was? Ich bin mir fast sicher, dass ich recht hatte. Ungefähr zehn Minuten, nachdem ich die Pille geschluckt habe, ist der Schmerz langsam wieder in meine Hand zurückgekrochen. Es wird jeden Moment schlimmer. Aber ich komme klar. Das gibt uns eine Chance. Begreifst du? Sie hat keine Kontrolle mehr über mich.«

Heathers Herz begann zu rasen. Wenn das, was Josh sagte, stimmte, dann konnte er Miss Moniques mentalen Einfluss möglicherweise überwinden und sie vielleicht sogar töten. Allein der Gedanke ließ sie vor Aufregung zittern, aber Josh packte ihre Hand, drückte sie. »Wahrscheinlich verrate ich zu viel, aber so langsam beeinflusst mich die Droge, beeinträchtigt meine Entscheidungen. Das ist das Wichtigste, was du dir merken musst: Sie hat dich noch immer unter Kontrolle. Im Moment ist sie abgelenkt, aber du weißt es. Denke bitte nicht an das, was ich dir gerade erzählt habe. Versuche es, Heather! Ich werde abwarten, ob sich eine Gelegenheit zum Handeln bietet. Bis es so weit ist, solltest du mich nicht ansehen, nicht an mich denken und am besten vergessen, dass es mich gibt.«

Damit riss er den Blick von ihr und starrte mit geheucheltem (nun, möglicherweise nur teilweise geheucheltem) Schrecken zu den Toten in der Manege. Heather schwirrte der Kopf. Sie wollte Joshs Worte befolgen, diese Enthüllung aus ihrem Verstand verbannen, aber es war schwierig, wenn nicht sogar unmöglich. Seine Worte waren wie ein Zauber, holten sie aus der tiefen trostlosen Verzweiflung und brachten sie an einen Ort, wo Hoffnung auf Rettung wieder möglich schien. Sie wünschte sich, er hätte es für sich behalten. Es wäre besser, nichts zu wissen, als diese Unmöglichkeit zu versuchen. Einen winzigen Augenblick lang war sie wütend auf ihn, aber das ging schnell vorbei. Schließlich stand er unter Drogen und hatte selbst gesagt, dass er nicht mehr Herr über seine Entscheidungen sei. Es war, wie es war, und daran ließ sich nichts mehr ändern. Natürlich konnte sie die Information nicht aus ihrem Gedächtnis löschen. Aber sie konnte das Wissen verdrängen, auch wenn es problematisch werden würde, einen Versuch war es wert. Wahrscheinlich würde der Plan schiefgehen, aber nun hatten sie zumindest eine Chance.

Allerdings würden sie diese Gelegenheit nur bekommen, wenn es ihr gelang, nicht mehr daran zu denken. Heather versuchte, ihren Verstand mit anderen Dingen zu beschäftigen, wurde aber davon abgelenkt, als sie in Craigs Richtung sah. Er glotzte schockstarr geradeaus, wirkte teilnahmslos. Panik ließ ihren Herzschlag aussetzen. Was, wenn er die Unterhaltung belauscht hatte und nur so tat, als würde er in Apathie versinken? Falls ja, dann waren sie geliefert. Das Arschloch würde bei der erstbesten Gelegenheit petzen, möglicherweise in einem beschissenen Versuch, sich wieder bei dem Freak einzuschmeicheln. Heather zwang sich, ruhig und gleichmäßig zu atmen. Ihre Lebensgeister waren geweckt, was jedoch dazu führte, dass ihr diese verfluchte Ohnmacht zu schaffen machte, hilflos der Situation ausgeliefert zu sein. Entweder hatte Craig sie gehört oder nicht. Sie konnte verdammt noch mal nichts dagegen machen, was auch immer zutreffen mochte.

Es gab nur eines, das sie tun konnte: Sie musste ihre Erinnerungen weit genug verdrängen, um sie vor Miss Monique zu verheimlichen. Und in Anbetracht der Tatsache, dass die Schlampe gerade äußerst aufgewühlt und abgelenkt war, könnte das vielleicht sogar klappen.

Heather dachte willkürlich an harmloses Zeug, an ihren ersten echten Freund an der Junior High. Jimmy O'Bannon, dessen älterer Bruder Polizist in Dandridge geworden war, bevor Terroristen die Stadt mit einem Angriff ausgelöscht hatten. Viele beharrten noch immer darauf, dass es sich dabei nur um eine Vertuschungsgeschichte für etwas weitaus Teuflischeres handelte. Etwas, hinter dem die Regierung steckte. Aber für Heather war das nur eine weitere bescheuerte Verschwörungstheorie. Sie fragte sich, was die Behörden bezogen auf die Ereignisse in Pleasant Hills behaupten würden, sollte das Undenkbare eintreten und ihnen würde es gelingen, die düsteren Pläne der Freakshow zu vereiteln.

Ach, Scheiße.

Nicht willkürlich genug. Oder vielleicht zu willkürlich? Potenziell konnte jeder ihrer Gedanken dazu führen, dass sie wieder an das dachte, woran sie am wenigsten denken wollte. Sie seufzte frustriert. Was gab es über alle Maßen

Fesselndes, auf das sie sich konzentrieren konnte? Etwas so Großes, Überwältigendes, dass es alle ungewollten Gedanken unter sich begrub.

Dann hatte sie es … und wurde traurig.

Tränen stiegen ihr in die Augen.

Mom.

Alice Campbell war der einzige Grund, warum Heather überhaupt nach Pleasant Hills gekommen war. Sie hasste die Stadt nicht, hing aber auch nicht an ihr. Alice hatte den Ort genauso wenig geliebt, ihn sogar als »Schandfleck auf der Landkarte« bezeichnet, wenn sie sich wie so oft über irgendeinen Schwachsinn der Lokalpolitik aufregte. Aber was ihre Gewohnheiten anging, war Alice stur und festgefahren gewesen. Sie hatte immer gesagt, sie sei zu alt, um irgendwo anders noch mal von vorne anzufangen. Immer mehr Tränen verschleierten Heathers Sicht, als sie daran dachte, wie lange sie Craig vor die Tür setzen und ihre Mutter dazu überreden wollte, zu ihr zu ziehen. Diese Gelegenheit war Vergangenheit. Ihre Mutter war tot und sie würde sie nie wiedersehen. Nie wieder mit ihr sprechen. Das war übel, aber schlimmer war das Wissen, dass sie einen schrecklichen Tod gefunden hatte, nach einer Nacht voller Schrecken. Es hatte keinen andächtigen Abschied gegeben, den sie verdammt noch mal verdiente. Vielleicht wäre sie selbst dann gestorben, wenn sie es geschafft hätten, aus der Stadt zu entkommen. Doch dann wäre sie zumindest friedlich in einem Krankenhausbett eingeschlafen, mit Morphium in den Venen und ohne Schmerzen. Stattdessen lag die zerschmetterte Leiche der einst so stolzen Alice Campbell im Kofferraum von Heathers Chevelle. Oder schlimmer noch, vielleicht hatte jemand dafür gesorgt, dass ihre tote Mutter in dem Höllenschlund gelandet war – wie der blau angemalte Psycho und sein Opfer.

Tränen liefen über Heathers Gesicht, ihre Unterlippe bebte unkontrolliert. In ihrer Trauer bemerkte sie nicht, wie Miss Monique die Stufen hastig wieder hinaufstieg. Heather keuchte erschrocken, als der zweiköpfige Freak sie am Arm packte und auf die Beine riss.

Die Augen des hübschen Kopfs wurden zu Schlitzen, als Miss Monique in Heathers Gedanken eindrang. Dann spottete sie: »Ooch … vermisst du deine Mami? Hervorragend. Ich muss mich um etwas kümmern, aber vielleicht können wir deine herzallerliebste Mutter nachher aus dem Kofferraum holen und mit ihren geschundenen Überresten etwas wirklich Kreatives anstellen.«

Ein Schluchzen kämpfte sich aus Heathers Kehle.

Miss Monique drückte ihren Arm etwas fester und lachte. »Herrlich. Ich würde dir ja die Tränen vom Gesicht lecken, aber im Moment habe ich keine Zeit, in deiner erlesenen Trauer zu schwelgen. Gehen wir.«

Sie zerrte Heather zum Ende der Reihe. Craig und Josh standen auf, folgten ihr die Stufen der Tribüne hinunter zur Manege. Von dort aus verließen sie das Zirkuszelt und liefen schnellen Schrittes über den verwaisten Jahrmarkt. Seltsam. Alles war wieder dunkel und von der erst kürzlich vorhandenen Aktivität keine Spur mehr zu sehen. Fast hätte man sich einreden können, dass es nichts als ein Traum gewesen war. Aber Heather erinnerte sich zu deutlich an die seltsamen nackten Imitationen der verlorenen Bewohner von Pleasant Hills, um mit diesem Gedanken zu spielen. Wahrscheinlich war es nur eine außergewöhnliche Vorführung gewesen, um ihnen einen Eindruck von den Fähigkeiten der Freakshow zu vermitteln. Sie musste zugeben, es hatte funktioniert.

Sie gingen schnell, näherten sich den Drehkreuzen jenseits des Jahrmarkts. Die drei knapp bekleideten Freaks waren noch da und lehnten an den Pfosten. Heather zuckte zusammen, als das Mädchen mit den drei Augen in ihre Richtung sah. Sie grinste, nahm einen ihrer Finger zwischen die Lippen und tat so, als würde sie kauen. Die anderen Mädchen kicherten.

»Mmh.« Sie zog den feucht glänzenden Finger zwischen ihren Lippen hervor. »Ich liebe den Geschmack von Menschen. Ich habe schon wieder Hunger.«

Sie trat einen Schritt auf Heather zu, blieb aber wie angewurzelt stehen, als Miss Monique sie mit ihren vier Augen fixierte. »Verschwinde!« Ihre Stimme war leise, klang beinahe wie ein Knurren. »Es sei denn, du willst sterben.«

Das Mädchen senkte den Blick und zog sich nach einer knappen Verbeugung zurück. »Ja, Ma'am. Tut mir leid.«

Während sie sich durch die Drehkreuze schoben, konnte Heather nicht anders und musste einen Blick zurückwerfen. Das dreiäugige Mädchen starrte ihr hinterher und leckte sich schmunzelnd die Lippen. Miss Monique riss an Heathers Arm, wodurch es ihr endlich gelang, den Blick von Dreiauge zu lösen. Vor ihnen lag das Haupttor. Es stand sperrangelweit offen. Auf der anderen Seite des Maschendrahtzauns waren der glänzende Towncar und Heathers schrottreifer Chevelle zu erkennen.

Als sie durch das Tor gingen, platzte aus Craig die Frage heraus, die zu stellen Heather der Mut gefehlt hatte: »Wo gehen wir hin?« In seiner Stimme war tatsächlich wieder ein Hauch seiner psychopathischen Überheblichkeit zu hören. »Und was verschissen noch mal hat dich so auf die Palme gebracht?«

Kaum dass sie das Gelände der Freakshow verlassen hatten, fuhr Miss Monique zu ihm herum. Mit vor Wut zusammengezogenen Augen fauchte ihn der hässliche Kopf an. Die Erkenntnis traf Heather wie ein Vorschlaghammer – der hässliche Kopf war die wahre Kraftquelle des Freaks. Sie hatte keinerlei greifbare Beweise für diese Eingebung, dafür ein untrügliches Bauchgefühl. Der hässliche Kopf war die Kraft, der Quell der Fähigkeit des Freaks, andere zu kontrollieren. Der hübsche Kopf war nichts weiter als ein Mittelsmann, eine Puppe, mit der die Kreatur ihre eigenen Gedanken zum Ausdruck brachte.

Die gespaltene Zunge des hässlichen Kopfs glitt zwischen seinen Lippen hervor und zuckte wie wild durch die kühle Nachtluft. Der hübsche Kopf verkündete: »Wir beide gehen nirgendwohin. Du bist Geschichte, du nervtötender Schnösel.«

Brüllend fiel Craig auf die Knie. Er drückte sich die Hände auf die Ohren und gab einen markerschütternden Schrei von sich. Als er die Hände kraftlos sinken ließ, sah Heather, dass ihm Blut aus den Ohren lief. Er weinte. Der Freak hatte irgendetwas mit seinem Gehirn gemacht. Das Weiße in seinen Augen verfärbte sich rot, aber er lebte noch. Was auch immer sie mit ihm gemacht hatte, sie hielt sich ein wenig zurück, bremste den Blutfluss aus der geplatzten Arterie lange genug, sodass er seinen Tod bei vollem Bewusstsein miterlebte und wusste, dass er nichts dagegen tun konnte. Obwohl sich Heather sicher war, dass in ihrem Körper kein einziger Tropfen Flüssigkeit mehr vorhanden sein konnte, liefen Tränen über ihre Wangen. Craig hatte sich in vielerlei Hinsicht als abscheuliches Arschloch entpuppt, aber vor ein paar Stunden war er noch ihr Freund gewesen. Sie hatten gemeinsam gelacht, Sex gehabt, sogar zusammen einen Schnapsladen überfallen. Okay, das war gleich am Anfang ihrer Beziehung gewesen, als sein Böser-Bube-Gehabe sie noch angemacht hatte. Drogen hatten natürlich auch eine Rolle gespielt. Und sie konnte die wilde Aufregung nicht leugnen, die ihrem ersten und einzigen Ausflug in die Welt des Verbrechens gefolgt war. Später an jenem Abend hatte Craig das

Geld aus der Kasse und dem Tresor des Schnapsladens auf ihrem Bett verteilt und sie hatten langen, ausschweifenden Sex gehabt, der noch immer der beste war, den sie jemals erlebt hatte.

Und nun war der Typ, mit dem sie das alles erlebt hatte, kurz davor zu sterben. Heather spürte Mitleid, das jedoch abrupt verpuffte, als Craig es fertigbrachte, noch etwas zu sagen: »Nein, warte! Du musst da etwas wissen. Ich sag's dir, wenn du mich am Leben lässt.« Der Blick seiner blutgefüllten Augen huschte zu Heather, dann zu Josh und zurück zu Miss Monique. »Die legen dich rein, sie ...«

*»Halt die Schnauze!«* Miss Moniques überlaute Stimme hallte wie eine Explosion durch die Nacht. Craig verstummte augenblicklich. Er wimmerte, seine roten Augen waren tränengefüllt, während ihn der Freak spöttisch angrinste. »Trottel. Glaubst du, ich weiß nichts von ihrem erbärmlichen Plan? Du solltest mich nicht unterschätzen.«

Der hässliche Kopf wandte sich in Heathers Richtung, während der hübsche Kopf fortfuhr: »Das gilt für euch alle.«

Heather fühlte sich, als hätte man ihr in den Magen geschlagen. Sie hatte sich so sehr bemüht, das zu verdrängen, was Josh ihr gesagt hatte. Hatte törichterweise an eine mögliche Flucht geglaubt. Aber jetzt war das egal. Der Freak kannte ihre Pläne. Heather spürte, wie sich der kleine Hoffnungsschimmer, den Joshs Worte geweckt hatten, im kalten Dunst der Nacht auflöste.

Der hübsche Kopf schnalzte tadelnd mit der Zunge. »Ich habe genug Zeit mit dir verschwendet.«

Plötzlich erschlaffte Craigs Gesicht und sein Körper brach zusammen.

Er war tot. Ein hilfloser Ausbruch instinktiver Trauer kam über Heathers Lippen. Aber jeder letzte Rest von

Mitgefühl für Craig war vergessen, als sich Miss Monique zu ihr umdrehte. Der hübsche Kopf lächelte auf unheimlich wissende Weise, die Heathers Knie zittern ließ. »Du hast doch nicht wirklich geglaubt, dass du deine Gedanken vor mir verbergen könntest, oder?« Sie schnalzte wieder tadelnd. »Ich hätte nicht gedacht, dass du so dumm bist, Liebes.«

Josh brüllte, stürmte auf den zweiköpfigen Freak zu. Es sah aus, als wollte er sie umrennen. Ein neuerlicher Adrenalinrausch ließ Heathers Herz rasen. Er war so viel größer als Miss Monique, so kräftig gebaut. Vielleicht gab es trotz allem doch noch eine Möglichkeit! In ihrer Vorstellung sah sie ein Bild aufblitzen – Josh, wie er den Freak umriss, ihn am Boden hielt und mit bloßen Fäusten totprügelte.

Was tatsächlich geschah, war etwas vollkommen anderes und erstickte Heathers plötzlich aufflammenden Mut. Der Freak zuckte nicht einmal. Miss Monique trat zur Seite und schlug Josh hart gegen den Kopf. Dann hob sie ihn vom Boden und warf ihn hoch in die Luft, als wäre er leicht wie eine Feder. Heather keuchte, als sie seinen um sich schlagenden Körper erst aufsteigen und dann wieder herabstürzen sah. Als er krachend auf dem Dach des Towncar aufschlug, schrie sie.

Miss Monique rieb ihre Hände aneinander. »Also, wo war ich? Ah, ja. Wir haben über deine Dummheit gesprochen. Nun, zum Glück bin ich nicht an deinem Verstand interessiert. Weißt du, du hattest recht damit, was meine wirkliche Machtquelle angeht.« Der hässliche Kopf gab schon wieder dieses schabende Pseudolachen von sich. Ihre Hände strichen auf eine Weise über die Vorderseite ihres Körpers, die zum einen obszön war, aber zum anderen auch seltsam fesselnd. »Dieser Körper ist eigentlich der eines Menschen. Ein Wirtskörper. Ich habe ihn vor vielen

Jahren während einer Assimilation übernommen. Seitdem hat er mir gute Dienste geleistet, aber Wirtskörper fangen irgendwann an, von innen heraus zu zerfallen. Und ich fürchte, dieser hier hat sein Haltbarkeitsdatum bald überschritten. Also benötige ich einen neuen Wirt.«

Heather schüttelte den Kopf. »N...nein ...«

Der hübsche Kopf kicherte. »O ja. Ich fürchte, doch, Liebes. *Dein* Körper wird mein neuer Wirt werden. Ich bin genauso eitel wie jede menschliche Frau, also bin ich pingelig, wenn es darum geht, einen Körper auszusuchen. Eigentlich habe ich gedacht, ich könnte mir damit noch bis zur Assimilation nächstes Jahr Zeit lassen, nur um dich als Sklavin zu behalten, als Objekt der Belustigung und Erniedrigung. Aber es gehen Dinge vor sich, die mich zum Handeln zwingen. Sobald ich die Kontrolle über deinen Körper übernommen habe, werde ich sogar noch mächtiger sein als jetzt. Tausendmal mächtiger. Das ist einer der vielen Vorteile eines neuen Wirtskörpers. Noch bevor diese Nacht vorbei ist, werde ich jedes bisschen dieser Macht benötigen.« Sie wirkte plötzlich sehr ernst, doch dann fand Miss Monique sehr schnell zu ihrem bösen Sarkasmus zurück. »Wenn ich deinen Körper übernehme, Schätzchen, bleibt dein Bewusstsein übrigens intakt. Dein Selbst wird all die Jahre oder Jahrzehnte, die ich deinen Körper benutze, Teil deines Verstands bleiben. Und du wirst die ganze Zeit bei Bewusstsein bleiben, wirst alles miterleben. Du darfst dabei zusehen, wie ich mit deinem Körper zahllose Menschen töte und quäle, und du wirst nie die Gelegenheit bekommen, etwas dagegen zu unternehmen. Ich sage dir das alles, weil ich will, dass du weißt, was auf dich zukommt, damit wir beide in dieser Erwartung schwelgen können.«

Heather schluckte einen dicken Kloß in ihrer Kehle hinunter. Sie wollte weglaufen, aber Miss Monique hatte wieder die volle Kontrolle über ihren Körper übernommen. Heather stand regungslos da, während sich der Freak seiner Kleidung entledigte. Der Wirtskörper des Freaks war atemberaubend, mit wohlgeformten langen Beinen, ihr Bauch war flach und die Brüste groß und fest. Nackt bis auf die schwarzen Strümpfe und die hochhackigen Schuhe, und mit ihrem langen blonden Haar, das über ihren Rücken fiel, sah sie aus, als wäre sie einem Porno-Horror-Comic entsprungen. Gleichermaßen abscheulich und doch unwiderstehlich verlockend. Ohne den hässlichen Kopf hätte sie für Victoria's Secret über den Laufsteg stolzieren können. Zumindest äußerlich war dem Körper keinerlei Verfall anzusehen.

»Was ist mit meiner Hand?«

Der hübsche Kopf lächelte. »Du meinst deine verletzte Hand?«

»Ja.«

Miss Monique zuckte mit den Schultern. »Schlaues Mädchen! Du versuchst, meine angesprochene Eitelkeit gegen mich zu nutzen. Aber du hast ja bereits ein paar der unglaublichen Dinge gesehen, zu denen wir in der Lage sind. Später wird ein neuer Finger an der Hand angebracht. Ich kann dir versichern, es wird perfekt sein.«

Daran zweifelte Heather nicht.

Klick-Klack.

Klick-Klack.

Klick-Klack.

Heather runzelte die Stirn. »Was ist das?«

Miss Monique sah lächelnd an ihr vorbei. »Das ist einer meiner Mitarbeiter, Liebes. Mein alter und sehr guter Freund, Roland Starkweather, der Zirkusdirektor der Freakshow. Ich habe mich bereits gefragt, wo er so lange bleibt, und mir ernsthafte Sorgen um sein Wohlergehen gemacht.«

Klick-Klack.

KLICK-KLACK.

Heather hatte einen Moment, sich zu fragen, welche grausige Missbildung dieser Roland haben könnte; dann sah sie den Zirkusdirektor, als er auf den höchsten Stelzen, die sie jemals gesehen hatte, an ihr vorbeiging. Sie hob den Blick und starrte auf die riesige Gestalt. Er sah seltsam elegant aus mit seiner Samtweste, dem dazu passenden Zylinder, seinem langen Haar und dem sauber gestutzten Kinnbart. Seine Augen wurden von einer Brille verborgen, auf deren Gläsern wirbelnde Farbkaleidoskope blinkten.

Heather betrachtete fassungslos das bizarre Bild der zweiköpfigen Supermodel-Psycho-Traumfrau und des Zirkusdirektors Kong. Sie bezweifelte, dass irgendwer, der schon einmal LSD oder Pilze konsumiert hatte, jemals so etwas Abgefahrenes gesehen hatte.

Miss Monique begrüßte ihren Mitarbeiter und lächelte wieder. »Roland sagt, dass eine kleine Armee losgeschickt wurde, um etwas zurückzuholen, das mir gestohlen wurde.« Heathers verwirrter Gesichtsausdruck brachte sie zum Lachen. »Roland und ich müssen nicht verbal kommunizieren, Liebes. Und ich muss sagen, diese Neuigkeiten freuen mich über alle Maßen. Ich bin sehr erleichtert. Roland war nicht so aufmerksam, wie er hätte sein sollen, und ich hatte befürchtet, ich müsste meinen lieben Freund möglicherweise töten. Glücklicherweise wird das nicht nötig sein.« Dann verfinsterte sich ihre Miene. »Allerdings ändert sich dadurch nichts für dich. Der Trennungsvorgang hat bereits begonnen. Gleich werde ich diesen Körper verlassen und deinen übernehmen. Dadurch wird meine Kontrolle über dich nachlassen. Allerdings kann Roland sicherstellen, dass alles glatt verläuft.«

Heather sah den unheimlichen Zirkusdirektor an, dessen Augen hinter der seltsamen Brille verborgen waren.

Sie hatte unbeschreibliche Angst.

Miss Moniques Wirtskörper begann zu zittern. Heather hörte ein knirschendes Knacken. Ihr Blick haftete auf dem hässlichen Kopf, der sich anstrengte, sich von seinem Wirtskörper loszureißen. Wortwörtlich *loszureißen*. Zwei winzige, klauenartige Hände drangen durch die Haut um den hässlichen Kopf, gruben sich in Schulter und Hals des Wirtskörpers. Die lederne Haut des hässlichen Kopfes spannte sich über den welken Schädel, deutete an, was für Anstrengungen er unternahm. Er heulte leise. Die Augen waren aufgerissen. Allem Anschein nach war die Trennung schmerzhaft. Das Knirschen wurde lauter, dann riss sich der Freak mit einem Ruck von seinem Wirtskörper los und fiel ins grüne taubedeckte Gras des Parks.

Sie hörte jemanden »Gott sei Dank« sagen.

Heather sah zu der Frau, die Miss Monique als Wirtskörper benutzt hatte, und in ihren plötzlich sehr müden Augen erkannte sie Erleichterung. Die arme Frau. Nach wer weiß wie langer Zeit war sie wieder sie selbst. Wieder menschlich.

Dann starb sie.

Heather sah wieder zu Miss Monique, zitterte bei dem Anblick der wahren Gestalt des Freaks. Der hässliche Kopf und die winzigen Klauenhände waren die einzigen Körperteile, die im Entferntesten humanoid waren. Der Körper vom Hals abwärts sah wie eine graue, 60 Zentimeter lange Schnecke aus. Das Ding spürte ihren entsetzten Blick. Es sah zu ihr hoch, grinste, fauchte.

Dann glitt es über das grüne Gras auf sie zu. Heather empfand nichts als puren Schrecken, der alles um sie herum ausblendete, mit Ausnahme des außergewöhnlich

Abartigen, das ihr gleich widerfahren würde. Aber sie schrie erst, als sie Miss Moniques Krallen an einem ihrer Beine spürte.

Sie schrie noch mehr, als sich der Freak an ihr hochzog …

# 26

Die Kapsel kam an einem hohen kegelförmigen Gebäude vorbei, auf dessen schwarzer Fassade mit geschwungenen roten Buchstaben die Worte *Radio Äther* verewigt waren. Der Schriftzug sah aus, als wäre er von einem Graffitikünstler aufgetragen worden. Unterhalb der Buchstaben prangte ein ebenfalls rot gesprühtes Anarchiesymbol.

Mike stutzte. »Für wen ist eigentlich dieser Radiosender? Abgesehen von diesen Fledermaustypen habe ich hier nichts Lebendiges gesehen. Außer im Radio-Äther-Gebäude, da ist offensichtlich jemand, stimmt's? Der Moderator, der zwischen den Liedern zu hören ist, klingt für mich, als sendet er live.«

Jinx nickte. »Da ist jemand drin, aber wegen dem müssen wir uns keine Sorgen machen.«

»Warum nicht? Er ist doch ein Freak, oder?«

»Nein, Mike.« Sie sah ihn ernst an. »Er ist ein Mensch und hat den Sender nicht verlassen, seit er vor 20 Jahren aufgebaut wurde. Er ist in einer ähnlichen Situation, wie Braddock war, dieser ehemalige Militärtyp, der vorher die Kontrolle über die Kapsel gehabt hat.«

»Der, von dem du gesagt hast, dass Sheila ihn getötet hat, stimmt's?«

»Genau.«

»Und genauso kann der Moderator von Radio Äther seinen Sender nicht verlassen, ansonsten platzt sein Gehirn?«

Sie schnaubte. »Genau.«

Gähnend rieb sich Mike die Augen. Es fühlte sich falsch an, im Angesicht möglicher tödlicher Gefahr so müde zu sein – er sollte von Adrenalin und Angst dermaßen aufgeputscht sein, dass Schlaf nicht einmal im Entferntesten möglich sein sollte. Dennoch wünschte er sich nichts sehnlicher als eine Pause. Er wusste, er würde tagelang schlafen, sollte er jemals die Gelegenheit dazu erhalten, sich irgendwo hinzulegen und die Augen zu schließen. Allein der Gedanke ließ ihn noch einmal gähnen.

Jinx' Blick wurde sanfter. »Es ist fast vorbei, Mike. Ich weiß, das war alles hart für dich. Ich weiß, dass *ich* hart zu dir war. Und du hast nichts davon verdient. Ich will nur, dass du weißt, wie sehr es mir leidtut, dass es so kommen musste.«

Mike winkte wegen der verspäteten Entschuldigung ab. Die unausgesprochene Andeutung hinter ihren Worten – dass sie das sagen wollte, bevor sie sich ihrem Ende stellten – störte ihn nicht. Er wusste, was passieren würde, und hatte keine Angst mehr davor. Das Ganze zu überleben wäre ohnehin nichts, worüber man sich freuen konnte. Seine Stadt war weg. Jeder, den er gekannt hatte, war tot. »Schon okay. Sorgen wir nur dafür, dass alles nicht umsonst war.«

Ein müdes Lächeln zauberte Grübchen in Jinx' Wangen. »Okay.«

Die Dankbarkeit in diesem einzelnen Wort machte Mike das Herz schwer. Zum ersten Mal seit einer ganzen Weile brachte er es fertig, sie auf sehr grundlegende menschliche Weise zu schätzen. Sie war so hübsch, ihr Gesicht war das Abbild erlesener erotischer Schönheit.

Ihre großen Augen waren so verlockend und ihre vollen Lippen luden ununterbrochen zu einem Kuss ein. In einem anderen Leben, vielleicht in irgendeiner anderen

Realität, hätte er sich Hals über Kopf in dieses Mädchen verliebt. Einen langen, atemlosen Augenblick lang sahen sie sich an, teilten diesen Gedanken. Dann, mit deutlichem Bedauern in ihren Augen, riss sie sich von ihm los und konzentrierte sich wieder auf das Kommandozentrum und den großen Bildschirm.

Die Kapsel bewegte sich weiter bergab. Mike hatte es schon vorher an der sachten Vorwärtsneigung der Kapsel bemerkt, aber nun wurde dieser Winkel viel steiler. Er stolperte nach vorn und hielt sich wieder an der Rückenlehne des Drehsessels fest. Der tief hängende Dunst war einem wabernden Nebel gewichen, der anscheinend alles umgab. Aber er konnte genug erkennen, um daraus zu schließen, dass sie sich durch ein zerklüftetes Tal bewegten. Gelegentlich lichtete sich der Nebel, legte Felskämme und Vertiefungen frei. Die flexiblen Metallbeine der Kapsel bewältigten dieses unwegsame Gelände dermaßen gut, dass es offensichtlich war, wofür ihre Entwickler sie entworfen hatten. Jinx steuerte die Maschine immer tiefer ins Tal, führte Kurskorrekturen durch, sobald eine Anzeige auf der Kontrollkonsole anfing grün zu blinken. Ungefähr 15 Minuten später erreichten sie anscheinend den Grund des Tals, die Kapsel kam ins Gleichgewicht und es ging horizontal weiter. Auf dem Bildschirm war ein ausgetrocknetes Flussbett zu erkennen. »Ich glaube, ich weiß jetzt, wieso sie diesen Ort das Nichts nennen. Weil hier beschissen noch mal überhaupt nichts ist.«

Jinx lachte leise. »Ja. Und du hattest recht mit deiner Vermutung, dass dieser Ort stirbt. Ich weiß nicht viel darüber, aber Jeremiah hat mir erzählt, dass es vor langer Zeit einen Krieg zwischen den verschiedenen Freak-Rassen gegeben hat. Einen großen, wie unsere Weltkriege. Darum ist ihre Welt auch fast völlig zerstört. Sie haben sich mit etwas bekriegt, das wir als Massenvernichtungswaffen bezeichnen würden.«

Mike pfiff leise. »Diese Maschine … sie ist ein Relikt aus diesem Krieg, stimmt's?«

Sie nickte. »Wahrscheinlich liegen in diesem Tal überall Überreste ähnlicher Maschinen herum. Hier fand vor ungefähr 700 Jahren eine der letzten Schlachten statt.«

»Scheiße. Und die Überlebenden versuchen sich seit damals an diesem Assimilationsdreck?«

Jinx schüttelte den Kopf. »Nicht ganz. Laut Jeremiah haben die Überlebenden ein paar Generationen gebraucht, bis sie kapiert haben, dass sie ihre Welt nicht wiederbeleben können. Dann sind sie auf die Idee mit der Assimilation gekommen und haben die Reste der Technologie ihrer verwüsteten Welt dazu benutzt, um zu unserer zu wechseln.«

»Wie viele Gemeinschaften haben sie auf der Erde assimiliert?«

Jinx zuckte mit den Schultern. »Hunderte. Vielleicht Tausende. *Wahrscheinlich* Tausende.«

Verzweiflung ließ Mike neben dem Drehsessel auf die Knie fallen. Er sah zu dem großen Bildschirm hoch und erkannte Beweise für das, was sie ihm eben gesagt hatte – gelegentlich auftauchende Stücke verdrehten, angesengten Metalls; Knochenhaufen, die wahrscheinlich die Überreste seit Jahrhunderten toter Soldaten waren, und ein im Sand vergrabenes langes, zylindrisches Gerät. Das Ding sah aus wie eine nicht explodierte Rakete. Der Gedanke ließ ihn den Atem anhalten, bis sie sich ein gutes Stück davon entfernt hatten. Sie setzten ihre Reise fort und das trockene Flussbett schlängelte sich wie ein Highway durch die Hügellandschaft. Schließlich verließen sie das Flussbett und bewegten sich wieder bergauf. Die Kapsel brach sich ihren Weg durch die verrotteten Überreste eines toten Waldes. Jenseits der toten Bäume lag ein weiteres

Tal, an dessen Grund sich eine dunkle Öffnung befand, die wie eine große Höhle aussah.

Der Anblick des Höhleneingangs erfüllte Mike mit einer düsteren Vorahnung. Mit klappernden Zähnen sagte er: »Sag's nicht … da wollen wir rein.«

Jinx seufzte. »Du hast es erfasst.«

Mike würgte einen dicken Kloß durch seine Kehle. »Woher kanntest du den Weg?«

Dieses Mal war Jinx' Lächeln das offenste und aufrichtigste, das sie ihm jemals geschenkt hatte. »Ach, rat mal.« Sie nickte zur Bildschirmsäule. »Hier, sieh zu!«

Ein kleinerer Bildschirm auf der linken Seite flackerte, wurde schwarz, dann weiß, dann erschien Jeremiah. War ja klar. Die gläsernen Gesichtszüge des Freaks warfen die üblichen Lächelwellen. *»Jinx, ich sehe, du bist an deinem Ziel angekommen.«*

Mike runzelte die Stirn. »Woher zum Geier weiß er das?«

Jinx betrachtete weiter den Bildschirm mit Jeremiah darauf, als sie antwortete: »Die sehende Kugel in meinem Hirn. Wie bei Sheila, nur dass ich mit Jeremiah verbunden bin.«

Mike schnaubte. »Hm. Klar. Ergibt Sinn.«

Der Freak ergriff wieder das Wort: *»Das Ende naht. Roland ist auf die List hereingefallen. Und warum auch nicht? Wir haben ähnliche Spiele so oft gespielt …«*

Jinx lächelte. »Sie waren brillant, Sir. So wie immer.«

Das Gesicht des Freaks warf wieder diese beunruhigenden Wellen. *»Ja. Genau wie du. Du weißt, was dich in der Höhle der Dunklen erwartet. Ich wünschte, ich könnte dir dieses letzte Opfer ersparen. Ich wünschte, ich wäre an deiner Stelle.«*

»Warum bist du's dann nicht?«, platzte es aus Mike heraus.

Weder Miene noch Tonfall des Freaks änderten sich, als er antwortete: »*Weil ich alt und um einiges schwächer bin, als ich den Anschein erwecke. Und wenn ich versucht hätte, die Maschine selbst zu steuern, hätten Roland und Miss Monique gemerkt, dass etwas nicht stimmt. Sie wissen schon lange, dass mir unsere Methoden missfallen, auch wenn ich darauf geachtet habe, das nicht zu deutlich zum Ausdruck zu bringen. Sie hätten mich, lange bevor ich irgendwas erreicht hätte, aufgehalten und getötet.*«

Jinx nickte grimmig. »Und die Assimilationen wären genauso weitergegangen.«

Nun nickte auch Jeremiah. »*Ja. Und nun ist die Zeit zum Reden vorbei. Wohlan, tötet Die Dunkle.*«

Der Bildschirm wurde schwarz.

Die Kapsel bewegte sich auf den Höhleneingang zu.

Mike stemmte sich auf die Füße. »Verrat mir nur noch eins. Wer verflucht noch mal ist diese ›Die Dunkle‹? Ich nehme an, das ist diese Gottheit, von der du schon gesprochen hast.«

Jinx konzentrierte sich voll und ganz auf die Bedienung der Kapsel. »Mm…hm …«

Er runzelte die Stirn. »Meinst du ›Gottheit‹ im wörtlichen Sinne … ein übernatürliches, übermächtiges Wesen? Allmächtig, allwissend, der ganze Scheiß? Denn falls ja, dann weiß ich nicht, wie wir das Drecksding töten sollen. Übernatürliche Wesen sind doch angeblich unsterblich.«

Sie sah ihn an. Die Kapsel war noch etwas mehr als 30 Meter von der Höhle entfernt. »Die Dunkle ist nicht wirklich eine Gottheit, zumindest nicht auf die Weise, die du darunter verstehst. Sie ist ein Freak. Die Mutter aller Freaks, zumindest sagt das Jeremiah. Sie ist nicht unsterblich, aber uralt … Tausende, wenn nicht sogar Millionen Jahre alt. In ihrer ursprünglichen Form hat sie die ersten Freaks hervorgebracht und ist damit der Ursprung dieser Spezies.«

Daraufhin lachte Mike humorlos. »Du willst mir sagen, ein Millionen Jahre alter Schöpfer, ein tatsächlicher dicker, fetter Schöpfer, ist deiner Meinung nach nicht unsterblich?«

Jinx nickte. »Man kann sie töten.«

Er lachte erneut. »Entschuldige meine Skepsis, aber woher will das irgendjemand wissen?«

Sie seufzte. »Jeremiah sagt, man kann Die Dunkle töten, und ich möchte ihm glauben. Er hat auch gesagt, wenn Die Dunkle stirbt, sterben auch alle Freaks. Wir haben jetzt nur noch die Möglichkeit, darauf zu vertrauen. Uns bleibt keine andere Wahl.«

Mike dachte über verschiedene Antworten nach, alle streitlustig und wütend, aber letztendlich seufzte er nur und sagte nichts. Sie hatte recht. Jetzt war es zu spät zum Umkehren, zu spät, etwas anderes zu tun als das, was man ihnen auferlegt hatte. Falls es überhaupt eine Alternative gab.

Aber ein paar Dinge wollte er noch wissen. »Es gibt so viele Arten von Freaks, zumindest sieht's danach aus. Haben sie sich alle aus den Kreaturen entwickelt, die dieses Ding in die Welt gesetzt hat?«

Jinx schüttelte den Kopf. »Diejenigen, die du in dem Operationssaal gesehen hast, die …«

»Die Kürbisköpfe.«

Sie ignorierte die Unterbrechung und fuhr stattdessen fort: »Sie sind die Nachkommen der ursprünglichen Rasse. Man könnte sagen, die ersten Freaks. Die meisten anderen, die du gesehen hast, sind das Ergebnis von jahrhundertelanger Genmanipulation. Ein Versuch, den Fortbestand der Spezies durch Wissenschaft zu sichern, was sie bis heute noch tun. Ursprünglich war geplant, die Freaks den Menschen ähnlicher zu machen, um die Assimilation voranzutreiben. Mittlerweile machen die

Nachkommen der ursprünglichen Wissenschaftler nur noch aus Spaß damit weiter, um zu sehen, was für kranke humanoide Freaks sie noch zusammenbasteln können. Andere Kreaturen, die Clownsdinger und die menschlichen Imitationen, sind nur künstliche Lebensformen, die du wahrscheinlich am ehesten als Cyborgs bezeichnen würdest – eine Verschmelzung aus lebendem Gewebe und Freak-Technologie.«

Die Kapsel drang in die Höhle ein und der große Bildschirm wurde dunkel. Aber einen Moment später flammte die externe Beleuchtung der Kapsel auf und erhellte flackernd Teile der Umgebung. Das Bild auf dem Monitor erinnerte Mike an ein winziges U-Boot auf Erkundungsfahrt in den Tiefen des Meeres. Während sich die Kapsel vorwärtsbewegte, tasteten die Tentakel über den Boden. Offenbar waren sie auch als eine Art Sensoren brauchbar. Anfangs war die Höhle nur schmal, jetzt wurde sie stetig enger, je weiter sie sich unter die Oberfläche dieser sterbenden Welt begaben. Irgendwann befürchtete Mike, sie würden stecken bleiben, aber dann wurde die Höhle plötzlich wieder breiter und öffnete sich kurz darauf zu einer riesigen unterirdischen Kammer. Ein sich windender Pfad führte zum Grund der Höhle, wo ein riesiger pulsierender gelber Klumpen in einem gigantischen roten See lag. War das Blut? Abgesehen von seiner Größe gab es nichts sonderlich Auffälliges an diesem Klumpen. Es sah aus wie eine organische Masse, ein überdimensionales … Ding.

Mikes Magen machte einen Satz. »Ach du … Scheiße … ist das der Super-Freak?«

Jinx atmete zitternd aus. »Ja.«

»Und wir werden dieses … Ding … dieses riesige, beschissene Gehirn der Vernichtung kaltmachen?«

Einen schrecklichen Augenblick lang verließ Jinx ihre Zuversicht und sie wirkte gar nicht mehr so sicher. Sie sah genau nach dem aus, was sie war – ein schmächtiges menschliches Mädchen ohne besondere Fähigkeiten. Dann war der Moment vorbei und Mikes Herzschlag setzte wieder ein. Jinx richtete sich in ihrem Sessel auf und drückte den Steuerknüppel nach vorn.

Die Kapsel bewegte sich so schnell den gewundenen Pfad hinunter, dass Mike gar nicht die Gelegenheit hatte, über die scheinbare Unmöglichkeit ihrer Aufgabe nachzudenken. Die natürliche Beleuchtung der Höhle half beim Abstieg. Leuchtende organische Kugeln waren in die Wände eingelassen. Nach wenigen Minuten erreichten sie den Grund der Höhle, und während sie sich dem pulsierenden Ding in seinem Blutsee näherten, entdeckte Mike große Knochenhaufen, als wären es Steine und Muscheln an einem wilden Strand. Dort lagen auch frische menschliche Körperteile.

Er deutete auf den Bildschirm. »Diese Körperteile … woher kommen die?«

»Von Miss Monique. Sie hat eine andere Maschine der Uralten. Eine, die als Verbindung zum Nichts benutzt werden kann. Damit füttert sie Die Dunkle. Darum sind die klagenden Seelen hier lauter.«

Mike verzog das Gesicht. »Scheiße! Du meinst, sie könnte jederzeit einfach so hier auftauchen?«

Jinx schüttelte den Kopf. »Nur Totes kann durch die Verbindung. Das ist der einzige Zweck. Es ist eine Art interdimensionale Magensonde.«

»Das Ding frisst Menschen? Himmel!«

Als sie sich dem Rand des Blutsees näherten, schlug etwas von hinten gegen die Kapsel und brachte die Maschine einen Moment lang heftig zum Schwanken. Mike stürzte gegen den Drehsessel und schaffte es, sich daran festzuklammern, kurz bevor die Kapsel erneut getroffen wurde. Dann hörte er ächzendes Metall und der

Alarm plärrte wieder los. Dieses Mal schaltete Jinx ihn einfach ab.

Mike atmete schwer. »Was zum Geier ist los?«

»Wir werden angegriffen.«

»Erzähl keinen Scheiß.«

Jinx betätigte ein paar Knöpfe und die Ansicht des großen Bildschirms zeigte die Rückseite der Kapsel. Etwas, das wie eine Armee aus Freaks aussah, kam den gewundenen Pfad herabgestürmt. Dank ihrer vor Wut und Angst verzerrten Gesichter wirkten sie alle wie von Sinnen. Der Ansturm hatte mehr Ähnlichkeit mit einer Flucht als mit einem Angriff. Die Freaks rannten unkontrolliert, fast panisch. Im rasenden Versuch, die Kapsel zu erreichen, kletterten oder sprangen sie über ihre Kameraden hinweg. Viele von ihnen stürzten und wurden totgetrampelt, bevor sie die Kapsel angreifen konnten. Die Spitze der Horde hatte die Kapsel jedoch erreicht. Freaks schlugen gegen die Metallbeine. Andere warfen Kletterhaken zur Kapsel hinauf. Die meisten davon fanden keinen Halt, aber ein paar verhakten sich an Bolzen und in Fugen. Einige der Freaks kletterten nun an den herabhängenden Seilen hinauf, an jedem mehrere auf einmal. Das zusätzliche Gewicht bremste die Maschine und zog sie zurück. Das war der Grund für das metallische Knirschen. Mikes müde Resignation wurde von frischem Adrenalin weggebrannt.

Er sah Jinx mit wildem Blick an. »Gottverdammt, sieh dir diese Menge von bekloppten Wichsern an! Woher zur Hölle kommen die plötzlich alle? Und wie sind sie so beschissen schnell hierhergekommen!?«

Jinx wirkte im Angesicht der aktuellen Bedrohung absolut gelassen. Ihr Verhalten stand im absoluten Widerspruch dazu, wie sie kurz vor Betreten der Höhle der Mut verlassen hatte. Sie klang gleichmütig, als sie sagte: »Sie sind hier, weil entweder Miss Monique oder der Zirkusdirektor begriffen hat, was hier vor sich geht. Sie sind deswegen so schnell hergekommen, weil einer der beiden Freakführer bis an die Grenzen seiner Kraftreserven gegangen ist, um einen Durchgang zwischen den Dimensionen zu schaffen.«

»Ich dachte, das wäre für diese Bastarde kein Problem?«

Jinx kaute auf ihrer Unterlippe herum. »Ja. Unter normalen Umständen. Wenn der Durchgang zwischen den Welten geografisch passt. Aber das hier ist was anderes. Wir sind Kilometer von dem Punkt im Nichts entfernt, der geografisch mit dem Standort der Freakshow zusammenfällt. Die Freaks von dort herzuschicken, verlangt viel Energie und ist äußerst mühsam, selbst für Kreaturen mit der Macht von Miss Monique und dem Zirkusdirektor. Vielleicht sogar genug, um sie zu töten.«

Mike runzelte die Stirn. »Warum sollten sie das riskieren?«

»Weil sie keine andere Wahl haben.« Sie lächelte Mike einen Sekundenbruchteil lang strahlend an, was ihm unter den Umständen höchst unpassend schien. »Wenn wir Die Dunkle töten, werden sie sowieso sterben.«

Die Kapsel schwankte weiter, während mehr und mehr Freaks die Metallbeine und die Seile hinaufkletterten. Die Tentakel schnappten nach ihnen, die Zangen rissen Dutzenden Angreifern Körperteile ab. Aber es waren einfach zu viele. Bald würde der Schwarm aus Freaks die Maschine überwältigen und zu Boden reißen. Zwei Freaks klammerten sich an das äußere Rad der Einstiegsluke. Einer stemmte sich mit dem Fuß dagegen und bemühte sich verzweifelt, die Luke zu entriegeln. Mikes Blick zuckte vom Bildschirm zur Luke. Das Rad schepperte, hielt jedoch stand. Allerdings würde er keine Wette darauf eingehen, dass das lange so bleiben würde.

Er strich sich nervös durchs Haar. »Scheiße! Wir sind geliefert, Jinx. Vielleicht solltest du dieses EMP wieder auslösen.«

»Hab ich schon versucht, hat nichts gebracht.« Verblüffenderweise lächelte sie noch immer. »Alles ist gut, Mike. Tatsächlich ... ist es in gewisser Weise sogar gut, dass man so viele geschickt hat.«

Er gaffte sie verständnislos an. »Wie in Dreiteufelsnamen kannst du das sagen!? Das ist völliger Irrsinn!« Er deutete wild fuchtelnd auf den Bildschirm. »Inwiefern ist irgendwas daran gut!?«

»Weil wir sie mitnehmen werden.«

Mike wollte etwas sagen, verfiel stattdessen in grüblerisches Schweigen, als er über die Bedeutung ihrer Worte nachdachte. Dann seufzte er. »Oh.«

Jinx drückte einen Knopf und das Bild wechselte von den wütenden Freaks zur sogenannten Dunklen, von der Mike mit einem inneren Schmunzeln dachte, dass sie zumindest oberflächlich das Gegenteil von »dunkel« war.

Die Gelbe.

Er gluckste. »Nee, passt nicht so recht.«

Jinx hob eine Augenbraue. »Führst du jetzt schon Selbstgespräche?«

Mike zuckte mit den Schultern. »Scheiße, warum nicht?« Er zeigte auf den Monitor. »Das Letzte, worüber man sich in so einer Situation noch Sorgen machen sollte, ist der eigene Verstand, denn der hat sich schon längst verabschiedet.«

Die Kapsel hatte den Blutsee erreicht und watete zielstrebig hinein. Viele der sich festklammernden Freaks schrien, als sie unter die wirbelnde Oberfläche tauchten und weggerissen wurden. Die Kapsel schwankte noch heftiger als zuvor, blieb aber dennoch aufrecht, während sie unter die Oberfläche des Sees und Richtung

Freak-Gottheit marschierte. Der große Bildschirm wurde dunkel und Mike wusste, das würde sich nicht mehr ändern.

Er räusperte sich. »*Ä…häm*. Ich denk mal, es ist höchste Zeit, dass du mir verrätst, was jetzt passiert. Wenn das hier die Quelle der Freak-Kraft ist, die zudem auch ihre Gottheit darstellt, kann es sich dann nicht wehren?«

»Natürlich. Aber das ist egal.«

Mike schnaubte. »*Ooo*kay …«

»Hab Vertrauen, erinnerst du dich?«

Er seufzte widerstrebend. »Ja. Okay.«

Sie schwiegen, während sich die Kapsel durch die Dunkelheit bewegte. Der Marsch schien lethargisch, stockend. Allmählich gab die Maschine auf. Das Blut drang in ihre organischen Schaltkreise ein. Die alte Maschine wurde härter beansprucht, als es seit dem Krieg unter den Freaks der Fall gewesen war. Mike befürchtete, sie würde stotternd versagen, stehen bleiben, bevor sie ihr Ziel erreichten. Dann erschütterte etwas die Kapsel. Sie blieb abrupt stehen, als sie gegen ein Hindernis stieß.

Jinx machte es sich im Drehsessel gemütlich und schloss entspannt die Augen. Mike war überzeugt, er hatte noch nie jemanden dermaßen erleichtert und erschöpft gesehen. Ihre Reise war zu Ende, die Kapsel an ihrem Ziel angelangt. Aber ihre Aufgabe war noch nicht erledigt. Jinx gestattete sich lediglich einen letzten Moment Frieden, bevor sie das tat, weswegen sie gekommen war.

Mike drückte ihre Schulter. »Wir jagen das Teil hier in die Luft, stimmt's?«

Flatternd öffnete sie die Augen, legte lächelnd eine Hand auf seine. »Ja.«

Er nickte und verstand. »Dann war's das also wirklich. Ich habe mehr als einmal in dieser Nacht daran gedacht, dass ich lieber sterben würde, als diesen Wahnsinn weiter mitzuerleben. Aber jetzt, so kurz davor, meldet sich mein Überlebensinstinkt wieder zu Wort. Ich will nicht wirklich sterben.«

Sie sah ihn traurig an. »Ich auch nicht.«

Jetzt war es an Mike zu lächeln. »Dann sollten wir es schnell hinter uns bringen.«

Jinx ließ seine Hand los, beugte sich ein letztes Mal über die Kontrollkonsole, wo sie auf mehrere leuchtende Knöpfe drückte. Mike nahm an, das war die Selbstzerstörungssequenz. Nachdem sie fertig war, stand sie auf und nahm Mike an der Hand. Sie zog ihn an sich, küsste ihn. Dann schlang sie die Arme um ihn und sagte: »Es tut mir so leid.«

Mike machte beruhigende Geräusche, küsste sie auf die Schläfe. »Das muss es nicht.«

Sie drückte ihr Gesicht gegen seinen Hals. Er spürte ihre Tränen auf seiner Haut. »Ich habe solche Angst.«

Fürsorglich streichelte er über ihren Rücken. »Schon okay. Es wird schnell gehen. Es wird nicht wehtun oder …«

Die Kapsel bebte. Jemand schrie. Dann glitt ihm Jinx aus den Armen, als etwas die Kapsel aus dem Blutsee hob. Mike hielt sich zum letzten Mal an Sheila fest, während die Kapsel auf den Kopf gestellt wurde. Er hörte ein knirschendes Brechen, begriff, dass es Jinx' Körper war, der gegen die Decke geschmettert wurde. Er hielt sich mit aller Kraft an Sheila fest, verrenkte den Hals, um noch einmal zum großen Bildschirm zu sehen. Die Dunkle war nicht länger nur ein formloser Klumpen. Die Dunkle hatte sich verändert, verschoben. In der Mitte der wellenschlagenden gelben Masse hatte sich so was wie ein riesiger schwarzer Mund geformt. Gliedmaßen hatten sich gebildet, mit denen sie die Kapsel packte. Mike schloss die Augen, sprach ein Gebet. Die Gliedmaßen ließen die

Kapsel los und die alte Maschine stürzte in die klaffende Schwärze …

Die Detonation war gigantisch. Sie verdampfte alles in der Höhle und riss den Gipfel von dem kleinen Berg. Wie ein verspätetes Echo des längst vergangenen Krieges regnete Geröll in das leblose Tal. Irgendwo in der Ferne verstummte Radio Äther. Das Nichts selbst wurde still wie eine Gruft.

# 27

Während Miss Monique sich an ihr hochzog, durchdrangen ihre Klauen Heathers Haut. Blut trat aus den oberflächlichen Verletzungen und zeichnete rote Spuren in ihre Wade und ihren Schenkel. Als die Kreatur ihre Körpermitte erreichte, zögerte sie. Heather wollte nicht hinsehen, aber der Freak drang erneut in ihren Verstand ein und zwang sie, hinunterzusehen. Er grinste breit, fauchte, spannte im Inneren von Heathers Verstand seine psychischen Ranken an. Bis eben hatte sie mit geschlossenen Beinen kerzengerade dagestanden, aber nun veränderte sie ihre Haltung, spreizte das linke Bein etwas ab, während der schleimige Kopf des Freaks gegen ihre Vagina drückte.

Es war nicht möglich, noch mehr Angst empfinden zu können, als sie es während dieser Nacht bereits getan hatte. Ein Irrtum. Denn nun tobte etwas mit der Gewalt einer Springflut durch ihren Verstand. Welle auf Welle aus den Verstand übersteigender Angst und Ekel schlug über ihrer bereits fragilen Psyche zusammen. Sie brüllte innerlich, als der Kopf langsam in sie eindrang.

Sie wusste, dass dies ihre letzten Augenblicke als normales menschliches Wesen waren. Ihr Körper würde Veränderungen durchmachen, von denen sie sich nie erholen konnte. Sie hatte den Beweis eben erst mit eigenen Augen gesehen, als der ehemalige Wirtskörper der Kreatur Sekunden nach der Trennung von Miss Monique gestorben war. Lieber würde sie sterben, als eine Gefangene in ihrem eigenen Körper zu sein, über Jahre oder gar Jahrzehnte gezwungen, mit anzusehen, wie ihr Fleisch und Blut von einem fremden Bewusstsein dazu benutzt wurde, zahllosen Unschuldigen nichts als Schmerz und Leid zu bereiten. Aber sie konnte nichts dagegen tun.

Das widerwärtige Ding drückte weiter, rutschte einen Zentimeter tiefer in sie, dann noch einen. Bald schon würde es vollständig in ihr sein. Dann würde es sich irgendwie durch ihren Körper schlängeln – auch wenn sich Heather nicht vorstellen konnte, wie das gehen sollte. Es musste lebenswichtige Organe beiseiteschieben, ohne sie zu verletzen, bis es sich an der Schulter angekommen eine Öffnung beißen würde, durch die dann der vertrocknete Kopf stoßen konnte, um seinen Platz neben ihrem eigenen einzunehmen.

Einen knappen Zentimeter tiefer drang der Freak erneut in Heathers Verstand ein. Auch dieses Mal löste er eine körperliche Reaktion aus, um leichter voranzukommen. Heather spreizte willenlos die Beine, ging in die Hocke, ermöglichte dem Ding, sich leichter ihre feuchte Vagina hinaufzuschieben.

Heather wünschte sich nichts mehr, als dass es ein Ende fand.

Dann passierte etwas. Etwas, das sich wie ein Wunder anfühlte, eine dieser göttlichen Fügungen, auf die sie flehentlich vor der Hinrichtung dieser armen Leute im Zirkuszelt gehofft hatte. Die Kreatur in ihr verkrampfte sich plötzlich, schrie gedämpft. Eben hatte Miss Monique noch volle Kontrolle über Heathers Verstand und Körper gehabt und nun war sie spurlos aus ihrem Hirn verschwunden.

Heathers Körper und Geist gehörten wieder nur ihr allein.

Starr vor Schreck blieb sie noch einen Moment lang in der Hocke. Sie hörte ein Geräusch in der Nähe und sah in die entsprechende Richtung. Der Zirkusdirektor sackte auf seinen Stelzen zusammen und kippte um. Er fiel gegen den Maschendrahtzaun und blieb dort regungslos liegen. Heather starrte ungläubig auf den zusammengesunkenen Körper, beobachtete ihn noch einen Moment lang, erwartete, er würde gleich wieder aufstehen.

Aber er blieb liegen. Er war tot. Irgendwie. Und eine Erkenntnis überkam sie. Sie waren alle tot. Jeder einzelne beschissene Freak. Sie wusste nicht, woher sie diese Gewissheit hatte, aber tief in ihrem Inneren spürte sie es und mit einem lauten Aufschrei voller Wut und unterdrückter Verzweiflung packte sie Miss Moniques Schneckenschwanz und zerrte das widerwärtige Ding aus ihrem Körper. Sie hielt die Kreatur vor die Augen, starrte in das tote Gesicht, wartete, ob sich in den schlaffen Gesichtszügen noch Leben zeigte.

Doch da war nichts. Keine einzige Regung. Nichts dergleichen. Heather schrie. Nur lag jetzt Triumph in ihrer Stimme. Sie rannte zu einem Laternenpfahl in der Nähe, packte den schleimigen Schwanz der Kreatur mit beiden Händen und schmetterte deren Kopf gegen den harten Stahl der Laterne. Immer und immer wieder, bis von dem hässlichen Gesicht nichts als ein matschiger Haufen übrig war. Keuchend brüllte sie all ihren Schmerz heraus, verfluchte den Freak für all das Elend und ganz besonders für den Tod ihrer Mutter. Wie eine heiße Flut brachen sich Tränen ihre Bahn, liefen in dicken Rinnsalen Heathers Gesicht hinab. Ihre Arme wurden taub, aber sie schmetterte die Kreatur so lange gegen den Pfahl, bis ihr die schleimigen Überreste aus den Fingern glitten und feucht auf den Rasen fielen. Dann stampfte sie mit bloßen Füßen auf den blutigen

Brocken herum und schnappte schließlich kraftlos nach Luft.

Als der Wirbelsturm aus Wut, Verlust und Verwirrung in ihrem Kopf langsam abebbte, drehte sie sich zum Gelände der Freakshow um. Sie sah die zusammengesunkenen Körper der drei Freak-Mädchen und kam zu dem Schluss, dass sie tatsächlich recht hatte. Sie alle waren tot. Es war nicht wichtig, was dazu geführt hatte, ihr reichte völlig, dass es so war. Widerstrebend sah sie zum Towncar. Josh regte sich immer noch nicht, lag mit vom Dach hängenden Gliedern auf dem Fahrzeug.

Trotzig wischte sie sich die Tränen vom Gesicht und ging tiefer in den Park, weg von der Freakshow. Sie würde später zu ihrem Chevelle zurückkehren und ihre Mutter von dieser Hölle auf Erden wegbringen. Alice Campbell würde ein anständiges Begräbnis erhalten. Zumindest für diese Kleinigkeit konnte sie dankbar sein, aber im Moment fühlte sie sich dafür zu zerschlagen. Zu müde. Sie brauchte Zeit, sich zu erholen.

Am Rand des Parks ließ sie sich in der Nähe einer Bank erschöpft ins Gras fallen. Sie kauerte sich zusammen, verschränkte die Arme über ihrer Brust und wiegte sich wie eine alte Frau in einem Schaukelstuhl vor und zurück. Oder wie ein Zwangsjackenträger in einem gepolsterten Raum in einer Irrenanstalt. Ihrer Meinung nach war Letzteres wahrscheinlich ein Ausblick auf ihre eigene Zukunft. In Anbetracht der unaussprechlichen Grausamkeiten, der körperlichen Misshandlungen und der furchtbaren Dinge, zu denen man sie gezwungen hatte, war es absolut realistisch, dass sie wahnsinnig werden würde.

Die Minuten verstrichen, vielleicht waren es auch Stunden, während sie schaukelnd dasaß. Ihre verstümmelte Hand pochte, ein Schmerz, der das untrügliche Anzeichen dafür war, dass sie noch lebte. Sie war nicht gefangen in einem Fiebertraum, in den sich ihre Psyche nach der Übernahme ihres Körpers durch Miss Monique geflüchtet hatte.

Der dunkle Nachthimmel wich langsam dem Grau vor dem Sonnenaufgang. Das Tageslicht kroch über den Horizont und sie hörte näher kommende Schritte.

Instinktiv spannte sich ihr Körper an, dann lockerten sich ihre Muskeln wieder.

Josh setzte sich stöhnend neben sie. Er küsste ihre Schläfe, und als sie anfing zu schluchzen, nahm er sie in die Arme.

Nachdem sie sich etwas beruhigt hatte, fragte sie ihn: »Was denkst du, was passiert ist? Was hat sie getötet?«

Er seufzte und klang dabei unvorstellbar erschöpft. »Keinen Plan. Aber ich glaube …«, er zögerte einen Moment, bevor er weitersprach, »ich glaube, jemand hat was gemacht. Jemand, den wir nie kennenlernen werden, hat etwas Unglaubliches getan. Wer auch immer es war, er oder sie ist der wahre Held dieser Nacht. Und wir werden verdammt noch mal nie erfahren, wer es war.«

Heather schniefte. »Das ist so gottverflucht traurig.«

Er seufzte kraftlos. »Ich weiß.«

Sie sah ihn an. »Und was jetzt?«

»Was meinst du?«

Heather sah wieder zum Horizont, wo sich violettes Licht wie eine radioaktive Wolke über Pleasant Hills legte. Sie schauderte und drückte sich fester an Josh. »Ich meine, ich kann nicht einfach mein Leben fortsetzen, als hätte es die Freakshow nie gegeben. Ich kann nicht einfach nach Hause gehen und so tun, als wäre alles wieder normal. Ich kann nicht so tun, als wäre nichts hiervon passiert.«

Josh betrachtete seine verstümmelte Hand. »Ich weiß.«

»Ich will meine Mutter beerdigen. Ich will um sie trauern.« Sie wand sich aus seiner Umarmung und sah ihn traurig an. »Und dann will ich weit weggehen. Tausende Kilometer weit weg.«

Er nahm ihre unverletzte Hand in seine, drückte sie sacht. »Brauchst du einen Reisebegleiter?«

Frische Tränen sammelten sich in ihren Augen, als ein brüchiges Lächeln um ihre Mundwinkel zuckte. »Würde mir gefallen. Aber du solltest etwas wissen. Ich war nicht immer ein braves Mädchen. Ich habe üble Sachen gemacht. Eine davon war besonders übel.«

Er zuckte mit den Schultern. »Mir egal. Du hast ein gutes Herz. Das weiß ich.«

Heather jauchzte, dann zog Josh sie in eine weitere Umarmung und so blieben sie eng umschlungen sitzen, bis Pleasant Hills unter dem Licht des neuen Tags erstrahlte.

Dann standen sie auf und gingen zu Heathers Wagen zurück. Josh musste die beiden toten Freaks nach draußen befördern. Dann setzte er sich hinter das Steuer, startete den Chevelle und Heather rutschte auf den Beifahrersitz.

Ein paar Minuten später lagen Pleasant Hills und die Freakshow hinter ihnen.

An diesem Tag schien die Sonne besonders hell über dem Örtchen, offenbarte die geschmacklose und widerwärtige Wahrheit hinter der Freakshow. Ein einsamer Wanderer, ein Collegestudent, der nur auf der Durchreise war, machte mit seiner Digitalkamera zahlreiche bizarre und grausige Bilder. Später wurden sie über das Internet verbreitet. Genau wie nach dem Untergang einer anderen Stadt in Tennessee hatte die Regierung sofort eine passende Geschichte parat. Und fast jeder glaubte den Behörden, als sie behaupteten, dass auch Pleasant Hills einem Terrorangriff zum Opfer gefallen war.

Es gab Beweise für das, was wirklich geschehen war. Sie waren überall, hauptsächlich in Gestalt von Tausenden funktionstüchtigen Klonen, welche nicht erst seit Kurzem die assimilierten Städte bevölkerten. Doch man ignorierte diese Tatsache, deklarierte sie als Schwindel, um sie so schnell wie möglich zu vergessen.

Aber die Mächtigen kannten die Wahrheit.

In geheimen Laboren wurden die Überreste der Freakshow analysiert und Experimente durchgeführt.

Schon bald wurden neue und aufregende Waffensysteme entwickelt.

Gerade rechtzeitig, als der Sturm des Krieges wieder zu toben begann …

http://thehorrorofbryansmith.blogspot.de

BRYAN SMITH lebt in Tennessee/USA. Er schreibt mit einer explosiven Kraft. In Rekordzeit hat er sich an die Seite von Richard Laymon, Edward Lee und Jack Ketchum gekämpft, in die Riege der Kultautoren brutaler Thriller.

Bryan Smith bei FESTA:
*Verkommen – Seelenfresser – Todesgeil – Haus des Blutes – Herrin des Blutes – Die Finsteren – Rock-and-Roll-Zombies aus der Besserungsanstalt – Blutgeil – Abschaum – Die Halloweenbraut – Verrottet – Die Freakshow*

# BRYAN SMITH – DER SLASHER-KÖNIG!

ISBN 978-3-86552-459-1

Die Fortsetzung des Bestsellers *Verkommen.*
Vier Jahre sind seit den Ereignissen des ersten Buches vergangen, in dem Jessica einer Familie von perversen Mutanten ausgeliefert war.
Nun kehrt Jessica zurück nach Hopkins Bend. Sie ist auf der Flucht, weil ihr ein Mord angelastet wird, den sie gar nicht begangen hat.
Aber in der verlassenen Geisterstadt sind die Dinge nicht so, wie sie Jessica erwartet. Bald findet sie sich in einem Albtraum des Perversen wieder …

Infos, Leseprobe & eBook: www.Festa-Verlag.de

**Zuletzt erschienen in der Reihe HORROR & THRILLER:**

093 Tim Curran: *Feuertod*
094 Edward Lee & John Pelan: *Shifters – Radikal böse*
095 Tim Curran: *American Wasteland*
096 E. Lee & E. Steffen: *Porträt der Psychopathin als junge Frau*
097 Bryan Smith: *Abschaum*
098 Tim Miller: *Die Verdammten des Himmels*
099 John Ringo: *Über ein dunkles Meer*
100 Tim Curran: *Nightcrawlers – Kreaturen der Finsternis*
101 Jesus F. Gonzalez: *Snuff Killers*
102 Robert McCammon: *Wolf's Hour 1 – Die Verwandlung*
103 Robert McCammon: *Wolf's Hour 2 – Berserker*
104 Shane McKenzie: *BabyDoll*
105 Wrath James White: *Purer Hass*
106 Patrick Senécal: *Das Grab in mir*
107 Wrath James White: *400 Tage der Erniedrigung*
108 Ryan C. Thomas: *Der Sommer, als ich starb*
109 N. Sansbury Smith: *The Extinction Cycle 1: Verpestet*
110 Edward Lee: *Gewürm*
111 N. Sansbury Smith: *The Extinction Cycle 2: Mutierte Bestien*
112 Kristopher Rufty: *Ein Hund namens Jagger*
113 N. Sansbury Smith: *The Extinction Cycle 3: Krieg gegen Monster*
114 Tim Curran: *Der Leichenkönig*
115 Wrath James White: *Schänderzorn*
116 Graham Masterton: *Die Schlaflosen*
117 Bryan Smith: *Verrottet*
118 Edward Lee & Elizabeth Steffen: *Dahmer ist nicht tot*
119 Graham Masterton: *Bleiche Knochen*
120 Bryan Smith: *Die Freakshow*